La marque du passé

A l'épreuve de la vérité

CINDI MYERS

La marque du passé

Traduction française de
PIERRE VANDEPLANQUE

BLACK ROSE

HARLEQUIN

Collection : BLACK ROSE

Titre original :
THE GUARDIAN

HARPERCOLLINS FRANCE
83-85, boulevard Vincent-Auriol, 75646 PARIS CEDEX 13
Service Lectrices — Tél. : 01 45 82 47 47

www.harlequin.fr

ISBN 978-2-2803-4593-4 — ISSN 1950-2753

1

Abby ne s'était pas perdue. Peut-être s'était-elle un peu écartée de son itinéraire prévu, mais elle n'était pas perdue.

Outre un GPS et des cartes, elle possédait un excellent sens de l'orientation. Et puis, elle était une scientifique et un vétéran de guerre décoré. Elle ne pouvait donc pas s'égarer. Certes, se trouver au milieu de nulle part dans l'immensité sauvage du Colorado avait de quoi en désorienter plus d'un. Au bout d'un moment, les environs du Black Canyon, dans le Parc national du Gunnison, tendaient à se ressembler : des hectares et des hectares de paysage accidenté, sans routes, couverts de forêts de pins ou arides et broussailleux, avec en arrière-plan la ligne majestueuse des montagnes. Chaque année, des gens s'y perdaient. Abby, jamais.

Elle prit une profonde inspiration et consulta son GPS portable. Elle venait de passer cette ravine peu profonde, et à l'ouest se trouvaient les contreforts des monts Cimarron. Son actuelle position était exactement là. L'écran indiquait qu'elle avait marché quatre kilomètres quatre-vingt-deux depuis sa voiture. Il lui suffisait de mettre le cap au nord-est, et elle retrouverait l'endroit où elle s'était garée et la piste de latérite qu'elle avait empruntée pour venir.

Rassurée, elle rangea le GPS dans son sac à dos et étudia le paysage autour d'elle. Pour un néophyte, l'endroit offrait sans doute une image de désolation. Un haut plateau d'herbes sèches, de cactus et de genévriers rabougris. Mais pour Abby, qui s'apprêtait à passer son master en sciences de l'environnement, le Black Canyon du Gunnison était un véritable trésor de huit cents espèces de plantes, parmi lesquelles la petite vingtaine qui faisait l'objet de sa recherche.

Son regard se posa opportunément sur une touffe gris-vert dans l'ombre d'un pin noueux. Elle s'accroupit, l'examina un instant, et un sentiment de victoire l'envahit. Ouiii ! Un superbe groupe de *Lomatium concinnum* — persil du désert pour le commun des mortels. Numéro quatre de sa liste d'espèces à collecter dans le cadre de sa recherche.

Elle s'agenouilla, posa son sac et en sortit son appareil photo numérique, une petite truelle et un sachet à prélèvement.

Elle se concentra sur sa prise de vue, puis sur l'extraction de la plante avec autant de racine intacte que possible.

Elle avait presque fini lorsqu'une brindille craqua non loin d'elle. Elle sursauta, le cœur battant à grands coups, puis se ressaisit et fouilla des yeux les buissons. Il y avait comme un froissement de tissu contre des branches. Celui ou celle qui le produisait ne cherchait pas à être discret, mais que faisait-il là, à des kilomètres de toute civilisation ?

Depuis son enregistrement au poste de surveillance du parc, une semaine plus tôt, Abby n'avait pas vu plus d'une dizaine de personnes dans la zone, soit sur la route, soit au camping de caravanes où elle logeait. Mais là, dans cet arrière-pays, elle s'était crue absolument seule.

Avec précaution, elle sortit son Sig Sauer de son étui. Aux quelques amis qui l'avaient questionnée à ce sujet, elle avait expliqué qu'elle le portait pour se protéger des serpents et autres bestioles qu'elle pouvait rencontrer sur ce territoire. En vérité, après son expérience en Afghanistan, l'avoir sur elle lui procurait un sentiment de sécurité quand elle était seule.

Tandis qu'elle resserrait les doigts sur la crosse de l'arme, des souvenirs tragiques lui revinrent.

Kandahar, cinq ans plus tôt…

Elle pistait les insurgés qui venaient de descendre la moitié de son groupe de patrouille. En tant que femme, elle était souvent chargée de pénétrer dans les maisons pour interroger les villageoises. Chaque fois qu'elle mettait les pieds dans un de ces foyers, elle se demandait si elle allait en sortir vivante.

Ce qui se passait en cet instant lui donnait la même impression d'être coupée du monde, le même sens aigu d'un danger imminent.

Le cœur martelant ses côtes, elle lutta pour contrôler sa respiration et chasser ses souvenirs. Elle n'était pas en Afghanistan. Elle était au Colorado. Dans un parc national. Il n'y avait pas de danger. Il s'agissait sans doute d'un randonneur, d'un amoureux de la solitude et de la paix qu'offrait ce territoire vierge.

S'avançant sans bruit, elle écarta les branches duveteuses et parfumées d'un pin.

Penchée sur le sol, une petite femme à la peau cuivrée déterrait avec adresse des plantes qu'elle fourrait dans les poches de sa longue jupe. Des pissenlits, nota Abby. De la verdure sauvage mais comestible.

Elle rangea son arme et se leva.

— Bonjour, dit-elle.

La femme sursauta, laissa tomber une poignée de pissenlits et se retourna comme pour s'enfuir.

— Attendez ! s'écria Abby. Excusez-moi, je ne voulais pas vous faire peur.

Elle ramassa le bouquet et le lui tendit. La femme était jeune, à peine sortie de l'adolescence, et très jolie. Sa peau était d'une riche teinte caramel, sa bouche pareille à un bouton de rose, ses pommettes hautes et marquées, et ses grands yeux noirs bordés de longs cils. Elle portait une ample chemise bleu pâle, une jupe noire et des sandales de cuir. Un fichu rouge, bleu et vert lui couvrait le haut du corps.

D'un mouvement hésitant, elle s'avança et récupéra les pissenlits des mains d'Abby.

— *Gracias*, murmura-t-elle d'une voix ténue.

Une *Latina*, songea Abby. Dans la région vivait une importante communauté mexicaine.

Abby fouilla sa mémoire à la recherche de l'espagnol appris à l'école.

— *¿ Habla inglés ?*

La jeune femme secoua la tête et referma les bras sur ce que, dans un premier temps, Abby avait pris pour un sac où elle rangeait sa cueillette. En fait, il s'agissait d'un enfant maintenu sur sa poitrine à l'aide des pans noués de son fichu.

— Vous avez un bébé ! s'écria Abby en souriant. Un *niño*.

La femme serra l'enfant contre elle et arrondit les yeux, la mine apeurée.

Peut-être était-elle immigrée clandestine, et craignait-elle qu'Abby ne la signale aux autorités.

— Ne vous inquiétez pas, dit Abby, qui ne se rappelait pas les mots espagnols. Je cherche des plantes, comme vous.

Elle cassa un brin de persil du désert et le lui présenta.

— *¿ Donde esta este ?* demanda-t-elle. Où trouver ceci ?

La femme la considéra d'un air méfiant, mais s'avança pour l'étudier, avant de hocher la tête.

— *Si. Yo conozco.*

— Vous connaissez cette plante ? Vous savez où il y en a ? *¿ Donde esta ?*

La jeune mexicaine regarda autour d'elle, puis lui fit signe de la suivre. En proie à une sourde excitation, Abby ne se fit pas prier. Jusque-là, les échantillons de *Lomatium* avaient été rares. En avoir davantage à étudier serait un véritable cadeau du ciel.

La femme se déplaça avec agilité sur le terrain rugueux, malgré sa longue jupe et le bébé qu'elle portait. Ses cheveux noirs ondulaient par vagues dans son dos. Où vivait-elle ? se demanda Abby. Les plus proches habitations étaient à des kilomètres, et l'unique route dans cette partie du parc était la piste par laquelle Abby était arrivée. Cueillait-elle des pissenlits parce qu'elle s'intéressait aux plantes sauvages comestibles, ou parce qu'elle avait faim ? Elle s'arrêta soudain près d'un large rocher et baissa les yeux. Du persil du désert s'étendait sur une parcelle de plusieurs mètres carrés. Abby n'en avait jamais vu autant. Elle ne put cacher sa joie.

— C'est formidable ! Merci beaucoup. *Muchas gracias.*

Elle prit les mains de la Mexicaine dans les siennes et les secoua. La jeune femme lui offrit un sourire timide.

— *Mi nombre es* Abby.

— *Soy* Mariposa, répondit-elle.

Mariposa. Papillon. Son nom était papillon ?

— *¿ Y su niño ?* demanda Abby, désignant le bébé du menton.

Mariposa sourit et écarta le fichu, révélant un nourrisson de quelques mois aux fins cheveux noirs.

— *Es una niña*, répondit-elle. Angelique.

— Angelique. Petit ange…, dit Abby en soupirant, émue.

Mariposa se tourna vers elle et, du bout des doigts, lui toucha la joue.

Abby tressaillit. Pas parce que cela lui faisait mal, mais parce qu'elle n'aimait pas qu'on lui rappelle sa cicatrice. Si les multiples interventions chirurgicales et le temps avaient atténué la marque laissée par l'explosion de cette bombe sur le bord d'une route, la balafre blanchâtre qui courait du dessus de son oreille gauche jusqu'à la pommette ne disparaîtrait jamais tout à fait. Pour la dissimuler, elle portait les cheveux longs et tâchait de les coiffer vers l'avant. Mais, seule dans ce coin isolé et par cette chaleur, elle les avait attachés sur la nuque pour ne pas être gênée dans son travail. Elle n'avait aucune idée de ce que venait de dire Mariposa, mais c'était certainement de sa cicatrice qu'elle parlait.

Elle secoua la tête.

— *Es no importante*, répondit-elle, détournant le visage pour lui présenter son « bon » côté.

Ce faisant, Abby repéra une délicate fleur blanche, dont les trois pétales ronds se teintaient de rose violacé près du cœur. A proximité, une demi-douzaine d'autres surmontaient leur tige sans feuilles.

Abby s'agenouilla, fit glisser son sac au sol et sortit sa truelle. Avec délicatesse, elle déterra l'une d'elles, révélant un gros bulbe blanc. Une fois celui-ci nettoyé à l'aide d'une brosse, elle tendit la fleur à Mariposa.

— *Este es comer. Bueno.*

Frustrée par la pauvreté de son espagnol, elle le répéta en anglais comme si cela pouvait aider à la convaincre.

— C'est bon à manger.

Du bout du doigt, Mariposa caressa le pétale velouté de la fleur et hocha la tête.

— Ça s'appelle un lys mariposa, dit-elle. *Su nombre es Mariposa tambien.*

La jeune femme acquiesça, puis s'agenouilla à son tour pour en déterrer un autre. Afin de lui faire plaisir ? Ou parce qu'elle était vraiment en recherche de nourriture ? Abby pria pour que la première option soit la bonne. Parce que si ses études lui avaient appris certaines choses sur les plantes sauvages, elle aurait détesté devoir compter sur elles pour survivre.

Alors qu'elle puisait un sachet à prélèvement dans son sac, elle se rappela les trois barres énergétiques qu'elle avait emportées. Ce n'était pas grand-chose, mais elle les offrit à Mariposa. Au moins, cela la changerait des racines. Elle les plaça dans ses mains.

— *Por usted.*

— *Gracias.*

Tandis que Mariposa les glissait dans sa poche, Abby sortit son appareil photo pour effectuer des clichés du persil du désert. Sur une brusque impulsion, elle braqua l'objectif vers la jeune femme et pressa le déclencheur. Instantanément, son visage apparut sur l'écran de l'appareil, empreint de gravité mais toujours aussi beau.

— Ça ne vous ennuie pas, n'est-ce pas ?

Elle retourna le boîtier pour lui montrer l'image.

Mariposa l'étudia, les yeux plissés, mais ne dit rien.

Pendant un moment, les deux femmes s'activèrent côte à côte, Mariposa prélevant des lys, et Abby d'autres pieds de persil. Même si d'habitude elle préférait travailler seule, c'était agréable d'être avec Mariposa. Elle regrettait juste de ne pas mieux parler espagnol, et que celle-ci ne parle pas anglais, ce qui l'empêchait d'en savoir plus sur elle : d'où elle venait, et ce qu'elle faisait dans cet endroit perdu.

De par son expérience militaire, Abby était censée noter le moindre changement dans son environnement. Mais Mariposa fut la première à se raidir et à fouiller des yeux les buissons à leur droite.

Abby ne remarqua qu'alors les mouvements à distance. Depuis son retour à la vie civile, elle avait dû se rouiller un peu…

Un groupe d'hommes marchait dans leur direction, leurs voix claires dans l'air immobile. Abby allait demander à Mariposa si elle les connaissait lorsque celle-ci s'enfuit en courant.

Ce fut si soudain qu'Abby sursauta et la suivit des yeux, tentant de comprendre ce qui se passait.

La jupe relevée, la jeune mexicaine s'éloignait à toutes jambes dans la direction opposée à celle du groupe, comme si sa vie en dépendait, manquant de trébucher sur le terrain inégal.

Abby songea à la suivre mais se ravisa. Cela ne ferait sans doute que l'effrayer davantage. Elle observa sa silhouette jusqu'à ce qu'elle disparaisse derrière une côte, puis reporta son attention sur les voix. Celles-ci s'amplifiaient. Le groupe se rapprochait.

Abby renfila son sac à dos, ressortit son arme, se posta dans l'ombre d'un rocher et attendit.

Les accidents du terrain et la végétation basse l'empêchaient de voir les hommes, mais leurs voix étaient bien nettes. De toute évidence, ils ne cherchaient pas la discrétion. Ils parlaient fort et traversaient les buissons sans se soucier des craquements de branches et brindilles sous leurs pieds. Lorsqu'ils furent tout près, elle distingua de l'anglais et de l'espagnol. Ils semblaient chercher quelqu'un.

— Sors de là ! criaient-ils. Où est-il ?

Ou peut-être : *Où est-elle ?*

Etaient-ils à la recherche de Mariposa ? Et dans ce cas, pourquoi ?

Aux premiers coups de feu, l'adrénaline fusa dans le corps d'Abby. Elle crispa les doigts sur son arme et se colla contre le rocher. L'espace d'un instant, elle se revit en Afghanistan, clouée par les tirs ennemis, incapable de riposter.

Elle ferma les yeux et serra les dents, luttant pour garder son calme. Elle n'était plus là-bas. Elle était aux Etats-Unis. Personne ne lui tirait dessus. Elle ne risquait rien.

Une seconde salve craqua dans l'air.

Abby se mordit si fort les lèvres qu'un goût de sang emplit sa bouche. Puis ce fut terminé. Mais l'écho des tirs vibrait encore dans ses tympans.

Les hommes ne semblaient plus faire aucun bruit. A moins qu'elle ne soit momentanément sourde ?

Rouvrant les yeux, elle plongea la main dans la poche de son jean pour la refermer sur le lapin en céramique qu'elle y gardait. Cinq ans plus tôt, elle s'était réveillée dans l'hôpital de campagne avec la petite figurine dans la main, sans savoir qui l'y avait mise. Depuis, elle le conservait comme un porte-bonheur. Le contact familier de sa surface lisse et de ses longues oreilles la calmait. Elle n'avait rien à craindre. Tout allait bien.

Les voix résonnèrent de nouveau, mais moins excitées et plus distantes. Au bout de quelques instants, elles disparurent tout à fait, et le silence retomba sur le parc.

Abby attendit tout de même une dizaine de minutes derrière le rocher, le pistolet serré entre les mains, tous les muscles tendus, prête à se défendre. Puis elle se releva et scruta le paysage autour d'elle. Rien. Aucun homme. Pas de Mariposa non plus. Et pas de nuage de poussière indiquant le passage d'un véhicule. L'endroit était aussi figé qu'un tableau. Aucune brise n'agitait les feuilles des arbres.

Encore tremblante de l'afflux d'adrénaline, Abby rengaina son arme et resserra les sangles de son sac. Elle pouvait regagner sa voiture, mais ce serait augmenter le risque de tomber sur ces hommes. Peut-être valait-il mieux rester là encore un moment. Elle reprendrait sa collecte, afin de laisser la plus grande distance s'établir entre eux et elle.

Elle revint donc vers les pieds de persil du désert.

Les extraire du sol agissait comme un baume apaisant. Une fois déterrés, elle les glissait dans un sachet de prélèvement, inscrivait les références GPS et la date sur l'étiquette, puis les plaçait dans son sac.

Dès qu'elle jugea le nombre suffisant, elle se leva et s'étira. Ses muscles étaient douloureux, noués par la tension. Il était temps de rentrer à sa caravane. Elle se laverait, puis ferait halte au poste des rangers pour signaler l'incident qui venait de se produire. Mais elle ne parlerait pas de Mariposa. Elle n'avait aucune envie de trahir les secrets, quels qu'ils soient, de la jeune mexicaine.

Elle s'orienta à l'aide du GPS, puis se tourna vers le sud-ouest, en direction de sa voiture. Elle n'avait aucune piste à suivre. Seules quelques sentes d'animaux et la ligne rouge de son GPS indiquaient son itinéraire dans ce secteur. En patrouille à Kandahar, elle se servait d'appareils similaires, mais se fiait également à sa mémoire des repères physiques, et même à la position des étoiles. Là-bas, rien ne lui était familier, mais elle avait appris à s'en accommoder. Jusqu'au jour où cette bombe en bord de route avait tout balayé.

Elle traça d'un pas prudent son chemin dans ce milieu préservé, évita les cactus opuntia, les saules du désert, les bouquets de sauge, d'*ephedra* ou thé-des-mormons, et les dizaines d'autres plantes que ses études lui avaient appris à reconnaître. Elle garda son attention fixée sur le sol, espérant repérer l'une ou l'autre des précieuses espèces de sa liste. Toutes étaient considérées comme rares, et toutes recelaient la promesse de vertus curatives. Sa recherche actuelle pouvait un jour conduire à leur culture pour le traitement du cancer, de la maladie de Parkinson ou d'autres affections tout aussi graves.

Elle était si concentrée sur sa reconnaissance des plantes autour d'elle qu'elle faillit trébucher sur une branche tombée, qui dépassait d'un buisson de bigelovie aux fleurs jaunes. Maudissant sa maladresse, elle se redressa et y jeta un second coup d'œil. La branche était brune, de l'épaisseur d'un bras. A quelle sorte d'arbre appartenait-elle ? Cette couleur d'écorce était insolite, et les grands arbres peu fréquents dans cette région.

Elle se pencha pour l'examiner de plus près, et un frisson glacé la parcourut. Ce n'était pas une branche, comprit-elle, horrifiée. Elle avait buté sur un homme. Etendu par terre, bras et jambes écartés. Il la fixait de ses yeux vides, des yeux qui ne voyaient plus rien.

2

Michael avait peu d'appétence pour les réunions. Certes, elles étaient nécessaires dans son métier de lieutenant, mais elles le barbaient. Il avait perdu trop d'heures assis dans cette salle de conférences, à écouter discourir sur des sujets qui n'avaient aucune importance. Il préférait être dehors, sur le terrain, à effectuer un *vrai* travail.

Mais celui qui avait convoqué cette réunion était son chef, le capitaine Graham Ellison. Même si Graham appartenait au FBI et lui-même à la Surveillance des Frontières, Michael avait la lourde tâche de diriger la force mixte chargée de maintenir la loi et l'ordre sur ce vaste territoire du sud-ouest du Colorado. Ils se connaissaient depuis peu, mais Michael avait développé un respect immédiat pour son supérieur.

— Les rangers du parc national ont trouvé un véhicule abandonné à l'aire d'observation du Point du Dragon, hier.

Malgré son corps massif, son cou épais, ses épaules de footballeur américain, ses cheveux très courts et sa posture rigide d'ancien militaire, le capitaine s'exprimait d'une voix douce, à l'instar de beaucoup de vrais costauds. Sa simple présence appelait l'attention, aussi n'avait-il pas besoin de hausser la voix.

— Le bureau du shérif du comté de Montrose l'a identifié comme appartenant à une certaine Lauren Starling, de Denver. Mme Starling ne s'est pas présentée à son travail ce matin, et on nous a demandé d'être attentifs. Voici sa photo.

Il fit circuler une épreuve sur papier brillant.

Michael étudia le cliché professionnel d'une jolie blonde

d'une trentaine d'années, aux cheveux à longueur d'épaules, aux yeux indigo et au sourire éclatant. Elle regardait en face l'objectif, l'expression confiante.

— Ils pensent qu'elle était seule par ici ? demanda-t-il en passant le document à son voisin, Randall Knightbridge, du Bureau de l'administration des terres.

— Ils n'en savent rien, répondit Graham. Pour le moment, ils nous demandent juste d'ouvrir l'œil.

— Hé, je connais cette nana, dit Randall.

Tout le monde se tourna vers lui. Le ranger du B.A.T. était le plus jeune membre du groupe. A vingt-neuf ans, il était connu aussi bien pour sa vive intelligence que pour son excentricité. Il pouvait raconter l'intrigue d'une demi-douzaine de séries télés sur le paranormal, jouait à la crosse amérindienne dans ses moments perdus et baissait toute l'année les manches de ses chemises d'uniforme pour cacher les tatouages colorés qui ornaient ses deux bras. Comme il n'avait pas une réputation de don Juan, comment connaissait-il une fille aussi séduisante ?

— Enfin, pas personnellement, précisa-t-il comme s'il avait entendu Michael penser. Mais je l'ai vue à la télé. Elle est journaliste sur Channel 9, à Denver.

— Mais oui ! approuva Simon Woolridge, de la Police de l'Immigration et des Douanes.

Il saisit la photo et l'examina de nouveau.

— Je savais que son visage m'était familier.

— Comme celui de toutes tes ex-femmes, ironisa Lance Carpenter, shérif-adjoint au comté de Montrose.

— Lauren Starling présente en effet le journal du soir de Channel 9, confirma Graham.

— Quand a-t-elle été portée disparue ? demanda Marco Cruz, de la DEA — les Stupéfiants.

— La police de Denver ne la considère pas encore comme disparue, nuança Graham. La voiture était juste garée sur l'aire d'observation, et il n'y avait aucun signe de lutte. Elle a pris une semaine de vacances et n'a dit à personne où elle allait. Il ne semble rien manquer de particulier dans son appartement. Je n'ai pas d'autres infos pour le moment.

— Est-ce qu'ils ont envisagé un suicide ? demanda Carmen Redhorse, la seule femme de l'équipe.

Petite, de sang cheyenne, les cheveux noir de jais, Carmen était membre du CBI, le Colorado Bureau of Investigation.

Personne ne parut surpris par sa suggestion. Le Black Canyon, avec son extrême profondeur et ses flancs abrupts, était malheureusement un lieu prisé par les candidats au suicide. Quatre ou cinq cas étaient à déplorer chaque année.

— Il n'y a pas de lettre, indiqua Graham. La police de Denver est actuellement sur l'affaire. Ils nous ont simplement demandé d'être attentifs. Si vous voyez quoi que ce soit de suspect, nous en aviserons les autorités locales.

Il consulta sa fiche sur sa planchette à pince.

— Mais nous avons plus important, reprit-il. La police d'Etat a saisi un camion transportant une cinquantaine de kilos de têtes de cannabis à un relais routier de Gunnison, la nuit dernière. La marijuana était cachée dans des sacs de café, mais les chiens l'ont découverte immédiatement.

— Quand est-ce que ces idiots apprendront qu'on ne peut pas tromper un nez de chien ? demanda Randall.

Il se pencha pour flatter l'encolure de son berger malinois femelle, Lotte, qui s'étalait sous son siège. L'animal frappa deux fois le sol de sa queue, mais ne leva pas la tête.

— Le journal de bord du camion indique qu'il a traversé cette zone, poursuivit Graham. C'est le second chargement confisqué en deux mois. Autrement dit, la production de drogue est en pleine activité dans la région. Nous savons par expérience que ces territoires publics font l'objet d'une forte convoitise de la part des exploitants clandestins.

— Un espace libre, loin de toute zone habitée, une présence policière très réduite…

Carmen énuméra les raisons pour lesquelles ces terres sauvages étaient si tentantes pour les trafiquants.

— J'ai lu quelque part que les principaux parcs nationaux avaient des problèmes avec les cartels. Aujourd'hui, c'est le cannabis et la méthamphétamine.

Graham se tourna vers la carte grand format qui couvrait presque toute une paroi de la caravane qui leur servait de quartier général.

— Nous multiplierons les repérages aériens cette semaine, en espérant parvenir à localiser les plantations. Nous nous concentrerons en premier sur la gorge du Gunnison, à la frontière ouest du parc. Les compteurs installés la semaine dernière montrent un accroissement notable du trafic routier dans ce secteur.

En plus de la surveillance des quinze mille hectares du parc national, le groupe était chargé de cerner l'activité criminelle dans les plus de trente mille hectares de la Zone nationale protégée de la gorge du Gunnison, et les vingt et un mille de la Zone de loisirs de Curecanti. Pour la petite unité qu'ils formaient, cela représentait un territoire gigantesque, sans routes ou presque, en grande partie inaccessible de par son relief et sa nature sauvage. Depuis quelques années, les cartels de la drogue profitaient de ce manque criant de personnel pour cultiver de vastes surfaces de terres publiques. Ils creusaient des canaux d'irrigation, installaient des clôtures et détruisaient un précieux artisanat ancien en toute impunité. L'ambition de la force mixte était de mettre fin à leurs activités.

Une ambition démesurée, songea Michael.

Il sortit un caramel du rouleau de Life Savers qu'il gardait au fond de sa poche, et le fourra dans sa bouche. Ils perdaient du temps, assis là à discutailler au lieu d'être dehors à agir.

— Si nous voulons trouver les cultures, cherchons ceux qui s'en occupent, déclara Simon.

— Tu veux dire, ceux qui les plantent ? demanda Randall.

— Je veux dire ceux qui sèment, arrosent, désherbent et chassent les prédateurs, animaux ou humains. Des clandestins, très certainement, recrutés pour ça. Dès que nous les aurons trouvés, nous leur mettrons la pression et nous saurons qui est derrière eux. Qui finance.

C'était un aspect du sujet que Michael connaissait bien.

— Le trafic humain a augmenté de vingt pour cent dans le Colorado cette année. Beaucoup des pauvres hères qui débarquent à Denver viennent de cette zone. Le réseau que nous recherchons convoie peut-être plus que de la drogue.

— Les gérants de ces exploitations offriraient donc un billet d'entrée dans le pays aux gens qui travaillent pour eux ? avança Lance.

— Plus vraisemblablement, ils travaillent sous la houlette des maquignons qui leur font payer le passage, dit Michael. Mais au lieu de les conduire chez leur cousin de Fort Collins ou leur tante de Laramie, ils en font des prisonniers au service des cartels. Et lorsqu'ils ont travaillé dans les champs un certain temps, ont appris à préparer de la met' ou toute autre drogue, les responsables emmènent les femmes et les jeunes hommes à Denver où ils les prostituent. C'est un esclavage à grande échelle, dont le grand public ne soupçonne même pas l'existence.

— Autrement dit, soupira Carmen, nous sommes en présence d'un trafic d'êtres humains.

— Nous n'en savons rien, répliqua Simon. Ce ne sont que des présomptions. Ce qui est clair, en revanche, c'est que ces ouvriers sont probablement des clandestins. Expulsons-les, et l'opération s'effondrera. Du moins pour un temps.

— Jusqu'à l'arrivée d'un nouveau contingent, rétorqua Michael en croisant son regard, à l'autre bout de la table. Expulser ces gens ne résoudra rien. Au contraire, cela annihilera toute chance de mettre un terme définitif à ce trafic.

— Empêchez la production, et l'importation de main-d'œuvre cessera d'elle-même, argua Simon.

— C'est juste, intervint Carmen. Seigneur, maintenant ils les envoient directement à Denver, où personne ne se doute de rien !

— Messieurs, revenons à nos moutons, les coupa Graham. Il leur adressa à chacun un regard sévère.

— En tant que force de surveillance et d'intervention, notre rôle est de nous occuper de toute activité criminelle dans la région : trafic humain, drogue, blanchiment d'argent, assassinats… Je n'ai pas besoin de vous dire qu'en cette époque de coupes budgétaires, il faudra montrer aux politiciens que leur argent est bien investi. Une réussite de haut niveau aidera à les en persuader.

Pour les caisses de l'Etat, la drogue valait plus que les gens, se dit Michael avec aigreur. La loi permettait au FBI de saisir tout ce qui était lié aux trafics de drogue, de l'argent liquide aux véhicules, en passant par les propriétés et les maisons.

— Demain, nous entamerons une période de cinq jours de repérages aériens dans ces secteurs, reprit Graham en désignant plusieurs points sur la carte. Ces endroits sont relativement plats, disposent de cours d'eau et, bien qu'ils soient très isolés, sont accessibles en 4x4.

— Quid des propriétés privées ? demanda Michael.

Plusieurs points blancs sur la carte, certains enclavés dans le territoire fédéral, indiquaient des surfaces appartenant à des privés.

— Ces propriétés peuvent offrir un abri aux convoyeurs de drogue. Elles feront donc l'objet d'une attention particulière, annonça Graham. Mais la plus grande partie de ces terres est vide.

— Sauf pour la forteresse de Prentice, indiqua Simon.

Michael garda sa question pour lui. Il lui suffisait d'attendre, et quelqu'un fournirait les explications au dernier arrivé dans l'équipe. Sinon, il trouverait par lui-même.

— Richard Prentice en est propriétaire, expliqua Graham

en pointant le doigt sur un carré blanc à la lisière du parc, presque sur le bord du canyon. Il s'y est construit une petite cité personnelle avec plusieurs résidences, des écuries, une entrée avec grille, et tout le reste.

— Certes, observa Carmen, mais avant cela, il a pratiquement fait chanter le gouvernement en lui proposant de l'acquérir à un prix exorbitant. Faute de quoi, il bâtissait un théâtre porno géant avec enseignes de néon et tutti quanti, à deux pas de l'entrée du parc.

Ses lèvres se retroussèrent en une moue de dégoût.

— Il a déjà eu du succès avec ce genre de stratégie, confirma Graham. Il a menacé de dynamiter une construction classée monument historique à proximité d'Ouray, jusqu'à ce qu'une association rassemble les fonds pour le lui racheter.

— A un prix vertigineux, précisa Carmen. C'est comme ça qu'il opère. S'il trouve un moyen lucratif d'exploiter une situation, aucune considération morale ne l'arrête.

— Le gouvernement n'a pas marché cette fois ? demanda Michael.

— Non, répondit Lance. Et le comté a riposté en interdisant toute activité commerciale liée au sexe sur son territoire. Au lieu de quoi, il a construit une luxueuse demeure, et passe son temps à déposer des plaintes chaque fois que nous roulons trop près de sa résidence ou que nous la survolons.

— Est-ce à dire que nous le considérons comme lié à la vague actuelle de criminalité ?

Chacun savait qu'en la matière, l'argent et le pouvoir étaient de puissantes motivations.

Graham secoua la tête.

— Prentice adore faire la nique au gouvernement, mais rien ne permet de le suspecter de quoi que ce soit.

— Ce qui ne fait pas de lui un agneau, observa Carmen. Simplement, nous ne pouvons rien prouver. Pas encore.

Michael étudia de nouveau la carte. Dès qu'il en aurait l'occasion, il irait voir ce Prentice.

— Le suivant sur la liste…

Graham consulta sa fiche, mais, avant qu'il ne puisse poursuivre, on frappa à la porte.

— Entrez ! lança-t-il.

Le battant s'ouvrit et une femme apparut, les yeux arrondis de surprise. Une cascade de cheveux blonds lui cachait en partie le visage, mais elle était certainement jeune. Et belle, avec ses iris sombres, son petit nez droit et son menton bien dessiné. Elle portait un pantalon cargo, des chaussures de randonnée et une chemise de toile à longues manches. Le col ouvert révélait un haut noir à bordure de dentelle et une peau bronzée. Le regard de Michael s'arrêta sur l'arme à sa hanche, un Sig Sauer .40. Il avait le même à sa ceinture. Appartenait-elle à une quelconque structure des forces de l'ordre ? Etait-elle membre de dernière minute de l'équipe ?

— Je, euh, je ne voulais pas déranger, commença-t-elle. Je cherchais les rangers du parc. Leur bureau est fermé, et j'ai vu les voitures…

— Les rangers du parc finissent leur journée à 16 heures, indiqua Graham. Pour un problème de permis de camper ou autre, ils sont là à partir de 9 heures.

Elle plissa les yeux sur le badge épinglé à sa chemise beige.

— Capitaine Ellison, êtes-vous membre des forces de l'ordre ?

— Oui. En quoi puis-je vous aider ?

Elle pinça un moment les lèvres, comme si elle réfléchissait à ce qu'elle devait faire.

— Je suis venue signaler un meurtre.

La température dans la caravane chuta de plusieurs degrés, Michael en fut certain. Tout le monde se pencha en avant, et tous les yeux — y compris ceux de la chienne — se concentrèrent sur la femme.

Graham lui fit signe d'entrer.

— Un meurtre, hein ? Venez donc nous expliquer cela.

Alors qu'elle passait près de Michael, il fut bercé par

une odeur de feu de bois, de sueur, ainsi que de quelque chose de plus léger, plus féminin. Un parfum floral, ou un shampooing.

Un pincement se fit dans son estomac, une impression de familiarité qui lui hérissa les cheveux sur la nuque. Où avait-il déjà vu cette femme ?

— Je suis biologiste, précisa-t-elle.

Elle s'adressa d'abord à Graham, puis jeta des regards nerveux aux autres.

— Plus exactement, je prépare un master en biologie. J'étudie pour mon mémoire certaines espèces de plantes qui poussent dans ce parc. Je cueillais des échantillons, ce matin, quand j'ai entendu des gens approcher. Ils criaient en espagnol et en anglais, ils cherchaient quelqu'un.

— Vous vous êtes approchée d'eux ? demanda Simon. Vous leur avez parlé ?

Elle secoua la tête. Dans le mouvement, ses cheveux s'écartèrent de son visage, révélant une cicatrice irrégulière en travers de sa joue. Cette marque paraissait étrange, déplacée, sur un si joli visage. Comme une fêlure sur une porcelaine de prix. Les tripes de Michael se nouèrent, et il eut les plus grandes difficultés à contrôler sa respiration. Il était sûr de la connaître, mais peut-être son imagination lui jouait-elle des tours. Ou était-ce une manifestation inattendue de son stress post-traumatique ?

— Ils étaient à une certaine distance, cent cinquante, deux cents mètres. Je me suis cachée derrière un gros rocher et j'ai attendu qu'ils s'en aillent.

— Pourquoi ? la pressa Simon.

— Parce qu'elle est intelligente, commenta Carmen. Une femme seule dans un endroit perdu aperçoit un groupe d'individus excités ? Bien sûr qu'elle se cache !

Simon rougit, tel un écolier réprimandé.

— Elle donne l'impression de savoir se défendre, déclara-t-il en hochant le menton en direction du Sig Sauer. Vous avez un permis pour cette arme ?

— Oui.

Elle se détourna de lui.

— Je ne pouvais pas voir ce qu'ils faisaient. Le terrain est accidenté, là-bas. Mais j'ai entendu des coups de feu. Ensuite, le calme est retombé et ils sont repartis.

— Vous êtes sûre qu'il s'agissait de coups de feu ? demanda Graham.

Elle opina du chef.

— J'ai été militaire, basée à Kandahar. Je sais les reconnaître. C'était le bruit d'un semi-automatique. Un fusil, pas un pistolet.

Michael crispa les doigts sur l'armature de la table, sous le plateau, jusqu'à ce qu'ils lui fassent mal. Il n'était pas le jouet d'une illusion de vétéran de l'armée. C'était *elle*. La femme qui hantait un coin de son esprit depuis cinq ans. Celle qu'il ne pourrait jamais oublier.

— Très bien, dit Graham, un coude appuyé avec nonchalance sur la table. Que s'est-il passé après ?

— J'ai attendu dix minutes pour être sûre qu'ils étaient partis. Puis j'ai repris ma collecte de plantes. Ensuite, je suis retournée vers l'endroit où j'avais laissé ma voiture. Je n'avais pas fait cinq cents mètres que mon pied a buté sur quelque chose.

Elle pâlit, déglutit et crispa les lèvres.

— C'était un corps, murmura-t-elle.

Elle toussota, avant d'ajouter :

— Un homme jeune. Latino. Il avait reçu une balle dans la poitrine.

— Il était mort ? s'enquit Randall.

— Oh oui. Mais depuis peu. Il était encore chaud.

— Donc, vous pensez que ces hommes que vous avez entendus l'ont tué.

Simon ne pouvait rester longtemps silencieux. A l'évidence, il aimait jouer le rôle d'interrogateur.

— C'est à vous d'en décider, pas à moi, répliqua-t-elle.

Un bon point pour elle, songea Michael. Remettre Simon à sa place.

— Pourriez-vous nous montrer où il se trouve ? demanda Graham.

Elle acquiesça.

— Je pense. Je ramassais des plantes pas loin de là, et j'ai noté les coordonnées GPS de ma position. J'aurais dû noter aussi celles du corps, mais j'étais tellement choquée…

Elle baissa les yeux. Ses cheveux lui retombèrent devant le visage, mais Michael n'avait plus besoin de confirmation visuelle. C'était bien elle. Lui qui croyait ne jamais la revoir…

Quelles étaient les probabilités pour qu'il tombe à nouveau sur elle, dans un lieu situé aux antipodes de celui où il l'avait vue la dernière fois ? Sa mère lui disait toujours que rien n'arrivait par hasard. Michael, lui, ne croyait pas aux interventions divines ou au destin. Mais il devait le reconnaître : les superstitions de sa mère avaient un peu déteint sur lui.

— Plus tard, nous aurons besoin d'une déposition complète, annonça Graham en passant à une nouvelle feuille sur sa planchette. En attendant, donnez-moi juste votre nom et l'endroit où vous campez.

— Abigail Stewart.

Comme tous les autres se tournaient vers lui, Michael prit conscience d'avoir parlé à voix haute. Abby le dévisagea, bouche bée, les joues piquées de rouge.

— Comment connaissez-vous mon nom ? s'étonna-t-elle.

Il se leva et se força à se détendre, ou tout au moins à ne pas laisser paraître le conflit d'émotions qui sévissait en lui.

— Bonjour Abby, dit-il doucement. Je suis Michael Dance.

— Je ne connais pas de Michael Dance.

— Non, vous ne vous souvenez sans doute pas de moi. Ça fait un bail. Cinq ans.

Elle fouilla son visage, une lueur de panique dans le regard. Il voulait la toucher, la rassurer, mais il demeura figé. Immobile.

— Vous m'avez connue en Afghanistan ? demanda-t-elle. Je ne me rappelle pas.

— C'est normal. La dernière fois que je vous ai vue, vous étiez inconsciente. D'un point de vue technique, vous étiez morte. Durant un certain temps, du moins.

C'était lui qui l'avait ranimée. Il avait effectué un massage cardiaque, insufflé de l'air dans sa bouche abîmée, jusqu'à ce que son cœur se remette à battre et qu'elle absorbe de nouveau l'oxygène par elle-même. Il lui avait sauvé la vie, et ce faisant avait créé entre eux un lien qu'il n'avait jamais été capable de couper tout à fait.

3

Qu'un parfait inconnu annonce à d'autres inconnus qu'elle était revenue d'entre les morts ne figurait pas en tête de liste des expériences qu'Abby souhaitait revivre. Dès qu'elle était entrée dans la caravane des forces de l'ordre, elle avait senti le regard du grand officier aux cheveux bruns rivé sur elle. Grossier ? Ou simplement un peu trop intense ? N'ayant guère fréquenté le milieu de la police auparavant, elle était incapable d'en décider.

Et puis, quelle importance, après tout ?

Quelle importance ? Tout de même… Cet homme, Michael Dance, savait sur elle des choses qu'elle ignorait ! Il savait ce qui s'était passé durant les heures et les journées que ses blessures avaient gommées de sa conscience. Il l'avait vue avec ses plaies béantes, ne tenant plus à la vie que par un fil ténu, personnel, intime. Cela lui déplaisait, mais elle voulait en savoir plus.

Quant à lui, il semblait tirer plaisir à la regarder, et lorsqu'elle avait accepté de guider le groupe jusqu'au cadavre, il s'était glissé auprès d'elle et avait insisté pour qu'elle fasse la route avec lui.

Carmen était alors intervenue :

— Si vous préférez, vous pouvez venir avec Graham et moi.

Seule femme dans la pièce, elle avait peut-être perçu son malaise.

— Non, c'est très bien, avait-elle répondu. Je peux monter dans la voiture du lieutenant Dance.

Une fois isolés dans un véhicule, peut-être pourrait-elle lui poser les questions qui la hantaient.

Mais, alors qu'ils roulaient le long du canyon, elle se sentait gauche, troublée, incapable de prononcer un mot.

Sortant un rouleau de Life Savers de sa poche de chemise, il le lui tendit.

— Vous en voulez un ?

— D'accord.

Elle prit l'un des caramels durs. Il l'imita, puis rangea le rouleau dans sa poche.

— Je suis accro, confia-t-il. J'ai cessé de fumer l'année dernière, et je compense avec ça.

— Vous avez bien fait d'arrêter. J'ai connu beaucoup de soldats fumeurs, mais moi, je n'ai jamais touché à la cigarette.

— Vous êtes une femme avisée.

Il se cala contre son dossier, les yeux fixés sur le ruban d'asphalte sinueux qui suivait la principale attraction du parc : l'étroit et vertigineux Black Canyon.

Abby essaya de se détendre, mais, tenaillée par la curiosité, elle délaissa sa réserve naturelle.

— Comment pouvez-vous vous souvenir de moi après tout ce temps ? Cela fait cinq ans, et vous devez ne m'avoir vue que quelques heures.

Qu'était-il à l'époque ? Infirmier dans cet hôpital de campagne ? Médecin ? Pilote ? Ou simple soldat affecté au transport des blessés ?

— J'étais PJ. *Para-jumper.* Au cours de nos sorties, nous avons vu beaucoup de blessés, mais vous étiez la seule femme. Et mon premier sauvetage. Ça laisse une impression…

Escadron de sauvetage de l'US Air Force, les PJ sautaient au cœur du danger depuis leurs hélicos, souvent sous le feu ennemi, pour arracher des soldats blessés à une mort quasi certaine. Ils appliquaient des procédures de survie dans les airs, bien avant que leurs patients n'atteignent les hôpitaux de campagne. Abby ne se rappelait rien de tout cela, mais elle avait vu des reportages à la télé. Avec une fascination morbide, elle s'était imaginée patiente, rafistolée tant bien que mal par des jeunes hommes qu'elle ne reverrait sans doute jamais.

— Je… je ne sais quoi dire…

Elle tira sur la sangle de sa ceinture, prisonnière autant de celle-ci que de ses émotions.

— « Merci » me semble un mot trop faible, ajouta-t-elle.

— Vous vous en êtes sortie, et j'en suis heureux. Nous avons perdu tant d'hommes, là-bas. Mais perdre une femme aurait été encore pire. Je sais que ça ne devrait pas être ainsi, mais… Je préfère dire la vérité.

Elle hocha la tête. Si les femmes n'étaient pas autorisées dans les unités de combat, l'armée avait eu besoin d'elles pour interroger les femmes locales et assurer un certain nombre de tâches qui allaient de l'approvisionnement à la réparation d'un matériel qui tombait tout le temps en panne. Elles montaient la garde, patrouillaient, étaient parfois prises dans des combats, au cours d'une guerre dont le front n'était jamais clairement défini, et où un paysan pouvait être aussi bien ami qu'ennemi. Malgré toutes ces responsabilités qui leur incombaient, les femmes ne représentaient que dix pour cent des forces terrestres en Afghanistan. En ce qui la concernait, Abby n'avait pas voulu sortir du rôle qui lui était dévolu, mais cela avait été plus fort qu'elle.

— Je ne peux pas croire que vous vous soyez souvenu de mon nom, reprit-elle.

Il réprima une grimace.

— J'y ai mis un point d'honneur. Plus tard, j'ai tenté de vous retrouver. Oh ! Juste pour savoir comment vous alliez. Je ne suis pas un maniaque ou quoi que ce soit. Je voulais savoir, simplement.

— Vous n'y êtes pas arrivé ?

— J'ai appris qu'on vous avait rapatriée, rien de plus.

Il ajusta sa prise sur le volant de son Cruiser. Celui

de Graham et Carmen les suivait à faible distance. Une demi-douzaine d'autres complétaient le convoi, chargés de membres des forces de l'ordre.

— A présent, je sais. Vous avez bonne mine. Ça me fait plaisir.

Elle résista à l'envie de toucher sa cicatrice.

— Merci de ne pas entrer dans les détails.

Il fronça les sourcils.

— Pardon ?

— Merci de ne pas avoir précisé « compte tenu de ce qui vous est arrivé ».

— Les gens vous disent ça ?

— Quelquefois. Ou bien « cette cicatrice est à peine visible ». Ce qui est un grossier mensonge, car si c'était la vérité, pourquoi la mentionner ?

Seigneur, était-elle vraiment en train d'en parler à ce type dont elle ne savait pratiquement rien ? Elle n'abordait ce sujet avec personne, pas même la psychologue à qui l'armée l'avait envoyée. De l'argent jeté par la fenêtre, avait-elle pensé à l'époque…

— Donc, vous êtes étudiante en botanique ?

Il avait dû percevoir son malaise et préféré changer de sujet en douceur.

— En sciences de l'environnement. Et pour répondre à votre prochaine question, que je connais d'avance : avec un master en sciences de l'environnement, je me retrouverai sans doute à enseigner à des étudiants boutonneux qui se raseront à mes cours, ce qui me permettra, en parallèle, d'effectuer les recherches que je souhaite dans le développement de la médecine par les plantes.

— Vous voulez dire, l'herboristerie et tous ces trucs ?

— Je veux dire, les solutions de demain pour le traitement du cancer, du diabète ou de la maladie de Parkinson. Les plantes sont une ressource que nous avons à peine commencé à explorer.

— Il y aurait donc dans ce parc des plantes à même de guérir ces maladies ? s'étonna-t-il en désignant du doigt le paysage ingrat autour d'eux.

— A vos yeux, c'est peut-être un désert, mais toute cette zone recèle des centaines d'espèces aux vertus thérapeutiques. C'est l'endroit idéal pour ma recherche.

— Ça change de la guerre, commenta-t-il.

— Tout change de la guerre. Vous avez éprouvé cela une fois revenu ? Cette impression de ne pas savoir quoi faire, ni où aller ? D'être déconnecté de la réalité ? Ou c'est seulement moi ?

— Ce n'est pas seulement vous. Chaque jour, là-bas, on a une mission, un objectif. Ici, la vie est différente.

Il contempla un long moment la route devant lui, puis ajouta :

— J'ai pensé reprendre des études à mon retour, mais être assis toute la journée dans une salle de cours, ce n'était pas pour moi.

Déjà plus détendue, Abby se tourna vers lui et ce fut elle, cette fois, qui étudia son visage. Il était beau, c'était indubitable, avec ses yeux noirs, son teint mat, son nez aquilin et son menton volontaire. Ses larges épaules emplissaient admirablement sa chemise sable à manches courtes, et son pantalon de treillis mettait en valeur ses cuisses musclées.

— Comment avez-vous atterri dans une patrouille frontalière ?

— Ce job était parfait pour un vétéran. Il combinait une activité en plein air et une grande indépendance. Que rêver de mieux ?

Elle acquiesça. Elle comprenait ce désir d'être dehors et seul, loin de ses semblables. Après le bruit, le chaos, les foules des zones de guerre, la nature sauvage guérissait l'âme.

— C'est génial que vous ayez déniché un travail aussi important, reprit-il. Je veux dire, ce que vous faites pourra un jour apporter un changement radical à la vie des gens.

— Je l'espère. Mais oui, je suis consciente de l'importance de mon travail. Le vôtre aussi est important, vous ne croyez pas ?

— Si, quelquefois. Mais d'autres fois je ne sais pas.

Il jeta un d'œil aux rétroviseurs et croqua son caramel.

— Vous disiez que ce type que vous avez trouvé était mexicain ?

Retour à la raison pour laquelle elle était là. Ils ne pouvaient éluder le sujet *ad æternam*.

— Eh bien, latino, en tout cas. Il avait des cheveux très noirs et la peau mate. Comme vous.

— Ma mère est mexicaine. Mon père de Denver.

— Vous parlez espagnol ?

— Oui. Ça aide, dans mon métier.

— Vous tombez sur beaucoup de Mexicains dans le parc ?

Elle songeait à Mariposa et Angelique.

— Quelques-uns.

Il ralentit tandis qu'ils arrivaient à la fin de la route asphaltée, qui se poursuivait par une piste de terre non aménagée.

— Quelle distance il nous reste ? s'enquit-il.

Elle consulta son GPS.

— Une quinzaine de kilomètres.

— Vous ne plaisantiez pas, c'est vraiment reculé.

— Les meilleurs échantillons, on les trouve là où ni l'homme ni l'animal ne sont passés.

— C'est juste. Vous n'avez rien vu de suspect en vous baladant là-bas cette semaine, n'est-ce pas ?

Elle se raidit, songeant de nouveau à la mexicaine et à son enfant.

— Qu'entendez-vous par suspect ?

— Des plants de marijuana, par exemple ? Ou un laboratoire de méthamphétamine ambulant ?

— Non. J'aurais dû ?

— Sans doute pas, si vous voulez éviter les problèmes.

— C'est pour ça que les gardes frontaliers, le FBI, le BAT et Dieu sait qui encore se rencontrent dans une caravane au QG du parc ? Pour lutter contre le trafic de drogue ?

Son siège craqua tandis qu'il changeait de position.

— Nous sommes une force mixte qui lutte contre la criminalité croissante dans le parc et les territoires environnants. Principalement liée à la drogue, en effet.

Il planta son regard dans le sien.

— Je vous recommande la plus grande prudence. Que vous ayez sur vous ce Sig Sauer est une bonne initiative.

— Lorsque j'ai fait ma demande pour obtenir le permis de circuler dans l'arrière-pays, les rangers m'ont dit de faire attention aux serpents. Aucun d'eux n'a parlé de dealers ni de tueurs.

— La plupart des touristes ne sauront jamais qu'ils sont là. Combien de visiteurs du parc s'éloignent des abords de la route principale ou des pistes habituelles ?

— Très peu, confirma-t-elle. Je ne croise pratiquement jamais personne quand je suis dans l'arrière-pays.

Ce qui rendait sa rencontre avec Mariposa encore plus étonnante.

— Si je vois quoi que ce soit de suspect, je me tiendrai à distance. Tout ce que je veux, c'est collecter des échantillons de ma liste de plantes et retourner à ma recherche.

Le 4x4 cahotait sur la piste creusée d'ornières, parfois boueuses. Même si c'était le début du mois de juin, un filet d'eau provenant de la fonte des neiges serpentait sur le lit d'arroyos généralement secs à cette époque, et l'herbe d'ordinaire desséchée et brunie était verte et déjà épaisse. Au loin, remarqua Abby, quelques hardes de daims broutaient paisiblement et, au passage du véhicule, un groupe d'antilopes s'égaya à grands bonds.

Finalement, son GPS indiqua qu'ils étaient près de la zone où elle avait découvert le corps.

— Arrêtez-vous n'importe où, dit-elle. A partir d'ici, il faut continuer à pied.

Michael gara le Cruiser sur le bord de la piste. Graham glissa le sien juste derrière. Avec Carmen, ils ouvrirent les portières arrière, sortirent sacs, cantines, et, dans le cas de Graham, un fusil semi-automatique. Ils étaient parés pour une chasse à l'ours, songea Abby. Sans doute dans l'éventualité où ils tomberaient sur les méchants.

D'un signe, Graham indiqua qu'elle devait prendre la tête. GPS à la main, elle se mit en marche. Les autres lui emboîtèrent le pas, en formation de patrouille classique. Son rythme cardiaque s'accéléra. Elle glissa la main dans la poche de son jean et la referma sur le lapin en céramique.

Il n'y a pas lieu de s'inquiéter, se répéta-t-elle. *Tu es au Colorado. Dans un parc national. Il n'y a pas de snipers ici.*

Mais le cadavre qu'elle avait trouvé plus tôt le lui rappelait : ce paysage paisible n'était pas aussi serein qu'il y paraissait.

Ils marchèrent environ une heure, puis arrivèrent à la parcelle de *Lomatium concinnum* où elle avait fait ses prélèvements. La terre retournée était encore visible.

— Voilà le rocher où je me suis cachée.

Elle désigna le bloc imposant, puis s'en approcha et chercha à se souvenir de tout ce qu'elle avait fait pendant le laps de temps qui l'avait séparée de sa découverte.

— Je suis allée de ce côté…

Elle ouvrit le chemin, les trois autres marchant en silence derrière elle.

Quelques minutes plus tard, elle repéra le foulard rose fuchsia qu'elle avait noué à la branche d'un pin.

— C'est là, indiqua-t-elle, le doigt pointé devant elle. Près de cet arbre.

Elle s'arrêta et laissa les trois officiers prendre le relais.

Elle les observa à distance tandis qu'ils examinaient le corps. Carmen prit un certain nombre de photos, puis ils se déployèrent pour étudier le terrain. A la recherche d'indices, supposa-t-elle. Elle demeura dans l'ombre du pin, regrettant de ne pas se trouver ailleurs. Si, en quittant l'Afghanistan, elle avait cru laisser derrière elle la souffrance et la mort, elle s'était bercée d'illusions. La nature était censée être un havre de paix, pas de violence.

Michael revint auprès d'elle.

— Ça va ?

Elle hocha la tête.

— Oui, ne vous en faites pas.

Il la dévisageait, mais n'insista pas, ce dont elle lui fut reconnaissante.

— De quelle direction venaient les hommes que vous avez vus ? demanda-t-il.

— De là-bas. Près de cet arroyo.

Du menton, elle désigna la dépression du terrain.

Graham les rejoignit.

— Nous allons boucler ce périmètre et dépêcher une équipe pour chercher d'éventuels indices.

— Il faut déterminer d'où ils venaient, décida Michael. Il peut y avoir un campement pas loin d'ici.

— Où logez-vous, mademoiselle Stewart ? demanda Graham.

— Dans une caravane, au camping du Bord Sud.

— Prévenez-nous si vous décidez d'aller en ville ou de repartir chez vous. Nous pourrions avoir des questions à vous poser.

— J'ai prévu de rester ici encore huit à dix jours. J'ai à peine commencé à ramasser les échantillons dont j'ai besoin.

— Je crains fort que cette partie du parc ne soit interdite au public pendant presque ce temps, confia-t-il. Jusqu'à ce que nous estimions qu'elle ne présente aucun danger.

Il allait fermer l'arrière-pays ?

— Non, ce n'est pas possible, protesta-t-elle. Je ne suis pas une touriste naïve qui cherche l'aventure. Je dois absolument compléter ma collection d'échantillons.

— Il faudra les trouver ailleurs. Cette partie du parc sera fermée jusqu'à ce que je décide qu'elle est parfaitement sûre.

Les trois officiers l'observèrent, le visage fermé, implacable. Elle se retourna, et son regard tomba sur le cadavre. Plus exactement sur ses pieds qui dépassaient. Ils avaient l'immobilité de ceux d'un mannequin de théâtre. Une pièce sinistre se jouait dans le désert.

Elle détestait voir son projet contrarié, mais Graham et les autres avaient raison. Jusqu'à ce qu'ils sachent qui avait tué cet homme et pourquoi, la prudence était de mise.

— Très bien. Je suppose qu'il y a d'autres endroits dans le parc où je peux trouver ces plantes.

— Faites-nous savoir…

Mais Graham n'acheva pas sa phrase. L'écorce de l'arbre à côté d'Abby explosa.

— Couchez-vous ! cria Michael.

Il la poussa sur le sol tandis que les balles sifflaient au-dessus de leurs têtes.

4

Dans le silence qui suivit les coups de feu, l'écho de ceux-ci résonna trop fort aux tympans de Michael. Il bloqua sa respiration et tendit l'oreille, tentant de localiser le tireur. Abby remua sous lui, le souffle saccadé. Elle tenta de le pousser. En fait, elle était écrasée sous son poids. Mieux valait cela qu'être morte, pensa-t-il. Il se souleva d'un rien pour lui faire un peu d'espace. Appuyé sur les mains et les genoux, il était à cheval sur elle.

Ils se trouvaient dans un creux du terrain, une cuvette peu profonde ponctuée de pierres, de broussaille et de quelques pins tordus. Michael releva très légèrement la tête : Graham et Carmen étaient à moins de deux pas. Il croisa les yeux de son supérieur, dans lesquels brillait une colère noire.

— Qui nous tire dessus ? murmura Abby.

— Un sniper, répondit Graham. Il est posté à environ trois cents mètres au sud, sur cette petite côte.

Michael porta son regard dans la direction indiquée, mais il n'y avait rien, en dehors de l'herbe, de la terre et d'un tronc de pin.

— Il doit porter une tenue de camouflage, commenta Carmen. Je ne le vois pas.

Michael se tourna avec précaution vers elle. Accroupie derrière un rocher, elle scrutait les lieux à l'aide d'une paire de jumelles.

— Pourquoi porter une tenue de camouflage ici ? s'étonna-t-elle.

Michael s'était fait la même réflexion. Dans l'une de ses

périodes de formation, il avait vu des gars si bien déguisés, avec branchages et feuillages, que lorsqu'ils étaient immobiles ils se fondaient littéralement dans le paysage. Ce genre de tenue ne se trouvait pas chez l'épicier du coin.

— Elle doit provenir d'un magasin de l'armée, ou bien ils l'ont réalisée eux-mêmes, suggéra Graham. Les cartels ne reculent devant aucune dépense pour protéger leurs activités. Je parie que le fusil de ce sniper est aussi un modèle militaire.

Michael se tortilla pour saisir sa radio. Le mouvement fut suffisant pour déclencher de nouveaux tirs. Les balles firent sauter la terre devant eux. Abby tressaillit contre lui.

— Tout va bien ? s'inquiéta-t-il.

— Juste un caillou sur la joue. Ce n'est rien.

D'autres coups de feu retentirent. A leur droite, cette fois. De sa position derrière le rocher, Carmen avait riposté.

— Il est trop loin, lança-t-elle en baissant son arme.

— Ranger deux, ici ranger un. A vous.

Graham avait profité de la diversion pour décrocher sa propre radio de sa ceinture et l'allumer.

— Ici ranger deux, je vous reçois, crépita la voix de Simon.

— Nous avons localisé un sniper dans l'arrière-pays.

Graham lui communiqua les données GPS que lui avait fournies Abby.

— Sa planque se trouve à trois cents mètres environ au sud de notre position, sur une légère côte. Il est peut-être en tenue de camouflage.

— On s'en occupe, répondit Simon. Nous allons tenter de le prendre par-derrière.

— OK. Terminé.

Graham posa la radio à côté de sa tête, sur le sol.

— A présent, nous attendons.

Michael tenta d'ignorer les crampes dans ses bras. Se relâcher signifierait écraser de nouveau Abby, et au moindre mouvement il risquait d'essuyer les tirs du sniper.

— Désolé. Je sais que cette position n'est pas des plus confortables.

Elle ne répondit pas. Au lieu de cela, elle se mit à trembler, et les secousses qui lui traversèrent le corps se propagèrent à lui. Elle émit un son étouffé, qui ressemblait à… un sanglot ?

Le cœur de Michael se déchira. La réaction d'Abby l'ébranlait bien plus que la vue de l'homme mort ou les coups de feu quelques instants plus tôt.

— Hé…

Il posa une main sur son épaule, se tourna vers elle et, approchant sa bouche de son oreille, lui parla à voix basse pour ne pas être entendu des autres.

— Tout va bien. Notre équipe est bonne. Ils vont alpaguer ce type.

Elle se tendit, et ses doigts creusèrent la terre sous eux. Son souffle était haché, irrégulier. De toute évidence, la panique montait en elle. Etait-elle assaillie par des souvenirs de guerre ? Comment pouvait-il la réconforter ?

Quand il était PJ, on lui avait maintes fois tiré dessus, mais l'hélicoptère était systématiquement là pour l'arracher au danger. Et il avait toujours été trop concentré sur sa mission — sauver des vies — pour s'inquiéter de son propre sort. En revanche, les soldats au sol, comme Abby, avaient connu l'enfer.

Il tâcha de se hausser un peu plus pour la soulager.

— Abby, parlez-moi. C'est bientôt terminé.

Elle inspira à fond, son corps se soulevant et s'affaissant sous lui.

— Je déteste ça, maugréa-t-elle.

— Moi aussi.

Même à ses propres oreilles, sa réponse semblait plate, convenue, mais il aurait dit n'importe quoi pour qu'elle continue à parler.

— Tout ira bien. La cavalerie est en route.

Un muscle bougea dans sa joue. Souriait-elle ?

— C'est sans doute la dernière chose à laquelle vous vous attendiez en venant prélever vos plantes, n'est-ce pas ?

— Oui.

Ses tremblements avaient diminué, se réduisant à quelques légers spasmes çà et là. Ses mains avaient cessé de gratter la terre. Il se fit violence pour ne pas glisser les siennes sur son dos. Elle pourrait se méprendre sur le sens de son geste. A dire vrai, le contact de son corps sous le sien commençait à le troubler. L'extérieur de son sein était niché contre son bras, et les rondeurs de ses fesses contre son bassin.

— J'ai un peu trop connu ça, ajouta-t-elle.

Elle ne parlait pas de leur proximité physique, comprit-il.

— Vous avez déjà été clouée au sol par un sniper ?

— Oh que oui !

Il acquiesça. C'était le pire, là-bas. Le côté imprévisible des choses. Ne pas savoir quand une bombe exploserait, ou quand un sniper tirerait. Ne pas savoir en qui l'on pouvait avoir confiance.

« Vous pouvez me faire confiance », voulut-il lui dire. Mais il ne le fit pas. Sa confiance ne changerait rien au fait qu'un tireur invisible était décidé à les tuer s'ils levaient juste la tête. Comme protecteur, il se posait là. Le mieux était de lui faire penser à autre chose.

— Les plantes, c'est une passion ? Vous avez toujours voulu étudier la biologie ?

— Je devais être journaliste télé, répondit-elle. Ou mannequin. Ma cicatrice a tué ce projet dans l'œuf.

L'amertume dans sa voix était flagrante. Elle semblait assez belle pour être mannequin, mais elle n'avait sans doute pas non plus envie d'entendre cela. Il s'efforça de ramener leur conversation sur leur sujet initial.

— Ce que vous faites aujourd'hui, chercher des plantes qui guérissent le cancer, ça paraît beaucoup plus gratifiant, non ?

— C'est vrai.

Elle se tut de nouveau. D'accord. Elle ne voulait pas parler. Au moins ne tremblait-elle plus.

— Ce que j'aime surtout, dit-elle enfin, c'est la solitude. C'est si calme ici, d'habitude.

— Oui, d'habitude. Ce doit être votre jour de chance.

Elle laissa échapper un gloussement amusé. Il eut soudain l'impression d'être Superman, comme s'il avait accompli une action beaucoup plus héroïque que de sortir une boutade insipide.

— Pourquoi pensez-vous qu'il nous tire dessus ? demanda-t-elle. Parce que nous avons découvert cet homme mort ?

— Je ne crois pas. Il s'agit sans doute d'un immigrant clandestin. Il n'aura pas de papiers sur lui, ni rien qui le relie à quoi que ce soit. Non, il est plus probable que ce sniper protège quelque chose. Un laboratoire de méthamphétamine ou un truc de ce genre.

— Mais est-ce que le fait de nous tirer dessus n'attire pas l'attention, au contraire, sur ce qu'il veut protéger ?

— Si. Mais d'une part, ça nous empêche de trop nous en approcher, et d'autre part, ça leur donne du temps pour déménager leur activité. Quand nous serons en mesure d'enquêter, tout aura disparu depuis belle lurette.

— Et ensuite ?

— Nous disposerons d'un point de départ pour nos recherches. Nous les traquerons jusqu'à leur nouveau retranchement.

— Comme à la guerre, observa-t-elle.

— Exactement. Comme à la guerre.

— Moi qui viens ici pour être loin de tout ça, j'y retombe à pieds joints ! Comme si c'était une fatalité. Vous avez déjà eu ce sentiment ?

— Oui. Je croyais que l'essentiel de mon boulot serait d'inspecter des marchandises et de vérifier des passeports à la recherche de drogue ou de clandestins. Je savais que je porterais une arme, mais je ne m'attendais pas à devoir m'en servir. D'un autre côté, je pense que je suis exactement là où je dois être, que mon expérience de militaire peut m'aider à mettre un terme à cette violence, du moins en partie.

— Vous y croyez ? Que les choses n'arrivent pas sans raison ?

— Oui. Tenez, vous ne pensez pas qu'il y a plus qu'une coïncidence dans le fait que nous nous soyons revus après tout ce temps ?

Cinq ans, et il n'avait jamais pu l'oublier.

— Je veux dire, quelles étaient les probabilités ?

— C'est la raison pour laquelle on appelle ça une coïncidence, répliqua-t-elle. Le hasard… Comme moi tombant au beau milieu de votre petite guerre des stups. C'est la vie. Ça ne veut rien dire.

Abby retint un soupir. Elle n'avait pas voulu vexer Michael, mais elle ne croyait pas au destin. Non.

Son sort n'était pas d'être à plat ventre par terre, écrasée par un grand type habillé en Indiana Jones, tandis qu'un autre lui tirait dessus comme à la foire, pas plus qu'il n'était de décevoir sa famille en devenant une ermite qui sillonnait le désert en quête de plantes rares. La vie était ce qu'elle était, point final. Des choses se produisaient, et on essuyait des coups. Elle aimait chercher des plantes dans le désert et espérait que son travail aiderait un jour à soigner les gens. Mais cela ne voulait pas dire qu'elle était guidée par une force supérieure. Elle avait fait des choix, et en assumait les conséquences.

Elle ferma les yeux, profitant de ce que les coéquipiers de Michael s'activaient. Mais à peine ses paupières furent-elles closes qu'elle se retrouva à Kandahar, clouée au sol par un sniper, le visage dans la terre comme en cet instant. Sauf que ce jour-là, il n'y avait aucune cavalerie pour venir à son secours. Le reste de son unité avait été immobilisé par le feu ennemi ou déjà tué. Six heures durant, elle était restée dans cette position tandis que le type à côté d'elle se vidait en silence de son sang, et que celui de l'autre côté sanglotait comme un enfant, lui mettant les nerfs à vif. A la fin, le tireur avait dû décréter qu'ils étaient tous morts et s'en était allé. Sa propre compagnie avait dû penser la même chose. Elle s'était réveillée alors que deux hommes l'étendaient sur une civière, et qu'un autre criait :

« Hé, nous avons quelqu'un de vivant, ici. »

Elle rouvrit les yeux. Il était temps de penser à autre chose. Mariposa. Mariposa et son bébé. Où était-elle en ce moment ? En sécurité quelque part ? A moins qu'elle ne soit impliquée dans ce que le sniper cherchait à protéger. Etait-elle l'épouse, la petite amie d'un de ces hommes, plongée jusqu'au cou dans leur activité criminelle ? Aussi surprise qu'Abby par la violence qui avait éclaté dans cet environnement d'ordinaire si paisible ?

— Lorsque vous étiez ici, en train de prélever vos échantillons, vous avez vu quelqu'un ? demanda soudain Michael, la tirant de ses réflexions. Je veux dire, quelqu'un d'autre que ceux qui poursuivaient cet homme ?

Avait-il la capacité de lire dans les pensées ?

— Non, mentit-elle. Je n'ai vu personne.

— Pas de randonneurs, ni de campeurs ?

— Il y a trois jours, j'ai croisé deux randonneurs. Des touristes australiens. J'ai également aperçu des gens sur la route, et quelques personnes au camp de caravanes.

— C'est tout ?

— Pourquoi ? Vous ne me croyez pas ?

— Dans les cours de techniques d'interrogatoire, on vous explique que si vous posez la même question de plusieurs manières différentes, vous pouvez obtenir plusieurs réponses différentes.

— Parce que vous m'interrogez, c'est ça ?

Comme elle regrettait de ne pouvoir le fixer droit dans les yeux ! Au lieu de cela, elle était obligée de s'adresser à la terre tandis qu'il était allongé sur elle. Cependant, elle appréciait ses efforts pour ne pas trop l'écraser, car il n'était pas un poids plume. Quatre-vingt-cinq kilos au bas mot.

— Je me renseigne, nuança-t-il. Vous savez, une grosse partie de notre travail consiste à poser les bonnes questions. Aux victimes, aux témoins ou aux suspects.

— Eh bien, n'attendez pas *plusieurs réponses différentes* de ma part.

Elle ne trahirait pas Mariposa.

— Euh, ça vous ennuierait de vous glisser de côté ?

— Je ne crois pas que ce soit une bonne idée, répondit-il. Le moindre mouvement semble appuyer sur l'interrupteur du tireur.

— Pourquoi vous êtes-vous jeté sur moi, d'abord ?

— Je suis entraîné à protéger des civils. Et je me fiche complètement du politiquement correct. Mon instinct me dicte de tenir les femmes et les enfants à l'écart du danger.

— Quelle grandeur d'âme ! persifla-t-elle.

Puis elle ajouta, un peu plus calme :

— Merci quand même.

La seule chose qui lui manquait de sa vie militaire, c'était qu'il y avait toujours quelqu'un pour protéger ses arrières.

— Je vous en prie, fit Michael. Dommage que nos retrouvailles n'aient pas eu lieu en de meilleures circonstances.

— Maintenant qu'il ne nous canarde plus et que nous sommes obligés d'attendre, c'est plutôt rasoir. Comme souvent à la guerre.

— Nos conversations doivent-elles toujours en revenir à ça ? souligna-t-il.

— Pourquoi ? Ça vous ennuie de parler de la guerre ?

— Non. Je pensais que c'était vous que ça ennuyait.

— Parfois, admit-elle.

Quand les gens lui demandaient d'évoquer son expérience en Afghanistan, elle détournait les questions ou changeait de sujet.

— Avec vous, c'est plus facile. Vous y étiez. Vous comprenez.

— Je crois que je comprends par où vous êtes passée. Au moins un petit peu.

Le crépitement de la radio les fit tous deux tressaillir. Abby tourna les yeux vers l'appareil. Michael activa le micro.

— Vous avez une piste ?

— Pas grand-chose, répondit son interlocuteur.

Ce devait être Simon, celui qui affichait toujours une expression amère.

— Pas de trace du tireur ? s'enquit Graham, non loin d'eux.

— Quelqu'un était ici, c'est clair, répondit Simon. Il y a des branches cassées, et nous avons trouvé des douilles. Du 300 Win Mag, semble-t-il. Mais le sol est trop dur pour que les traces soient exploitables.

— Mets Randall et Lotte dessus, intima Graham.

— C'est fait. Lotte a flairé quelque chose, mais ça s'est arrêté à la piste, où nous avons relevé les empreintes d'un gros véhicule. Quelqu'un devait attendre notre gars. En dehors de cela, *nada*. Ils ont dû filer dès les dernières balles tirées.

Jurant entre ses dents, Graham se dressa sur ses genoux. Aucun coup de feu ne retentit. Abby laissa échapper l'air qu'elle retenait dans ses poumons.

Enfin, Michael se dégagea d'elle, se mit debout, puis lui tendit la main pour l'aider à se relever. Ses membres étaient raides et douloureux d'être restés trop longtemps immobiles. Apparemment, elle n'était pas en aussi bonne forme qu'elle l'avait cru.

— Vous saignez, dit-il en lui touchant doucement la joue.

Elle tressaillit au contact avec la cicatrice. Du sang commençait à sécher et à lui coller à la peau, elle le sentait.

— C'est juste un caillou qui a ricoché sur le sol, expliqua-t-elle. Rien de grave.

— Tenez.

Il lui tendit un bandana noir, puis une bouteille d'eau.

— Il faut nettoyer ça.

Acceptant l'un et l'autre, elle mouilla le bandana. Le tissu était propre et repassé, comme la pochette d'un cadre d'entreprise. Elle tourna le dos aux autres et élimina le sang et la poussière de sa joue.

Michael la contourna pour se placer devant elle.

— Laissez-moi voir… Ça nécessitera peut-être deux ou trois points de suture.

— Ce n'est rien, répéta-t-elle.

Elle voulut de nouveau se retourner, mais il posa une main sur son épaule et de l'autre lui saisit le menton.

— Tout va bien, dit-il d'une voix douce. Je vous promets que je ne m'évanouis pas à la vue du sang.

Elle s'obligea à ne pas sourire. Si quelqu'un l'avait vue sous son pire aspect, c'était bien lui. Elle n'avait aucune idée de ce à quoi elle ressemblait quand le PJ qu'il était alors l'avait hissée dans cet hélicoptère, mais le médecin lui avait dit que l'éclat de bombe lui avait labouré la joue, manquant l'œil de peu. Si elle détestait sa cicatrice, elle s'estimait heureuse d'avoir échappé au pire ce jour-là. Aussi le laissa-t-elle lever son visage et examiner sa joue.

— C'est bon, dit-il. La plaie est superficielle. Une fois dans le Cruiser, je vous mettrai un pansement.

— Merci.

Elle se détourna et, par réflexe, se peigna les cheveux avec les doigts, de sorte à dissimuler ce côté-là de son visage.

— Demandez à Marco de vous aider pour la reconnaissance des lieux, continuait Graham dans la radio. J'avertirai les rangers du parc que l'arrière-pays est fermé pour une durée indéterminée. Plus aucun permis. Qu'ils rassemblent tous ceux qui en ont un. Terminé.

— Vous voulez parler de l'arrière-pays *dans* le parc, n'est-ce pas ? intervint Abby.

— Je veux parler de l'ensemble du parc, de la zone de loisirs et de la gorge du Gunnison. Si ces gens-là ont un sniper pour protéger leur business, cela veut dire qu'il y a de l'argent et du muscle derrière. Jusqu'à ce que nous ayons un schéma précis de leurs activités, nous ne mettrons pas en péril la sécurité du public.

— Mais vous ne pouvez pas espérer tenir les gens hors d'un territoire aussi vaste, objecta-t-elle.

— Certes, reconnut-il. Mais nous pouvons suspendre la délivrance de permis et bloquer toutes les routes qui y mènent. Je suis navré, mais ça signifie que vous ne pourrez pas poursuivre votre recherche dans ce secteur.

Son ton laissait peu de place pour la discussion. Il reporta les yeux sur Michael.

— Ramenez-la au QG, puis retrouvez Simon et les autres. Mademoiselle Stewart, nous aurons peut-être d'autres questions à vous poser plus tard.

Elle doutait d'avoir des réponses utiles. Acquiesçant néanmoins, elle tourna les talons pour suivre Michael. Lorsqu'ils eurent atteint le Cruiser, elle était fumasse.

— Désolé pour votre recherche, fit Michael en lançant le moteur. Peut-être que vous pourrez revenir l'été prochain pour la terminer. Avec un peu de chance, les choses se seront calmées ici.

— Je n'ai pas d'été prochain. Ma bourse n'est valable que cette année. L'été prochain, il faudra que je me trouve un job pour commencer à rembourser mes prêts étudiant.

— Vous ne pouvez pas mener cette recherche ailleurs ? Dans un autre parc, un autre secteur géographique ?

— Ma bourse ne vaut que pour ce parc. Si je change d'endroit, il faudra que j'établisse une nouvelle demande. Votre chef en fait trop. Il n'a pas besoin de fermer la totalité des cinquante-trois mille hectares de territoire public. C'est ridicule.

— Comment le lui reprocher ? Il est déjà dans la ligne de mire de politiciens qui estiment que cette force mixte gâche l'argent du contribuable. Vous imaginez ce qui se passerait si un touriste était tué par un tireur isolé ? Nous avons déjà un meurtre sur les bras. Vos plantes seront toujours là quand l'enquête sera terminée.

— Ne me parlez pas comme à une enfant.

— Ce n'est pas mon intention. Je dis juste ça pour que vous vous calmiez.

Mais ces mots ne firent qu'exacerber sa colère. Elle ne voulait pas se calmer ! On venait de lui tirer dessus, de l'obliger à rester à plat ventre sur le sol pendant plus d'une heure, elle avait subi l'humiliation de presque craquer devant des gens qu'elle ne connaissait ni d'Eve ni d'Adam… Si elle ne laissait pas libre cours à la tempête qui crépitait en elle, elle risquait d'exploser.

— Taisez-vous ! Je ne veux pas entendre ce que vous avez à dire.

Il la considéra un long moment, puis reporta son attention sur la route. Le 4x4 démarra en trombe, tressautant si fort sur la piste de latérite qu'Abby dut s'accrocher à la poignée au-dessus de sa portière. Une poussière rouge s'élevait derrière eux, et les cailloux frappaient le dessous de caisse comme des balles de fusil. Abby serra les dents pour ne pas hurler à Michael de ralentir, de ne pas conduire de façon aussi inconsciente. Clairement, il n'attendait que cela, et elle ne lui donnerait pas cette satisfaction.

Il l'avait déjà trop malmenée, au plan émotionnel. Son mélange d'arrogance et de considération, de force et de tendresse, avait touché des endroits sensibles qu'elle n'avait jamais exposés à personne. Elle, qui n'avait jamais parlé de la guerre à quiconque, s'était confiée à lui. Elle, qui n'exhibait jamais de bon gré ses cicatrices, lui avait présenté son visage presque sans hésiter. Elle n'aimait pas se sentir ainsi vulnérable et sans défense, n'aimait pas l'entendre faire référence au destin pour ce qui n'était, selon elle, que pure coïncidence.

Après quelques kilomètres, il ralentit assez pour qu'elle

puisse se laisser aller contre son dossier. Les bras croisés sur sa poitrine, elle observa le paysage. La plupart des gens trouvaient cette terre rébarbative, avec sa végétation rabougrie, ses rochers pelés et sa poussière. Le vrai trésor se trouvait sous le niveau de l'œil, dans la profondeur incroyable du canyon, cette faille étroite aux bords en dents de scie qui traversait le haut plateau désertique, avec ses parois peintes d'ocre, de rouge, d'orange et de gris. Dans l'ancien temps, les hommes l'avaient appelée Black Canyon parce que le soleil n'en atteignait que rarement le fond, là où bouillonnait le ruban argenté du Gunnison. Celui-ci irriguait une nature luxuriante le long de ses berges rocheuses, créant un univers coloré et une humidité qui contrastaient avec la sécheresse de celui en surface, des centaines de mètres plus haut.

Mais pour Abby, ce désert d'aspect aride présentait autant d'intérêt que le canyon lui-même. Elle avait pris plaisir à découvrir les secrets des pins noueux, des fleurs miniatures, les habitudes des daims, des lièvres, des renards et de la faune discrète qui vivait là. Elle se voyait un peu comme eux, un être qui avait appris à survivre dans un environnement ingrat, à trouver de la beauté dans le dénuement.

Ils s'arrêtèrent devant la caravane qui abritait le quartier général. A cette heure, la voiture d'Abby était la seule sur le parking. Elle défit sa ceinture, et avait la main sur sa poignée quand Michael rompit le silence.

— Ecoutez, c'est dangereux pour vous de retourner seule dans l'arrière-pays. Mais si je venais avec vous ? Vous pourriez prélever vos plantes pendant que je patrouille. Je peux arranger ça avec Graham.

Elle imaginait parfaitement la réaction de celui-ci à une telle suggestion. Il ne semblait pas vraiment du genre à écorner les règles.

— Pourquoi vous feriez ça ?

Michael haussa les épaules.

— Je me sens un peu responsable de vous.

Mauvaise réponse. Elle ne voulait pas qu'on se sente responsable d'elle, lui moins qu'un autre ! Elle était assez grande pour être responsable d'elle-même, merci.

Une fois descendue du Cruiser, elle se tourna vers lui.

— Il semble que vous m'ayez sauvé la vie il y a cinq ans, et je vous en suis reconnaissante. Mais cela ne vous donne aucun droit sur moi, OK ?

Il leva les deux mains.

— Je n'ai absolument pas dit ça. Je veux juste vous aider.

— Eh bien, je n'ai pas besoin de votre aide. Merci quand même.

Elle tourna les talons et s'éloigna du 4x4. Mais il la suivit du regard. Elle le sentait presque douloureusement.

5

— Nous n'avons rien.

Simon plaqua un mince dossier sur la table de conférence et se laissa choir sur une chaise, la mine dépitée.

Assis en tête de table, Graham fronça les sourcils, puis se saisit du dossier.

— Comment ça, nous n'avons rien ? Nous avons un cadavre, des douilles de balles, des traces de pneus. Tout cela doit bien conduire à quelque chose.

Il posa un œil sévère sur chacun tour à tour.

Michael ôta le papier d'un autre caramel et le fourra dans sa bouche. Déjà, la réunion commençait mal. Vingt-quatre heures s'étaient écoulées, et ils n'étaient pas plus avancés que lorsque Abby était entrée dans la pièce, la veille.

— Ça ne conduit nulle part, insista Simon. L'homme qui est mort n'avait aucune pièce d'identité, et ses empreintes ne figurent dans aucune banque de données. Nous avons transmis son ADN, mais je doute qu'il en ressorte quelque chose. De toute évidence, c'est un clandestin. Nous ne connaissons même pas son origine. Mexique, Venezuela…

Il secoua la tête.

— Ce n'est pas le point le plus important, dit Graham en tapotant le dossier du doigt.

Il n'avait même pas pris la peine de l'ouvrir.

— Ce que je veux savoir, c'est pourquoi il a été descendu ainsi au milieu de nulle part, et qui l'a tué.

— Quelqu'un qui ne voulait pas qu'il parle.

Toutes les têtes se tournèrent vers Marco.

— Mais encore ? fit Graham.

— Selon moi, ce type voulait s'échapper et ils l'ont réduit au silence, expliqua l'inspecteur de la DEA.

— Pourquoi ne pas le ramener avec eux ? demanda Randall. Notre hypothèse est que ces clandestins sont amenés ici pour travailler à la production de drogue, n'est-ce pas ? Alors pourquoi perdre un bon ouvrier ?

— Un homme si résolu à s'enfuir qu'il est prêt à traverser à pied un territoire aussi sauvage n'est pas un bon ouvrier, répondit Marco.

— Avec ce niveau de sécurité, observa Simon, nous sommes à coup sûr en présence d'une opération liée aux stupéfiants. Alors pourquoi nous ne pouvons pas les localiser ?

Michael intervint :

— Si c'est un labo de fabrication de méthamphétamine, il peut se trouver dans une roulotte camouflée, à l'écart de tout. Et s'il s'agit de cannabis, des hectares de plants peuvent être dissimulés dans des canyons isolés.

— Nos patrouilles aériennes n'ont rien relevé de suspect, indiqua Graham en se calant contre son dossier. Est-ce que Lotte a flairé quelque chose ?

La chienne malinoise dressa la tête. Randall la lui caressa.

— Elle a travaillé deux bonnes heures, hier. Mais les quelques pistes qu'elle a trouvées n'ont mené nulle part.

— Et Abby Stewart ? demanda Graham, en se tournant vers Michael.

— Quoi, Abby Stewart ?

— C'est elle qui a trouvé le corps. Et elle était avec nous quand le sniper a tiré. Quel rôle joue-t-elle dans tout cela ?

— Elle était au mauvais endroit au mauvais moment, c'est tout. Elle ne joue aucun rôle.

— Que savons-nous d'elle ? lança Simon. Est-elle réellement qui elle prétend être ?

— Elle est qui *je* prétends qu'elle est, répliqua Michael, peinant à cacher son agacement. Je l'ai rencontrée en

Afghanistan. Gravement blessée, elle a été rapatriée pour être hospitalisée. Elle est aujourd'hui étudiante à l'Université du Colorado, où elle prépare un master en biologie.

— Son histoire tient debout, renchérit Carmen. Elle est arrivée au parc il y a cinq jours et a demandé un permis pour l'arrière-pays. Les rangers du parc m'ont dit qu'elle part tous les matins et revient le soir avec ses carnets, son sac et des échantillons de plantes.

— Peut-être qu'elle rencontre quelqu'un pendant ce temps, suggéra Simon.

— Pourquoi ? Tu tiens un dossier sur elle ?

Michael avait l'estomac crispé, comme s'il était lui-même l'objet de cet espionnage.

— Nous nous renseignons sur tout le monde, déclara Graham. Comment était-elle quand elle vous a quitté hier ?

Furieuse contre lui, songea Michael. Si les yeux pouvaient tuer, il serait déjà à la morgue.

— Elle était très contrariée de ne pas pouvoir poursuivre sa recherche, répondit-il plutôt. La bourse qui lui a été attribuée n'est valable que jusqu'à la fin de l'été.

— Quel est l'objet de cette recherche, au juste ?

— Eh bien, certaines plantes locales sont censées posséder des vertus curatives, expliqua Michael. D'après elle, ce qui pousse dans ce parc pourrait un jour soigner, voire guérir, le cancer ainsi que d'autres maladies.

— Une excuse commode pour passer du temps dans l'arrière-pays, persifla Simon. Peut-être que ces plantes qui l'intéressent tant sont en fait de la marijuana.

Carmen haussa les épaules.

— Il existe de nombreuses plantes guérisseuses. Mon peuple le sait depuis des siècles. Vous, les Visages pâles, vous semblez seulement le découvrir maintenant.

Ignorant la pique, Simon se pencha vers Michael par-dessus la table.

— Même si elle n'est pas de mèche avec les trafiquants, ce sniper l'a vue avec nous hier. Il a dû en référer à ses chefs.

— Et s'ils pensent qu'elle a vu quelque chose qu'elle ne devait pas voir, ils voudront également la réduire au silence, ajouta Marco.

Michael crut avaler de la glace.

— Elle serait donc en danger.

— C'est une possibilité, confirma Graham. Il faut que nous gardions un œil sur elle.

— Je lui ai proposé de l'emmener en patrouille avec moi, annonça Michael. Ainsi, elle pourra collecter ses plantes, et moi je veillerai à ce qu'elle ne mette pas les pieds dans quelque chose de dangereux.

— Ce n'est pas une mauvaise idée, concéda Graham. Qu'en pense-t-elle ?

— Elle était encore très énervée par l'épisode du sniper…

Inutile d'avouer qu'il n'avait rien arrangé en se comportant comme il l'avait fait.

— Elle a vécu des moments très durs en Afghanistan.

— Elle a failli mourir, disais-tu ? murmura Carmen.

— Elle *est* morte.

Il n'avait pas besoin de fermer les yeux pour la revoir sur cette civière, blanche comme un linge.

— Le cœur s'est arrêté de battre dans l'hélicoptère qui l'emmenait à l'hôpital. Nous l'avons ranimée, mais elle était totalement déboussolée.

— Elle a été touchée au visage ? s'enquit Carmen en caressant sa propre joue.

— Elle a été touchée partout. Mais la blessure à la tête était la pire.

— Et tu lui as sauvé la vie.

Il détourna le regard.

— J'ai fait mon boulot.

— Vous avez donc un lien personnel avec elle, qu'elle le veuille ou non, commenta Graham. Allez lui parler.

Dites-lui que nous voulons lui fournir une protection en échange de son aide.

— De son aide ? s'étonna Michael.

— J'ai comme l'impression qu'elle sait quelque chose qu'elle ne nous dit pas, précisa Graham.

Il ouvrit enfin le dossier.

— A présent, voyons s'il y a là quelque chose que nous pouvons exploiter.

— Je me porte comme un charme, papa. Ma recherche avance bien.

La main crispée sur son téléphone, Abby arpentait l'espace réduit de sa caravane louée pour l'été. Quatre pas jusqu'à la chambre, demi-tour, puis quatre pas vers le coin repas, en passant devant la kitchenette. Sa recherche se déroulait au mieux, jusqu'à ce que Michael Dance et ses collègues viennent bouleverser son planning.

— Tu as toujours l'intention de revenir à la maison quand tu en auras terminé ?

La voix grave et mélodieuse de son père, si familière aux amateurs de sport et autres spectateurs de Channel 4 dans la ville de Milwaukee, semblait emplir la caravane.

— J'ai discuté avec plusieurs dirigeants de la boîte, continua-t-il. Le poste de présentatrice du journal du week-end se libère. Ils aimeraient beaucoup te donner ta chance.

Abby serra les paupières et réprima un grognement.

— Ce n'est pas une bonne idée, papa.

Toutes les chances qu'on lui offrirait viendraient de lui, Brian Stewart, *la voix des sports de Milwaukee*, et de son influence au sein de la chaîne. Ou pire, de son auréole, à elle, de vétéran blessé. Elle ne voulait pas entrer dans ce jeu-là.

— Sornettes ! Tu as toujours été à l'aise devant une caméra. Et si tu te fais du souci pour ta cicatrice, ce n'est vraiment pas un problème. Le maquillage de plateau fait des merveilles, tu le sais bien. Et puis, une nouvelle opération…

Combien de fois le lui avait-il seriné ?

— Plus de chirurgie esthétique, répliqua-t-elle. Et pas de maquillage. Je suis comme je suis.

— Au moins réfléchis-y. Tu sais l'importance que j'y attache, ma chérie.

Et, bien entendu, tout doit tourner autour de toi.

Elle ne prononça pas ces mots à voix haute. Elle n'avait pas cette cruauté. Depuis qu'elle était en âge de parler, son père avait bâti le rêve de la voir suivre ses traces. Tous les concours de beauté, les cours de diction, les stages de théâtre, participaient à son projet de faire d'elle une plus grande célébrité qu'il ne l'était.

— Tu es sûre que ça va ? Je te sens fatiguée.

Peut-être parce qu'elle avait très peu dormi la nuit précédente. Le souvenir des événements de la journée et celui des violences de la guerre avaient concouru à la maintenir éveillée, et dans les heures sombres précédant l'aube, elle avait eu du mal à différencier les deux. Mais elle se garda bien de lui en parler. Il dramatiserait, et cela ne ferait qu'appuyer ce qu'il affirmait depuis des mois, à savoir qu'elle était folle de gâcher sa vie pour des plantes quand elle avait autant de talent.

Mais en avait-elle vraiment ? Elle avait passé tant d'années à se reposer sur son physique ! Quand on a le privilège d'être belle, les gens ne regardent pas au-delà et n'attendent rien de plus. Leur impression de vous est à la surface. Au moins, désormais, quand elle faisait une découverte, c'était grâce à sa tête.

— Tout va bien, papa. Ça m'a fait plaisir de te parler. Il faut que j'y aille, à présent. Le travail m'attend.

— A bientôt, ma chérie. Je t'aime. Ta mère t'envoie également son amour.

— Je vous aime aussi. A très bientôt, papa.

Elle raccrocha, glissa le téléphone dans sa poche et contempla, au loin, les sommets des montagnes encore enneigés. Peut-être, lorsqu'elle obtiendrait le prix Nobel pour son travail sur les plantes médicinales, son père abandonnerait-il son rêve de faire d'elle une star. Mais elle en doutait.

Des coups frappés à sa porte la firent sursauter. Elle avisa son arme, rangée dans son étui sur le comptoir de la kitchenette, à portée de main si elle en avait besoin. Puis elle souleva un coin du store de la fenêtre.

Michael Dance se tenait au pied des marches, les yeux cachés par des lunettes de soleil. Il dressa la tête pour jeter un regard circulaire dans le camp, puis frappa de nouveau. Elle lui ouvrit.

— Bon après-midi.

— A vous aussi.

Son sourire était si éblouissant qu'il la déstabilisa un instant, et qu'une chaleur inattendue irradia dans sa poitrine.

— Entrez, dit-elle en s'effaçant pour le laisser passer.

Une fois dans l'unique pièce de la petite caravane, il observa les lieux. Le coin repas avec sa mini-table entourée de banquettes, qui faisait office de bureau, le frigo *table-top*, la cuisinière compacte, le micro-ondes, l'évier, la porte fermée de la salle de bains, le lit à deux places…

Il hocha la tête, l'air approbateur.

— Hmm, pas mal. C'est cosy.

— Fonctionnel, plutôt.

Elle passa à côté de lui. L'étroitesse de l'espace les obligea à se toucher, et ce bref contact déclencha en elle une nouvelle onde de chaleur. Elle s'assit sur une banquette, écarta son ordinateur et l'invita à prendre place face à elle.

— Installez-vous à votre aise.

Il glissa son grand corps sur la banquette.

— Je ne voulais pas vous déranger dans votre travail, dit-il en désignant l'ordinateur du menton.

— Je ne faisais que compiler mes notes et dresser un inventaire de mes échantillons, vu que je ne sais pas quand je pourrai en prélever d'autres.

— Ecoutez, à propos d'hier…

— Désolée de m'être emportée, s'excusa-t-elle aussitôt. J'étais encore ébranlée par les tirs du sniper, la découverte de ce corps et… le reste. Je n'aurais pas dû m'en prendre ainsi à vous.

Il parut soulagé, et elle en fut touchée.

— Je comprends, assura-t-il. C'était beaucoup à la fois. La plupart des gens seraient bouleversés.

— J'aurais dû me montrer plus forte.

Après tout, dans sa courte période militaire, elle avait été maintes fois confrontée à la mort et à la violence.

— L'offre de m'accompagner dans ma patrouille tient toujours, annonça-t-il.

Un immense soulagement la gagna. Pour poursuivre sa recherche, elle aurait mendié s'il le fallait.

— Génial.

Il se mit à pianoter sur la table et passa de nouveau en revue l'intérieur de la caravane, évitant son regard.

— Il y a autre chose ? demanda-t-elle.

Il reposa les yeux sur elle.

— Graham pense que vous ne nous avez pas tout dit. Sur hier, lorsque cet homme a été tué.

Au temps pour ses talents de comédienne ! Mais peut-être était-ce dû au fait qu'elle n'était plus aussi certaine de vouloir garder son secret. Et si Mariposa était mouillée dans ce qui se passait sur le territoire du parc ? En ne parlant pas d'elle, ne mettait-elle pas des vies en danger ?

— Avant que je vous dise quoi que ce soit, j'aimerais que vous répondiez d'abord à deux, trois questions, lança-t-elle.

Il se renversa contre son dossier et plaqua les mains devant lui sur la table.

— Très bien.

Incapable de soutenir davantage l'intensité de son regard, elle étudia ses mains. Il avait de longs doigts aux ongles bien taillés, et son annulaire droit s'ornait d'une bague en argent et onyx. C'étaient des mains masculines. Rassurantes, protectrices, adroites — elle se rappelait leur contact sur son dos, la veille.

— Vous travaillez pour le service de l'immigration, n'est-ce pas ?

— La Surveillance des Frontières.

— Donc, quand vous tombez sur une personne entrée illégalement dans le pays, votre job est de l'expulser.

— Ça, c'est plus le domaine de Simon. Il appartient à la Police de l'Immigration et des Douanes, qui est également une structure de la Sécurité du Territoire. Mon travail consiste à protéger nos frontières, même s'il nous arrive de collaborer ici et là. Pourquoi ?

Elle ajusta sa position sur la banquette. Comment lui avouer qu'elle avait menti ?

— J'ai vu quelqu'un d'autre, hier, avant que cet homme ne soit tué. Une femme. Elle collectait des plantes, elle aussi, mais des espèces différentes des miennes. Des comestibles. Elle ne parlait qu'espagnol et avait un bébé avec elle. Elle m'a dit s'appeler Mariposa. Elle était jeune, et très jolie. Dans un concours de beauté, je n'aurais aucune chance à côté d'elle. J'ai ici une photo d'elle.

Elle sortit de sa poche son appareil photo numérique, chercha le cliché et le lui montra.

— Elle paraît bien jeune, observa-t-il. Encore adolescente.

— C'est possible.

Il lui rendit l'appareil.

— Elle avait assez confiance en vous pour vous laisser la photographier ?

— En fait, je ne le lui ai pas demandé. Je l'ai prise par surprise entre deux clichés de plantes. Elle s'est un peu crispée, mais n'a pas objecté.

— Nous soumettrons cette photo aux autorités. Mais je doute qu'il en sortira quelque chose. Cela dit, on ne sait jamais. Vous a-t-elle précisé où elle vivait ? Ce qu'elle faisait là ?

— Non. Comme je vous ai dit, elle ne parlait pas anglais, et mon espagnol est très rudimentaire. Je lui ai donné trois barres énergétiques et elle a paru contente. Ensuite, quand elle a entendu s'approcher et crier les hommes qui ont commis ce meurtre, elle s'est enfuie comme si elle avait le diable à ses trousses.

— Elle devait donc savoir qui ils étaient.

— C'est aussi ce que je crois. Ou du moins connaître leurs intentions.

Elle toucha du doigt le dos de sa main.

— Vous pensez qu'elle a quelque chose à voir avec toute cette histoire ? Peut-être que ces gens la retiennent captive ou autre chose…

— C'est sans doute l'une des ouvrières. Ces organisations amènent ici des clandestins pour travailler dans leurs plantations ou fabriquer de la méthamphétamine. Ils sont traités comme des prisonniers, isolés du monde, surveillés.

— L'homme tué serait-il l'un d'eux, qui aurait tenté de s'échapper ?

— Nous n'en avons aucune certitude, mais c'est un scénario plausible.

— Pas étonnant qu'elle ait paniqué.

— A-t-elle dit autre chose ?

— Que son bébé était une fille, qu'elle s'appelait Angelique. Et elle m'a montré où trouver certaines des plantes que je cherchais. Elle semblait s'y connaître. J'ai eu l'impression qu'elle avait faim.

Les larmes lui montèrent aux yeux tandis qu'elle songeait à la jolie Mexicaine, seule avec son bébé et en danger. Elle cligna des paupières pour les refouler.

— Peut-être que nous pourrons la retrouver et l'aider, reprit Michael. Même si nous la renvoyons dans son pays, ce sera mieux que la vie qu'elle mène ici.

— Je suppose.

Mieux valait être chez soi, entouré des siens, que de vivre constamment sous la menace.

— Vous avez participé à des concours de beauté ?

Et voilà. Il n'allait pas laisser passer ça. Bon sang, pourquoi y avait-elle fait allusion ?

— N'ayez pas l'air si choqué. J'ai été Miss Milwaukee quand j'étais en première année de fac.

— Comment une reine de beauté a-t-elle pu atterrir en Afghanistan ?

— C'est une longue histoire.

— J'ai tout mon temps.

Elle soupira. Elle pouvait tenter de l'envoyer sur les roses, mais, s'agissant de poser des questions, il avait tout du pitbull. Cela étant, c'était sans doute grâce à cela qu'il excellait dans son métier.

— J'ai pensé que ce serait un bon moyen de financer mes études, répondit-elle. Pour mes parents, les poursuivre était une perte de temps et ils ne voulaient rien débourser. Mais, à la vérité, je n'attendais rien d'eux. J'étais décidée à ne compter que sur moi-même.

— Donc, la reine de beauté avait toujours voulu devenir biologiste.

— En fait, je n'étais pas vraiment fixée. J'avais même fait une prépa en communication. Mais j'éprouvais le besoin de quitter la maison. Mon père est une célébrité. Il présente les émissions sportives sur la plus importante chaîne de télé de la ville, et il prête sa voix pour des publicités, des reportages et toutes sortes de programmes. Tout le monde le connaît. Il voulait que je marche sur ses pas. Or, ce que je voulais, moi, c'était prouver que je pouvais accomplir quelque chose grâce à mes propres capacités. Je ne me doutais pas que les choses se termineraient ainsi.

— Nul ne sait de quoi demain sera fait, rappela Michael.

Abby acquiesça. Personne ne voudrait être soldat si la

première perspective qui venait à l'esprit était de mourir ou d'être blessé.

— Mes parents étaient atterrés. D'abord par mon engagement dans l'armée, puis par mon départ pour une zone de guerre. Lorsque j'ai été blessée, ils ont craqué. La première fois qu'elle a vu ma plaie, ma mère a fondu en larmes. Elle a toujours du mal à me regarder en face.

Une boule se forma dans la gorge d'Abby. Elle déglutit pour la chasser.

— Mon père, lui, veut à tout prix me réparer. Il insiste pour que je subisse une nouvelle opération, que j'utilise un maquillage spécial. Il n'abandonne pas l'espoir que je travaille un jour à la télé. Tous les deux pensent que je gâche mon temps à vouloir devenir une scientifique.

— Et vous ?

— Pas du tout. Je suis plus heureuse à faire ça, quelque chose qui vient totalement de moi, qu'à être en compétition avec mon père. Car c'est ce qui serait arrivé, au moins de façon inconsciente. La chance s'offre à moi de me réaliser selon mes propres termes. Je crois que c'est ce que je cherchais en devenant militaire.

— C'est drôle, parfois, ce que la vie nous réserve.

— Si c'est au destin que vous faites allusion, je n'y crois toujours pas. Les choses arrivent par hasard.

— Hé, je n'ai rien dit ! protesta-t-il en souriant. Bon, demain est-ce assez tôt pour que nous sortions ?

— Que nous *sortions* ?

Elle rougit, et s'en voulut aussitôt.

— En patrouille. Vous m'avez dit que vous étiez d'accord, n'est-ce pas ?

En patrouille, bien sûr... Qu'était-elle ? Une gamine de seize ans qui espère que la coqueluche de la classe lui fixera un rendez-vous ?

— Oui, oui, c'est vrai. A quelle heure ?

— 8 heures. Je viendrai vous chercher.

Il se leva. Elle l'imita et l'accompagna jusqu'à la porte.

— Merci de m'avoir parlé de Mariposa, dit-il. Nous essaierons de la trouver et de l'aider.

— J'aurais dû vous faire confiance plus tôt, mais…

— Je sais. Accorder sa confiance est parfois difficile.

Elle descendit derrière lui les marches de la caravane, rechignant à le laisser partir. Puisque la confiance s'était instaurée entre eux, elle se sentait plus proche de lui. Comme si elle avait désormais un ami qui la comprenait.

— Qu'est-ce qu'il y a, là, sur votre voiture ?

Suivant son regard, elle découvrit le carton posé sur le capot de sa Toyota.

— Je n'en sais rien. Je n'ai jamais vu cette boîte.

Ils s'avancèrent vers le véhicule, et elle tendit la main en direction de l'objet, mais il l'arrêta net.

— Attendez. Examinons-le d'abord.

Suivant son exemple, elle se pencha dessus. Son nom, Abby Stewart, y était inscrit au feutre en lettres majuscules.

— Rien qui nous renseigne sur son expéditeur, fit-elle remarquer.

— Vous n'attendiez aucun colis ?

— Non.

Elle croisa les bras sur sa taille. Une soudaine nausée la gagnait à l'idée qu'un étranger était venu jusqu'à sa caravane pour lui laisser cela.

Michael empoigna sa radio.

— Je vais demander à Randall de venir avec Lotte.

— La chienne ? Vous pensez que c'est nécessaire ?

Elle considéra le carton. Il avait un aspect à la fois innocent et sinistre.

— Deux précautions valent mieux qu'une.

Il passa son appel, et Randall annonça arriver tout de suite. Ils se retranchèrent sous l'auvent de la caravane pour patienter. Nerveuse, elle se tritura les doigts, mais, adossé à la caravane, Michael semblait serein.

— Ce n'est sans doute rien, dit-elle. Ce ne serait pas plus simple de l'ouvrir ?

— Attendons.

Elle ne discuta pas.

Quelques minutes plus tard, Randall stoppait son Cruiser à côté de celui de Michael. Il en descendit, puis libéra Lotte. La chienne se dirigea vers la Toyota, l'œil brillant, agitant la queue. Randall lui montra la boîte.

— Lotte, cherche.

Posant les pattes sur le pare-chocs avant, elle avança le museau vers l'objet, les oreilles aplaties et la queue basse. Elle recula aussitôt, poussa un petit cri et fit le tour du véhicule, toute agitée. Puis elle se mit à marcher de droite à gauche, haletant, lâchant des gémissements, les yeux passant de Randall au carton.

— On dirait qu'elle n'aime pas ce qu'il y a dedans, commenta Michael.

— Ce n'est pas sa réaction habituelle devant des explosifs, indiqua Randall. Mais il est clair qu'elle sent quelque chose.

— Lotte, ici.

Tandis que l'animal venait se coucher à ses pieds, Michael sortit un couteau multilames.

— Voyons de quoi il s'agit.

Il saisit le carton et le soupesa.

— C'est assez lourd. Dans les deux kilos.

Il sortit l'une des lames, coupa la bande adhésive qui maintenait en place le couvercle, puis posa la boîte sur le sol.

— Mieux vaut être prudent, grogna-t-il, avant de ramasser un bâton près d'une table de pique-nique. Attention, écartez-vous.

Abby recula de plusieurs pas et se mordilla la lèvre. Ils faisaient sans doute toute cette mise en scène pour rien, mais le comportement de la chienne l'inquiétait. Ce qu'il y avait dans le carton l'avait manifestement excitée. Le front plissé, elle gardait les yeux rivés dessus.

Michael glissa l'extrémité du bâton sous le bord du couvercle, puis le fit sauter. La boîte pencha de côté, et son contenu se déversa d'un mouvement fluide et ondulé sur le sol. Lotte aboya. Abby, elle, hurla devant l'énorme crotale ramassé sur lui-même, et qui semblait prêt à frapper.

6

Michael sortit son arme et tira deux fois. Le serpent se contorsionna et battit l'air, puis s'immobilisa. Lotte, elle, aboya de nouveau, puis se mit à geindre.

Malgré la chaleur, Abby se sentait frigorifiée. Elle contempla d'un œil fixe le reptile, plus choquée par l'idée qu'on le lui avait envoyé à dessein que par la bête elle-même.

Une saute de vent agita les branches des pins qui entouraient le camp, faisant flotter l'auvent de la caravane. Randall ramassa le bâton dont s'était servi Michael pour ouvrir la boîte, et souleva le crotale.

— Il fait au moins un mètre cinquante.

— Soyez prudent, conseilla-t-elle. Même morts, ils ont encore du venin.

Randall hocha la tête et se tourna vers Michael.

— Tu crois que nous devrions l'emporter comme pièce à conviction ?

— Oui. On le photographie, on l'emballe et on l'étiquette. Le carton aussi. Il nous livrera peut-être quelques empreintes.

— J'en doute, rétorqua Randall.

Il laissa retomber le crotale. Celui-ci demeura inerte dans la poussière, toujours menaçant malgré son absence de vie.

— Quelqu'un s'est donné beaucoup de mal pour placer un serpent mortel dans une boîte et la déposer ici comme cadeau, argua-t-il. Il a dû avoir l'intelligence de porter des gants.

— Pourquoi a-t-on fait ça ? s'étonna Abby.

— C'est un message, expliqua Michael, la mine sombre. Pour vous avertir.

— M'avertir ? Mais de quoi ? Je n'ai rien fait.

— Vous avez trouvé cet homme mort et vous nous avez fait intervenir, développa Randall. Nous nous sommes trop approchés de quelque chose, raison pour laquelle ce sniper nous a tiré dessus. Ils veulent peut-être vous effrayer pour vous faire quitter la zone, de peur que vous ne découvriez autre chose.

Abby tressaillit.

— Eh bien, je le suis, effrayée. Ce serpent aurait pu me mordre.

Michael posa la main sur son épaule.

— Vous auriez sans doute eu la frayeur de votre vie et été bien malade un moment. Mais les hôpitaux de la région sont équipés de sérums anti-venin, et vous auriez probablement survécu. Mais ceux qui ont fait ça s'en fichent. Vous représentez une menace pour eux, et ils vous menacent à leur tour.

— Je n'ai rien fait à personne ! protesta-t-elle de nouveau.

— Vous avez été témoin d'une exécution.

Ce mot la fit frissonner. Mais c'était ce que le meurtre de cet homme avait été. Ils l'avaient traqué puis tué, comme l'auraient fait des prédateurs avec une proie.

— Je n'ai rien vu, souligna-t-elle. Je ne pourrais identifier aucun d'eux.

— Ça, ils ne le savent pas.

— Au fait… Comment connaissent-ils mon nom ?

Elle secoua la tête, peinant à accepter la réalité de ce qui s'était passé.

— Je ne connais pratiquement personne ici. Encore moins capable de faire une telle chose.

— Il est assez facile de savoir votre nom, indiqua Randall. Grâce à l'immatriculation de votre voiture ou votre permis de camper, au bureau des rangers. Son utilisation rend juste les choses plus personnelles, plus menaçantes.

Elle réprima un haut-le-cœur. Tout cela la rendait malade.

Michael lui serra l'épaule, puis laissa retomber sa main.

— Vous ne pouvez pas rester ici.

— Je suis d'accord…

Cette fois, ceux qui en avaient après elle avaient laissé un crotale. Que feraient-ils la prochaine fois ?

— Mais où aller ?

— Nous vous trouverons un hôtel en ville, proposa Randall. Vous vous y inscrirez sous un faux nom. L'un de nous pourra rester avec vous.

— L'un de vous ?

— Moi, proposa Michael.

— Ce ne sera pas nécessaire, répliqua-t-elle en carrant les épaules. J'ai une arme, et j'en sais assez à présent pour être prudente. Je peux veiller sur moi-même.

Elle s'était tant battue pour être indépendante. Elle ne laisserait pas ces étrangers sans visage lui enlever cela.

Les lèvres serrées, Michael arbora cette expression butée qu'elle commençait à connaître.

— Jusqu'à ce que nous ayons déterminé la gravité de la menace que représentent ces gens, je reste avec vous.

— Je n'ai pas besoin d'un baby-sitter, rétorqua-t-elle.

Et surtout pas de l'avoir tout le temps sur le dos. Qu'il ait sauvé sa vie une fois ne signifiait pas qu'il était responsable d'elle jusqu'à la fin de ses jours, nom d'un chien !

Le choc de l'événement commençait à s'estomper, et elle avait de nouveau l'esprit clair.

— Comme vous l'avez dit, c'était un avertissement. Si l'on avait vraiment voulu me faire mal, on ne se serait pas fatigué à confectionner un paquet-cadeau. On aurait simplement lâché le serpent dans ma voiture.

Elle trembla à cette idée.

— Je ne leur donnerai pas la chance de s'approcher de vous une seconde fois, déclara Michael.

Son regard croisa le sien. La chaleur qui s'y trouvait un peu plus tôt avait fait place à une froide détermination.

— Laissez tomber, dit Randall. Il est plus têtu qu'une mule.

— Très bien, fit-elle sans rompre le contact visuel. Mais il n'est pas question que je partage une chambre avec lui.

De se retrouver seule à seul avec Michael, dans un lieu aussi intime, ce serait… trop.

— Je prendrai la chambre voisine, concéda-t-il.

— Parfait, soupira-t-elle, résignée.

Il lui faudrait apprendre à vivre avec cela.

Sortant un appareil numérique, Randall commença à prendre des photos.

— Voyons ce carton de plus près, murmura-t-il. Lotte flairera peut-être une piste.

Mais la chienne ne trouva rien.

Abby rentra dans la caravane pour rassembler ses affaires, pendant que les deux officiers collectaient les pièces à conviction et se débarrassaient du serpent.

Elle ressortit avec une valise dans une main, sa sacoche d'ordinateur et son sac dans l'autre, un sac à dos accroché aux épaules.

— Voilà, je suis prête. Le programme n'a pas changé pour demain matin ? Je pars en patrouille avec vous ?

Michael la soulagea de sa valise.

— Si vous le voulez toujours.

— Je le veux toujours. Travailler, c'est mieux que de tourner en rond à ruminer le fait que de parfaits inconnus me haïssent assez pour m'attaquer avec un serpent venimeux. D'ailleurs, j'ai un vaste territoire à explorer et seulement quelques semaines pour le faire. Ce n'est pas la menace de ces gens qui m'en empêchera.

Tout en négociant les virages de la route sinueuse qui les éloignait du parc, Michael jeta quelques coups d'œil à

Abby. Les rayons du soleil de l'après-midi lui éclairaient le visage comme un projecteur, faisant scintiller ses boucles d'oreilles en argent. Elle était magnifique. Une reine de beauté, une star de cinéma… Et pas seulement. Elle avait une sacrée force de caractère, un solide instinct de survie.

— Je peux vous poser une question personnelle ?

Elle se tourna vers lui, de l'inquiétude dans ses yeux outremer.

— Oui, mais je ne vous promets pas d'y répondre.

Il reporta son attention sur la route.

— Que s'est-il passé après votre retour aux Etats-Unis ? Après votre blessure ? Je veux dire, combien de temps avez-vous été hospitalisée ? Avez-vous suivi une rééducation, ou juste été renvoyée chez vous ?

— J'ai d'abord été admise dans un hôpital en Allemagne, où l'on m'a retiré les éclats d'obus. Puis les chirurgiens ont sauvé mon œil. Ensuite, il a fallu réparer l'os de la pommette et ma joue.

Elle toucha sa cicatrice.

— J'ai une plaque en titane qui maintient le tout.

— Ouch ! Vous avez dû souffrir.

— Oui et non. En fait, j'étais dans le cirage tout le temps. En partie à cause des médicaments, en partie à cause de la blessure elle-même.

— Je crois savoir que c'est un mécanisme de protection du cerveau, avança Michael. Il gomme, en quelque sorte, ce qui s'est passé.

Lors de sa formation de PJ, on lui avait appris que les grands blessés se souvenaient rarement de leur transfert en hélicoptère et des interventions à son bord.

— Je suppose. Mais parfois ça m'ennuie de ne pas pouvoir me rappeler. Après mon rapatriement, j'ai séjourné dans un hôpital de Milwaukee. Des gens m'ont rendu visite, mais je n'en ai aucun souvenir. Excepté des détails idiots.

— Comme quoi ?

— Comme d'avoir demandé à ma mère de m'apporter des vêtements normaux, afin de ne pas être tout le temps en blouse d'hôpital ou en pyjama. Elle m'a apporté ce chemisier jaune que je détestais. Je me suis fâchée et je lui ai crié dessus, jusqu'à la faire pleurer. Mon père m'a houspillée pour ma dureté, et c'est moi qui me suis mise à pleurer.

Elle secoua la tête.

— C'était tellement stupide. Quelle importance, la couleur de ce chemisier ?

— Je ne trouve pas ça si stupide. Il y a une logique. Dans votre vie, tant de choses échappaient à votre contrôle. Votre tenue vestimentaire était l'une des rares que vous pouviez maîtriser. Et avec les médicaments que vous preniez, sans parler de votre blessure à la tête, vos émotions n'avaient plus de garde-fou. Les médecins auraient dû le dire à vos parents.

— Ils l'ont probablement mentionné. Mais le seul moyen que mes parents ont trouvé pour supporter cette épreuve a été de faire comme si tout allait bien. Il y a eu des moments surréalistes. Maman qui me parlait de mes anciens petits amis, disant qu'ils seraient heureux de me revoir, ou papa qui me conseillait de trouver un job d'été avec la troupe de théâtre amateur. A la fin, j'ai craqué et sorti des choses horribles, du genre « Personne ne voudra d'un monstre sur scène. » Et maman se remettait à pleurer. C'était affreux.

Michael serra les mains sur le volant.

— Vous n'êtes pas un monstre, vous savez.

— Je sais. Mais je ne suis plus qui j'étais. Je ne m'y suis pas encore habituée. Je ne veux même plus de ma vie d'avant, si tant est que j'en ai jamais voulu. Mais je continue à réfléchir à ce que sera ma nouvelle vie.

Elle soupira et ajusta sa position sur son siège.

— Pour le moment, je réfléchis surtout à l'endroit où je passerai la nuit.

— Carmen nous a pris des chambres dans un motel de

l'autre côté de la ville. Nous avons décidé que plus c'était loin du parc, mieux c'était.

Le motel, découvrit Abby, était l'un de ces établissements démodés, constitués de deux rangées de chambres s'alignant de part et d'autre d'un bureau à toit pentu.

— Elles sont réservées aux noms de Ricky et Lucy, annonça Michael à l'employé, un vieil homme ventripotent au teint cireux.

Après avoir remis sa carte de crédit contre les clés, Michael les conduisit jusqu'à la dernière chambre d'une des ailes et gara le Cruiser.

— Ricky et Lucy ? s'étonna Abby.

— Ricky et Lucy Ricardo, en référence au film *J'aime Lucy* précisa-t-il. J'adore ces vieilles productions. Quand j'ai cherché des noms d'emprunt, ils se sont tout de suite imposés à moi.

Cette réponse ébranla Abby. C'était son film fétiche. Comme si Michael avait *vraiment* la capacité de lire dans les esprits.

— Moi aussi, j'aime les films anciens. Quand j'étais à l'hôpital, j'en regardais beaucoup.

Lucille Ball avait été une reine de beauté qui n'avait pas eu peur de se ridiculiser pour faire rire. De voir ses films avait donné de l'espoir à Abby. Peut-être pouvait-elle être davantage qu'un joli visage, elle aussi. Mais… Comment Michael pouvait-il savoir cela ?

Ouvrant la porte de l'avant-dernière chambre, il effectua un rapide examen des lieux, jeta un coup d'œil à la salle de bains puis aux toilettes.

— Que cherchez-vous ? demanda-t-elle.

— Tout signe indiquant qu'on nous a précédés ici.

— Pourquoi donc ?

— Parce quelqu'un a pu être au courant de notre projet de nous installer dans ce motel. C'est peu probable, mais on ne sait jamais.

Sous son regard étonné, il déverrouilla la porte de communication avec la dernière chambre.

— Pour pouvoir nous rejoindre facilement en cas d'urgence, expliqua-t-il. Prenez cette chambre. Je prends l'autre.

Ils y pénétrèrent. Les deux étaient parfaitement identiques, jusqu'à la courtepointe bleu et vert, et la bouteille d'eau sur la coiffeuse.

— Et maintenant ? s'enquit-elle.

— On commande des pizzas ?

Elle faillit éclater de rire. Après les événements de la journée, déguster une pizza avait quelque chose de si ordinaire, si rassurant.

— Ma foi, ce n'est pas une mauvaise idée.

Il sortit son portable.

— Que préférez-vous ?

— Ce que vous voulez, mais sans anchois ni oignons.

Il fit une grimace comique.

— Bien, m'dame.

Elle regagna sa chambre, disposa ses effets personnels sur le lit et sur la table, se peigna les cheveux et s'aspergea le visage d'eau fraîche. Elle n'avait pas pris le temps de s'appliquer de l'écran solaire le matin, et cela se voyait. Ses cils et ses sourcils étaient pâles, décolorés. Elle songea à se maquiller un peu, mais elle ne voulait pas que Michael se fasse de fausses idées. Les circonstances les avaient réunis, mais il n'y avait rien de sentimental entre eux.

Si elle était prête à vivre une relation de couple, il ne serait pas son premier choix. Certes, elle était contente de l'avoir avec elle, que des hommes de sa trempe traquent ceux qui avaient tué ce malheureux dans le désert. Mais il y avait quelque chose de trop intense en lui, de trop protecteur. Et ses allusions au destin et au sens caché de choses uniquement dues au hasard la déstabilisaient quelque peu.

Elle alluma son ordinateur et tenta de se concentrer sur ses notes relatives au persil du désert et à son habitat.

Mais cela ne faisait que lui rappeler Mariposa. Sortant son portable, elle étudia son beau visage hâlé. Où était-elle en cet instant ? A l'abri avec Angelique ? Ou menacées ?

Lorsque Michael frappa à la porte entre leurs chambres et annonça l'arrivée des pizzas, elle ferma avec gratitude son ordinateur et le rejoignit dans sa chambre. Le parfum d'épices, de *pepperoni*, de sauce aux herbes et de fromage lui donna un léger vertige. A dire vrai, elle mourait de faim.

— C'était une riche idée, commenta-t-elle en se servant une part.

— Je n'ai fait que suivre les conseils du médecin.

Il emplit sa propre assiette et s'assit en face d'elle, à la petite table devant la fenêtre. Il avait tiré le rideau sur le soleil couchant, et allumé la lampe à abat-jour derrière lui, créant une ambiance douce et confortable.

— Parlant de médecin, dit-elle, vous semblez en connaître un rayon dans ce domaine. Avez-vous déjà songé à en devenir un ?

— Au début, oui. C'est pour ça que j'ai voulu m'engager chez les PJ. J'avais en tête une carrière en médecine traumatique. Je m'en étais fait une image idéalisée. L'excitation, l'adrénaline, le sauvetage de vies humaines…

Il devint soudain silencieux et préleva une rondelle de *pepperoni* sur sa pizza.

— Qu'y a-t-il ? s'enquit Abby. Quelque chose ne va pas ?

— Ce qu'ils ne vous disent pas, c'est qu'on en perd plus qu'on en sauve, expliqua-t-il.

Ses yeux se rivèrent aux siens.

— Vous étiez mon premier sauvetage. C'est une autre raison pour laquelle je me souviens de vous.

Devant l'intensité de son regard, elle voulut détourner la tête. Mais elle n'y parvint pas. Comment aurait-elle pu ? Cet homme lui avait sauvé la vie.

— Je regrette que ce ne soit pas réciproque, dit-elle. Que je ne me rappelle pas de vous…

Sinon, aurait-elle ce sentiment qu'il existait un lien entre eux, qu'il semblait éprouver ?

Il haussa les épaules, comme pour chasser de mauvais souvenirs.

— Quoi qu'il en soit, à la fin de mon engagement, j'ai décidé que je n'étais pas taillé pour ce genre de travail. J'ai traîné à droite et à gauche pendant quelques mois, ne sachant trop ce que je voulais faire. Après le stress continu de la guerre, le retour à la vie civile n'était pas évident. Alors, quand mon oncle m'a parlé de patrouilles frontalières, je me suis dit « Pourquoi pas ? »

— Et ça vous plaît ?

— J'aime travailler dehors, avoir sans cesse des choses différentes à faire. Je ne suis pas un fan du travail dans un bureau. Parfois, je me demande si je sers vraiment à quelque chose.

— Vous m'avez sauvée de ce serpent, lui fit-elle remarquer avec un sourire taquin.

— Si ça n'avait pas été moi, Randall s'en serait chargé.

Il croqua un morceau de sa pizza, le mâcha un moment et l'avala.

— Ou vous l'auriez tué vous-même. Vous êtes forte.

Ces mots la firent se sentir plus légère. Et plus grande.

— Vous ne pouviez pas me faire meilleur compliment.

— Eh bien, il vous en faut peu !

Il se fendit d'un large sourire, le blanc de ses dents éclatant sur sa peau mate.

— J'essaierai peut-être le truc avec d'autres femmes. J'avais tout faux en leur disant qu'elles étaient belles. Non que vous ne le soyez pas… Belle, je veux dire.

Le sourire d'Abby se figea.

— Toute ma vie, j'ai entendu les gens dire que j'étais belle. Et du jour au lendemain, c'était fini. Au moins, la force, ce n'est pas une qualité qu'on peut vous enlever facilement.

— Vous parlez comme si vous étiez horriblement défigurée. Ce n'est qu'une cicatrice. Même pas visible lorsque vous laissez retomber vos cheveux.

— Peut-être, mais je sais qu'elle est là, et je ne peux pas ne pas y penser. Ne croyez pas que je me lamente sur mon sort. Simplement, c'est devenu ma réalité.

— Pour ma part, je vous trouve belle. Il faut que vous le sachiez.

— Ce n'est pas ce que vous dites à toutes les autres ?

Il allait lui répondre lorsque son téléphone sonna. Posant sa part de pizza dans son assiette, il consulta le petit écran.

— C'est Randall, indiqua-t-il.

Puis il décrocha et mit le haut-parleur.

— Dance.

— Ça y est ? Abby et toi, vous êtes installés ?

Randall parlait d'un ton cordial.

— Oui, tout va bien. Quoi de neuf ?

— J'ai apporté ce crotale au bureau des rangers. L'un d'eux est biologiste, spécialiste de la faune sauvage. Il m'a dit quelque chose d'intéressant.

— Vas-y. Abby et moi, on t'écoute.

— La bête que tu as tuée est un crotale diamantin de l'Ouest. Une espèce commune de crotale du désert, responsable de la plupart des décès par morsure aux Etats-Unis et au Mexique.

Abby croisa le regard de Michael par-dessus la table. Elle serra les bras sur sa taille, son appétit envolé.

— En quoi est-ce si intéressant ? demanda Michael.

— Il n'y a pas de crotales diamantins à cette altitude, répondit Randall. En fait, il n'y en a à aucune altitude au Colorado. Ceux que l'on trouve ici sont les crotales des prairies, plus petits et moins venimeux. Celui qui a fourré ce spécimen dans la boîte l'a importé soit du Sud, soit de l'Ouest.

Michael fronça les sourcils.

— Est-ce qu'on peut en acheter dans des animaleries ?

Tu sais, celles qui vendent des pythons, des tarentules et autres charmantes créatures.

— Non, la vente de serpents venimeux est interdite. Celui-ci a vraisemblablement été capturé dans la nature, et conservé dans des buts inavouables.

— Il faut être malade, murmura Abby.

— On m'a parlé d'un dealer de Tucson qui gardait sa came dans un aquarium avec un serpent venimeux, dit Randall. Ça dissuade les voleurs.

Michael se renversa contre son dossier et étendit ses longues jambes devant lui.

— Bon. Que nous raconte-t-il, ce crotale ?

— Il nous raconte certaines choses sur les gens que nous cherchons.

— Ouaip. Que ce sont des tordus.

— Tordus, et prêts à tout pour protéger ce qui est à eux. Ou à le faire comprendre.

— Je vois. Merci pour l'information. A plus tard.

— Je te tiendrai au courant s'il y a du nouveau, promit Randall.

— OK. Merci.

Michael coupa la communication, puis rangea l'appareil dans sa housse de ceinture, à côté de ses autres accessoires.

— Pourquoi s'en prennent-ils à moi ? demanda Abby.

— Vous avez dû vous approcher trop près de quelque chose qu'ils tiennent à tout prix à dissimuler. D'abord le sniper. Ensuite le serpent…

— Qu'allons-nous faire ?

Il n'était pas question qu'elle reste là à se tourner les pouces, attendant qu'on la prenne de nouveau pour cible.

— Demain, je veux retourner là où nous avons trouvé le corps de cet homme et fouiller encore le secteur, annonça Michael.

— Je viens avec vous, décida Abby.

Il secoua la tête.

— Je sais que je vous ai dit que vous pouviez m'accompagner. Mais avec ce qui s'est passé…

— Je me suis déjà trouvée en situation dangereuse auparavant, répliqua-t-elle. Je veux venir. Je veux voir si nous pouvons aider Mariposa et son enfant.

Il marqua une pause, l'air songeur.

— Vous m'avez dit que j'étais forte, reprit-elle. Je ne vous retarderai pas, je ne me mettrai pas dans vos jambes. Et si ces gens sont aussi dangereux qu'ils semblent l'être, il n'est pas bon pour vous d'être seul. Je peux protéger vos arrières.

— Très bien. De toute façon, si je vous disais non, vous me suivriez quand même, n'est-ce pas ?

— Probablement.

— Au moins, comme ça, je peux vous avoir près de moi, sous bonne escorte.

Elle n'avait pas besoin de sa protection et voulut le lui signifier, mais se ravisa. Jusque-là, elle avait eu besoin de lui. L'idée n'était plus aussi insupportable. S'appuyer sur quelqu'un n'était peut-être pas une si mauvaise chose, finalement.

Si c'était la bonne personne…

7

Dûment sanglée sur le siège passager du Cruiser, Abby se faisait l'impression de partir en mission, comme celles qu'elle avait effectuées en Afghanistan. La nuit dans cette partie du Colorado était la même que là-bas. Profonde, non polluée par les lumières des habitations. La ville la plus proche, Montrose, n'était qu'un faible scintillement à l'horizon.

Tirant sur sa ceinture, Abby se pencha en avant et fouilla l'obscurité des yeux. Son cœur battait fort, et ses nerfs vibraient de la même méfiance que celle qu'elle éprouvait durant la guerre, à chacun de ses déplacements hors de sa base. Ils partaient souvent très tôt le matin, afin de profiter du couvert de la nuit. Mais leurs ennemis les imitaient, ce qui faisait de leurs expéditions un péril de chaque instant.

Les feux du 4x4 projetaient d'étroits cônes de lumière dans le noir, assez pour éclairer les arbres torturés, les protubérances rocheuses et la steppe de l'arrière-pays. A un moment, des yeux argentés les regardèrent. En s'approchant, ils découvrirent un coyote hypnotisé par la lumière de leurs phares, dont la silhouette se détachait sur fond de roche rougeâtre.

Abby frissonna et serra davantage sa veste sur elle. Même en été, l'air était vif à cette altitude sans le soleil pour prodiguer sa chaleur.

— Ça va ? s'enquit Michael.

— Ça va.

Glissant sa main dans sa poche, elle caressa le petit lapin

de céramique. Peut-être était-ce puéril pour une femme adulte de croire aux pouvoirs d'un porte-bonheur, mais ce lapin l'avait aidée à affronter les moments difficiles depuis sa blessure et son retour à la vie civile. Elle n'était pas prête à s'en séparer.

Se penchant vers le tableau de bord, Michael poussa le chauffage.

— Si vous m'en disiez plus sur vos recherches ? lança-t-il. Que se passe-t-il une fois que vous êtes repartie, munie de vos plantes ?

— Je les apporte au laboratoire. Là, je prélève certaines de leurs composantes, et, après distillation, j'étudie leurs effets sur les cellules. Par exemple, si l'une d'elles provoque une inhibition de leur mutation, je sais qu'elle peut aider à lutter contre le cancer. Si une autre stimule la régénération des cellules nerveuses, ou permet aux nerfs de se créer de nouveaux chemins, je sais qu'elle trouvera sa place dans le traitement de maladies comme celle de Parkinson. Pour le moment, je dois resserrer ma recherche sur une possibilité unique, mais les perspectives d'avenir sont infinies.

— C'est fascinant de savoir que vous pouvez améliorer la vie de tant de gens. J'aimerais faire quelque chose de ce genre.

La note de regret dans sa voix était nettement perceptible.

— Vous protégez celle de nombreuses personnes, lui fit-elle remarquer. Vous sécurisez le parc pour les visiteurs, vous luttez contre le crime et les agressions…

— En théorie, répliqua-t-il. Parce que, jusqu'à présent, rien de ce que j'ai fait n'a amélioré la vie de quiconque.

— Et moi ? Vous avez oublié ? Je ne serais pas là dans cette voiture, sans vous…

Avançant le bras par-dessus la console, il prit sa main et la serra.

— C'est vrai. Et j'en suis heureux.

Il la garda un moment dans la sienne. Sa chaleur et sa

fermeté se diffusèrent en elle. Mais elle ne pouvait laisser ses émotions occulter son bon sens. Michael Dance était un homme bien… qu'elle ne connaissait qu'à peine. Il n'était pas un chevalier en armure de lumière, et elle était tout sauf une princesse qui avait besoin d'être sauvée.

Elle libéra brusquement sa main et contempla, à travers le pare-brise, la bande grisâtre dans le ciel, à l'est.

— Le soleil va bientôt se lever.

Si sa soudaine froideur le surprit, il n'en montra rien.

— Vérifiez sur le GPS, dit-il. Nous devrions bientôt y être.

Elle approcha les yeux du GPS intégré au tableau de bord.

— Il reste trois kilomètres six cents.

— Je vais éteindre nos feux, annonça-t-il. Juste au cas où quelqu'un nous observerait de loin.

Il coupa les phares, et ils se retrouvèrent plongés dans une opacité déstabilisante.

Abby battit des paupières, désorientée.

Puis Michael pressa un bouton, et une vague lumière éclaira quelques centimètres de piste devant le Cruiser.

— Des feux furtifs, expliqua-t-il. Ils sont fixés sous le pare-chocs.

Elle se fendit d'un petit rire nerveux.

— Le nom est bien choisi.

Le 4x4 rampait littéralement dans le paysage. Ils avaient quitté la piste et suivaient une sorte de sentier d'animaux tout juste visible, peut-être même celui qu'Abby avait emprunté lorsqu'elle cherchait ses plantes.

Soudain, Michael écrasa la pédale de frein et Abby fut propulsée en avant, uniquement retenue par la sangle de la ceinture.

— Qu'y a-t-il ? s'alarma-t-elle.

— J'ai vu quelque chose bouger.

Il attendit un moment. Elle plissa les yeux, cherchant à repérer ce qui l'avait fait freiner. Malgré les premières traînées de rose dans le ciel, il faisait encore trop sombre pour distinguer quoi que ce soit.

— Là !

Michael désigna un endroit sur la gauche, devant eux. Levant le pied de la pédale de frein, il tourna le véhicule dans cette direction et ralluma ses feux. Un animal fila à toute vitesse, suivi de plusieurs autres.

— Des coyotes, dit Abby, soupirant de soulagement.

Le visage de Michael s'assombrit.

— Ils étaient en train de dévorer quelque chose. Nous ferions mieux d'aller voir.

— Pourquoi ? Ce n'est qu'une poignée de coyotes.

— Ce sont des charognards. Ils mangent tout ce qu'ils trouvent. Pour qu'ils soient aussi nombreux, le repas doit être copieux.

Abby eut un haut-le-cœur et ravala un goût de bile dans sa gorge.

— Comme un corps humain ?

Michael arrêta de nouveau le Cruiser et se tourna vers elle.

— Je dois vérifier. Vous pouvez rester ici.

— Il s'agit d'un clandestin, d'après vous ? Comme celui d'avant-hier ?

— Ce n'est pas nécessairement un être humain, répondit-il.

Il se remit en route à vitesse réduite.

— Mais vous pensez que ça peut en être un.

— Oui, mais pas forcément un clandestin.

— Qui, alors ?

— Une femme a été portée disparue dans le parc, il y a quelques jours. Du moins, sa voiture a été retrouvée abandonnée sur l'une des aires d'observation, mais il n'y avait aucune trace d'elle. C'est la nouvelle présentatrice du journal d'une chaîne télé de Denver, Lauren Starling.

Abby réfléchit un instant. Ce nom lui disait quelque chose, mais elle était incapable de lui associer un visage.

— Que diable faisait-elle par ici ?

Elle reporta son regard sur l'endroit où se trouvait la charogne. L'un des coyotes montait la garde, les yeux scintillants dans les feux du Cruiser.

— Elle a pu tomber sur quelque chose qu'il ne fallait pas, suggéra Michael.

Tout comme elle-même avait failli le faire.

— J'espère que non, marmonna-t-elle.

— Comme il est possible qu'elle n'ait rien à voir avec l'affaire qui nous occupe, ajouta-t-il. Certains voient le Parc du Gunnison comme un endroit idéal pour mettre fin à leurs jours.

— Se suicider ? Mais pourquoi un parc ?

— Je ne sais pas. Peut-être qu'ils pensent ainsi épargner à leur famille la tâche déplaisante de nettoyer derrière eux.

Il freina. Le dernier coyote s'éloigna en trottinant. Dans la lumière du véhicule, une forme brune se dessina sur le sol. Il y avait donc bien quelque chose, conclut Abby. De nouveau, son estomac regimba et elle serra les dents pour réprimer une vague de nausée.

Michael mit le levier de changement de vitesse au point mort, puis défit sa ceinture.

— Restez là, dit-il.

Elle n'eut pas besoin de se le faire répéter. Dès qu'il ouvrit la portière, une odeur putride la prit aux narines. L'odeur de la mort. Elle détourna la tête et regarda de l'autre côté. Mais, comme attirés par un aimant, ses yeux revinrent se poser sur Michael tandis qu'il marchait vers le cadavre. Il s'en approcha d'un pas prudent, les épaules raides, une main sur la crosse de son arme.

Puis il s'arrêta et se détendit nettement. Il s'accroupit, étudia un moment ce qu'il avait sous les yeux, puis se releva et regagna à grands pas le 4x4.

— C'est un daim. Il n'en reste pas assez pour savoir de quoi il est mort. Une balle de braconnier, à moins que les coyotes n'aient réussi à l'isoler de sa harde.

Abby s'affaissa dans son fauteuil, soudain toute molle.

— Un daim…, répéta-t-elle. J'ai eu si peur…

— J'aurais dû me contenter de vérifier et ne rien dire qui puisse vous bouleverser, marmonna Michael.

Il redémarra le Cruiser.

— J'aurais encore plus mal réagi si vous vous étiez fermé comme une huître et si vous aviez refusé de me dire quoi que ce soit, protesta Abby.

— J'ai pensé que vous étiez assez solide pour garder la tête froide. Dans votre situation, vu tout ce qui s'est passé, beaucoup de civils auraient flanché.

Depuis son arrivée au parc, elle avait buté sur un cadavre, essuyé les tirs d'un sniper et échappé à la morsure mortelle d'un crotale.

— Je ne vous dirai pas que je dors comme un bébé, mais ça va. Peut-être est-ce la même chose qu'à la guerre. Sur le moment, on fait ce qu'on a à faire sans réfléchir. C'est après qu'on craque.

Il lui jeta un regard de biais.

— J'espère que vous n'allez pas craquer.

— Rien ne peut m'ébranler, ironisa-t-elle.

Malgré quelques flash-back çà et là, elle se sentait en effet plus forte. Peut-être l'homme à ses côtés y était-il pour quelque chose…

Il sortit un calepin de la poche de sa chemise.

— Quelles sont les coordonnées GPS de cet endroit ?

Elle consulta l'écran et les lui donna.

— Pourquoi ? demanda-t-elle.

Il haussa les épaules.

— On ne sait jamais. Quelqu'un peut avoir besoin de les connaître. Il peut y avoir un pic de braconnage ces temps-ci, et toute info peut s'avérer utile.

— Et moi qui voyais les parcs nationaux comme des endroits tranquilles et sans danger…

— Pour la plupart des gens, c'est ce qu'ils sont.

A travers le pare-brise, elle scruta l'horizon qui se teintait des premières nuances de l'aube. La lumière grise lui permettait de distinguer de nombreux détails du paysage, les silhouettes des arbres, et les montagnes au loin.

— Nous ne sommes plus qu'à un kilomètre et demi de l'endroit où le sniper nous a tiré dessus, indiqua-t-elle.

— Je vais rééteindre mes feux. Il fait maintenant assez clair pour conduire, et si quelqu'un surveille les lieux, il aura plus de mal à nous voir.

Elle garda l'œil sur le GPS tandis qu'ils progressaient vers leur but.

Après quelques minutes, elle leva la main.

— C'est ici que je me suis garée pour explorer la zone où nous avons trouvé le corps, et où j'ai vu Mariposa.

— Et c'est là que le tireur nous a canardés.

Il passa en quatre roues motrices, puis quitta le sentier imprécis qu'ils avaient suivi jusque-là.

— Nous allons nous enfoncer un peu dans l'arrière-pays, annonça-t-il. Puis nous nous arrêterons pour une première inspection des lieux.

Elle serra le col de sa veste sur son cou.

— Que cherchons-nous exactement ?

— Tout ce qui semble bizarre. Ils utilisent sans doute des moyens de camouflage divers, mais un bâtiment est difficile à cacher. On va s'intéresser aux groupes d'arbres ou de rochers qui paraissent déplacés dans le paysage. Ces individus peuvent aussi avoir établi un camp dans une cuvette ou un canyon. Auquel cas il sera très difficile de les dénicher.

Michael tapota du doigt la console entre eux.

— Il y a ici une carte topographique. J'y ai relevé plusieurs endroits où ils pourraient être tentés de dissimuler une activité illicite. Il y a aussi une minitorche.

Abby sortit les deux et, dès qu'il arrêta le véhicule, déploya la carte plastifiée entre eux. A l'aide d'un feutre jaune fluo, il avait entouré un canyon en impasse, un arroyo et une petite zone boisée. Elle étudia les courbes de niveaux.

— Cet arroyo est le plus proche, dit-elle en posant le doigt dessus. Un ruisseau saisonnier coule à proximité. A cette période de l'année, il doit encore y avoir de l'eau provenant de la fonte des neiges. Si je devais installer un campement, c'est cet endroit que je choisirais.

— Allons y jeter un œil !

Elle lut les coordonnées GPS, et il y dirigea le Cruiser.

— Que faisons-nous si nous trouvons quelque chose ?

— Nous appelons des renforts. Il serait stupide d'y aller seuls quand nous ne savons pas à combien de personnes nous avons affaire. Ce matin, nous ne sommes là que pour admirer le paysage.

— Heureuse de l'entendre…

— Mais vous auriez été prête à y aller rien qu'avec moi ?

Il l'étudia un moment, mais dans l'habitacle sombre du 4x4 elle ne pouvait lire son expression.

— Je suppose que j'ai confiance en vous, répliqua-t-elle. A tort ?

Après tout, il n'avait rien d'une tête brûlée ni d'un inconscient. Et il lui avait un jour sauvé la vie. Elle ne l'imaginait pas jeter tout cela aux orties.

— Vous pouvez avoir confiance en moi, déclara-t-il. Comme j'ai confiance en vous.

— Que voulez-vous dire ?

— En cas de pépin, je sais que vous protégerez mes arrières.

— Bien entendu.

Elle avait dit cela d'un ton détaché, mais ce qu'elle ressentait dans sa poitrine pesait une tonne. Même les soldats de son unité, en Afghanistan, auraient été très réticents à compter sur l'aide d'une femme. La haute opinion qu'il avait d'elle signifiait beaucoup. Plus qu'elle n'aurait su le dire.

— Qu'est-ce que c'est que ça ?

Il écrasa la pédale de frein et tendit le cou, les mains crispées sur le volant.

— Ça quoi ?

Elle ne voyait rien dans le gris brumeux devant eux.

— J'ai cru apercevoir une lumière.

Il éteignit les feux furtifs et l'éclairage du tableau de bord.

Elle observa le paysage, ensemble de formes indistinctes éclairées en contre-jour par les premiers rayons du soleil, sur leur gauche. Mais elle ne repéra pas la lumière qui lui avait fait stopper le véhicule.

Il ouvrit sa portière.

— Il vaut mieux y aller à pied. Restez près de moi.

Elle chargea son sac à dos et posa la main sur la masse rassurante du pistolet, au niveau de sa hanche. Elle était de nouveau en patrouille, mais sans le lourd équipement militaire. Même après tout ce temps, l'absence de celui-ci la faisait se sentir vulnérable. Exposée.

Elle referma sa portière en silence, mais il était impossible d'avancer sur ce terrain rugueux sans faire crisser un caillou ou écraser une brindille. Le moindre bruit semblait aussi fort qu'un claquement de porte. L'ouïe, la vue, l'odorat, tous ses sens étaient exacerbés, et le léger vent sur ses joues paraissait plus froid.

Elle huma l'air, et saisit le bras de Michael.

— Stop.

Il s'arrêta.

— Qu'y a-t-il ?

— Vous ne sentez pas ?

Il renifla.

— Du bois brûlé.

— Un feu de camp, précisa-t-elle. Je crois que nous sommes tout près.

— Ça vient de quel côté, d'après vous ?

Elle se concentra, puis pointa le doigt à 13 heures.

— Par là.

Ils s'y dirigèrent lentement, à pas de loup. Le ciel était passé du gris à un rose délavé, puis au bleu. L'odeur de feu de bois se faisait plus forte, et s'accompagnait de celle de cuisson de maïs, ou peut-être de pain. Au bout de quelques mètres, ils furent assez proches pour distinguer des bruits de voix et de vaisselle.

Michael se mit à plat ventre et fit signe à Abby de l'imiter. Ils s'avancèrent en rampant sur les coudes et les genoux. Un caillou acéré s'enfonça dans l'avant-bras d'Abby et elle retint un cri. Au moins, là, n'avaient-ils pas à redouter les mines. Enfin, probablement. Elle rejeta aussitôt cette pensée. Des gens qui payaient un sniper, disposaient de tenues de camouflage et d'un armement militaire pouvaient fort bien se servir aussi de mines antipersonnel.

Elle était sur le point de s'en ouvrir à Michael lorsqu'il lui fit contourner un groupe de buissons. Soudain, un campement apparut, niché dans un arroyo assez profond pour bénéficier de l'écran des pins qui poussaient tout autour. Complétant le dispositif, d'épais branchages avaient été disposés entre eux pour former des sortes de barrières. Des filets de camouflage avaient même été tendus au-dessus des éléments d'habitation, rendant difficile une détection aérienne.

Le campement lui-même n'avait rien de spectaculaire. Quatre vieilles caravanes positionnées en demi-cercle autour d'un foyer en pierres, et trois tables pliantes en bois. Tendue sur des poteaux, une bâche brune offrait un toit de fortune à la douzaine de personnes qui y étaient installées, hommes et femmes, et qui prenaient un petit déjeuner de *tortillas* et de haricots.

Devant le feu, une femme s'activait à cuire d'autres *tortillas* sur une plaque de métal au-dessus des braises. Lorsqu'elle se retourna pour donner les minces galettes à une autre femme, Abby pinça le bras de Michael.

— C'est Mariposa, chuchota-t-elle.

Elle portait le même fichu que deux jours plus tôt, avec son bébé toujours niché à l'intérieur.

Michael se redressa, s'assit sur ses talons et fit signe à Abby qu'ils devaient partir. Elle se retourna à contrecœur. Elle aurait aimé parler à Mariposa, s'assurer qu'elle allait bien. Cependant, il avait raison. Rester là n'était pas sûr.

Mais alors qu'ils s'apprêtaient à quitter leur cachette pour gagner un espace ouvert, les feux d'un véhicule trouèrent l'obscurité. Michael poussa Abby dans les buissons, et ils s'y accroupirent, haletants. Un camion faisait route dans leur direction.

C'était un modèle à plate-forme bâchée, semblable à ceux utilisés par l'armée pour les transports de troupes. Il pénétra lentement dans le campement et s'arrêta près des tables pliantes.

Sans quitter le couvert des buissons, Abby et Michael rampèrent de nouveau vers le bord et observèrent l'activité en contrebas. Deux hommes armés de fusils descendirent du camion et s'adressèrent en espagnol aux hommes et aux femmes attablés. Malheureusement, Abby et Michael étaient trop loin pour pouvoir comprendre ce qu'ils disaient.

Soudain, tout s'anima. Les deux hommes intimèrent aux autres de charger les tables à l'arrière du camion. Un second arriva, puis un troisième. Un individu qui semblait être le chef, vêtu d'une chemise blanche et coiffé d'un panama, blanc lui aussi, ramassa un seau métallique et le lança à Mariposa. Elle lui dit quelque chose, l'air agité, mais il lui colla le seau entre les mains et la chassa d'une poussée. Elle se retourna et se dirigea vers l'extrémité du campement.

— Il lui a ordonné d'aller chercher de l'eau pour éteindre le feu, chuchota Michael. Apparemment, ils chargent tout leur matériel pour pouvoir lever le camp.

— Je vais me faufiler jusqu'au ruisseau pour voir si je peux lui parler et en savoir plus, décida Abby.

Avant qu'il ne puisse l'arrêter, elle était sur ses pieds et se dirigeait vers le ruisseau qui bruissait à vingt ou trente mètres de là. Elle se déplaça avec prudence, veillant à maintenir l'écran des buissons entre elle et l'activité du campement. Lorsqu'elle arriva à destination, Mariposa était accroupie sur la rive et plongeait le seau dans l'eau.

— Mariposa ! appela-t-elle doucement.

La jeune femme leva la tête, surprise. Le seau lui tomba des mains et roula sous un buisson.

— Ne fuyez pas, c'est moi.

Abby s'approcha pour qu'elle puisse la reconnaître.

Mariposa afficha une expression alarmée. Elle se mit à parler à voix basse, mais à toute vitesse, en espagnol. Le seul mot qu'Abby comprit fut *peligroso* — dangereux.

— Je veux vous aider, chuchota-t-elle.

Pourquoi ne se souvenait-elle pas du mot espagnol pour « aider » ? Faisant glisser son sac sur le sol devant elle, elle y chercha son téléphone. Si elle pouvait capter un signal, elle essaierait de trouver un site de traduction.

Mais les cris provenant du campement s'intensifièrent. Mariposa regarda par-dessus son épaule puis se leva, abandonnant son seau. Oubliant la recherche de son portable, Abby se leva également.

— Venez avec moi, dit-elle, la main tendue. Je peux vous aider.

Mariposa secoua la tête et se mit à reculer.

— *No*, répondit-elle, l'air paniqué.

— *Por favor*, insista Abby. S'il vous plaît.

La jeune femme tourna les yeux vers le campement. Les cris s'approchaient. Elle serra son bébé contre elle. Abby s'attendit à ce qu'elle tourne les talons et parte en courant, mais, au lieu de cela, elle dénoua le fichu et le lui fourra entre les bras, avec Angelique dedans. Puis elle virevolta et fila sans attendre en direction du campement.

Abby considéra, interdite, la petite masse chaude qu'elle tenait contre elle. Le bébé remua et se mit à geindre. Quelque chose venu du fond des âges gagna aussitôt Abby, un désir farouche de protéger cette fragile petite vie. La calant avec précaution contre son sein, elle se retourna pour rejoindre Michael.

Et se cogna presque à lui. Il l'entoura de ses bras solides pour l'empêcher de tomber, et ils demeurèrent figés ainsi plusieurs secondes, le bébé entre eux. Abby lutta contre une immense envie de s'abandonner à son étreinte, de puiser en lui énergie et réconfort.

— Que s'est-il passé ? demanda-t-il.

— J'ai vu Mariposa. Je lui ai parlé. Mais nous n'avons pas réussi à nous comprendre. Elle ne parle pas anglais, et je ne connais pas assez l'espagnol. Je crois qu'elle m'a dit qu'il était dangereux pour moi d'être là.

— Elle a raison. Il faut filer d'ici. Un nouveau camion est arrivé, et ils démontent tout le campement. Dès que nous serons revenus au Cruiser, je demanderai de l'aide par radio.

Il baissa les yeux sur le ballot dans ses bras.

— Qu'est-ce que c'est que ça ?

— Le bébé de Mariposa. Angelique.

Elle écarta les pans du fichu. La fillette leva vers eux un regard grave.

— Mariposa me l'a donnée avant de partir en courant. Je crois qu'elle me l'a confiée pour qu'elle soit en sécurité.

Mais Michael ne s'attarda pas sur l'enfant.

— Allons, pressons. Il faut partir.

Il enlaça les épaules d'Abby et la poussa doucement vers leur véhicule.

Ils n'avaient pas fait dix mètres qu'une file d'hommes et de camions se profila un peu plus loin devant eux. Michael jura entre ses dents.

— Je vais prendre le risque d'appeler du renfort.

Planqué tant bien que mal dans la végétation, il sortit d'abord sa radio. Puis son portable. Puis proféra un nouveau juron.

— La radio ne fonctionne pas à cette distance, et je ne reçois pas de signal sur mon portable. Essayez le vôtre.

L'estomac d'Abby se crispa.

— Il est dans mon sac à dos. Près du ruisseau. J'étais si préoccupée par le bébé…

— Je vais le chercher.

Alors qu'il repartait en sens inverse, un homme apparut soudain devant lui et braqua un fusil sur sa poitrine. Il portait une chemise blanche, un panama blanc, et son expression était tout sauf cordiale.

— Vous êtes au mauvais endroit, *amigo.*

8

— Fuyez, Abby ! cria Michael.

L'abandonner à cet homme qui le menaçait d'une arme était la dernière chose qu'elle voulait, mais son instinct lui commandait de protéger l'enfant. Aiguillonnée par l'urgence dans la voix de Michael, elle se retourna et prit la fuite, courbée sur son tendre fardeau, courant en zigzag, attendant les coups de feu qui allaient suivre assurément. Elle ne savait pas où elle allait, mais elle devait mettre le plus de distance possible entre elle et le campement. Elle se cacherait dans la végétation jusqu'à ce qu'elle soit sûre que personne ne la suivait.

Tout en courant, elle pria pour Michael, qu'il parvienne à s'échapper. Si seulement elle pouvait trouver un moyen de retourner l'aider sans mettre le bébé en danger…

Alors qu'elle se frayait un chemin entre les pierres et la broussaille, pas une fois la fillette ne pleura. Etait-elle déjà si habituée à la peur et à la fuite ?

Abby courut, courut, jusqu'à se retrouver hors d'haleine, luttant contre la douleur aiguë d'un point de côté. Angelique était plus lourde qu'elle ne l'avait cru.

Au bout d'un moment, elle fit un faux pas et craignit de la laisser tomber. Il fallait qu'elle s'arrête pour se reposer un peu. Elle avait besoin de s'orienter et de réfléchir.

Réfugiée derrière une excroissance rocheuse, elle laissa sa respiration revenir à la normale et les battements frénétiques de son cœur se calmer. La pierre avait gardé la fraîcheur de la nuit. Abby appuya le dos contre un gros roc, laissant sa surface froide l'apaiser et sécher sa sueur, l'oreille aux aguets. Aucun coup de feu n'avait retenti du côté du campement. Mais dans sa panique, y aurait-elle prêté attention ?

Sortant la tête de son abri, Abby risqua un coup d'œil. Apparemment, personne ne l'avait suivie. Si elle ne voyait plus le campement, les camions se profilaient encore en bordure de l'arroyo, avec de l'agitation tout autour. Elle regretta de ne pas avoir une paire de jumelles…

Il fallait qu'elle regagne le Cruiser. Michael y gardait certainement du matériel et des outils, peut-être même une radio de secours. Si elle réussissait à le faire démarrer, elle pourrait rejoindre le QG du parc et demander de l'aide.

Elle tenta de s'orienter. Le soleil levant se trouvait à leur gauche lorsqu'ils s'étaient garés, et ils avaient marché plein sud. Elle plissa les yeux dans la direction où devait se trouver le 4x4. En vain. Michael, se rappela-t-elle, avait tenu à le dissimuler au milieu d'un bosquet. Il ne lui restait plus qu'à remonter vers le nord et compter sur ses sens.

Avec la plus grande prudence, elle quitta son abri. Le soleil montait dans le ciel, et elle se sentait vulnérable comme jamais. Mais elle n'avait noté aucun signe de poursuite. Ni de Michael. L'homme au panama blanc l'avait-il tué ? Avait-il laissé son corps près du ruisseau ?

Elle chassa aussitôt cette pensée de son esprit. Elle devait se concentrer sur Angelique. Ouvrant les pans du fichu, elle contempla l'enfant. Celle-ci posa sur elle un regard solennel. Du petit doigt, elle caressa sa joue duveteuse. La fillette s'en saisit et le serra dans sa menotte.

Une vague d'émotion monta du plus profond de son être, cocktail d'amour, d'envie et d'un féroce désir de protection.

Oui, ma jolie, je ferai tout ce qui est en mon pouvoir pour assurer ta sécurité.

Restant sous le couvert des rochers et des arbres, elle se mit en route et suivit une trajectoire qui, espérait-elle, la mènerait jusqu'au 4x4 mais loin des hommes du campement. Tous les cinq ou six mètres, elle jetait un coup d'œil par-dessus son épaule, mais aucune alarme ne se déclencha — cris, coups de feu — indiquant qu'on l'avait repérée.

Lorsqu'elle fut certaine d'être hors de portée de vue et d'ouïe, elle accéléra le pas et poursuivit sa route à petites foulées, cahin-caha. Le soleil était de plus en plus haut dans le ciel, et la température avait grimpé. Elle regretta de ne pouvoir retourner au ruisseau prendre de l'eau. Si elle ne retrouvait pas le 4x4, la situation allait être problématique pour Angelique et pour elle.

Elle marqua une pause afin de reprendre son souffle et regarder autour d'elle. Toujours aucun signe du Cruiser. Or, elle aurait dû l'avoir atteint. Le campement n'était pas plus visible, ce qui la rendit nerveuse. Certes, elle voulait en être éloignée, mais elle ne tenait pas à tomber dessus par accident. Elle avait lu que lorsqu'ils avaient perdu leur piste en terrain sauvage, les gens avaient tendance à tourner en rond. Sans carte ni boussole pour s'orienter, elle risquait de faire la même chose.

Un mouvement furtif à l'orée de son champ de vision la fit s'immobiliser. Puis elle tourna lentement la tête. Oui. Quelque chose bougeait dans les buissons. Et il y avait une ombre là où il ne devait pas y en avoir.

Sa main se referma sur la crosse de son Sig Sauer, et elle contrôla son souffle. Elle ne tirerait qu'en cas de force majeure. Mais si la personne qui était là s'approchait trop… Serrant le bébé contre elle, elle sortit l'arme de son étui.

— Abby ! Abby, c'est moi !

L'homme qui bondissait vers elle était Michael. Elle fit deux pas vers lui. A première vue, il ne présentait aucune marque de blessure. Seuls le bébé dans ses bras et l'arme dans sa main l'empêchèrent de l'accueillir avec l'enthousiasme qu'elle ressentait.

— Comment avez-vous fait pour vous en sortir ? lui demanda-t-elle.

Ses épaules s'affaissèrent. Un fusil semi-automatique entre les mains, il haletait, cherchait sa respiration. Plusieurs secondes s'écoulèrent avant qu'il ne puisse parler. Elle en profita pour mieux l'étudier, mais il paraissait indemne.

Enfin, il redressa le dos.

— Lorsque je vous ai crié de fuir, ça l'a distrait et j'ai pu faire sauter son fusil d'un coup de pied. Nous avons lutté un moment, mais je suis parvenu à m'échapper.

Elle pointa son menton vers l'arme.

— Avec le fusil.

Il le souleva.

— Il doit fulminer de rage, mais je ne lui ai pas laissé le choix.

Elle scruta le paysage désolé par-dessus son épaule.

— Ils sont à nos trousses ?

— Je ne pense pas. En tout cas, plus maintenant. Ils semblaient impatients de filer d'ici.

Michael baissa les yeux sur la forme rebondie sous le fichu.

— Comment va-t-elle ?

— Bien. Elle est très calme. Je ne sais pas si c'est une bonne chose ou non.

Elle tira sur les pans pour la protéger du soleil.

— Je cherchais à rejoindre le Cruiser, expliqua-t-elle.

— Bien pensé. Je vais jeter un coup d'œil à leurs camions avant qu'ils ne partent, ajouta Michael en pivotant vers le campement.

Elle lui agrippa le bras.

— Attendez ! Vous ne pouvez pas retourner là-bas.

— Je veux prendre des photos avant leur départ. Les gens, les véhicules…

Il sortit son portable de sa housse de ceinture.

— Je ne capte peut-être pas de signal, mais le reste fonctionne.

— C'est trop dangereux, protesta-t-elle.

— Ils ne s'attendront pas à ce que je revienne. Vous pouvez m'attendre ici avec le bébé.

— Non. Je vous accompagne.

Qu'ils y aillent ensemble, armés l'un et l'autre, semblait une meilleure idée que de se séparer et constituer ainsi deux cibles distinctes. D'accord, il pensait que personne ne les traquait, mais comment pouvait-il en être certain ?

Il n'émit aucune objection.

Ils franchirent le ruisseau au-delà de l'arroyo, puis descendirent le long de sa berge vers le campement. Quelques instants plus tard, des claquements de portières et un bourdonnement de voix en espagnol leur parvinrent aux oreilles. Michael fit halte à une centaine de mètres et s'accroupit. Abby se blottit derrière lui, observant par-dessus son épaule ce qui se passait.

Les hommes armés de fusils montaient la garde, tandis qu'un groupe de Mexicains — elle compta six femmes parmi eux — s'insérait dans une caravane plus petite encore que celle qu'elle avait louée pour l'été. Quand tout le monde fut à l'intérieur, un gardien verrouilla la porte et glissa la clé dans sa poche.

— Que font-ils ? chuchota-t-elle à l'oreille de Michael.

— Je crois que les camions vont tracter les caravanes jusqu'à un autre site.

Pendant qu'il lui répondait, l'un des camions avait en effet reculé vers la caravane et l'accrochait à son dispositif de remorquage. Michael prit une série de photos à l'aide de son portable. De son côté, Abby chercha des yeux Mariposa, mais sans résultat. Etait-elle déjà enfermée dans l'une des caravanes bondées ?

L'homme au panama et à la chemise blanche, qui avait surgi devant eux près du ruisseau, supervisait les opérations. Equipé d'un nouveau fusil, qu'il tenait en travers de son torse, il aboyait ses ordres aux autres.

Au bout d'un quart d'heure, tout le campement avait

disparu. Et après une inspection des lieux, l'homme sembla satisfait. Il grimpa dans le véhicule de tête, et les camions — au nombre de quatre — s'éloignèrent de l'arroyo avec leurs remorques. Deux prirent la direction de la route asphaltée, tandis que les deux autres s'engageaient dans l'arrière-pays.

Quand les véhicules furent trop loin pour être encore visibles, Michael sortit en rampant de leur cachette et se releva pour avoir une meilleure vue.

— Où vont-ils ? demanda Abby.

— Il y a plein d'anciennes pistes de ranchs et de chemins ruraux dans le parc. Ils vont sans doute rejoindre la nationale en suivant un itinéraire de contournement. D'après moi, ils la quitteront à un moment ou un autre. Ils ne prendront pas le risque d'être remarqués sur la route principale par les rangers ou un membre de notre équipe.

— Et maintenant, que faisons-nous ?

— J'aimerais appeler quelqu'un pour qu'il passe l'endroit au peigne fin.

— Vous pensez qu'ils ont pu laisser des indices ?

En dehors de l'espace ouvert où se trouvaient le foyer et les tables pliantes, rien n'indiquait qu'une heure plus tôt il y avait encore un campement. Même les pierres utilisées pour le feu avaient été nettoyées et dispersées, et les traces de pas balayées à l'aide de branchages.

— On ne sait jamais, répondit-il.

Il considéra son téléphone.

— Toujours pas de signal.

— J'aurai peut-être plus de chance avec le mien, dit-elle. Maintenant qu'ils sont partis, je peux récupérer mon sac.

— Bonne idée. Où est-il ?

— Par ici.

Elle le précéda le long du ruisseau jusqu'à l'endroit où elle avait parlé à Mariposa, et détailla la rive.

— Je ne le vois pas. J'aurais pourtant juré l'avoir laissé ici.

— Il était bleu, n'est-ce pas ? demanda Michael.

Elle hocha la tête.

— Oui. Bleu roi. Il ne devrait pas être difficile à repérer.

Elle arpenta lentement la rive, scrutant l'eau, furetant sous les taillis, quand bien même elle l'avait posé en évidence. Michael l'aida dans sa recherche.

— L'un d'eux doit l'avoir vu et emporté, conclut-il. Vous aviez quoi dedans, excepté votre téléphone et le GPS ?

— De l'eau, de la nourriture, une trousse de premiers soins… Une couverture de survie, des chaussettes de rechange, un sifflet, une boussole, des allume-feu. Je crois que c'est tout.

— Ils n'ont rien laissé derrière eux, déclara-t-il en jetant un regard circulaire sur les lieux.

— Sauf ceci…

Plongeant la main sous un buisson, elle saisit l'anse du seau métallique que Mariposa avait apporté du campement.

— Mais je ne vois pas en quoi il peut nous être utile.

Michael retint aussitôt sa main.

— Ne le touchez pas. Il porte peut-être des empreintes qui nous permettront d'identifier l'une de ces personnes.

Elle recula d'un pas.

— On en fait quoi alors ?

— On le laisse sur place. Nos hommes viendront pour un ratissage complet. Ils l'emporteront à ce moment-là.

— Eh bien, dit-elle en soupirant. Il ne nous reste plus qu'à retrouver la route du quartier général.

Michael se redressa et scruta les alentours, comme pour étudier la géographie du secteur, les collines basses à distance, et les montages au-delà.

— Le Black Canyon se trouve dans quelle direction ?

Lorsqu'ils l'auraient trouvé, ils trouveraient aussi la route qui menait au QG.

— Je n'en sais rien.

Elle pivota lentement sur elle-même, fouillant le paysage des yeux à son tour.

— C'est le problème avec cet endroit. On ne voit pas le canyon depuis le sol. Ce n'est que lorsqu'il est juste sous notre nez qu'on sait qu'il est là. Bon, on décide quoi ?

— On se met à la recherche du Cruiser.

Cela convenait parfaitement à Abby.

— Je sais de quel côté nous l'avons laissé ! Tout ce que nous avons à faire, c'est de marcher… par là.

Elle pointa l'index vers une coupure dans les arbres qui bordaient l'arroyo, puis s'y dirigea d'un pas ferme. Michael la suivit.

Après vingt minutes de recherche et de retour sur leurs pas, ils durent se rendre à l'évidence : le 4x4 n'était plus là. Mais ils repérèrent son empreinte là où il avait été garé, et les traces d'autres véhicules passés à proximité.

— Que lui est-il arrivé ? s'étonna Abby.

— Ils l'ont volé. Une voiture ne disparaît pas comme ça. L'un de ces types doit être en train de le conduire.

— S'ils ont trouvé le Cruiser, ils savent que nous sommes en rade par ici, conclut-elle.

Il hocha la tête, la mine sombre.

— Ils vont sans doute envoyer quelqu'un pour nous retrouver. Il faut filer au plus vite.

Il sortit son téléphone et l'essaya de nouveau, toujours sans succès.

— Ce qu'il nous faudrait, c'est un endroit plus élevé…

Examinant le paysage autour d'eux, il désigna une petite butte.

— Là ! fit-il en s'y dirigeant.

Après avoir assuré la position d'Angelique et resserré le fichu, Abby entama l'ascension de la butte, priant pour qu'aucun tireur n'ait réglé son viseur sur elle. Elle était beaucoup trop exposée. N'importe qui pouvait les remarquer dans un rayon d'un kilomètre. Elle accéléra le pas, impatiente de trouver un bosquet d'arbres ou autre chose pour se cacher.

Arrivée en haut, elle plongea sous un pin et lutta pour

retrouver sa respiration. Michael, qui l'avait devancée, tenait son téléphone en l'air.

— Je crois que c'est bon, lança-t-il. J'ai un signal.

Il se mit à marcher à reculons, l'œil rivé sur l'écran du portable, la radio dans son autre main.

— Nous y sommes presque !

Puis il disparut derrière la crête dans un fracas de chute de pierres.

Seul l'écho de son cri témoigna qu'il avait été là.

9

Michael se démena pour trouver une prise sur l'argile friable qui continuait à se détacher sous ses pieds et à glisser sous ses mains. Il lâcha le téléphone et la radio. Cette dernière voltigea dans l'air et disparut à sa vue. Le portable, lui, ricocha telle une pierre avant d'être avalé à son tour par le ravin. Lançant les pieds à droite et à gauche, Michael ne rencontra que du vide, et une image de son corps brisé sur les rochers, en contrebas, lui traversa l'esprit.

Affolé, il se projeta vers un pin dépenaillé, tout tordu, accroché à la paroi en à-pic. Ses doigts se refermèrent sur des aiguilles, mais de son autre main il parvint à agripper une branche. L'arbre plia, craqua, mais tint bon.

Michael demeura suspendu là un long moment, le souffle rauque, luttant pour ralentir son rythme cardiaque. Son pied gauche trouva un point d'appui dans la roche, suffisant pour supporter partiellement son poids, tandis que l'autre se collait à la paroi instable, lui imposant une position des plus inconfortables.

Il avait chuté de trois bons mètres, même s'il avait cru plus. Son instinct lui enjoignait d'appeler à l'aide, mais il se retint. Les hommes du campement n'étaient peut-être pas tous montés dans les camions. Et il ignorait qui était là-haut, à sa recherche… Ou à celle d'Abby et du bébé. Pour leur salut, il devait éviter de se faire remarquer.

Le visage d'Abby apparut tout à coup au-dessus de lui. Agenouillée au bord de la faille dans laquelle il était tombé, elle baissait les yeux dans sa direction, le front plissé par l'inquiétude.

— Que s'est-il passé ?

Elle n'avait pas crié, mais dans l'air pur sa voix était parfaitement claire.

— J'ai dû glisser. Quel idiot !

Sur un terrain aussi imprévisible, il aurait dû se montrer beaucoup plus prudent. Mais il était trop tard pour se morigéner.

— Vous pouvez remonter ?

Il avisa la paroi quasi verticale au-dessus de lui, couverte d'argile friable et de boue. Çà et là poussaient des touffes de graminées ou de fleurs sauvages. Inutile pour un individu de quatre-vingt-cinq kilos d'espérer s'y accrocher.

— Je suppose que vous n'avez pas de corde.

— Désolée. Pas même un bout de ficelle.

— Mouais. Je m'en doutais.

Déjà, ses bras commençaient à fatiguer. Il ne pouvait rester suspendu ainsi plus longtemps.

— Comment ça se passe, là-haut ?

— Angelique s'agite un peu. Je crois qu'elle a faim. Elle est ici, à côté de moi.

— Pas de signe de ces types ?

— Aucun. Comment puis-je vous aider ?

— Peut-être en disant une prière ?

Il se concentra sur une grosse touffe d'herbe, à environ soixante centimètres au-dessus de sa tête.

— Vous connaissez bien les espèces d'herbes locales ?

— Très bien, oui. Que voulez-vous savoir ?

— Leurs racines sont profondes ?

— Ça dépend. Certaines oui, pour trouver de l'eau même en période de sécheresse.

Elles lui sauveraient peut-être la vie. Il inspira à fond, s'étira autant qu'il le put et accrocha la touffe. Son pied gauche perdit son appui. Il en chercha un autre, collé au flanc du canyon, les joues maculées de boue, une odeur de sauge et de terre humide dans les narines.

Il progressa ainsi telle une araignée sur la paroi du ravin, s'aidant des doigts, des genoux, des pieds, attrapant les touffes d'herbe qui se présentaient. Centimètre par centimètre, il se hissa vers le haut, les muscles brûlants, luttant pour ne pas paniquer. Chaque fois qu'il osait lever la tête, le visage d'Abby apparaissait, pâle sur le genévrier et le bleu dur du ciel. Un pouce fiché entre les dents, elle ne le quittait pas des yeux.

Elle lui donnait du courage. Un but à atteindre. Une raison encore plus grande de ne pas flancher. La petite et elle dépendaient de lui pour sortir de là, et retrouver la sécurité. Abandonner n'était pas une option.

Son ascension dura probablement une quinzaine de minutes, mais lui parut infiniment plus longue.

Lorsque enfin il eut franchi le sommet, il s'allongea à plat ventre sur le sol, à bout de forces, tout le corps douloureux.

Abby posa une main sur son dos, et la douceur de ce poids le rattacha aussi bien à la Terre qu'à elle.

— Est-ce que ça va ?

Il se redressa sur les coudes.

— Nous avons de l'eau ?

— Non, répondit-elle.

Bien sûr qu'ils n'en avaient pas. Ils n'avaient non plus ni portable, ni radio, ni GPS. Ils avaient deux pistolets, la barre énergétique qu'il gardait dans sa veste, ses éternels caramels, et ce qu'Abby pouvait avoir dans ses poches. Ils avaient aussi un bébé, qu'il allait falloir nourrir, et une idée très floue de l'endroit où ils se trouvaient.

Il se mit en position assise et, à l'aide de son bandana, élimina le plus de boue possible de son visage et de ses mains. Angelique se mit à pleurnicher. Abby la prit dans ses bras et la berça. Il l'étudia en catimini. Sa tête était penchée sur l'enfant, et ses cheveux blonds lui retombaient devant les yeux, lui cachant presque tout le visage. Elle faisait penser à une madone. La plus belle de toutes…

Le souvenir de sa main sur son dos continuait à flotter dans son esprit, mais il le chassa. Il devait se concentrer sur le moyen de retrouver le chemin du quartier général.

— Vous savez où nous sommes ? demanda-t-il.

Elle releva vivement la tête.

— Pourquoi ? Vous non ?

L'envie le saisit de faire le matamore et de lui mentir, mais il s'en abstint. En général, les mensonges n'apportaient que des problèmes. Il secoua la tête.

— Nous sommes arrivés de nuit, je ne pourrais donc pas me repérer à des détails du paysage. J'ai fait l'erreur de me reposer sur le GPS.

Il se releva et promena son regard autour d'eux, à la recherche d'un groupe de rochers, d'un bouquet d'arbres sortant du lot.

Abby s'approcha dans son dos et regarda par-dessus son épaule, son corps touchant le sien. Sa chaleur se propagea en lui.

— Alors, que fait-on ?

Son souffle lui chatouillait la nuque et soulevait ses cheveux. Une onde électrique le traversa de haut en bas.

— Toutes les suggestions sont les bienvenues.

Abby appuya le bébé contre son épaule et le berça.

— Il faut trouver de la nourriture pour la petite, dit-elle. Mais l'eau est une priorité.

— Le ruisseau ? suggéra-t-il. J'ignore à quel point son eau est potable, mais c'est un début.

L'intérieur de sa bouche lui semblait sec comme du carton. Il ne pouvait laisser la déshydratation lui obscurcir les idées.

— OK, fit-elle. Nous retournons au ruisseau chercher de l'eau. Et ensuite ?

— Ensuite, nous allons nous asseoir et attendre.

— Attendre quoi ?

— Que les rangers nous retrouvent. Ou que ceux qui dirigent le campement reviennent.

— Vous croyez vraiment qu'ils le feront ?

— Ils savent que nous sommes toujours ici. Sans véhicule, nous ne pouvons pas aller bien loin. S'ils sont au courant pour le bébé, ils devineront que cela nous ralentit, même si nous avons une destination précise. Alors oui, je pense qu'ils reviendront. Nous sommes un problème qu'ils n'auront de cesse d'éliminer. Le truc, c'est de nous occuper d'eux les premiers.

Il tendit le bras derrière lui et saisit la main d'Abby.

Les jambes lourdes, Abby suivit Michael vers le ruisseau et l'ancien campement. Elle n'avait pas bien dormi la nuit précédente. L'image du crotale vivant, prêt à frapper, s'imprimait à l'intérieur de ses paupières chaque fois qu'elle les fermait. Cela, jusqu'à 4 heures du matin. Puis la tension, l'afflux d'adrénaline dû aux événements de la journée, le terrain couvert pendant leurs pérégrinations, avaient prélevé leur tribut. Elle était épuisée, et le bébé dans ses bras pesait autant qu'une boule de bowling.

Mais elle n'avait d'autre choix que d'avancer. Rebrousser chemin pour risquer de tomber sur des gens qui voulaient leur mort était au mieux téméraire, au pire suicidaire. D'un autre côté, ce déplacement n'était pas idiot.

Tous les manuels de survie, se rappela-t-elle, mettent l'accent sur la nécessité de rester à un même endroit quand on est perdu. En plus de gaspiller une énergie précieuse, errer au hasard ne fait que compliquer les recherches.

En demeurant près du campement, au moins auraient-ils de l'eau, ce dont ils avaient un besoin urgent, surtout Angelique.

Michael la regarda par-dessus son épaule.

— Comment ça va ?

— Je m'accroche.

— Et la petite ?

— Elle semble aimer le mouvement.

Abby baissa les yeux et sourit. Le bébé s'était rendormi.

— Elle a dû souvent se déplacer avec sa mère.

Michael acquiesça.

— Apparemment, Mariposa était en charge de la cuisine aujourd'hui. Elle a dû passer beaucoup de temps debout, à aller chercher de l'eau, faire le ménage, préparer les plats.

— D'après vous, que faisaient les autres, ceux que nous avons vu manger ?

— Ils cultivaient de la marijuana ou fabriquaient de la méthamphétamine. Mais je n'ai remarqué aucune trace de cette activité près de la caravane, ni senti aucune odeur spécifique. Alors je pencherais pour la marijuana.

— Ils sont ici volontairement ?

— C'est peu probable. Je suppose qu'ils ont traversé la frontière pour trouver du travail, mais une fois sur le territoire américain, ils ont été faits prisonniers.

— C'est de l'esclavage !

— On peut dire ça comme ça.

— Seigneur. Au XXIe siècle ! De telles choses ne devraient pas exister aujourd'hui aux Etats-Unis.

— C'est plus fréquent que ce que croient les gens. Plus, même, que les estimations du ministère de la Justice, selon lesquelles dix-sept mille personnes sont amenées chaque année sur le territoire national par les cartels de la drogue. Elles sont forcées à travailler dans des laboratoires ou des fermes, ou aux tâches domestiques. Plus de quatre-vingts pour cent des victimes de ce trafic deviennent des esclaves sexuels. La majorité sont des immigrés, mais l'on trouve aussi de jeunes américains, des adolescents fugueurs, des sans domicile.

— C'est effroyable.

— En effet.

Il reporta son attention sur l'endroit où s'était trouvé le campement.

— Si ces gens sont mouillés dans ce genre de pratiques, je veux les arrêter.

— Moi aussi, déclara Abby. Mais nous devons d'abord emmener Angelique à l'abri. Il faudra bientôt qu'elle mange, et elle aura besoin d'être changée.

Ce qu'ils ne pouvaient lui offrir au milieu de nulle part, ajouta Abby pour elle-même. Son inquiétude était telle qu'elle lui brûlait l'estomac.

— D'après vous, combien de temps faudra-t-il pour que votre équipe se rende compte de notre disparition ?

Il leva les yeux vers le ciel, d'un magnifique turquoise.

— Je suis censé être de retour dans quelques heures.

Et il s'en écoulerait plusieurs autres avant qu'ils ne commencent vraiment à se faire du mouron pour eux, songea Abby. Après tout, leur projet avait été de passer la journée dans l'arrière-pays, où il n'était pas rare de se retrouver sans signal, tant radio que cellulaire.

Elle transféra le bébé à son autre épaule. Il ne leur restait plus qu'à trouver un endroit où se poser.

Il y avait une centaine de mètres de steppe à traverser pour atteindre la première zone d'arbres, qui courait le long de l'arroyo jusqu'au ruisseau. L'arroyo lui-même commençait comme une simple dépression, pour s'approfondir peu à peu et devenir la faille secondaire dite « de drainage », dans laquelle Michael était tombé. Ce minicanyon n'était profond que d'une quinzaine de mètres, une broutille à côté des huit cent vingt du Black Canyon en son point le plus bas.

Michael sortit son arme. Au moins ne l'avait-il pas perdue dans sa chute.

— Prête pour un petit sprint ? demanda-t-il. Juste pour le cas où nous serions attendus.

— Vous pensez vraiment qu'ils auraient laissé quelqu'un pour nous ?

— Je n'en sais rien. Mais mieux vaut ne prendre aucun risque.

Abby opina du chef.

— OK. Que voulez-vous que je fasse ?

— Courez aussi vite que vous le pouvez jusqu'à ce bosquet là-bas, près des rochers.

Il lui indiqua un groupe de chênes aux troncs sinueux.

— Je vous couvrirai. Ensuite, vous ferez de même pour moi.

Elle étudia l'espace découvert, avec sa maigre végétation et son sol rocailleux.

— Très bien.

Serrant l'enfant contre son sein, elle s'élança d'un seul coup. Tandis qu'elle zigzaguait pour éviter d'éventuelles balles, ses pieds soulevaient de petits nuages de poussière. Quelques secondes plus tard, elle était à l'abri. Personne n'avait tiré.

Aussi, elle sortit son Sig Sauer et hocha la tête en direction de Michael pour lui donner le feu vert.

Il jaillit aussitôt à longues foulées sur le terrain à découvert, les jambes agissant comme des pistons, les bras en balancier, tel un athlète olympique. En un rien de temps, il couvrit la distance. A son arrivée, il se jeta au sol à côté d'elle, à bout de souffle, incapable de parler.

— Hey ! lâcha-t-elle, admirative. Vous avez fait de la compétition ?

Il hocha la tête.

— Au lycée…

Il s'essuya la bouche.

— Il y a longtemps.

— Moi, je n'ai jamais aimé courir, confia-t-elle. Ces exercices étaient pour moi la pire partie de l'entraînement de base.

— J'ai encore du mal à m'imaginer une reine de beauté crapahutant en treillis et rangers.

Elle grimaça.

— Je n'ai dit à personne que j'en étais une. En fait, j'ai

essayé de me rendre aussi terne que possible. Pas de maquillage, et les cheveux tirés en queue-de-cheval.

— Sans succès, j'en suis sûr. Personne… Aucun homme doté d'une vue normale ne peut vous trouver un physique ordinaire.

Il se releva.

— Prête à continuer ? s'enquit-il en lui tendant sa main.

Elle la saisit, mais, une fois debout, la garda quelques instants dans la sienne. Leurs regards se croisèrent. Elle lui offrit un timide sourire, puis se retourna et se dirigea vers le ruisseau.

L'eau était très fraîche.

Michael s'accroupit pour se désaltérer, mouillant le bas de ses manches et le devant de sa chemise.

Abby en profita pour se promener sur la rive et examiner le sol autour d'elle.

Il redressa la tête et la regarda.

— Que cherchez-vous ?

— Ça.

Elle lui montra une boîte de conserve presque neuve dénichée sous un arbre. Elle l'avait remarquée plus tôt, mais l'avait classée dans la catégorie des déchets. D'après son étiquette, elle avait contenu du maïs.

— Nous pouvons faire du feu et bouillir de l'eau pour Angelique. Nos estomacs peuvent supporter les bactéries que ce ruisseau est susceptible de contenir, mais c'est plus risqué pour elle.

— Bonne idée.

Il se releva et désigna du doigt un endroit de la rive où affleurait un rocher de granit ocre rouge.

— Installons-nous là. Nous y serons relativement protégés du soleil et du vent, et si quelqu'un s'approche de l'ancien campement de ce côté-là, nous le verrons.

Il la précéda vers un pin isolé qui semblait avoir pris racine dans la roche. L'arbre penchait à quarante-cinq degrés, et ses branches se déployaient comme des bras, jetant leur ombre sur le rocher plat.

Michael ramassa des poignées d'aiguilles et des morceaux d'écorce en guise de petit bois.

— J'avais des allume-feu et des allumettes dans mon sac, pesta Abby.

— Voyez s'il n'y a pas un morceau de verre quelque part. Sinon, je peux faire un feu à partir de deux bouts de bois. Ça prend une éternité, mais ça marche.

Après avoir rincé la boîte dans le ruisseau, elle l'emplit d'eau. Tout en en buvant une longue rasade, elle étudia les plantes qui poussaient dans ou près de l'eau.

Dix minutes plus tard, elle revenait vers le campement avec un sentiment de victoire.

— Que signifie ce sourire ? demanda Michael.

— J'ai trouvé un beau morceau de verre, annonça-t-elle en présentant ce qui ressemblait à un fond de bocal. Ainsi que ceci…

Elle ouvrit son foulard et étala sa récolte.

Il prit le tesson, puis étudia les plantes.

— Qu'est-ce que c'est que tout ça ?

— De la laitue, du cresson, de la moutarde, de l'oignon sauvages et quelques pignons de pin, répondit-elle en les désignant l'un après l'autre. De quoi nous faire une salade pour le déjeuner.

— Si vous le dites.

— Mais je m'occupe d'abord du bébé.

Se servant du morceau de verre comme d'une loupe, Michael fit rapidement rougeoyer son petit bois, puis les premières flammes surgirent. Il alimenta le feu avec des brindilles d'abord, et en dernier lieu avec du bois mort ramassé dans le campement.

Après avoir disposé trois pierres en triangle, Abby posa dessus la boîte remplie d'eau aux deux tiers. Lorsque celle-ci se mit à bouillir, elle ôta le récipient à l'aide de sa manche et le posa de côté.

— Vous avez toujours vos Life Savers ?

— Bien sûr, répondit-il.

Il puisa le paquet dans sa poche.

— Donnez-m'en deux.

Il lui remit les caramels, et elle les fit tomber dans l'eau brûlante.

— Cela fera une eau sucrée et aromatisée pour Angelique.

— Astucieux, commenta Michael.

— Le sucre lui donnera un peu d'énergie, ajouta-t-elle.

— Et le goût du caramel l'incitera à boire.

Pendant que la boisson du bébé refroidissait, Abby entreprit de détacher les feuilles de leurs tiges, puis de nettoyer avec soin les diverses racines.

Michael s'approcha.

— C'est vraiment comestible ?

— Absolument. Toute la verdure que nous consommons dans nos repas poussait à l'origine à l'état sauvage. Les gens pensent que cette région est un désert, mais on y trouve de nombreuses espèces végétales comestibles, si l'on sait quoi chercher.

— Que puis-je faire pour me rendre utile ?

Il lui avait déjà été d'un grand secours en l'aidant à rester calme et en faisant du feu. Par sa solidité et ses compétences, sa simple présence la rassurait.

— Tenez-moi compagnie pensant que je travaille. Dites-moi, vous avez été scout dans votre enfance ?

— Oui. Et nous campions beaucoup en famille. En été, presque chaque week-end, nous chargions une tente, des sacs de couchage et une glacière dans la voiture, et nous partions en forêt. Nous faisions de la randonnée, de la pêche, et nous dégustions des marshmallows grillés autour d'un feu de camp.

— Et vous aimiez ça…

— Et comment ! Pendant deux jours, ma sœur et moi, nous avions nos parents pour nous tout seuls. Nous courions partout, nous mangions des hot-dogs et tout le monde se fichait que l'on soit sales ! C'était génial.

Ses lèvres s'étirèrent en un sourire nostalgique.

— Ces sorties ont fait de moi un amoureux de la vie au grand air. C'est sans doute la raison pour laquelle j'aime ce travail.

— Vous n'avez pas eu peur d'atterrir dans un bureau à faire de la paperasserie ?

— De la paperasserie, il y en a dans tous les métiers. Mais, dès le début, j'ai demandé des postes qui me permettaient d'être le plus possible à l'extérieur. S'il n'y avait pas le crime organisé et les voyous, ce serait le job idéal. Et vous ? Vous avez été scout ?

Elle secoua la tête.

— Oh non ! Ma mère n'aurait jamais passé une nuit dehors, même avec un couteau sous la gorge. Mes week-ends se résumaient aux récitals de chant, aux salons de beauté et aux cours de mannequinat.

— L'entraînement militaire a dû être un sacré choc.

— Oui… et non.

De son petit doigt, elle vérifia la température de l'eau. Encore trop chaude.

— Au lycée, je me suis inscrite au club de randonnée. J'y ai rencontré une nouvelle sorte de jeunes. Ceux qui aimaient camper, découvrir la nature et passer du temps dehors.

— Ils vous ont acceptée facilement ?

— Au début, ils étaient méfiants. Mais quand ils ont commencé à me connaître, ils m'ont adoptée. J'ai découvert combien j'aimais les forêts et les bois. Deux de mes amis du club sont entrés à l'armée juste après le lycée. Plus tard, quand je cherchais quoi faire de ma vie, je me suis souvenue d'eux et je me suis dit : pourquoi pas moi ?

S'adossant au tronc du pin, elle dénoua son foulard et

s'en servit pour emmailloter Angelique. Celle-ci s'agita et se mit à pleurer.

— Je sais, mon ange. Tu as faim, n'est-ce pas ?

Elle mouilla son doigt dans l'eau de la boîte et le porta aux lèvres de la fillette.

— Voyons si tu trouves ça à ton goût.

La petite bouche lui happa le doigt. Abby en eut un pincement immédiat dans les entrailles. Elle répéta le geste et lui en glissa de nouveau dans la bouche.

— On dirait que ça lui plaît.

Michael s'était encore rapproché et les observait toutes les deux de son regard intense.

— Au moins cela la maintiendra hydratée, commenta Abby. Cela dit, j'espère que quelqu'un viendra bientôt.

— Il nous faudra peut-être passer la nuit ici, annonça Michael. Mais je sais que demain ils nous trouveront.

L'idée de passer une nuit à la belle étoile, sans couverture ni lait pour bébé, ne faisait pas frémir Abby d'excitation. Mais se lamenter n'allait rien changer. Pour le moment, Angelique semblait contente, et c'était tout ce qui importait.

— A votre avis, pourquoi Mariposa vous l'a donnée ? reprit Michael.

Abby avait eu tout le temps d'y réfléchir.

— La seule raison que je vois pour qu'une mère abandonne son bébé à une étrangère, c'est parce qu'elle pense qu'il sera plus en sûreté avec elle.

Et Mariposa devait être vraiment désespérée pour lui avoir ainsi confié Angelique.

— Pourquoi elle ne vous l'a pas donnée le premier jour, quand vous vous êtes rencontrées ?

— Je suppose qu'entre-temps, elle aura appris quelque chose qui lui a fait craindre pour sa propre sécurité ou celle de son enfant. Mais ce n'est qu'une hypothèse.

— Le déménagement au pied levé de ces gens n'a peut-être

rien à voir avec notre découverte du corps de cet homme, avança Michael. Il peut y avoir autre chose…

— Comme quoi ?

— Je l'ignore. Mais, de toute évidence, Mariposa a pensé que son bébé était en danger.

Que quelqu'un veuille s'en prendre à ce petit être innocent plongea Abby dans une sourde colère qui effaça un peu de son inquiétude.

— Je veux trouver qui est derrière tout ça et m'assurer qu'il soit puni, déclara-t-elle avec fermeté.

— Moi aussi, renchérit Michael. Moi aussi.

Sortant son portable, il afficha les photos qu'il avait prises plus tôt, au campement.

— Vous avez remarqué quelque chose d'utile ? questionna Abby.

Il plissa les yeux sur les clichés des camions alignés, prêts à partir.

— Je ne parviens pas à lire les plaques d'immatriculation. Ils ont dû les barbouiller de boue.

— Qui est cet homme avec qui vous vous êtes battu ? Vous avez une idée ?

Il secoua la tête.

— Mariposa l'a appelé *El Jefe*. Le Chef. Je suppose donc que c'est le patron. Du moins à ce niveau.

— Vous voulez dire qu'il y aurait quelqu'un au-dessus de lui ? Quelqu'un de plus puissant qui dirige tout ?

— Probablement. Et qui ne veut pas se salir les mains en traitant directement avec le personnel. Sachant que nous nous rapprochions, c'est sans doute lui qui a donné l'ordre de déménager le campement.

— Pourquoi ils ne sont pas partis hier, après que le sniper nous a tiré dessus ?

— Je n'en sais rien. Peut-être qu'ils attendaient la permission. Ou que les camions soient là.

— Ils ont quand même eu le temps de me faire cadeau de ce crotale !

— Rien ne prouve que les deux événements sont liés. Nous n'en savons rien.

Elle s'adossa de nouveau au tronc, le bébé niché contre son épaule.

— A part eux, je ne connais personne qui me haïsse assez pour m'envoyer un serpent mortel.

— Pas d'amant éconduit, d'ex-petit ami aigri ?

Il avait dit cela d'un ton ironique, mais une certaine tension se lisait sur son visage tandis qu'il attendait la réponse.

— Non. Depuis mon engagement dans l'armée, je n'ai eu aucun homme. Quant à mes relations avant, aucune n'était sérieuse. Et, s'il vous plaît, épargnez-moi les réflexions convenues du genre « une jolie femme comme vous » ou « vous avez tant à offrir ». J'en ai eu ma dose avec mes parents. J'étais trop prise, d'abord par ma rééducation, puis par mes études, pour me soucier d'avoir un petit ami.

— Je n'ai rien dit ! protesta-t-il.

Elle enchaîna.

— Et vous ? Avez-vous une femme qui vous attend à la maison ?

C'était son tour de retenir son souffle, d'être impatiente de connaître sa réponse.

— Non. Personne ne m'attend. En fait, je n'ai jamais été un séducteur, même si j'ai toujours eu des amies du sexe opposé. Ma dernière relation sérieuse remonte à plusieurs années. C'est elle qui a rompu, sous prétexte que j'étais trop entier. Je n'ai pas bien compris ce qu'elle entendait par-là.

Oui, il pouvait se montrer entier, songea Abby. C'était un aspect de sa personnalité qui l'attirait et la rebutait à la fois.

— Je crois que vous êtes le genre d'homme qui n'est jamais dans la demi-mesure. Vous vous investissez totalement, qu'il s'agisse d'un job ou d'une relation féminine. Si l'autre n'est pas prêt à un tel engagement, ça peut en effet être difficile à vivre, voire faire peur.

— Vous avez peur de moi ?

Elle soutint son regard sans ciller. Il avait été honnête avec elle, c'était son tour de l'être.

— Non, je n'ai pas peur de vous, Michael. Mais la peur ne provient pas toujours, ni même généralement, des autres. La plupart du temps, ce qui nous fait peur est au fond de nous. Nos croyances, nos émotions…

— Je suis heureux que vous n'ayez pas peur de moi. Je surveille vos arrières, vous vous rappelez ?

Elle esquissa un sourire.

— Ouaip. Je me rappelle.

10

Michael plongea son regard dans celui d'Abby. Quelle était cette peur qu'elle venait d'évoquer ? Et comment pouvait-il l'aider à s'en libérer ?

Il aurait aimé le découvrir, mais Abby semblait menacer de se refermer totalement s'il franchissait une certaine barrière. De même qu'avec le voile de cheveux blonds dont elle se servait pour dissimuler sa cicatrice, elle plaçait un écran entre elle et les autres.

Angelique geignit, brisant la magie de l'instant.

Abby reporta son attention sur la fillette. Et Michael réprima un soupir de frustration.

— J'ai besoin de votre bandana, dit-elle. Mon foulard est trempé.

Il le lui donna. Elle le plia de sorte à le transformer en une couche de fortune, puis lui tendit celle qui était mouillée.

— Vous voulez bien laver ça dans le ruisseau ?

Il fit la grimace, mais se plia à ce qu'elle lui demandait. Laver des couches souillées ne figurait pas dans sa liste des contraintes professionnelles, mais les petites tâches domestiques avaient quelque chose de normal, d'apaisant. D'accord, il était perdu dans un territoire sauvage avec peut-être un tueur à leurs trousses, mais son devoir était clair : protéger la femme et l'enfant, et tout faire pour qu'elles soient de nouveau en sécurité.

El Jefe allait revenir. Tout, dans son attitude et ses gestes, indiquait qu'il n'était pas le genre à faire fi d'une menace. Depuis des semaines, il jouait à cache-cache avec les rangers.

L'urgence du déménagement de son campement l'avait peut-être forcé à différer le moment de la traque. Mais il ne laisserait pas en vie deux témoins de ses activités. En volant le Cruiser, il les avait immobilisés et avait l'assurance qu'ils étaient toujours dans le secteur.

Mais tant qu'il le verrait le premier, se jura Michael, ils n'auraient rien à craindre, il y veillerait.

En dehors de cela, Abby était d'un grand secours. Grâce à elle, ils ne mourraient pas de faim. Les racines et les feuilles ne valaient pas un bon hamburger-frites, mais son estomac qui gargouillait se réjouirait de tout ce qu'elle lui donnerait. Par ailleurs, sa compagnie agissait sur lui comme un calmant et le confortait dans l'idée qu'ils allaient s'en sortir sans grand dommage. Elle était inquiète, certes, mais elle ne paniquait pas. Celui qui la prendrait pour une blonde sans cervelle ferait une grave erreur.

Lorsqu'il la rejoignit, elle se redressa brusquement et sa main se referma sur ses cuisses.

— Que cachez-vous ? demanda-t-il en désignant du menton son poing serré.

Elle rougit.

— Rien.

Il accrocha la « couche » à une branche pour la faire sécher.

— Je ne vous crois pas. Qu'est-ce que c'est ?

Elle détourna les yeux.

— J'ai bien ouvert l'œil, dit-elle, mais je n'ai remarqué aucun signe de véhicule venant dans cette direction.

OK. Message reçu. Elle ne voulait pas parler de ce qu'elle cachait dans sa main.

Il acquiesça.

— De toute façon, la poussière que soulèverait un 4x4 ou une voiture se verrait de loin.

— Nous sommes à combien de la route ? questionna-t-elle.

— Sept ou huit kilomètres, je dirais. Peut-être un peu plus.

— Tous ces gens, où les ont-ils emmenés d'après vous ?

— Vers un autre site dans le parc, ou alors carrément à Denver. Comment savoir ?

— Quelle vie misérable.

Angelique s'était endormie. Abby arrangea le fichu pour mieux protéger son visage du soleil.

— Qui est derrière tout ça ?

Il prit place à côté d'elle, les jambes repliées, les poignets reposant sur ses genoux.

— Nous ne le savons pas non plus. Les rumeurs parlent de cartels mexicains de la drogue, mais si c'est le cas, il leur faut un contact local. Un allié qui puisse leur déblayer la route.

— Qui ?

— C'est une des choses que nous essayons de découvrir. Quelqu'un de très riche, cela va de soi. Et de puissant. Une personne qui se croit au-dessus des lois.

— Vous avez une idée de son identité ?

— Oui. Mais nous ne pouvons rien prouver.

Même si l'intuition jouait en général un grand rôle dans l'avancement d'une enquête, il leur fallait des éléments concrets pour aller en justice.

— Dites-le-moi. Ce n'est pas comme si je pouvais le répéter à quelqu'un.

— Avez-vous entendu parler d'un certain Richard Prentice ?

— Non. Il faut dire que je suis tellement accaparée par mes cours que j'écoute peu les infos.

— C'est un milliardaire qui possède des terres à l'entrée du parc.

— La propriété avec de hauts piliers de pierre et une grille en fer forgé ?

— C'est bien cela. Il a gagné beaucoup d'argent en achetant des espaces sauvages historiques, d'une valeur inestimable, pour les revendre à l'Etat ou à des sociétés de préservation de la nature à des prix astronomiques. Mais le gouvernement fédéral n'a pas marché quand il a voulu vendre ses terres actuelles. Les autorités locales ont imposé une série de restrictions qui limitaient ses projets de développement. Il en a donc fait sa base d'opérations.

— Je suppose que l'emplacement est idéal pour superviser des activités de production de drogue à l'intérieur du parc. Mais pourquoi un homme aussi riche se mouillerait-il là-dedans ?

— Certaines personnes n'ont jamais assez d'argent. Mais peut-être qu'en ce qui le concerne, il ne s'agit pas d'une question d'argent. Peut-être que c'est une façon de faire la nique à un gouvernement qu'il déteste. Ou bien cela le fait jouir d'exercer un contrôle sur tant de vies humaines.

— Si tout cela est vrai, j'espère que vous pourrez le prouver et l'envoyer derrière les barreaux pour de longues années.

— Nous l'espérons aussi.

Elle se redressa et se mit à genoux.

— Vous voulez prendre le bébé un instant ? Je crois que notre repas est bientôt prêt.

Sans attendre de réponse, elle lui fourra la fillette dans les bras.

Celle-ci s'avéra plus lourde qu'il ne l'avait présumé. Son petit corps était chaud, et elle commençait à se tortiller. Alors qu'il cherchait la meilleure position pour elle, elle ouvrit les yeux et planta son regard dans le sien, comme pour le jauger.

— C'est moi, ma jolie, chuchota-t-il d'une voix douce. Et je suis bien en peine de te dire ce que je suis en train de faire.

Elle se lova contre lui et lâcha un petit soupir qui interrompit les battements de son cœur. Il la couva des yeux, saisi d'un instinct protecteur qu'il n'avait jamais connu de sa vie.

— Je ne les laisserai pas te faire du mal, petite fille.

Du bout du doigt, il lui caressa la joue. Sa peau était d'une douceur incroyable.

— Elle vous aime bien, dit Abby en revenant avec un

morceau d'écorce de la taille d'une assiette. Elle vous a adopté sur-le-champ.

— Je n'ai guère d'expérience avec les bébés.

— Ce doit être inné chez vous.

Elle posa l'assiette sur le sol entre eux.

— Je peux la reprendre, si vous voulez.

— Non, ça va. Je ne veux pas la déranger.

L'enfant s'adaptait parfaitement au creux de son bras, ce qui laissait libre son autre main.

Se penchant en avant, il étudia les ingrédients présentés dans le morceau d'écorce.

— Quel est le menu ?

— Les végétaux dont je vous ai parlé tout à l'heure. Pas d'assaisonnement, désolée. Ces petites choses blanches sont des bulbes de lys mariposa, que j'ai grillés.

Il glissa l'un d'eux, de la taille d'une gousse d'ail, dans sa bouche et le mâcha.

— Hmmm…, murmura-t-il. Un vague goût de terre, mais un côté sucré pas désagréable du tout.

— Ce serait meilleur avec du sel et des condiments, mais ça nous maintiendra en forme jusqu'à demain.

— En tout cas, ce n'est pas mauvais, répéta-t-il avant de croquer un autre bulbe.

Ils terminèrent leur repas en silence. Avec l'apaisement de sa faim, la chaleur emmagasinée par le rocher sous le soleil et le silence qui tombait sur leur environnement, ses paupières commençaient à s'alourdir. Il se secoua et redressa le dos. Il devait rester éveillé et garder l'œil ouvert pour l'arrivée des secours — ou celle du *Jefe*.

— Je crois que ce réveil avant l'aube et toutes ces déambulations sont en train de réclamer leur dû, confia Abby.

— Vous pouvez dormir un peu. Je monte la garde.

— Je pense que j'en ai besoin, oui.

Elle regarda autour d'elle.

— Mais ce rocher ne va pas être un lit très confortable.

— Venez vous appuyer sur moi, offrit-il en tapotant le sol à côté de lui.

Elle hésita.

— Venez, je ne vous mordrai pas.

— Il vaudrait mieux, répliqua-t-elle. Car j'en ferais autant.

Elle s'installa néanmoins à côté de lui, et il glissa son bras autour de ses épaules.

— Voilà… Laissez-vous juste aller contre moi.

Elle hésita de nouveau. Mais, sur une douce pression de sa main, elle posa sa tête au creux de son cou. Avec un soupir, elle ajusta sa position, sa poitrine et son flanc collés contre lui, une main reposant sur sa cuisse. Le même instinct protecteur que pour la fillette un peu plus tôt le gagna, mais dessous vibrait une émotion plus primitive, celle d'avoir auprès de lui une femme belle, terriblement attirante, et qui rendait fou de désir l'homme qu'il était.

Ce désir n'était pas nouveau. Dès l'instant où elle était entrée au QG des rangers, il l'avait ressenti. Ce qui n'avait rien d'exceptionnel en soi. Chaque jour, des femmes l'attiraient, mais cette attirance était fugace, comme de saliver devant un gâteau à la vitrine d'une boulangerie.

Son désir d'Abby était plus profond. Elle était tout sauf une fascination passagère. Plus il la découvrait, avec sa complexité, ses talents, ses qualités de cœur, plus il avait envie de la connaître totalement. Et intimement.

Comme elle remuait la tête, il baissa les yeux. Son visage s'était tourné vers lui.

— Tout à l'heure, vous vouliez savoir ce que je cachais…

— Si vous ne voulez pas me le dire, pas de souci. Ça ne me regarde pas.

— Si, si… Je veux vous le dire.

Elle leva sa main et l'ouvrit. Il s'agissait d'une figurine en céramique d'environ sept centimètres de long, représentant un lapin bondissant.

— C'est une sorte de porte-bonheur. Je le garde toujours

sur moi. Je sais que c'est stupide, mais il m'aide à me sentir en paix.

— Non, ce n'est pas stupide.

Au fond de lui, son cœur battait à mille pulsations à la minute, mais il ne voulait pas effrayer Abby en le lui montrant.

— Comment l'avez-vous eu, vous vous en souvenez ?

— Non. Je l'ignore.

Ils contemplèrent ensemble l'objet. Blanc avec des petites taches marron, le lapin avait les pattes étirées et les oreilles dressées.

— Lorsque je suis revenue à moi, à l'hôpital, il était dans ma main.

— Je… je me demandais… si vous vous rappeliez.

C'était à peine s'il pouvait parler, tant sa gorge était nouée par l'émotion. Il essaya de nouveau.

— Avant qu'ils ne vous descendent de l'hélicoptère, je l'y ai glissé. Vos doigts se sont immédiatement refermés dessus. C'était bon signe. Même inconsciente, vous vous battiez. Vous ne lâchiez pas prise, raconta-t-il.

Elle le contempla d'un œil fixe. Il recula un peu et essaya de lire ses émotions dans ses yeux. Elle paraissait choquée. Comme en colère.

— Pourquoi vous avez fait ça ? lança-t-elle.

— Ma cousine me l'avait donné avant mon départ en mission. Elle m'avait dit que si une patte de lapin portait bonheur, alors tout le lapin, ce devait être encore mieux. A ce moment-là, j'ai pensé que vous aviez beaucoup plus besoin de chance que moi.

Elle referma la main et remit la figurine dans sa poche, sans le regarder.

— Merci. Je me suis toujours demandé d'où il venait.

— Il vous a aidée ?

Elle hocha la tête.

— Oui. Chaque fois que quelque chose n'allait pas, que j'étais tendue ou inquiète, je le sortais et je le tenais dans ma main. Il me rappelait qu'un inconnu m'avait encouragée à mon insu, qu'il avait voulu que je m'en sorte.

Elle releva la tête. Ses yeux brillaient de larmes retenues.

— Maintenant je sais que cet inconnu, c'était vous.

Il fut incapable de répondre, craignant d'être maladroit, de briser cette connexion qui s'était établie entre eux.

Abby se redressa un peu, tout en restant appuyée à lui.

— J'ai beaucoup de mal à me sentir à l'aise avec les gens, confia-t-elle. Surtout depuis mon retour d'Afghanistan.

— Ce que vous avez vécu là-bas, vous ne pouvez le partager avec personne. C'est comme un mur invisible entre vous et ceux qui ignorent ce que c'est. Jamais ils ne pourront considérer les choses de votre point de vue.

— Vous, vous le pouvez.

— Pas entièrement. Mais j'en ai une meilleure idée que la plupart.

— Je le crois, répondit-elle en posant une main sur son torse.

— Vous pensez que c'est tout ce que nous avons en commun ? La guerre ?

Il plongea ses yeux dans les siens, appréhendant sa réponse. Il redoutait qu'elle ne voie en lui qu'un autre vétéran cabossé avec qui elle pouvait comparer ses notes.

— Non, ce n'est pas ça, s'empressa-t-elle d'affirmer. Je voulais juste dire que je me sens assez à l'aise avec vous pour baisser ma garde. Quand vous me regardez, j'ai l'impression que vous voyez tout en moi. Pas seulement la reine de beauté, pas seulement l'ancien soldat balafré, mais tout le lot.

De sa main libre, il lui toucha la joue.

— Un très joli lot, commenta-t-il en glissant le pouce sur la commissure de ses lèvres.

Un léger soupir s'en échappa, et elle se rapprocha de lui. C'était l'invite dont il avait besoin. Il pencha la tête et couvrit sa bouche de la sienne. Elle lui rendit son baiser, et, arc-boutée contre lui, glissa la main vers son épaule qu'elle empoigna. De son autre bras, il lui enlaça la taille et l'attira plus encore à lui. Ses formes féminines se pressèrent contre son torse. Il approfondit son baiser.

Abby écarta les lèvres, et sa langue chercha la sienne, accélérant les battements de son cœur. Il colla son corps au sien, avide, impérieux. Ce ne fut ni un baiser ludique, ni celui d'un flirt innocent, ni une exploration candide. Il exprimait une longue attente, l'exacerbation d'un manque qui allait au-delà des mots.

Angelique se tortilla et se mit à pleurnicher. A contrecœur, Michael rompit leur baiser et tenta de l'apaiser.

— Elle devait être écrasée, dit-il.

— Je la prends, déclara Abby.

Elle baissa la tête vers la fillette et tendit les mains. Ses cheveux lui retombaient devant le visage, masquant son expression.

Michael lui passa l'enfant, ne sachant trop que dire. L'embrasser était une chose… En parler, une autre. Pourtant, il ne pouvait faire comme s'il ne s'était rien passé. Il écarta doucement le voile de ses cheveux.

— Abby, est-ce que ça va ?

— Oui, oui, ça va.

Elle prit une profonde inspiration et croisa son regard.

— Je… je crois que nous n'aurions pas dû faire ça.

— Pourquoi ?

— Parce que…

Elle se mordit la lèvre inférieure et secoua la tête.

Il glissa sa main sur son cou, sous son oreille.

— Dites-le-moi. Je croyais que vous aviez aimé.

Elle rougit. Il n'avait pas besoin d'autre réponse. Il réprima néanmoins une grosse envie de sourire.

— Je ne veux pas que vous vous fassiez des idées, dit-elle. Je ne suis pas prête pour… davantage que des baisers, enfin, pour une relation.

La détresse qui émanait d'elle le toucha plus qu'il ne l'aurait cru possible.

— Je ne suis pas pressé. Pas de harcèlement, je vous le promets.

Il se cala de nouveau contre le tronc.

— Si tout va bien pour Angelique, vous pouvez faire ce petit somme. Je ne vous dérangerai pas.

Après quelques secondes d'hésitation, elle reprit sa place contre lui, le bébé confortablement blotti dans le fichu.

Reportant les yeux sur le paysage désert, il suivit sa respiration. Celle-ci se faisait plus lente et profonde à mesure qu'elle s'endormait. Au moins, avec cette proximité et la conscience aiguë de son corps contre le sien, il ne craignit pas trop de s'endormir aussi. Il garderait l'œil ouvert, ferait le guet, la protégerait au prix de sa vie s'il le fallait.

Michael se réveilla en sursaut et observa le soleil, qui entamait sa lente descente vers l'horizon. La chaleur intense de la journée cédait la place à la fraîcheur du crépuscule. Il ne devait pas avoir dormi longtemps. A côté de lui, Abby et la petite étaient toujours plongées dans les bras de Morphée. Mais quelque chose avait mis tous ses sens en alerte. Durant le court laps de temps où il avait perdu son combat contre le sommeil, leur environnement avait subtilement changé.

Tout autour d'eux était silencieux. Trop silencieux. Pas un chant d'oiseau. Pas un mouvement furtif de lézard sur la roche. Pas un bourdonnement de mouche. Les cheveux de sa nuque se hérissèrent.

Il se redressa et commença à tourner le cou.

Du métal dur se pressa contre son occiput.

— Ne bougez pas ou je vous fais sauter la cervelle, dit une voix d'homme avec un léger accent mexicain. Donnez-moi le bébé, et je verrai si je vous laisse en vie ou pas.

11

Abby ravala un cri et serra Angelique contre son épaule. La petite émit un miaulement et se pelotonna davantage.

Une main empoigna alors le bras d'Abby. Elle s'en libéra d'un geste sec et virevolta sur elle-même. Un homme de type latino, âgé d'une cinquantaine d'années, se tenait devant elle. L'arme dans sa main était collée sur la tête de Michael.

— Donnez-la-moi, ou je tue votre petit ami, menaça-t-il, la main tendue vers le bébé.

— Qui êtes-vous ? demanda Abby en pressant Angelique contre elle comme un objet précieux. Que voulez-vous faire de cet enfant ?

— Vous pouvez m'appeler *El Jefe*. A présent, donnez-la-moi ou votre ami mourra.

— Ne la lui donnez pas, dit Michael entre ses dents serrées.

Il tournait toujours le dos à l'homme, la tête coincée d'un côté sous la pression du canon de l'arme. Mais ses yeux demeuraient fixés sur elle. Calmes. Déterminés.

Se relevant avec maladresse, Abby fit un pas en arrière pour établir plus de distance entre elle et l'homme qui se faisait appeler *El Jefe*. Son regard passa de ce dernier à Michael. Il était pâle. Toutefois, son visage ne trahissait ni peur ni nervosité. Il s'était ramassé sur lui-même comme un fauve qui s'apprête à bondir.

— Ne la lui donnez pas, répéta-t-il.

— Donnez-la-moi ! gronda *El Jefe*.

Il lui enfonça l'arme dans la nuque. Michael grimaça.

— Que voulez-vous en faire ? répéta Abby en protégeant

la fillette de ses bras. Ce n'est qu'un bébé. Elle pleure et mouille sa couche. Vous ne me semblez pas être un homme qui a le temps de changer des couches.

— Je vais la rendre à sa mère. Elle saura s'en occuper.

Abby le considéra fixement. Mariposa était certainement capable de s'occuper de son propre enfant, mais cet homme le lui remettrait-il vraiment ? Il était l'un de ses geôliers. C'était lui qui lui avait ordonné d'aller chercher de l'eau. Lui dont Mariposa avait voulu éloigner sa fille.

— Sa mère me l'a confiée, reprit Abby. Je ne peux pas la donner à un inconnu.

— Vous me la donnerez ! cria-t-il.

Alors qu'il voulait de nouveau enfoncer son arme dans la nuque de Michael, celui-ci écarta la tête et projeta de bas en haut son poing dans son nez. *El Jefe* poussa ce qui ressemblait à un hurlement de petite fille tandis que le sang coulait avec abondance de son appendice brisé. Michael le repoussa et tenta de lui subtiliser son arme.

S'ensuivit une lutte sans merci pour la possession du pistolet. La peur au ventre, Abby suivit du regard, impuissante, les deux hommes qui roulaient par terre. A tout instant, un coup de feu pouvait éclater. Elle hésita à sortir sa propre arme, craignant de toucher Michael. *El Jefe* jura et se démena comme un damné, mais son adversaire était plus fort et ne souffrait pas d'un nez fracturé. A la fin, le Mexicain cessa le combat. Il se couvrit le visage des deux mains et vociféra en espagnol.

Le souffle lourd, Michael se dressa de toute sa hauteur devant lui.

— Qui êtes-vous ?

L'homme ne leva pas la tête. Il avait cessé de crier et marmonnait dans un flot continu des choses inintelligibles.

— Taisez-vous et dites-moi qui vous êtes ! grogna Michael.

La petite se mit à geindre. Abby la berça dans ses bras pour la réconforter.

— Il y a un problème ? s'inquiéta-t-il.

— Non, répondit-elle. Elle a faim, simplement.

Et celle-ci ne ferait que s'accroître s'ils ne quittaient pas cet endroit au plus tôt.

Reportant les yeux sur *El Jefe*, Michael changea sa ligne d'interrogatoire.

— Comment êtes-vous arrivé ici ? Où est votre véhicule ?

Abby reprit confiance. Bien sûr. L'homme devait en avoir un quelque part. Un véhicule qui pouvait les ramener à l'abri du danger, à condition de trouver une route. Mais même les pistes rudimentaires qui sillonnaient le parc finissaient par mener quelque part

— Pourquoi je vous répondrais ?

— Parce que si vous ne le faites pas, je vous tue, déclara Michael d'une voix dure.

Abby frissonna. Elle le croyait.

— Tuez-moi, et vous vous retrouverez coincé ici sans moyen de partir, répliqua l'homme avec un rictus arrogant.

Son saignement avait diminué. Il toucha prudemment son nez et tressaillit.

Le salaud marquait un point, songea Abby. Elle scruta les alentours, espérant capter un reflet du soleil sur un capot ou un pare-brise, ou même repérer le véhicule lui-même. Peut-être était-ce trop espérer qu'il soit équipé d'un GPS et d'un téléphone… Une femme pouvait rêver, n'est-ce pas ?

Mais, au lieu d'un pick-up stationné là comme un cadeau de Noël, elle découvrit encore mieux.

— Michael, annonça-t-elle, je crois que vos camarades ont fini par nous trouver.

Tout en gardant le pistolet braqué sur son prisonnier, il avisa par-dessus son épaule le convoi de Cruiser qui serpentait dans le paysage désolé. Il leva son arme et tira trois fois en l'air. Angelique se mit à pleurer, le bruit résonna dans les oreilles d'Abby, mais le signal fut entendu. Le convoi accéléra et se dirigea droit sur eux.

— Maintenant, nous allons discuter de… Stop !

Abby se retourna.

El Jefe s'enfuyait en courant. Il se carapatait tel un lièvre sur le sol pierreux, et finit par disparaître. Michael s'était élancé derrière lui.

— Michael, non ! s'écria-t-elle. Il a trop d'avance. Vous discuterez avec lui plus tard.

— Nous n'aurons peut-être pas d'autre chance, répliqua-t-il.

Il fit néanmoins demi-tour et revint auprès d'elle. Les véhicules s'arrêtèrent à proximité du ruisseau. Abby et Michael se dirigèrent vers eux.

Graham les interpella tandis qu'ils traversaient le cours d'eau en marchant sur les pierres.

— Que faites-vous ici, tous les deux ?

— Nous verrons ça plus tard, dit Michael en passant devant lui pour rejoindre les 4x4. Il faut rattraper l'homme qui vient de nous échapper.

— Quel homme ?

— Il se fait appeler *El Jefe*. Aucun doute que c'est lui qui dirigeait le campement qui se trouvait ici, dans l'arroyo. Si nous pouvons le faire parler, notre enquête avancera vraiment.

Michael grimpa dans le véhicule du capitaine, laissant Abby avec Carmen et Marco.

Carmen écarquilla les yeux devant le ballot qu'elle tenait dans les bras.

— C'est un bébé ? s'étonna-t-elle.

— Elle s'appelle Angelique, répondit Abby en ajustant le fichu pour lui faire de l'ombre. Et il faut d'urgence lui trouver du lait maternisé. Elle a faim.

Carmen sourit et caressa l'une des mains minuscules.

— D'où sort-elle ?

— Sa mère est l'une des ouvrières du campement qui se trouvait ici. Comment vous nous avez retrouvés ?

— En suivant les traces des camions, expliqua Marco. Nous avons découvert le Cruiser de Michael accidenté et en feu, dans un arroyo à dix kilomètres d'ici. Depuis, nous vous cherchions.

— Ils s'étaient installés ici même, indiqua Abby. Quatre caravanes, et deux douzaines de personnes environ. Des camions sont arrivés ce matin et ont tout embarqué, matériel et personnel.

— Ce doit être ceux dont nous avons suivi les traces. Ce sont elles qui nous ont conduits jusqu'ici.

— Est-ce qu'elles commençaient là où se trouvait le Cruiser ? s'enquit Abby.

— En fait, nous étions en train de nous demander comment il avait fait pour finir dans cet arroyo, quand nous avons remarqué les empreintes de pneus.

Carmen fronça les sourcils, la mine curieuse.

— Mais comment avez-vous fait pour parvenir jusqu'ici sans le Cruiser, et avec un bébé ?

— C'est une longue histoire, soupira Abby.

Elle avait chaud, faim et soif, et elle était morte de fatigue.

— Pour le moment, il faut emmener ce bébé à l'abri, indiqua-t-elle.

Elle les accompagna jusqu'au véhicule de Marco, puis s'installa sur le siège arrière. Angelique commençait à geindre et à se tortiller.

— Quelqu'un n'est pas content, fit observer Carmen.

— Elle a faim et a besoin d'être changée, dit Abby. Et puis, sa mère doit lui manquer.

Angelique devait aussi manquer à sa mère. Où Mariposa se trouvait-elle en cet instant ? Et pourquoi cet homme voulait-il prendre l'enfant ?

— Qui est ce type après qui sont partis Graham et Michael ? demanda Marco.

— C'est lui qui dirigeait les ouvriers du campement, et qui a supervisé le déménagement. De là où nous étions, nous avons vu ses hommes attacher les caravanes aux camions. Après quoi, tout le monde est parti. Ensuite, je me suis endormie… Quand je me suis réveillée, il était là et collait un pistolet sur la nuque de Michael. Il m'a demandé de lui donner le bébé. Comme j'ai refusé, il a menacé de tuer Michael, mais Michael lui a cassé le nez et a pris son arme. Votre arrivée a distrait notre attention, et il en a profité pour s'enfuir.

Lorsqu'ils eurent atteint la route et purent enfin accéder au réseau téléphonique cellulaire, Carmen appela le QG.

— Lance, il faut que tu ailles immédiatement en ville acheter deux boîtes de lait maternisé, des biberons, des tétines, des lingettes et un paquet de couches-culottes…

Elle consulta Abby par-dessus son épaule.

— Taille deux.

Elle sourit.

— Oui, c'est pour un bébé. Ecoute, ne discute pas, nous n'avons pas le temps. Il nous faut tout ça au plus vite.

Carmen raccrocha.

— Ça doit être la chose la plus bizarre qu'on lui ait jamais demandée, s'amusa-t-elle. Je voudrais voir sa tête lorsqu'il sera dans le magasin et découvrira la variété de couches qu'on y trouve. Espérons qu'il ne se trompera pas.

— On dirait que tu en connais un rayon, commenta Marco.

— J'ai six petits frères et sœurs, et une demi-douzaine de neveux et nièces, expliqua-t-elle. Alors changer les couches d'un bébé, je connais.

Abby gratifia Angelique d'un gros câlin.

— Nous allons très bientôt nous occuper de toi, ma chérie.

Elle pria pour retrouver rapidement Mariposa et réunir la mère et l'enfant avant qu'il ne soit trop tard.

Michael promena son regard sur la steppe déserte. Graham et lui n'avaient repéré aucune trace susceptible d'avoir été laissée par le véhicule de l'homme qui lui avait collé son arme sur le crâne.

— Il ne s'est quand même pas évaporé ! pesta-t-il.

— S'il a les ouvriers sous ses ordres, il connaît sans doute ce pays beaucoup mieux que nous, observa Graham en lui posant une main sur l'épaule. Allez, venez. Retournons au quartier général.

— Il faut d'abord faire un crochet par le site du campement. On y a laissé un seau qui porte peut-être les empreintes de ce type. Avec un peu de chance, nous pourrons l'identifier.

Ils regagnèrent le ruisseau, et Michael récupéra l'objet, dissimulé sous un buisson.

— Je vais envoyer des hommes fouiller l'endroit, annonça Graham.

— Il a été nettoyé, l'informa Michael. Toutefois, on ne sait jamais… Ils trouveront peut-être quelque chose.

Abandonner aussi vite la recherche d'*El Jefe* lui déplaisait. Mais passer davantage de temps sur les lieux ne les en rapprocherait probablement pas. Il suivit donc Graham jusqu'à son véhicule.

Le capitaine jeta alors un regard curieux à son visage.

— Que vous est-il arrivé ?

Michael porta la main à l'écorchure sur sa joue.

— Je suis tombé dans une faille de drainage. C'est là que j'ai perdu ma radio et mon portable.

— C'était avant ou après que ce bébé vous soit tombé dans les bras ?

— Après.

— D'où vient-il ?

— L'une des ouvrières l'a confié à Abby quand ils ont décidé de déménager le campement. Les trafiquants nous ont ensuite repérés, et nous avons dû filer.

— Mais leur chef vous a retrouvés.

Michael secoua la tête.

— Non. Ça, c'était plus tard. Sans GPS, ni carte, ni téléphone, nous étions perdus. Il nous fallait de l'eau. C'est pour ça que nous sommes restés près du ruisseau. Je savais que, si vous ne receviez aucun rapport de ma part, vous enverriez quelqu'un à notre recherche. En attendant, je me suis dit que le type pouvait très bien revenir. Il avait volé mon Cruiser, il savait donc que nous ne pouvions pas aller très loin. J'avais prévu de lui sauter dessus lorsqu'il reviendrait, mais les choses ont tourné autrement.

En son for intérieur, Michael se morigéna pour le cafouillage impardonnable qu'avait été cette journée. Son attirance pour Abby affectait-elle à ce point sa vigilance ?

— Nous le trouverons, assura Graham. Que voulait-il faire du bébé ?

— Aucune idée. Le rendre à sa mère, soi-disant. Mais d'après Abby, celle-ci pense que son enfant est plus en sécurité avec elle.

— Bon, vous nous fournirez les détails quand nous serons de retour au QG.

A leur arrivée, Carmen était en train de donner le biberon à Angelique.

De son côté, Abby dévorait l'un des sandwichs qui étaient posés au milieu de la table. Elle portait un T-shirt noir de la force mixte et un short de randonnée, sans doute emprunté à Carmen.

— Vous avez trouvé *El Jefe* ? s'enquit-elle.

Michael secoua la tête, se laissa choir sur le siège face au sien et tourna les yeux vers le bébé.

— Comment va Angelique ?

— Comme le signifie son prénom…, répondit Carmen. Un petit ange.

Calant la fillette contre son épaule, elle lui tapota le dos.

Abby renchérit :

— Elle est heureuse et détendue maintenant qu'elle a mangé et qu'on l'a changée. Je suppose que vous ne voulez pas récupérer votre bandana ?

— Euh, non. J'en ai d'autres en réserve, indiqua-t-il.

Il se servit un sandwich. Si les feuilles et racines qu'elle lui avait fait manger étaient loin d'être mauvaises, elles ne lui avaient pas vraiment calé l'estomac.

Graham tira à lui la chaise en bout de table.

— Parlez-moi de cet homme, demanda-t-il tout de go.

— Je suis à peu près sûr que c'est lui qui supervisait le campement, répondit Michael. Je n'avais pas de jumelles, mais il était grand, mince, et c'était le seul à porter une chemise blanche.

— Et il n'a pas dit pourquoi il voulait le bébé ?

— Pour le rendre à sa mère, déclara Abby.

— Hé, peut-être qu'il en est le père, suggéra Carmen.

Tout le monde se tourna vers elle. Elle haussa les épaules.

— Les criminels aiment parfois leurs enfants. Et il aime peut-être aussi la mère de cet enfant. Celle-ci a pu changer d'avis et décider de ne plus se séparer de sa fille. Alors, elle l'aura envoyé la chercher.

Marco prit la parole à son tour :

— Peut-être aussi qu'il voit dans cet enfant un moyen de remonter jusqu'à lui et qu'il veut s'en débarrasser.

Abby parut horrifiée par cette idée.

— Quel mal un tout-petit pourrait-il lui faire ? Témoigner contre lui ? ironisa-t-elle.

— Par son ADN, il peut le lier à un crime dont personne ne sait encore rien, répondit Marco.

Abby reposa son sandwich. Cette discussion lui avait coupé l'appétit et elle tenta de chasser de son esprit la pensée que cet homme ait pu vouloir du mal à Angelique. Mais quelqu'un qui traitait les gens en esclaves était peut-être capable de tuer un bébé sans le moindre état d'âme.

Michael se tourna vers Marco :

— Tu as dit avoir suivi des traces. Où menaient-elles ?

— A la route asphaltée. C'est là que nous les avons perdus.

— Mais maintenant que nous savons ce que nous cherchons, ce sera plus difficile pour eux de dissimuler les caravanes, le personnel et tout le fourbi.

— Sauf s'ils séparent les différents éléments, avança Carmen. Ils peuvent expédier tout le monde à Denver ou dans une autre grosse ville. Votre *El Jefe* est peut-être parti depuis longtemps.

Michael secoua la tête.

— Je ne pense pas. Il voulait tellement récupérer Angelique qu'il est revenu lui-même la chercher.

— Il y a quelque chose qui cloche, commenta Marco. Il avait de l'aide pour procéder au déménagement du campement, n'est-ce pas ?

— J'ai vu au moins cinq types armés, confirma Michael.

— Alors pourquoi ne les a-t-il pas emmenés avec lui pour reprendre la gamine ? Même un seul aurait augmenté ses chances de succès.

— Peut-être qu'il ne voulait pas que quelqu'un connaisse l'existence du bébé, suggéra Abby.

— Mais ils la connaissaient déjà ! objecta Michael. Pour autant que j'aie pu en juger, Mariposa n'a pas cherché à la dissimuler aux autres.

Abby se leva et soulagea Carmen de l'enfant endormie. Celle-ci remua à peine tandis qu'elle la blottissait contre sa poitrine.

— Carmen a peut-être raison, dit-elle. S'il est revenu pour Angelique, c'est peut-être parce qu'elle est sa fille. Auquel cas il ne tenait probablement pas à ce que les autres l'apprennent, ou le suspectent d'avoir une faiblesse pour le bébé.

— Nous n'en savons rien, souligna Michael. Son intention était peut-être de le tuer.

Cette idée donnait la nausée à Abby, mais fermer les yeux sur les diverses éventualités ne leur ferait rien gagner.

— Ses motivations importent peu, déclara Carmen.

— Pourquoi donc ? demanda Michael.

— Parce que nous savons que ce bébé constitue pour lui une faiblesse, ou tout au moins un secret dont il ne veut pas qu'il soit divulgué, expliqua Graham. Quand on connaît la faiblesse ou le secret d'un individu, il est facile de l'exploiter.

Abby lui jeta un regard interrogateur.

— Mais s'il est déjà en route pour Denver…

— Je crois que l'intuition de Carmen est la bonne, insista le capitaine. Il ne partira pas sans le bébé. Nous pouvons nous en servir contre lui.

Abby baissa les yeux sur Angelique et sourit. Elle s'était rendormie. Elle avait rarement vu petite fille plus jolie, avec ses longs cils noirs et sa bouche d'angelot innocent.

Soudain consciente du silence qui était tombé dans la pièce, elle releva la tête : tout le monde la regardait.

— Qu'y a-t-il ? s'étonna-t-elle. Qu'est-ce qui ne va pas ?

Graham toussota, l'air un peu gêné.

— Si nous répandons l'information que vous gardez le bébé avec vous et si nous nous arrangeons pour faire croire que vous êtes en situation de vulnérabilité, *El Jefe* pourrait décider de tenter sa chance à nouveau. Seulement, cette fois-ci, nous serons là pour le capturer.

— Vous voulez utiliser Angelique comme appât ?

Abby le dévisagea, certaine d'avoir mal entendu.

Graham hocha la tête.

— Angelique et vous, oui. Comme appâts pour capturer un très gros poisson.

12

— Non ! s'écria Abby en même temps que Michael.

De son côté, il repoussa sa chaise et se leva.

— Elle risquerait d'être blessée.

— Il a raison, renchérit Abby. Vous ne pouvez pas prendre de tels risques avec un bébé.

— Je ne parlais pas d'Angelique, précisa-t-il en contournant la table pour la rejoindre. C'est trop dangereux pour toutes les deux.

Leurs regards se croisèrent. Ce n'était pas le représentant des forces de l'ordre qui parlait, comprit alors Abby, mais un homme qui nourrissait des sentiments particuliers pour elle. Elle en fut tout émue, mais détourna les yeux. Le moment était mal choisi pour laisser son cœur lui fausser le jugement.

— Nous vous assignerions un membre de l'équipe vingt-quatre heures sur vingt-quatre, proposa Graham. Et d'autres seraient postés à proximité. Que notre homme montre juste le bout de son nez, et nous sauterons sur lui.

— C'est notre meilleure chance de l'agrafer, ajouta Marco. Si nous lui mettons la main au collet, cela nous rapprochera d'autant de la tête de l'organisation. Et l'empêchera de réduire en esclavage de nouveaux immigrants.

— Pouvez-vous venir en aide à Mariposa et aux autres ouvriers ? demanda Abby.

— Je le crois, répondit Graham.

Abby baissa les yeux sur la fillette endormie. Si elle s'y était beaucoup attachée, elle n'était pas en position de la prendre pour toujours avec elle. Angelique avait besoin de sa mère, tant que celle-ci était en mesure de s'occuper d'elle.

La main de Michael pesa soudain sur son épaule.

— Abby, ne faites pas ça, l'enjoignit-il. Ne prenez pas ce risque. Nous trouverons bien un autre moyen.

— Je ne supporterais pas qu'il arrive quoi que ce soit à Angelique, répondit-elle. Nous ignorons les intentions de cet homme en ce qui la concerne.

— Elle a raison, dit Carmen. Il faut que nous remplacions le bébé par un baigneur que l'on trouve dans le commerce. On placera Angelique en foyer d'accueil provisoire.

— D'accord, approuva Graham. Je ne veux pas qu'il soit fait du mal à la petite. Ni à vous, Abby. Nous vous protégerons, je vous le promets. Mais la décision finale vous revient.

La main de Michael se serra sur son épaule, mais il ne dit rien. Ce silence, sa foi en sa capacité à prendre la bonne décision l'émurent plus que ses mots n'auraient pu le faire.

— J'accepte, dit-elle. Tant qu'Angelique se trouve en lieu sûr.

— Abby...

Michael avait prononcé si doucement son nom qu'elle devait être la seule à l'avoir entendu.

Elle se tourna vers lui.

— Je veux arrêter ces gens, expliqua-t-elle. Je veux que Mariposa et Angelique aient une meilleure vie. Si je peux faire quelque chose pour les aider, alors c'est le moment.

— Je veux la même chose que vous, assura-t-il. Mais votre sécurité m'importe avant tout.

— Elle est entre de bonnes mains. Je sais que vous surveillerez mes arrières.

Délibérément, elle répétait presque mot pour mot ce qu'il lui avait dit plus tôt.

— Carmen, vous vous chargerez d'emmener Angelique dans ce foyer d'accueil, déclara Graham. Nous ferons en sorte de procéder à la substitution sans que personne ne devine ce qui se passe.

— On trouve aujourd'hui des baigneurs incroyables de réalisme, renchérit Carmen. J'en achèterai un, ainsi que de la layette. Abby s'en occupera comme si c'était la véritable Angelique.

— Il vaut mieux que je retourne à ma caravane, dit alors Abby. Il sera plus facile à *El Jefe* de me trouver, et en même temps je ne serai pas loin de vous.

— Je vous accompagne, décida Michael.

Graham lui adressa un regard dur.

— Quelqu'un d'autre serait peut-être plus indiqué.

— Non, monsieur, répliqua-t-il. Je peux le faire.

L'expression de son supérieur demeura sévère, mais il acquiesça d'un hochement de tête.

— Très bien. Allez-y. Carmen et Marco vous y rejoindront plus tard pour procéder à l'échange de bébés, si je puis dire. Randall, Lance et vous, vous assurerez la garde à tour de rôle près de la caravane. Je ne pense pas qu'il tentera quelque chose aussi tôt, mais ouvrez l'œil quand même.

— Bien, monsieur.

Abby se chargea d'Angelique, tandis que Michael rassemblait les couches, le lait et le reste du matériel pour bébé, ainsi que quelques affaires à lui.

Cela fait, Carmen les accompagna jusqu'à son propre Cruiser, qu'elle prêtait à Michael pour l'occasion.

— J'apporterai un siège de voiture quand nous viendrons la chercher, indiqua-t-elle. Le camp de caravanes est à deux pas, vous n'avez pas loin à aller.

Une fois arrivés à la caravane d'Abby, Michael procéda à une inspection complète, intérieur et extérieur, pendant qu'elle patientait avec le bébé.

Manifestement, personne n'était passé pendant leur absence.

Aussi invita-t-il Abby à entrer. Angelique se mit alors à crier.

— Elle a besoin d'être changée, annonça Abby.

— Je vais chercher le matériel dans la voiture.

A son retour, Abby était plantée au milieu de la pièce, l'air désemparé, le bébé en pleurs dans les bras.

— Que se passe-t-il ? Il y a un problème ?

— Je ne sais pas où la mettre, répondit-elle. Je… je ne suis pas vraiment équipée pour la puériculture.

Michael promena son regard autour de lui, puis posa le carton contenant le matériel sur la table et entreprit de le vider.

— Nous la mettrons dedans, proposa-t-il. C'est à peu près la taille d'un berceau, et elle ne risquera pas de tomber.

Abby afficha un large sourire.

— Vous êtes un génie !

— J'ai parfois des illuminations, répondit-il, faussement modeste.

Attrapant une serviette sur le comptoir, il en garnit le berceau de fortune.

— Et voilà le travail.

— Bien. A présent, passez-moi une couche-culotte.

En attendant qu'elle ait changé le bébé, il rangea la boîte de lait, les lingettes et le reste, puis cala le carton contre la cuisinière, sur la banquette.

Une fois la fillette installée, il s'assit à côté d'Abby.

— Et maintenant ?

— Si vous preniez une douche ? suggéra-t-elle. Ensuite, ce sera mon tour.

Il prit un air offensé.

— Etes-vous en train d'insinuer que j'en ai besoin ?

— *No comment*, répondit-elle en se levant. Je vais faire du thé. La salle de bains est toute petite, mais vous y trouverez tout ce qu'il vous faut.

Abby versa de l'eau dans la bouilloire et sortit des mugs du placard. L'eau de la douche résonnait contre les parois de la cabine. Elle tâcha de ne pas songer au corps nu de Michael de l'autre côté de cette mince barrière. Malheureusement, l'image de ses épaules d'athlète, de ses bras et de ses abdos musclés, s'imprima malgré elle dans son esprit, et elle fut incapable de penser à autre chose. Son imagination remplit les blancs, jusqu'à ce que le désir l'envahisse de sa chaleur insidieuse.

Refoulant ce fantasme malvenu, elle savoura le souvenir du baiser qu'ils avaient échangé plus tôt. A ce moment-là, l'embrasser avait paru la chose la plus naturelle au monde, et elle l'avait voulu de tout son cœur. Elle avait déjà convoité des hommes dans le passé, mais jamais elle ne s'était sentie aussi proche de l'un d'eux. Depuis son engagement dans l'armée, elle n'avait eu aucune véritable relation. Une éternité, plutôt. Quand elle était une autre personne.

Etait-ce seulement à cause des circonstances dramatiques et du danger qui les avaient jetés ensemble qu'elle ressentait cela ? Si elle était aussi à l'aise avec lui, était-ce parce qu'ils étaient l'un et l'autre des vétérans ? Ou parce qu'il lui avait sauvé la vie en Afghanistan ? Avait-il raison ? Le destin y était-il pour quelque chose ?

Glissant la main dans sa poche, elle caressa le lapin en céramique. Toutes ces années, elle s'était accrochée à l'objet avec le sentiment flou qu'il était important. L'émotion qui s'attachait à ce cadeau s'était-elle muée ces dernières heures en quelque chose de plus fort ? Quelque chose qui pouvait être… de l'amour ?

La porte de la salle de bains s'ouvrit et Michael apparut, vêtu seulement d'un jean qui lui tombait sur les hanches. Tandis qu'il se séchait les cheveux à l'aide d'une serviette, Abby contempla les gouttes d'eau accrochées à la toison de son torse harmonieux, et sa bouche se dessécha. En uniforme, Michael Dance était déjà impressionnant. Mais à demi nu… Elle en aurait oublié son propre nom.

Il jeta la serviette de côté et lui sourit. Elle rougit. De toute évidence, il avait remarqué la façon lubrique dont elle le regardait.

— Je me sens presque de nouveau humain, dit-il.

Il marcha vers elle au moment où elle voulait quitter la cuisine. Ils entrèrent en collision, et la caravane parut soudain beaucoup trop petite pour les contenir tous les deux. Abby marmonna des excuses et tenta de se faufiler sur le côté. Il posa une main sur son bras pour l'aider. Elle se pétrifia.

La main descendit, déclenchant un frisson immédiat. Sa peau lui brûlait là où il la touchait. Elle réprima une immense envie de se laisser aller contre lui, de se perdre dans son corps touchant le sien.

Elle leva les yeux : il s'était rasé. Le parfum de sa crème de rasage la berçait jusqu'au vertige.

— Il y a juste la place, observa-t-il.

Pourquoi son esprit perfide transforma-t-il ces mots en une invitation à passer à l'acte ? Elle détourna la tête, considéra longuement le sol, le mur, tout sauf ses lèvres sensuelles qui l'attiraient tel un aimant. Si elle cédait à son envie de l'embrasser, elle oublierait tout, sa douche, le bébé, et laisserait le désir qui bourdonnait en elle prendre le pas sur sa volonté.

— Euh, à moi maintenant, annonça-t-elle, avant d'effectuer un passage en force vers la salle de bains.

— Vous ne devriez pas attendre que l'eau du cumulus soit de nouveau chaude ?

— Non, ça ira, répondit-elle.

En réalité, ce dont elle avait besoin était peut-être une douche froide.

Pour le reste, l'eau était encore assez chaude. Elle prit son temps, se lava avec soin les cheveux, se rasa les jambes.

Comme si je me préparais pour un grand rendez-vous.

Mais la circonstance était tout sauf anodine. Michael allait passer la nuit là, dans sa caravane. Vu l'électricité qu'un bref contact avait réussi à générer, il se passerait forcément quelque chose à un moment où à un autre. Quant à savoir quand — et ce qui se passerait ensuite —, elle donnait sa langue au chat.

Après avoir enfilé un pantalon de yoga et un T-shirt, elle se sécha la tête à l'aide du sèche-cheveux mais ne prit pas la peine de se maquiller. Elle ne voulait pas que son désir soit trop lisible, trop manifeste. Du reste, il l'avait vue moche, défigurée, et un peu de mascara ou de rouge à lèvres n'allait pas changer grand-chose à l'image qu'il avait d'elle.

Lorsqu'elle rouvrit la porte de la salle de bains, il fredonnait doucement. Elle s'immobilisa et capta quelques mots murmurés.

— Chut, mon bébé, ne pleure pas. Papa t'achètera un oiseau chanteur.

Avançant la tête, elle observa Michael. Debout près de la banquette, il berçait Angelique. Minuscule dans ses bras, la fillette souriait et gazouillait en l'écoutant. Plus émouvante encore était l'expression qu'il affichait. Un sourire d'une incroyable tendresse adoucissait ses traits fermes et virils. Devant ce spectacle, une boule se forma dans la gorge d'Abby.

Se rendant soudain compte qu'elle le regardait, il rougit jusqu'aux oreilles.

— Elle était grognon, dit-il en guise d'explication.

— De toute évidence, vous avez fait une conquête.

Elle le rejoignit devant la banquette. Il voulut lui donner l'enfant, mais elle refusa.

— Non, non. Elle semble très heureuse là où elle est.

Elle s'assit, et il prit place à ses côtés. Angelique paraissait aux anges.

— C'est la première fois que je passe autant de temps avec un bébé, confia-t-il.

— Vous devez avoir ça en vous. Vous feriez un bon père, vous savez.

Il garda le silence. Pendant un moment, ils se contentèrent de regarder Angelique, qui les observait avec gravité de ses yeux noirs.

— Vous y pensez souvent ? demanda-t-il. Je veux dire, avoir des enfants, fonder une famille ?

— Quelquefois, admit-elle. Plus, ces derniers temps, maintenant que ma vie a commencé à se stabiliser. Avant, j'étais militaire, et ensuite, avec ma blessure, cette possibilité m'a semblé si lointaine...

— Pour ma part, je n'ai pas eu le genre de vie qui permet de rencontrer une femme et de faire des enfants.

Abby acquiesça.

— Moi, je dois d'abord terminer mes études, trouver un emploi et décider de ce que je veux réellement faire de mon existence.

Elle se pencha sur l'enfant et caressa une joue ronde, aussi douce que du satin.

— Mais il m'arrive de me demander si, en réalité, tout cela n'est pas qu'une excuse pour éluder les questions personnelles, intimes, autrement plus difficiles à gérer.

— Je comprends ce que vous voulez dire. Dans mon métier, je peux affronter les pires situations. Mais dès qu'il s'agit des relations homme-femme... Eh bien, ça peut être effrayant.

Leurs regards se croisèrent. Le pouls d'Abby s'emballa, et son cœur flotta dans sa poitrine.

— Est-ce que je vous effraie ? demanda-t-elle d'un ton un peu taquin.

— Oh ! Oui...

Il posa sa main sur sa joue.

— Mais je crois qu'affronter ses peurs est d'une importance capitale.

Alors qu'il abaissait sa tête vers la sienne, un crissement de pneus sur du gravier le fit se redresser en un éclair.

— On a de la visite, dit-il en lui tendant le bébé.

Il se leva, s'approcha de la fenêtre et regarda entre les lames du store. Abby serra Angelique contre elle. Le véhicule s'était arrêté devant la caravane.

— Hé, ce n'est que nous ! lança une voix de femme. Nous sommes venus voir comment vous vous débrouillez avec le bébé.

Carmen.

Les épaules de Michael se détendirent. Il passa un T-shirt et alla ouvrir.

Carmen entra, suivie de Lance. Il portait un grand carton où était imprimé « Couches pour bébés ».

— Nous avons apporté de nouvelles couches-culottes et du lait maternisé, annonça-t-il d'une voix forte, dans le silence du soir.

Il déposa la boîte sur la table, s'assura que chaque store était tiré, puis ouvrit la boîte de couches, révélant un baigneur hyperréaliste, emmailloté dans une couverture identique à celle qui protégeait Angelique.

— Il s'appelle « Mon Vrai Bébé », indiqua Carmen. Incroyable, non ?

Elle le sortit de la boîte, le tenant comme s'il s'agissait d'un vrai nourrisson, et le tendit à Abby.

— A distance, personne ne pourra faire la différence, affirma-t-elle.

Abby s'en saisit, le plaça au creux de son bras et se retourna vers Angelique, couchée dans son carton sur la banquette.

— La vraie va me manquer, soupira-t-elle. Où l'emmenez-vous ?

— L'Etat m'a mise en contact avec une femme de Grand Canyon, qui s'est spécialisée dans l'accueil temporaire d'enfants en bas âge, répondit Carmen. Elle y sera en sécurité.

Plus qu'elle ne le serait en restant avec elle et Michael, Abby le savait. Ce n'en était pas moins un déchirement de la voir partir.

Carmen sortit Angelique de son « berceau » et lui fit quelques câlins puis la transféra dans la boîte de couches.

— Je suppose que vous n'avez pas de nouvelles du Mexicain, dit-elle en ajustant la couverture autour de l'enfant.

— Non, aucune, confirma Michael. Mais il ne sait peut-être pas encore qu'elle est ici.

— Nous avons lâché l'info en ville, indiqua Lance. Je me suis arrêté pour prendre du carburant, et j'ai parlé à la cantonade du bébé que nous avions trouvé.

— Pour les ragots, il est très fort, ironisa Carmen en lui donnant un petit coup de coude dans les côtes. Peut-être que certains échos arriveront aux oreilles de notre homme.

— Espérons-le, fit Abby.

— Appelez si vous avez besoin de quelque chose.

Lance referma la boîte et la souleva.

— Prenez bien soin d'elle, leur recommanda Abby, émue.

Luttant contre une irrépressible envie de reprendre la fillette, elle serra les poings sur ses hanches.

— N'ayez crainte, conclut Carmen. A demain.

Ils s'en allèrent. Michael referma la porte derrière eux et la verrouilla. S'asseyant sur la banquette, Abby tendit l'oreille : le bruit du véhicule diminua peu à peu, jusqu'à disparaître tout à fait. Les larmes lui montèrent aux yeux. Elle battit des paupières pour les refouler, mais elles rompirent leurs digues et dégoulinèrent sur ses joues.

Michael se précipita à ses côtés.

— Hé ! Qu'est-ce qui ne va pas ?

— Je ne lui ai même pas dit au revoir, expliqua-t-elle, étouffant un sanglot.

Il lui saisit la main et la tapota, mais cela ne fit que libérer davantage ses larmes. Il l'attira contre lui, et elle enfouit la tête au creux de son cou.

— Je sais que c'est stupide, bégaya-t-elle. Je la connais à peine, mais je... je me sens responsable d'elle.

— Chut, tout va bien.

Il lui caressa les cheveux, la berça contre lui.

— C'est tout à fait normal qu'elle vous manque. Ne pas savoir ce qu'elle va devenir est angoissant.

Abby releva la tête vers Michael.

— Vous comprenez.

— J'essaie.

Il lui embrassa la joue, mais elle tourna la tête et trouva ses lèvres. Elle l'embrassa avec fébrilité, désireuse de chasser sa tristesse, d'oublier au moins un instant le bébé, Mariposa, et un étranger qui voulait peut-être sa mort.

Il répondit à son baiser avec la même ferveur, referma ses bras sur elle et la serra fort contre lui. De la pointe de sa langue, elle lui ouvrit les lèvres et découvrit le goût du caramel qu'il affectionnait. Ils s'embrassèrent jusqu'à ce qu'elle se mette à trembler, prise d'un léger vertige. Son corps vibrait de leur étreinte, mais elle voulait plus…

Insinuant une main sous son T-shirt, elle la plaqua sur son ventre, sur la pilosité rêche et douce qui descendait sous sa ceinture. Il traça une ligne de baisers jusqu'à son oreille.

— Si vous continuez ainsi, dit-il d'une voix grave, voilée par le désir, je ne pourrai pas m'arrêter.

— Je ne veux pas que nous arrêtions. Je veux que nous fassions l'amour.

Joignant le geste à la parole, elle le repoussa contre la banquette et se pencha sur lui. Il leva une main et couvrit un sein à travers le fin coton de son T-shirt. Son téton se durcit aussitôt. Il le taquina de son pouce, déclenchant une onde de plaisir qui la traversa jusqu'aux orteils. Son souffle s'accéléra, et ses paupières se fermèrent tandis qu'elle s'abandonnait au délicieux flux de sensations.

Puis sa bouche vint sur elle. La combinaison de son haleine humide et du frottement du tissu sur sa poitrine la rendait folle. Elle poussa un petit gémissement et, les doigts nerveux, tâtonna pour ôter le vêtement. Il se redressa pour l'aider, puis se débarrassa de son propre T-shirt, de sorte qu'ils se retrouvèrent nus au-dessus de la taille.

— Tu es si belle, dit-il, passant au tutoiement sans même sembler s'en rendre compte. Si belle…

Il posa doucement les mains sur ses flancs comme s'il touchait un objet précieux.

Il aurait dit la même chose, elle en était convaincue, si son corps n'avait pas été abîmé comme l'était son visage. Ses mots n'auraient pas été mensongers. Lorsque Michael la regardait, il voyait plus que la surface, cela ne faisait aucun doute. C'était ainsi depuis le début. Peut-être était-elle tombée amoureuse de lui pour cette raison.

Elle se leva et lui tendit la main.

— Nous serons mieux dans mon lit.

Il la laissa l'aider à se lever, et l'emmener à l'autre extrémité de la caravane.

Une fois dans la chambre, elle commença à ouvrir les couvertures. Il avança la main pour l'aider, mais s'interrompit soudain.

— Qu'y a-t-il ?

— Juste une seconde.

Il se retourna et disparut dans la salle de bains.

Elle en profita pour enlever son pantalon de yoga, et lorsqu'il réapparut, elle était assise sur le lit en tenue d'Eve. Il la contempla sans un mot, et ce qu'elle lut dans ses yeux la fit trembler d'anticipation.

— Tu en as mis du temps, dit-elle.

Il lui présenta un préservatif dans son emballage.

— Il fallait que je trouve ça dans mon sac.

Elle sourit.

— Tu penses à tout.

— J'ai été scout, je te le rappelle, déclara-t-il en s'avançant. Et la devise des scouts est « Toujours prêt ! »

— Quelque chose me dit que ce n'est pas à ce genre de situation qu'elle s'applique.

Elle lui fit de la place sur le lit. Il s'arrêta pour ôter son jean. Son cœur se mit à battre à grands coups tandis qu'elle contemplait — avec une décontraction feinte — son corps nu. Seigneur, il était aussi beau que dans ses fantasmes.

Ils s'allongèrent face à face dans le lit. Les petites lampes de lecture les éclairaient d'une lumière douce et intime. Il posa une main sur le creux de sa taille, puis l'aventura vers son fessier et l'amena à lui.

— J'ai l'impression d'avoir attendu ce moment depuis des siècles, confia-t-il. Ça paraît fou, non ?

— Pas du tout.

En fait, elle ressentait la même chose. Comme si ses réticences à sortir avec d'autres hommes venaient de ce qu'elle ne l'avait pas encore rencontré, *lui*. Etait-il possible que ces moments dramatiques dans l'hélicoptère, au-dessus de l'Afghanistan, aient forgé entre eux un lien qui défiait toute compréhension ? Dès qu'elle était avec lui, sa timidité, son besoin de réclusion et de solitude s'envolaient. Elle voulait s'ouvrir à lui, tout lui révéler d'elle, être près de lui comme jamais elle ne se l'était autorisé avec aucun homme auparavant.

— Fais-moi l'amour, murmura-t-elle, avant de poser un tendre baiser sur ses lèvres.

Il s'empara de sa bouche, et en un instant, ils furent étroitement enlacés, bras et jambes emmêlés, mains et lèvres caressant, explorant tout ce qui se trouvait à leur portée. Il s'écarta juste le temps d'enfiler le préservatif, puis se rapprocha et la pénétra. Elle referma les jambes sur ses reins, en proie à une folle envie de crier sa joie, mais il commença à bouger en elle et elle perdit toute capacité de parler, et même de penser. Il n'y avait plus que les merveilleuses sensations qui se succédaient dans ses entrailles.

Quand il se produisit, son orgasme fut une déferlante sauvage qui l'emplit de lumière et de vie, pour la laisser étourdie, suspendue entre ciel et terre. Il resserra son étreinte, et lorsqu'il trouva sa propre jouissance cria son nom.

Ils demeurèrent un long moment blottis l'un contre l'autre, La tête d'Abby reposant sur ses bras puissants, ses doigts caressant son torse.

— Je me demandais si j'allais revivre un jour des moments aussi merveilleux, murmura-t-elle contre son cou.

— Je suis heureux que tu ne veuilles plus rien me cacher de toi, répondit-il.

Du bout du doigt, il suivit le dessin de sa cicatrice sur sa joue. Non sans surprise, elle prit conscience de présenter le mauvais côté de son visage à la lumière. Ses cheveux étaient ramenés derrière son oreille. Même la nuit, elle dormait généralement la tête sur sa cicatrice. Mais si cette position nouvelle lui procurait une étrange impression de vulnérabilité, elle ne la dérangeait pas le moins du monde.

Elle se nicha plus près de lui.

— Tu m'as vue sous mon pire aspect, et tu ne t'es pas enfui. En fait, ajouta-t-elle, je crois maintenant que tu peux tout voir de moi.

— Je serai toujours là pour toi, Abby. Je ne laisserai jamais plus personne te faire du mal.

Michael se réveilla aux aurores, une vieille habitude qui lui permettait d'être d'attaque dès le lever du jour.

L'intérieur de la caravane baignait dans une lumière argentée, tandis qu'à l'extérieur un oiseau saluait cette journée nouvelle. A côté de lui, recroquevillée sur le flanc, Abby lui tournait le dos, la tête à demi enfouie sous les couvertures. Il bascula sur lui-même, veillant à ne pas la déranger, et contempla sa forme endormie. Il faillit se pincer pour s'assurer qu'il ne rêvait pas. Il avait maintes fois fait ce songe au fil des ans, au point qu'il se demandait parfois ce qui clochait chez lui. Quel homme sain d'esprit laissait le souvenir d'une femme, à laquelle il n'avait jamais parlé, l'habiter de la sorte ?

Mais peu importait que son attirance pour Abby l'ait toujours taraudé : seul comptait qu'elle soit là, avec lui, en cet instant. Peu importait que ce soit le hasard ou le destin qui les ait réunis : il serait son gardien et son amant. Ni elle ni lui ne seraient plus jamais seuls.

Comme si elle sentait son regard sur elle, elle remua, roula sur le dos, ouvrit les yeux et lui sourit.

— Depuis combien de temps tu m'espionnes comme ça ?

— Quelques minutes seulement.

Il se rapprocha d'elle. Sa peau était toute chaude de sa nuit, si douce, si lisse…

— Hmm, je vois que tu es bien réveillé.

Avec un sourire coquin, elle descendit sa main et caressa sa virilité.

Il se fit violence pour ne pas la prendre sur-le-champ, et se contenta de lui embrasser l'épaule.

— Entre la sonnerie de mon réveil et toi, minauda-t-elle, mon choix est vite fait.

Elle lui tapota le bras.

— Donne-moi une minute, je reviens tout de suite.

Sur ce, elle sortit du lit, émouvante dans sa nudité. Il se laissa retomber sur le dos, le regard tourné vers le plafond de la caravane, trois coudées au-dessus de sa tête.

Il ne voulait pas laisser ses préoccupations extérieures parasiter ce moment, mais les occulter était impossible. Comment allait Angelique ? *El Jefe* se doutait-il qu'il se trouvait toujours avec Abby ?

Elle le retrouva dans le lit. Elle sentait le dentifrice à la menthe, ses cheveux étaient peignés, et elle s'était rafraîchi le visage.

— A mon tour, dit-il.

Dans la salle de bains, il s'empressa de purifier son haleine matinale, puis sortit un nouveau préservatif de son sac.

Lorsqu'il regagna leur couche, elle l'attendait les bras ouverts. Il l'attira à lui, savourant le contact de ses seins contre sa poitrine. Ses tétons étaient déjà érigés. Elle glissa une cuisse par-dessus la sienne et colla son bassin contre le sien.

— A quelle heure dois-tu te présenter au rapport ? s'enquit-elle.

— Dans une heure environ. Nous avons tout le temps.

— Le temps pour quoi ? le taquina-t-elle.

Il la serra davantage contre lui.

— Le temps pour moi de te montrer un peu plus de ce que tu as raté.

— Hmmm. Peut-être que c'est moi qui ai deux ou trois petites choses à te montrer.

Se dégageant de ses bras, elle redressa le buste, le repoussa contre les oreillers et le chevaucha.

Il posa les mains sur sa taille.

— Oh ! Tu crois ?

— Ce n'est pas pour rien que j'ai choisi la spécialité biologie. Donne-moi ce préservatif. Le cours a commencé.

Ils se réveillèrent avec le bourdonnement du portable de Michael sur la table de chevet. Il tendit le bras et l'attrapa. Abby se dressa sur les coudes pour l'observer. Elle avait le corps chaud, et se sentait détendue malgré d'agréables courbatures. Elle sourit au souvenir de ce qui les avait causées. Pour être en pleine forme, il lui fallait davantage de pratique avec Michael, c'était clair.

— Non, rien à signaler, dit-il. Tout s'est bien passé pour Angelique ?

Il ajouta, quelques secondes plus tard :

— Je le lui dirai… Non, je pense qu'elle a bien dormi… Comment le saurais-je ?

Un rougissement lui envahit les oreilles, nota Abby. Elle se couvrit la bouche pour étouffer un gloussement. Ce brin de fragilité chez lui la séduisait.

Il raccrocha et se laissa retomber sur l'oreiller.

— C'était Carmen. Angelique semble avoir accepté sans problème son nouvel environnement. La femme a une quarantaine d'années et deux enfants adolescents. Elle n'a pas d'autre bébé pour le moment. Le contact a d'emblée été positif.

— J'en suis très contente. Qu'a dit Carmen pour te faire rougir ainsi ?

Ses oreilles virèrent au cramoisi.

— Elle voulait savoir si je ne t'avais pas tenue éveillée trop tard. Et si ton lit était confortable.

— Donc, elle sait que tu es très attiré par moi.

— Je crois que toute l'équipe le sait. Je ne suis pas très doué pour cacher mes sentiments.

— On dirait que c'est moi qui ai mis le plus de temps à m'en apercevoir. Mais maintenant j'en suis convaincue ! J'adorerais rester au lit toute la journée avec toi, mais je suppose que ce sera pour une autre fois. Quel est le programme de la journée ?

— Te montrer avec le bébé. Je veux donner à *El Jefe* toutes les chances de te trouver et de tenter quelque chose.

— Ce ne sera pas la même chose que d'en avoir un vrai, répondit-elle. Mais je ferai de mon mieux.

Quinze minutes plus tard, ils étaient tous deux habillés, et du café passait dans la machine électrique.

— Je vais jeter un coup d'œil dehors, annonça Michael.

Il glissa son arme dans son étui de ceinture, à côté de ses divers accessoires.

— Je n'ai entendu aucun bruit suspect cette nuit, mais ça ne veut rien dire.

— Nous étions tous deux un peu… occupés.

Il afficha un demi-sourire.

— C'est vrai…

Michael ouvrit la porte et sortit dans la lumière brumeuse du petit matin. Il faisait encore un peu frisquet, et l'air était chargé d'une odeur de pins et de cèdres. Les emplacements de chaque côté de la caravane d'Abby étaient vides, et les arbres empêchaient de voir les autres. Sa voiture était garée près de la table de pique-nique et du foyer en pierres, le Cruiser de Carmen juste à côté. Tout semblait à sa place.

Il se retourna pour inspecter la caravane, et son cœur rata un battement. Flottant dans la brise, une feuille de papier plié était scotchée sur la porte.

Regagnant l'intérieur, il prit un couteau dans le tiroir de la cuisine.

— Que se passe-t-il ? demanda Abby en le suivant vers la porte. Il y a un problème ?

— Quelqu'un t'a laissé un message.

Il détacha l'adhésif à l'aide de la lame, saisit la feuille par un coin, la déplia et lut ce qui était écrit.

Hissée sur la pointe des pieds, Abby tenta de jeter un coup d'œil par-dessus son épaule.

— Laisse-moi voir.

Il lui montra le message.

— N'y touche pas. Lis, simplement.

Elle fronça les sourcils.

— Je ne comprends rien. C'est de l'espagnol.

— Excuse-moi, j'avais oublié. C'est de Mariposa. Elle veut te voir. Elle dit qu'elle est désormais en sécurité et qu'elle peut reprendre son bébé.

13

Abby considéra un moment le message, regrettant de ne pas lire l'espagnol.

— Est-ce que ça signifie que Mariposa est parvenue à se libérer des gens qui la gardaient prisonnière ? Comment savait-elle où me trouver ?

— Elle ne le savait pas. C'est un faux, grogna Michael en tapotant le papier du doigt. Un truc pour t'amener à un endroit où il sera plus facile d'enlever Angelique et de se débarrasser de toi.

L'excitation d'Abby retomba.

— Tu as raison, bien sûr. Mariposa ne pouvait pas savoir que j'étais ici.

— C'est évident. Car si elle l'avait su, pourquoi ne pas simplement frapper à la porte et demander à voir son bébé ?

— Ça, par contre, je peux le comprendre. Si elle se trouve illégalement sur le territoire américain, elle ne prendra pas le risque de tomber sur quelqu'un qui travaille à la protection des frontières. Je veux dire, le Cruiser est là, juste devant, avec le logo.

— Un point pour toi. Mais je ne crois toujours pas que le message vient d'elle.

— On a pu la forcer à l'écrire, suggéra Abby.

El Jefe l'avait-il convaincue qu'elle ne courait aucun risque en récupérant son enfant ?

— Bon sang, si seulement je savais pourquoi cet homme veut Angelique ! pesta Michael.

— Est-ce si important ? Même s'il s'avère qu'il en est

le père et qu'il l'aime, quel genre de vie pourra-t-elle avoir avec une mère prisonnière ?

Abby serra les bras sur elle, soudain frigorifiée en dépit de la température qui grimpait déjà.

— Que fait-on ? demanda-t-elle.

— Je veux montrer cette feuille à Graham et aux autres, répondit-il. Couvrons le faux bébé et rendons-nous au QG.

Abby procéda aux gestes habituels pour placer le baigneur contre elle et ajuster le fichu.

— Ça me fait bizarre, dit-elle.

— Ça te fait peut-être bizarre, mais ça a l'air vrai, c'est tout ce qui compte. L'important, c'est que tu joues le jeu tant que nous sommes dehors, au cas où nous serions observés.

Elle se comporta donc comme s'il s'agissait d'Angelique, l'entourant d'attentions, la berçant, jusqu'à ce qu'ils aient atteint le Cruiser et qu'elle se soit installée sur le siège passager. Michael lança le moteur.

— Tu crois que quelqu'un nous épie ?

— Si je me fie à ce message, c'est probable.

S'aidant des rétroviseurs extérieurs, il quitta son emplacement en marche arrière.

— Alors ils savent que tu as passé la nuit dans ma caravane.

Il se tourna vers elle.

— Ça t'ennuie que d'autres personnes sachent que nous sommes ensemble ?

— Non. Mais est-ce qu'ils ne trouveront pas ça suspect ? La présence du Cruiser rend évident le fait que tu appartiens à la force mixte, même s'ils ne t'ont pas reconnu jusqu'ici.

— Que j'en sois membre ne signifie pas que j'étais en service cette nuit. Chacun de nous a droit à une vie privée. Mais pour que les choses soient bien claires pour la personne qui nous épierait…

Il mit le levier de vitesse au point mort, se pencha par-dessus la console et l'embrassa avec volupté.

Elle laissa échapper un petit cri de surprise, puis se laissa aller contre lui et plongea les doigts dans ses cheveux tandis qu'il approfondissait son baiser. La sensation grisante de ses lèvres sous les siennes, fermes et sensuelles, réveilla, une nouvelle fois, un désir qu'elle avait longtemps cru en léthargie. Quand il rompit enfin leur baiser, elle leva les yeux, le souffle court.

— Waouh, c'était très convaincant.

— Je ne faisais pas semblant, au cas où tu te poserais la question, lui confia-t-il.

De toute évidence, il n'avait pas non plus fait semblant durant la nuit. La connexion entre eux avait été bien réelle, et, pour tout dire, un peu perturbante. Elle n'était pas sûre de vouloir sauter à pieds joints dans une relation de couple, surtout avec un homme dont la vie était si compliquée. Les années qui avaient suivi son retour d'Afghanistan, elle les avait traversées en menant une existence simple, sans attache, sans engagement, sans obligation envers qui que ce soit sinon elle-même… Ce n'était pas une façon de vivre exaltante, mais elle présentait l'avantage d'être sûre. Michael l'attirait dans quelque chose de plus profond… et de plus effrayant.

Au quartier général, ils trouvèrent Simon penché sur son ordinateur. L'agent de l'Immigration et des Douanes fronça les sourcils en voyant Abby se défaire du fichu et de son contenu.

— Qu'est-ce que vous faites là ? s'étonna-t-il.

— Cette nuit, quelqu'un a laissé une lettre suspecte sur la porte de la caravane d'Abby, répondit Michael. Où est le capitaine ?

— Ici, dit Graham en émergeant de son bureau.

Il avait l'air fatigué, nota Abby, comme s'il n'avait pas bien dormi. Se faisait-il du souci pour elle, ou pour Angelique ? Ou était-il préoccupé par un événement de dernière minute ?

— Ceci était scotché sur sa porte, ce matin, indiqua Michael en lui tendant le papier.

Graham sortit une paire de lunettes de sa poche de poitrine, les chaussa, puis étudia le document.

— Savez-vous qui l'y a mis ? demanda-t-il en se tournant vers Abby. Avez-vous vu ou entendu quelqu'un ?

— Non, monsieur, répondit Michael avec une brusquerie toute militaire.

— Non, fit écho Abby.

Elle baissa aussitôt les yeux et se plongea dans l'ajustement du fichu autour du faux poupon, comme s'il s'agissait d'une tâche de la première urgence qui ne pouvait être différée. Tout en s'activant, elle s'émerveilla de l'aptitude de Michael à conserver une expression neutre, dépourvue d'émotion. Pendant la majeure partie de la nuit, ils avaient été si accaparés l'un par l'autre qu'il aurait pu y avoir une course de dragsters sur la route qu'elle ne s'en serait pas aperçue.

— Lance et Randall n'étaient pas censés surveiller les lieux ? reprit Michael.

— Si, répondit Graham. S'ils avaient remarqué quoi que ce soit, ils l'auraient signalé.

Il posa la feuille sur la table.

— Nous allons la passer à la poudre à empreintes, mais il n'en ressortira sans doute rien.

Simon intervint :

— A propos du seau, nous avons relevé deux jeux d'empreintes dessus : celui de la femme, plus un autre pour lequel nous avons une correspondance.

— Et ? s'enquit Michael.

— Ce sont les empreintes d'un certain Raul Meredes. Ça te dit quelque chose ?

— Non, répondit Michael en secouant la tête. Qui est-ce ?

— Un type qui a des accointances avec le cartel Milenio, de Guadalajara, expliqua Graham. Il est le principal suspect dans une affaire de meurtre de shérif-adjoint, à la frontière texane, mais les charges contre lui ont dû être abandonnées.

— Il opère de chaque côté de la frontière depuis des

années, précisa Simon. Passage de drogue… et d'êtres humains.

— Je ne crois pas qu'il soit l'auteur du message, dit Carmen en examinant celui-ci par-dessus l'épaule de Graham. L'écriture est trop féminine.

— C'est exact, approuva Abby. Mais *El Jefe*… ou plutôt, Meredes, peut avoir forcé Mariposa à le rédiger. A moins qu'une autre femme ne l'ait fait.

— Je présume que vous n'avez pas vu trace d'une Américaine blonde parmi les personnes qui se trouvaient près de ces caravanes ? demanda Graham.

Michael se tourna vers lui.

— Vous faites allusion à Lauren Starling ? Elle n'a pas encore été retrouvée ?

— La police de Denver se refuse toujours à parler de disparition. Il semble qu'à de nombreuses reprises elle se soit fait remarquer par un comportement singulier. Ce ne serait d'ailleurs pas la première fois qu'elle joue les filles de l'air. Mais la famille commence à faire du bruit et nous met la pression. Malheureusement, nous n'avons pas grand-chose sur quoi commencer. La voiture est propre. Pas de lettre, pas de carte routière, rien qui permette de connaître ses intentions.

— D'après moi, elle n'était pas au campement, déclara Abby. Tous les gens que j'ai vus étaient bruns et de type latino.

— Bah. Je voulais juste poser la question.

Graham reporta son attention sur la feuille.

— Que faisons-nous avec ça ? marmonna-t-il comme pour lui-même.

— C'est un faux, assura Michael. Quelqu'un cherche à attirer Abby et le bébé dans un piège.

— Angelique est en sécurité, leur rappela Carmen. Quoi que nous fassions, elle ne risque rien.

— Nous ne bougeons pas, décida Michael. C'est trop dangereux.

Abby, qui était occupée à ajuster une couverture autour du baigneur, se figea net. Les mots venaient de la bouche de Michael, mais ils auraient pu venir de celle de son père, lui disant qu'elle ne saurait s'engager dans l'armée ; d'hommes de son unité, expliquant qu'elle n'était pas capable de mener une patrouille ; de membres de sa famille, tentant de la dissuader d'aller à la fac, d'étudier la biologie comme elle le souhaitait, de faire des recherches dans des endroits perdus. Toute sa vie, les gens lui avaient dit « tu ne peux pas faire ceci » ou « tu n'es pas capable de cela ».

« Femme », « belle », « blessée » étaient les étiquettes dont ils s'étaient servis contre elle. Mais celles-ci n'avaient fait qu'affermir sa détermination à prouver qu'ils se trompaient.

— Il s'est produit un fait nouveau qui pourrait être lié, reprit Graham.

Abby laissa tomber la couverture et se tourna vers lui. Il n'avait pas donné son approbation à Michael. Il n'avait fait que changer de sujet.

— Quel fait nouveau ? s'enquit Michael, un sourcil levé.

Graham marqua une pause, avant d'annoncer :

— Richard Prentice a bloqué une route de service qui traverse sa propriété. C'est une voie publique antérieure à la création du parc. C'est la plus courte… la seule, à vrai dire, qui permette d'accéder à de rares gravures rupestres du canyon. Une équipe de chercheurs de l'Université de Denver les étudie depuis plus de deux ans. Ce matin, ils ont trouvé des barrières qui les ont empêchés de passer. Les avocats de Prentice ont requis hier une ordonnance du juge, et celui-ci a décrété la fermeture de la route dans l'attente d'une audience.

— Pourquoi la fermer maintenant, après tout ce temps ? s'étonna Michael.

— Parce qu'il le peut, répondit Simon.

— Ou parce qu'il veut que personne ne s'approche d'un truc qu'il est en train de faire.

La suggestion était de Lance.

— Quel genre de truc ? demanda Abby.

Graham fronça les sourcils. Parce qu'il se demandait s'il pouvait discuter d'une affaire concernant la force mixte en présence d'un civil ? Abby regretta de n'avoir pas su tenir sa langue. Il risquait de l'éjecter de la pièce.

— Abby est dans le coup maintenant, intervint Carmen. Et je lui fais totalement confiance pour garder le silence sur ce que nous disons.

— Bien entendu, confirma Abby avec un regard de gratitude à son adresse.

Graham hocha la tête.

— Les capteurs que nous avons placés sur cette route pour mesurer le trafic dans le parc indiquent un accroissement du nombre de véhicules bifurquant sur le ranch de Prentice. C'est-à-dire, plus que pour quelques étudiants qui s'intéresseraient aux gravures rupestres, ou que ses ouvriers et visiteurs.

— Selon vous, de qui s'agit-il ? demanda Michael.

— Nous avons circulé plusieurs fois à proximité sans voir grand-chose, répondit Randall.

— Prentice se plaint haut et fort dans les médias, auprès du gouvernement et de qui veut l'entendre, que nous le harcelons, ajouta Simon.

— Nous avons effectué un survol de sa propriété, précisa Graham, mais sans résultat. Nous n'avons rien noté de suspect. Du moins jusqu'ici.

— Vous croyez que ce qui se passe là-bas a quelque chose à voir avec Mariposa, Raul Meredes et les travailleurs clandestins qui logeaient dans les caravanes ? demanda Abby.

— Comment le savoir ?

— Mais ils devaient bien aller quelque part en quittant cet arroyo, souligna Simon. Le ranch de Prentice constitue un endroit idéal pour disparaître rapidement. Nous n'avons trouvé personne qui les ait vus après le déménagement du campement, ce matin. Et dès qu'ils ont atteint la route asphaltée, leurs traces ont disparu.

— Si j'accepte de rencontrer Mariposa, Meredes ou un émissaire, dit Abby, vous en aurez peut-être plus à vous mettre sous la dent. Quelque chose de vraiment utile qui permettra de débloquer l'affaire.

— Il n'en est pas question !

L'exclamation de Michael noya ce que Graham s'apprêtait à répondre. Même le regard noir que lui adressa ce dernier ne suffit pas à le calmer.

— Nous ne devons pas mettre en danger un civil !

— N'est-ce pas ce que nous voulions depuis le début ? objecta Abby. Le forcer à avancer à découvert pour que vous puissiez le capturer ?

— C'est trop risqué, grogna Michael. Le plan initial était de l'attirer ici, où nous pouvons mieux contrôler les choses. Si tu te rends sur son terrain, c'est lui qui aura le contrôle.

Personne ne sembla remarquer ce soudain tutoiement. Il devait sembler naturel aux yeux de tous. Cela étant, qu'est-ce qui importait le plus à Michael ? s'interrogea Abby. Avoir le contrôle sur l'opération, ou avoir le contrôle sur *elle* ? Il ne semblait pas être ainsi, mais ses dernières expériences en matière d'hommes la rendaient méfiante. Après tout, que savait-elle vraiment de lui ? Il avait commencé par revendiquer un droit sur elle parce qu'il l'avait sauvée. L'euphorie dorée qui avait suivi leurs étreintes l'avait-elle empêchée de voir chez lui une sorte de trouble compulsif, une obsession maladive ?

Elle le dévisagea et tenta de discerner, au fond de ses prunelles noires, ce qu'il ressentait vraiment, mais il ne s'y lisait que de l'obstination.

— Je ne suis pas une petite fille sans défense, reprit-elle. Je me suis déjà trouvée en situation dangereuse dans le passé. Bien plus dangereuse. J'ai été entraînée à veiller sur moi-même.

— Cette fois, tu n'as pas une armée derrière toi, objecta-t-il. Ne confonds pas stupidité et bravoure.

Ces mots lui firent l'effet d'une gifle.

— De quel droit tu me dis ce que je dois faire ? s'insurgea-t-elle.

— Abby a raison, intervint Graham en se plaçant entre les deux. C'est peut-être l'ouverture que nous cherchions depuis longtemps. Si nous avons la chance d'accéder à Meredes, il nous conduira peut-être à la personne qui est derrière tout ça.

— Et nous découvrirons peut-être un lien entre Prentice et lui, ajouta Simon.

— La vie de Mariposa et de nombreuses autres personnes est en jeu, rappela Abby. Comment pourrais-je refuser ?

— Nous fixerons le rendez-vous à un endroit neutre, décida Graham. Et nous placerons un maximum d'hommes autour, pour le cas où Meredes tenterait un coup fourré.

— Si vous tentez de l'y faire venir en personne, il risque de prendre Abby comme otage, avertit Michael.

— Si cela doit la mettre en danger, répondit Graham, alors nous le suivrons dès qu'il sera reparti.

— Je veux le faire, insista Abby. Je veux aider ces gens.

— Je persiste à penser que…

Mais elle ne sut jamais ce que Michael persistait à penser : le téléphone de Graham sonna, un modèle désuet dont le carillon strident les réduisit tous au silence.

— Capitaine Ellison, dit-il en décrochant.

Il se raidit, ses épaules se crispèrent et il dressa la tête.

— Où ?

Il ajouta presque aussitôt :

— Combien ?

Puis :

— Nous arrivons tout de suite.

Il raccrocha.

— C'était Randall. Marco et lui croient avoir retrouvé

les caravanes du campement. Ou du moins, quelques-unes d'entre elles.

— Où ? fit Simon.

— Est-ce qu'il y a des gens dedans ? s'enquit Abby.

Graham se tourna vers la carte murale derrière lui. Il l'étudia quelques instants, puis indiqua un point à l'extrême limite du territoire du parc.

— Vous voyez cet endroit ? Les caravanes sont là. C'est un arroyo assez encaissé.

Michael le rejoignit devant la carte.

— Il se situe à la lisière du ranch de Richard Prentice, fit-il remarquer, le doigt pointé sur une zone blanche marquée « Propriété privée ».

— Ils ont très certainement traversé ses terres par cette route pour arriver là, observa Simon.

— Comment Randall et Marco ont-ils fait pour y parvenir ? demanda Carmen.

— Grâce à un hélico du Bureau de l'Administration des Terres, répondit Graham. Un agent qui avait une dette envers Randall.

— La question, c'est comment nous y rendre ? souligna Michael. La route de Prentice est toujours bloquée.

— Eh bien, nous le persuaderons de l'ouvrir.

Graham puisa ses clés dans sa poche.

— Allons-y ! Michael, il vaut mieux que vous restiez ici avec Abby.

— Non, répliqua-t-elle. Je viens avec vous.

— Je ne peux pas vous laisser faire ça, tonna Graham.

— Vous avez besoin de Michael, argua-t-elle. Et vous ne pouvez pas me laisser ici sans protection tant que Meredes nous recherche, le bébé et moi. Plutôt que de vous priver d'un élément important de votre équipe, laissez-moi vous accompagner. Je vous promets de rester dans le véhicule, de ne vous entraver en aucune façon.

Elle hésita, avant d'ajouter :

— S'il vous plaît, j'ai besoin de savoir si Mariposa est là-bas, si elle est réellement en sécurité.

Graham se tourna vers Michael, puis reposa les yeux sur elle.

— OK. Vous pouvez venir. A condition de rester aussi éloignée que possible de l'action. Montez avec Simon.

— Merci.

— Elle peut monter avec moi, objecta Michael.

— Non. Je veux que vous soyez concentré sur votre travail, pas sur elle. Vous accompagnerez Carmen. A présent, mettons-nous en route.

Abby tâcha de placer le faux poupon en position confortable dans la couverture, tandis que les autres rassemblaient leurs affaires et se préparaient à sortir. Michael s'approcha d'elle. Elle lui jeta un regard inquiet.

— Il faut que je te parle une seconde, dit-il en l'emmenant dans un angle de la pièce, loin des autres.

— Je sais où je mets les pieds, murmura-t-elle. Je n'ai pas besoin d'un chevalier protecteur.

— D'accord, tu as les qualités qu'il faut. Tu es intelligente, pleine de capacités. Mais je viens juste de te trouver.

Son regard plongeait dans le sien, suppliant.

— Je ne veux pas te perdre.

— Ce n'est pas de toi qu'il s'agit ici. Ni de moi. Il s'agit de ce qui doit être fait.

Elle se dégagea de sa prise.

— Si le capitaine pense que je peux aider en acceptant une rencontre avec Meredes, alors je dois le faire.

Allait-il lui dire que cela ne lui plaisait pas mais qu'il comprenait ? Elle le souhaitait, mais il tourna les talons et battit en retraite de l'autre côté de la pièce, les bras croisés, la mine butée.

Abby lutta pour se ressaisir, pour présenter aux autres l'image d'une femme forte et déterminée, pour ne pas leur laisser voir son cœur brisé. Une nuit et quelques baisers n'octroyaient à Michael aucun droit sur elle, même si la lame de douleur qui lui traversait la poitrine valait avertissement : il avait peut-être déjà posé ses jalons sur un territoire qu'elle ne voulait pas céder.

14

— Si tu serres davantage ce volant, il va t'éclater entre les mains. Ça ne t'aidera pas beaucoup à tenir la route.

Carmen avait dit cela d'un ton léger, comme une plaisanterie, mais lorsque Michael se tourna vers son équipière dans le Cruiser, elle le toisa du regard.

— Il faut que tu lâches du lest, Michael. Une attitude dominatrice n'est certainement pas ce qu'il faut avec une femme comme Abby.

A ces mots, il jeta un coup d'œil dans le rétroviseur intérieur, en direction du véhicule qui les suivait. Abby et Simon étaient dedans, mais le reflet du soleil sur le pare-brise en verre teinté empêchait de voir l'intérieur.

— Fiche-lui la paix un moment, poursuivit Carmen. Donne-lui un peu d'air et elle reviendra vers toi.

— Que sais-tu de ce qui se passe entre nous ? répliqua-t-il, agacé. Tu nous as écoutés ?

— Pas besoin d'avoir des oreilles pour savoir qu'elle est à cran. Quand tu lui as ordonné de se tenir en retrait, son langage corporel était sans ambiguïté. Elle voulait que tu la soutiennes sur ce coup, et au lieu de ça, tu n'as cherché qu'à la mettre sur la touche.

Carmen secoua la tête.

— Mauvais mouvement.

— Ferme-la, tu veux ?

Il n'avait pas besoin qu'on lui dise où il s'était trompé avec Abby. Dès que les mots étaient sortis de sa bouche, il avait su qu'il commettait une erreur. Mais cela avait été plus fort que lui. Elle avait besoin que quelqu'un veille sur elle. Elle se battait toute seule depuis si longtemps qu'elle ignorait comment s'arrêter. Il avait tenté de lui expliquer qu'il était là pour elle, mais au lieu de gagner sa confiance et de la rassurer, il n'avait réussi qu'à s'imposer comme un gros macho. Et il n'avait pas le moindre début d'idée quant à la façon de rectifier cette image.

Résultat, il en était réduit au rôle d'observateur tandis qu'elle était décidée à mettre sa vie en danger pour traiter avec un homme dont il aurait dû s'occuper, *lui*. Son seul espoir était qu'il se produise entre-temps quelque chose qui rende inutile cette rencontre entre Abby et Meredes.

Graham, qui roulait en tête, ralentit pour bifurquer sur la propriété de Prentice. La grande grille de fer forgé était ouverte, ce qui leur permit de passer sous la massive arche de pierre.

— Souriez, vous êtes filmés, ironisa Michael.

Du menton, il salua l'œil de la caméra encastrée dans la pile latérale.

— Et voilà le comité d'accueil, maugréa Carmen, tandis qu'une jeep venait barrer la route devant eux.

Trois balaises en tenue de camouflage sable, et avec fusil semi-automatique, en descendirent.

Michael se rangea à côté du Cruiser de Graham et mit le levier de vitesse au point mort.

— Des gardes armés ? Mais pour qui il se prend ?

— Pour l'un des hommes les plus riches du pays, répondit Carmen. Qui doit penser qu'il a beaucoup à protéger.

— Ou à cacher, persifla Michael.

Il défit sa ceinture, descendit du 4x4 et rejoignit les autres, à l'exception d'Abby, restée dans celui de Simon comme convenu. Ils se groupèrent autour de Graham.

— Je dois vous demander de regagner vos véhicules, lança le plus grand des hommes, aux cheveux blonds taillés en brosse.

Personne ne bougea. Michael observa les deux autres gardes, qui prenaient position de chaque côté de la jeep. Leurs armes pointaient vers le sol mais leur posture n'en était pas moins menaçante.

— Monsieur, je vous prie de bien vouloir faire demi-tour, insista le blond. Vous êtes sur une propriété privée.

— Capitaine Graham Ellison, annonça Graham. Force mixte des territoires publics du Colorado.

Il exhiba sa plaque et sa carte.

— Je suis ici pour voir M. Prentice. Raison officielle.

— M. Prentice ne reçoit personne sans rendez-vous.

L'expression du garde demeura de marbre. Ses yeux étaient fixés sur Graham. Celui-ci aurait présenté sa carte de membre du Bowling Club que l'effet aurait été le même.

— Je suis sûr qu'il voudra nous voir, insista Graham. Nous avons découvert qu'il se passe sur sa propriété ce qui ressemble à des activités illicites, et nous voulons porter ce fait à son attention.

Aux mots « activités illicites », un pli se forma entre les sourcils de l'homme.

— Si vous appelez le secrétariat de M. Prentice, celui-ci se fera un plaisir de vous mettre en contact avec son pool d'avocats.

Son pool d'avocats. Apparemment, un seul ne suffisait pas pour monsieur, songea Michael.

— Ce n'est pas à ses avocats que nous voulons parler, mais à M. Prentice lui-même, rétorqua Graham d'un ton tranchant. Appelez-le et dites-lui que nous devons le voir maintenant, ou la prochaine fois nous viendrons avec un mandat d'arrêt.

Cette menace n'était qu'un bluff. Certes, ils pouvaient trouver un juge qui leur délivre un mandat. Mais ils pouvaient tout aussi bien tomber sur l'un de ceux avec qui Prentice entretenait des liens d'amitié. Mais Graham mit assez de conviction dans sa voix pour que ses propos sonnent comme une promesse. Le garde hésita.

— Appelez-le, répéta Graham.

L'homme tourna les talons et s'éloigna, tandis que ses collègues restaient en position près de la jeep. Michael tapa nerveusement le sol du pied. S'il ne tenait qu'à lui, il forcerait le barrage, obligeant les gardes à sauter de côté. Mais peut-être était-ce pour cela que le chef était Graham et non lui.

Son coup de fil terminé, le garde revint vers eux.

— M. Prentice vous accorde quelques minutes, annonça-t-il. Suivez-moi jusqu'à la maison.

Il pointa aussitôt le doigt sur Graham.

— Vous seul. Les autres restent ici.

Michael s'avança vers le véhicule de Graham. Le garde voulut s'y opposer, mais Graham ne lui en laissa pas le loisir.

— Je n'y vais pas seul, déclara-t-il. A ma place, vous ne le feriez pas non plus.

Le gorille blond fronça les sourcils, mais hocha la tête et regagna la jeep. Après environ trois cents mètres, une seconde jeep apparut derrière eux.

— Ces gens commencent vraiment à me taper sur les nerfs, grogna Michael.

— Je crois que c'est le but de la manœuvre, expliqua Graham. Nous déstabiliser.

— Je ne suis pas déstabilisé, répliqua Michael. Juste agacé.

Et devant le bâtiment qui s'élevait devant eux, il fronça un peu plus les sourcils. Le corps de ranch de Richard Prentice n'était ni plus ni moins qu'un château, avec murs en pierre de taille, créneaux et donjon. Conçu pour trois véhicules, le garage attenant était plus grand qu'une maison ordinaire.

Graham stoppa le Cruiser derrière une Escalade noire garée devant l'entrée. Ils en descendirent, puis suivirent les gardes jusqu'à un vestibule sombre. Après la vive lumière de l'extérieur, Michael dut plisser les yeux pour se faire une idée de la disposition des lieux. Un long couloir conduisait vers le fond de l'habitation, mais le garde blond les fit entrer dans une petite pièce contiguë au vestibule. Entièrement garnie de rayonnages, c'était a priori une bibliothèque, mais leur hôte n'avait probablement jamais ouvert un seul de ces livres à reliure de cuir qui s'alignaient sur les étagères.

Ils attendirent de longues minutes. Michael faisait les cent pas, tandis que Graham patientait dans un fauteuil. Ni l'un ni l'autre ne prononça un mot. La pièce était certainement sous écoute.

— Il ne nous recevra pas, lâcha tout à coup Michael. Nous devrions directement aller trouver le juge pour le mandat.

Trente secondes plus tard, la porte s'ouvrit, et un homme de taille modeste, vêtu d'un costume chic, pénétra dans la pièce.

— Richard Prentice, dit-il. Désolé de vous avoir fait attendre.

Au regard de sa réputation d'homme d'affaires retors et implacable, Michael fut surpris de découvrir un personnage aussi banal. La bague sur son doigt valait sans doute plus que son salaire annuel, mais Prentice faisait à peine un mètre soixante-dix, et son crâne commençait à se dégarnir.

Il serra la main de ses visiteurs.

— Alors, capitaine, on vient de m'apprendre que vous m'accusiez d'activités illégales ?

— Pas du tout, répondit Graham. Nous voulions juste vous alerter sur le fait qu'il se passe sur votre propriété certaines opérations qui tombent sous le coup de la loi. Je sais que je peux compter sur votre coopération pour expulser leurs auteurs et nous aider à les envoyer en prison.

— Asseyez-vous donc.

Prentice désigna deux fauteuils à oreilles disposés de chaque côté d'une petite table. Graham s'installa dans le premier, tandis que leur hôte se perchait sur l'accoudoir du sien, les mains croisées sur les genoux. Michael préféra rester debout.

— Voyez-vous, il me faudrait davantage de détails pour décider ou non de ma… coopération.

Il ne dessina pas de guillemets dans l'air, mais Michael n'eut pas besoin de transcripteur. Prentice n'était pas arrivé là où il était en coopérant avec qui que ce soit.

— Nous enquêtons sur un possible trafic d'êtres humains sur les terres fédérales limitrophes de votre ranch, expliqua Graham. Un certain Raul Meredes, lié à un cartel de la drogue mexicain, est peut-être à la tête du réseau.

Michael étudia la réaction de Prentice à la mention du nom de Meredes. Imaginait-il le serrement de ses lèvres ? La crispation des muscles de sa mâchoire ?

— Jamais entendu parler, assura Prentice. En quoi tout cela me concerne-t-il ?

— Notre reconnaissance aérienne a révélé la possible existence d'un campement, où, selon nous, Meredes tient captifs un certain nombre d'immigrants clandestins. C'est à la lisière de votre propriété.

Prentice tiqua nettement aux mots « reconnaissance aérienne », mais laissa passer.

— Je veux être sûr de bien comprendre, capitaine. Ceci ne se passe pas sur ma propriété, n'est-ce pas ?

— Non, mais…

— Alors ce n'est pas mon problème.

Il se leva et s'écarta d'un pas.

— Vous pouvez partir, à présent.

Graham leva la main.

— Nous avons des raisons de croire que Meredes utilise ce secteur, y compris certaines parties de vos terres, pour la fabrication et le conditionnement de narcotiques, et comme station-relais pour un trafic d'êtres humains entre le Mexique, l'Amérique centrale, et Denver.

— Trafic de drogue, d'êtres humains… Ce sont des charges très graves. Je l'aurais remarqué si de telles activités avaient lieu sur mon ranch, et je peux vous assurer que ce n'est pas le cas.

— Votre ranch couvre une surface de plus de deux cent cinquante hectares, souligna Graham. Il doit être impossible de surveiller tout ce qui se passe sur un espace aussi vaste, « a fortiori » lorsqu'il est aussi sauvage et dépourvu de routes. En ce qui nous concerne, nous avons la conviction qu'une opération qui a commencé sur le territoire public a, disons, débordé sur votre propriété.

— Mais vous n'avez pas de preuves.

Prentice était aussi calme que s'il parlait de la météo.

— Si les caravanes que nous avons repérées du ciel sont celles du campement illégal, la seule route qui leur ait permis d'atteindre ce point est celle qui traverse vos terres, l'informa Graham.

— Tout cela n'est que pure spéculation, répliqua-t-il d'un air dédaigneux.

Il redressa le dos, la nuque raide. Traduction : il les renvoyait.

— Merci de m'avoir entretenu de cette question, messieurs. Je mettrai mes hommes dessus et vous tiendrai informés.

— Cette affaire n'est pas du ressort de civils, objecta Graham. C'est à nous qu'il incombe de mener l'enquête. Autrement dit, nous devons pouvoir traverser vos terres pour accéder au site.

L'expression de Prentice fut celle d'un homme qui vient de croquer une pomme pourrie.

— Je vois. Tout cela n'était qu'une ruse pour avoir libre accès à ma propriété, n'est-ce pas ?

— La vie de personnes innocentes est en jeu, monsieur Prentice.

— Si, comme vous le disiez, ils se trouvent illégalement dans le pays et trempent dans une affaire de production de drogue, ils sont tout sauf innocents.

Leur hôte s'entraînait-il à ce rictus hautain devant la glace, ou était-ce naturel ? se demanda Michael.

— Tout ce que nous demandons, c'est de pouvoir convoyer nos hommes et notre équipement à travers vos terres, dit Graham. Sur une route qui, jusqu'à la décision du juge, était une voie publique accessible à tous.

— Le tribunal m'a donné raison et reconnu que cette route était privée. Ma propriété l'est également. Je ne permettrai pas que vous vous en serviez pour poursuivre votre harcèlement à mon endroit.

— Monsieur Prentice, susurra Michael, il vous est peut-être difficile de l'admettre, mais le monde ne tourne pas autour de vous. Il est ici question de vies innocentes menacées. Si cela vous cause une petite gêne passagère, eh bien… tant pis.

Prentice le fusilla du regard.

— A présent, je vous demanderai de partir.

Il se tourna vers Graham.

— Si vous tentez quoi que ce soit, ma sécurité prendra les mesures nécessaires. Ah, et vous recevrez bientôt des nouvelles de mes avocats.

Graham s'avança d'un pas vers lui. Il dépassait l'homme d'une bonne demi-tête, et lui rendait au moins huit kilos. Il ne haussa pas la voix : il n'en avait pas besoin. Des années de commandement — d'abord chez les marines, puis dans les forces de l'ordre — l'avaient imprégné du sens de l'autorité.

— De deux choses l'une, monsieur Prentice. Soit vous coopérez et vous nous laissez accéder à ce canyon par cette route, soit je me fais fort d'obtenir un mandat pour fouiller votre propriété. Nous viendrons avec des chiens, des hélicos, des techniciens de scènes de crimes, et tout ce qui pourra nous être utile. Chaque centimètre carré de ce ranch sera examiné à la loupe. Et je veillerai à ce que les médias sachent pourquoi.

L'expression de Prentice ne changea pas, mais des perles de sueur apparurent sur sa lèvre supérieure.

— C'est une violation d'espace privé.

— Oui. Mais comme le dit l'adage, nécessité fait loi.

Cette fois, Prentice crispa les mâchoires. Graham l'avait acculé, et il le savait. Certes, il pouvait toujours gagner du temps, mais si le capitaine mettait sa menace à exécution, surtout s'il faisait intervenir les médias, Prentice ne trouverait plus la paix pendant des semaines, voire des mois.

— Vous ne me laissez vraiment pas le choix, n'est-ce pas ?

— Non. Pas vraiment.

Leur hôte recula.

— Très bien. Utilisez cette route. Mais mes hommes vous auront à l'œil, et si vous vous en écartez plus que nécessaire, alors vous aurez besoin de ce mandat.

Graham opina du chef.

— Merci. Nous apprécions votre esprit de coopération.

Sur ces mots, il passa devant l'homme d'affaires pour sortir. Michael lui emboîta le pas.

Ils étaient à la porte de la maison lorsque la voix de Prentice retentit derrière eux.

— Qu'allez-vous faire, pour Meredes ?

Graham le regarda par-dessus son épaule.

— L'arrêter et l'interroger. Nous ne pensons pas qu'il agisse seul. Nous croyons qu'il dispose d'un appui au Colorado, quelqu'un qui possède à la fois pouvoir et argent, et qui finance ses opérations. Peut-être bien un riche propriétaire terrien qui aurait une longue histoire conflictuelle avec le gouvernement.

Le visage de Prentice s'empourpra.

— Que me racontez-vous là ?

— Je ne raconte rien, monsieur Prentice. Je réponds juste à votre question.

Il le salua de la tête.

— Au revoir.

Michael attendit qu'ils soient dans le Cruiser avant de parler.

— Je n'ai pas confiance en lui. Il nous cache quelque chose.

— Il nous cache certainement beaucoup de choses, acquiesça Graham. Quant à savoir si elles peuvent nous intéresser, je n'en sais rien.

Juste. Ce que faisait Prentice n'était pas leurs oignons.

— Et maintenant, que fait-on ?

— Nous allons voir ce qu'ont découvert Randall et Marco.

Ils retrouvèrent le reste de l'équipe, rassemblée autour des véhicules. Abby était avec eux. Son regard, lorsque Michael le croisa, était chargé de questions. Il résista au désir d'aller vers elle. Ce n'était pas le moment.

— M. Prentice nous a donné la permission d'emprunter sa route, annonça Graham.

— Nous vous escortons, intervint le garde.

Graham haussa les épaules.

— Vous savez où nous allons ?

— Nous vous suivrons, répondit-il, avant de jeter aux autres un coup d'œil revêche.

— Ils ne resteront pas derrière vous, si c'est ce que vous vous apprêtez à suggérer, déclara Graham.

Chacun remonta dans son véhicule et le convoi se reforma, avec cette fois les deux jeeps en queue.

— Comment ça s'est passé ? demanda Carmen, tandis que Michael plaçait le Cruiser dans le sillage de celui de Graham.

— Sans surprise. Il s'est comporté comme s'il était totalement étranger à ce qui se passe, et que défendre ses droits de propriétaire était son unique préoccupation. Je n'ai aucune confiance en lui.

— Nous n'avons jamais eu confiance en lui. Pour autant, cela ne fait pas de lui un criminel. Peut-être qu'il a vraiment fermé la route après avoir constaté une augmentation du trafic. Il n'a peut-être aucun lien avec Meredes.

— Dans ce cas, pourquoi ne pas coopérer avec nous dans nos efforts pour l'arrêter ?

— Il a bâti sa réputation en ne coopérant jamais avec les autorités. Qu'aurait-il à gagner en le faisant maintenant ? Et puis, il a fini par coopérer, non ? Comment Graham a-t-il réussi ce tour de force ?

— Il lui a promis de revenir avec un mandat, une équipe d'enquêteurs, et de passer tout le ranch au peigne fin. Ça a suffi à le convaincre. Mais nous ne tarderons pas à avoir des nouvelles de ses avocats.

— Et sans doute aussi de quelques journalistes. J'ai remarqué qu'il aime se faire de la publicité dans la presse, et que celle-ci en fait ses choux gras.

Michael se fichait de la presse.

— J'aurais préféré qu'Abby reste au QG, soupira Carmen.

— Alors tu aurais dû y rester aussi, enchaîna Michael. Meredes a peut-être décidé que c'était le bon moment d'entrer dans la danse et de l'enlever avec le bébé.

— Pourquoi pas toi ?

Rester avec Abby n'était pas exactement une corvée, mais il avait un travail à faire. Etre exclu de l'action quand des gens avaient besoin d'aide lui répugnait.

— Hon-hon. Tu as signé pour le job de garde du corps, pas moi, souligna Carmen. Pourquoi je resterais sur le banc de touche ?

— Je parle espagnol. La plupart de ces immigrés ne parlent pas anglais.

— Moi aussi, je parle espagnol, amigo.

Ils s'arrêtèrent à proximité d'un arroyo assez profond. Graham descendit le premier de son véhicule. Les autres le rejoignirent.

— D'après Randall et Marco, les caravanes sont là.

— Au fond de l'arroyo ?

Simon semblait sceptique.

Graham s'approcha du bord et sortit une paire de jumelles.

— J'aperçois quelque chose.

Il les passa à Michael. La lumière du soleil se reflétait sur du métal, au fond.

L'un des gardes avait sorti ses propres jumelles.

— On dirait que l'éleveur qui possédait cet endroit s'en est servi comme décharge, dit-il. Les gens faisaient ça, à l'époque. Quand un fossé était rempli d'épaves de voitures et d'autres saletés, ils recouvraient le tout d'une couche de terre.

— Je ne vois pas de rouille, indiqua Michael. Ce qu'il y a là ne s'y trouve pas depuis des siècles.

Graham plongea la main dans son Cruiser et en sortit son sac de matériel.

— Nous ferions mieux d'y descendre.

— Dépêchons-nous ! intima Carmen, qui observait la scène avec ses jumelles personnelles. Quelqu'un nous fait des signes.

Elle régla la mise au point.

— C'est une femme. Elle agite quelque chose. Je crois qu'elle appelle à l'aide.

15

Abby se hissa sur la pointe des pieds pour voir quelque chose, mais de sa position près du Cruiser, elle était trop loin.

Apparemment, ils avaient trouvé des personnes vivantes, mais elle ignorait qui. Elle voulait se rendre utile au lieu d'être bloquée là avec ce baigneur qui l'encombrait. Elle fut tentée de le fourrer à l'arrière du Cruiser et de rejoindre les autres. Qui s'en apercevrait ? Les gardes de Prentice ne faisaient pas attention à elle, tout accaparés qu'ils étaient par ce qui se passait en contrebas.

Michael émergea justement du sentier qui y descendait. Elle s'avança vers lui, impatiente d'avoir des nouvelles. Malgré leur moment de tension un peu plus tôt, il l'informerait certainement.

— Envoyez toutes les ambulances disponibles. Faites vite.

Il parlait dans son téléphone tout en se hâtant dans sa direction.

— Que se passe-t-il ? demanda-t-elle lorsqu'il l'eut rejointe devant le 4x4.

Il lui empoigna le bras et la regarda dans les yeux.

— Ça va ?

— Très bien, répondit-elle. Mais que se passe-t-il en bas ? s'enquit-elle en désignant l'arroyo du menton. Qui est blessé ?

Lui lâchant le bras, il gagna l'arrière du Cruiser et commença à sortir l'équipement d'urgence : une trousse de premiers soins, des couvertures et de l'eau.

— C'est assez moche, dit-il en plaçant le tout dans un sac. Il y a une douzaine de blessés, et plusieurs morts.

— Que… Comment est-ce arrivé ?

Elle peinait à absorber l'information.

— On dirait que quelqu'un, sans doute Meredes et ses sbires, a tiré les caravanes jusqu'au bord de l'arroyo et les a précipitées au fond. Avec leurs occupants enfermés dedans.

Abby écarquilla les yeux. Avait-elle bien entendu ?

— Mariposa est là ? demanda-t-elle d'un ton anxieux.

— Je ne l'ai pas vue. Elle n'était peut-être pas dans les caravanes, ou elle se sera enfuie.

Abby resserra les bras sur le faux poupon, comme si celui-ci pouvait lui apporter du réconfort.

— Pourquoi faire une chose aussi horrible ?

— Ils ne lui étaient plus utiles, je suppose. Ils étaient devenus un poids mort. Il s'en est donc débarrassé.

Abby en eut la nausée. Le responsable de cette ignominie était celui qui voulait Angelique. Dieu merci, la petite était en lieu sûr !

— Qu'allez-vous faire ?

Michael accrocha le sac à son épaule.

— Le traquer. Nous allons le faire payer pour ses crimes.

— Je dois le rencontrer, lui rappela-t-elle. Si c'est le meilleur moyen de le faire sortir du bois, je dois le faire.

Il lui saisit la main et lui imprima une légère pression.

— Je sais. Ça ne me plaît pas, mais je comprends. Je suis désolé de m'être montré si dur avec toi. C'est juste que… Je ne veux pas qu'il t'arrive quoi que ce soit.

— Il ne m'arrivera rien, promit-elle avec un bref sourire. J'ai plein de raisons de vivre.

Il tourna la tête et regarda l'arroyo par-dessus son épaule.

— Il faut que je redescende.

— Que puis-je faire pour vous aider ?

— Rien pour le moment. Reste ici, hors du chemin.

Lorsqu'elle fut seule, son sentiment d'inutilité et son

inquiétude s'accentuèrent. Le soleil était brûlant. Toujours lestée du faux bébé, elle se plaça à l'ombre d'un arbre. Les éclats de voix provenant d'en bas flottaient jusqu'à elle, tandis que l'équipe s'évertuait à sauver les blessés et les mourants. Elle se sentait engourdie, comme en Afghanistan après avoir fait face à la tragédie, à l'horreur d'événements insoutenables.

Adossée à l'arbre, elle ferma les yeux et s'ordonna de ne pas flancher. Cette fois, ce n'était pas d'elle qu'il était question. Les autres avaient assez de soucis comme cela sans avoir à veiller sur elle. Elle devait garder la tête froide.

Quelque chose tira sur son bras. Elle bondit de surprise, les yeux écarquillés, prête à hurler, mais une main se plaqua aussitôt sur sa bouche.

— Ne faites aucun bruit, *señorita*. Venez avec moi, pendant que vos amis sont occupés.

Les yeux plongés dans ceux de Raul Meredes, elle lutta contre la panique. Mais il pressa un chiffon sur son visage et le monde devint tout noir.

Lorsqu'elle reprit ses esprits, Abby était à l'arrière d'un véhicule, coincée entre la portière et un homme qui tenait un fusil sur ses genoux. Au passage d'une bosse, sa tête heurta le montant de la portière. Elle grogna, seul son qu'elle fut capable d'émettre sous le bâillon qui l'étouffait. L'homme à ses côtés se tourna vers elle, puis dit quelque chose en espagnol au chauffeur.

Les poignets entravés dans le dos, Abby avait mal aux bras et aux épaules, et le foulard dans sa bouche avait un goût de poussière. Ses ravisseurs n'avaient pas pris la peine de lui bander les yeux, mais tout ce qu'elle pouvait voir, c'était le dos du siège devant elle, et le profil de son voisin.

Il portait un pantalon de treillis, des Pataugas crottés, et avait les mains sales, avec des ongles rongés.

Cet homme n'était pas Meredes. Etait-ce lui alors qui conduisait ? Y avait-il un autre gardien sur le siège passager ? Lors du déménagement du campement, Michael et elle avaient vu au moins trois hommes armés, mais, à sa connaissance, Meredes en avait une douzaine sous ses ordres.

Elle ne tenait plus le baigneur contre elle. Ils avaient dû très vite se rendre compte que ce n'était pas Angelique. Sans doute les avaient-ils épiés, et avaient-ils vu l'équipe s'affairer dans le canyon. A moins que Prentice n'ait appelé Meredes pour l'informer de la découverte de Graham. Et bien sûr, *El Jefe* n'avait pas voulu laisser passer une si belle occasion de récupérer le bébé.

Etait-il furieux de ce tour de passe-passe ? Allait-il se venger sur elle ? Un homme capable de jeter froidement dans un ravin des personnes enfermées ne devait pas avoir beaucoup de scrupules à violenter une femme qui avait eu l'impudence de le doubler.

Combien de temps faudrait-il à Michael et aux autres pour se rendre compte qu'elle n'était plus là ? Suivre la piste du véhicule dans cet environnement ne devait pas poser de gros problèmes, mais ensuite…

Si Meredes décidait de l'utiliser comme monnaie d'échange contre Angelique, elle avait peut-être une chance. Mais s'il choisissait de transmettre un autre type de message : la tuer et se débarrasser de son cadavre dans la nature ?

Elle frissonna et chassa cette pensée. De telles idées ne menaient nulle part. A l'armée, elle avait été entraînée à se concentrer sur deux buts : s'évader et survivre. Si l'on atteint le premier, le second est une formalité. Elle savait comment s'alimenter et s'abriter en milieu hostile. Tout ce qu'il lui fallait, c'était l'occasion de fausser compagnie à Meredes et à l'homme à côté d'elle.

Le véhicule s'arrêta soudain dans un crissement de

pneus. Le gardien en descendit, le contourna et lui ouvrit sa portière. La saisissant par un bras, il la fit sortir. Un vent chaud lui souffla au visage tandis qu'elle se redressait. Elle plissa les yeux pour étudier le paysage autour d'eux. Ils s'étaient arrêtés près du canyon — le Black Canyon, celui qui avait donné son nom au parc. Mais cette partie de la gorge devait se situer en dehors de celui-ci, loin des touristes et des voitures.

Elle ne s'était pas trompée en supposant que le chauffeur était Meredes. Une fois descendu du véhicule, il vint se planter devant elle. C'était un homme grand et sec, mais sa démarche affichait une certaine prestance. Malgré ses longs favoris, il était rasé avec soin, la chemise blanche immaculée et le jean impeccable. Etrange de rencontrer un dandy au cœur de ce paysage sauvage et désolé…

Il dit quelque chose en espagnol, et le gardien sortit de sa ceinture un large couteau.

La terreur d'Abby dut se voir sur son visage, car l'homme éclata de rire. Il l'agita sous son nez, puis se pencha pour trancher les liens de ses chevilles.

La portière côté passager s'ouvrit alors et Mariposa en sortit. Abby eut un nouveau choc, tandis que la jeune mexicaine la regardait, les sourcils froncés. Que pensait-elle ? Etait-elle fâchée qu'Abby n'ait pas amené son bébé ? Avait-elle été au courant du projet de tuer les ouvriers en poussant les caravanes dans le ravin ? Ou n'était-elle qu'un simple pion sur l'échiquier ? Quelle était sa relation à Meredes ? Etait-il son amant ? Son ravisseur ? Les deux ?

Le gardien poussa Abby vers le bord du canyon. Son cœur martela ses côtes à grands coups, et elle planta les talons dans le sol. Avaient-ils l'intention de la jeter dans le précipice, comme ils l'avaient fait avec les occupants des caravanes ?

L'homme de main adressa quelques mots à Meredes.

Celui-ci indiqua un étroit chemin qui longeait le bord du canyon.

— Suivez-moi, ordonna-t-il à Abby.

Le canon du fusil était collé sur ses reins. Elle n'avait d'autre choix que d'obéir. Elle emboîta le pas de Mariposa, le gardien fermant la marche. Meredes les guida le long du chemin escarpé, qui descendait à l'intérieur du canyon par un sentier taillé dans la roche. Six mètres plus bas environ, quelqu'un avait construit une cabane sur une corniche naturelle. La structure de bois et de pierre s'accrochait à la paroi du canyon, se fondant dans le décor. Elle devait être invisible pour toute personne qui en ignorait l'existence.

L'intérieur était meublé de façon simple mais confortable, avec un lit double, un canapé, une table basse et quatre fauteuils, le tout disposé autour d'un poêle à bois. S'agenouillant devant celui-ci, le gardien entreprit d'y faire du feu. Si, en surface, l'air était chaud, il faisait frais dans l'ombre du canyon. Meredes poussa Abby dans la pièce. De son côté, Mariposa emplit une bouilloire de l'eau d'un tonneau placé près de la porte, et la posa sur le poêle.

Meredes ôta le bâillon d'Abby.

— Qu'avez-vous fait d'Angelique ?

— Elle est en sécurité, répondit-elle.

Les épaules de Mariposa s'affaissèrent de soulagement.

— Vous avez été stupide de penser pouvoir me berner, continua Meredes. Ne refaites plus cette erreur.

Elle ne dit rien, se contentant de le fixer du regard.

— Où est-elle ? insista-t-il.

— A l'abri quelque part. Dans un foyer accueillant.

Avec un peu de chance, Mariposa connaissait assez d'anglais pour comprendre.

— Sa place est ici !

— Pourquoi ? Pour en faire une esclave comme vous l'avait fait avec tous les autres ?

La gifle qu'il lui assena lui brûla la joue, projeta sa tête en arrière et fit tinter ses oreilles.

— Ce n'est pas votre problème, grogna-t-il en s'asseyant sur le canapé.

Mariposa lui apporta un mug, d'où émanait un parfum de café. Il sirota une gorgée, puis se renversa contre le dossier, en homme qui est chez lui et s'y sent bien.

— Pourquoi avez-vous tué ces gens ? demanda Abby.

Son expression ne varia pas d'un iota.

— De qui voulez-vous parler ?

— De ces ouvriers qui travaillaient pour vous. Ceux du campement. Vous les avez enfermés dans leurs caravanes et vous avez précipité celles-ci dans le ravin.

De la vaisselle tinta. Ils regardèrent tous les deux Mariposa, qui détourna aussitôt la tête. Ignorait-elle le tragique destin de ses compatriotes immigrants ?

— Je ne sais pas de quoi vous voulez parler, assura Meredes.

Mais ses yeux disaient tout autre chose. La haine qui s'y lisait donna la chair de poule à Abby.

— Certains ont survécu, reprit-elle. Ils pourront vous identifier comme celui qui les tenait prisonniers, puis a tenté de les tuer.

— Comment le pourraient-ils ? Je n'étais pas là.

— Je ne vous crois pas.

— Peu m'importe ce que vous croyez ou non, répliqua-t-il. Dès que j'aurai le bébé, vous ne me serez plus d'aucune utilité.

— Vous croyez pouvoir m'échanger contre la petite ?

— Echanger ?

Il prit une nouvelle gorgée de son café.

— C'est ce que je ferai croire aux rangers. Mais je vous le promets, *señorita*, vous ne repartirez pas d'ici vivante.

*
* *

Michael aida à charger la dernière civière dans l'ambulance qui attendait. L'homme qui y était attaché avait enduré avec un stoïcisme remarquable le transport depuis le fond du canyon. Seuls quelques grognements occasionnels avaient trahi la douleur causée par ses multiples fractures.

Michael lui posa une main sur l'épaule.

— Vous vous en sortirez, dit-il en espagnol.

L'homme lui rendit son regard, avec une question non formulée dans les yeux. *Pourquoi ?*

Michael s'était posé vingt fois cette question au cours des deux dernières heures. Pourquoi un homme avait-il pu infliger un tel sort aux personnes innocentes qui travaillaient pour lui ?

La porte arrière se referma. L'ambulance démarra, tandis que Michael et ses collègues repartaient vers les Cruiser.

— Si Meredes n'avait plus besoin d'eux, pourquoi ne pas simplement les relâcher dans la ville la plus proche, pour qu'ils regagnent la frontière et trouvent un travail ailleurs ? demanda Carmen. Pourquoi faire preuve d'autant de cruauté ?

— Peut-être qu'il voulait marquer le coup, intervint Simon. Montrer au monde ce qu'il advient à ceux qui l'entravent dans ses projets ou le trahissent. Pour ce genre d'homme, la peur est une arme.

— Peut-être que nous sommes en présence d'un psychopathe, d'un sadique, avança Randall.

Et c'était à un tel monstre qu'ils avaient décidé d'envoyer Abby ? Michael tressaillit et fouilla les lieux des yeux. Où était-elle ? La voir suffirait à le rassurer.

— Où est Abby ? lança-t-il.

Les autres regardèrent autour d'eux.

— Elle n'était pas avec toi, Simon ? demanda Carmen.

— Non, répondit celui-ci.

Le cœur battant la chamade, Michael courut vers le bouquet d'arbres où il l'avait vue pour la dernière fois. Il s'accroupit et contempla, interdit, les traces de lutte dans la terre, refusant de croire à ce qu'il avait sous les yeux.

— Elle n'est plus là ! Je crois qu'on l'a enlevée. Elle s'est débattue. Où est Lotte ? J'ai besoin d'elle.

Il lui fallut toute sa volonté pour garder une voix calme, détachée, alors qu'à l'intérieur il avait envie de hurler. Randall arriva avec la chienne.

— Nous n'avons pas besoin d'elle, dit Simon en désignant le désert de la main. Des traces de pneus sont faciles à repérer sur ce terrain.

Michael se leva et tapa sur l'épaule de Randall.

— Allons-y. Nous avons peut-être le temps de les rattraper.

— Attendez une minute.

A l'injonction de Graham, ils s'arrêtèrent. Le capitaine les rejoignit tout en étudiant les empreintes de roues s'éloignant vers le désert.

— Vous ne pouvez pas décoller comme ça sans avoir un plan.

— Meredes n'est sans doute pas seul, renchérit Carmen. Et si vous l'acculez, vous mettez la vie d'Abby en danger.

— Elle est déjà en danger, répliqua Michael. Cet homme est un assassin.

— Il l'a emmenée vivante, déclara Graham en désignant le sol du doigt. Il n'y a pas de sang. Son but est probablement de l'échanger contre le bébé.

— Que nous ne pouvons pas lui donner, marmonna Carmen.

Michael inspira à fond, luttant pour contrôler ses émotions.

— Donc, nous le suivons sans tenter quoi que ce soit, nous découvrons où il a emmené Abby et nous évaluons la situation. Ensuite, nous élaborons un plan pour la sauver.

— D'accord, approuva Graham. Carmen, vous les accompagnez. Tenez-moi informé de tout ce que vous pourrez trouver.

Michael sortit ses clés.

— En route !

Ils s'installèrent dans le Cruiser, Carmen à l'avant avec Michael, Randall à l'arrière avec Lotte. Carmen descendit sa vitre et sortit la tête.

— Ça ne devrait pas être très difficile de suivre leurs traces.

— Meredes doit avoir une planque quelque part, suggéra Randall. Soit ça, soit il connaît un raccourci pour rejoindre la route principale.

— Prends la carte dans la console et dis-moi si tu repères un endroit qui pourrait constituer une cachette, intima Michael.

Il tendit le cou, suivant les légères empreintes laissées par les roues sur la surface d'herbes sèches. Il voulait foncer dans l'espace désert, mais le sol pierreux et inégal l'obligeait à adopter une vitesse réduite.

Randall déplia la carte et l'étala sur ses cuisses.

— Il y a cinq ou six failles secondaires accessibles, qui rejoignent le canyon depuis ce secteur. Attention à ne pas plonger dans l'une d'elles.

— Tu vois un endroit qui lui fournirait une bonne planque ? demanda Michael.

— Il y en a des dizaines, répondit Randall. Tous les arroyos et ravines, les bâtiments datant de l'époque où ce secteur était un ranch, sans compter qu'il a pu laisser une caravane n'importe où. Cela dit, en l'absence de routes, il n'a pas dû se diriger vers la ville.

— Continuons de suivre les traces, conseilla Carmen.

Penchée en avant, elle scrutait le sol à travers le pare-brise.

— Ralentis, tu soulèves beaucoup de poussière. Il ne faut pas qu'il sache que nous sommes derrière lui.

— Il a trop d'avance pour voir notre poussière, répliqua Michael.

Ce qui ne l'empêcha pas de lever le pied de l'accélérateur.

Il engagea le Cruiser dans le lit d'une rivière à sec, puis contourna une excroissance rocheuse. Les restes d'un ancien corral apparurent sur leur gauche, les chicots gris de ses poteaux de clôture pointant du sol telles des dents cassées.

— D'après la carte, il y a les ruines d'un ranch par ici, indiqua Randall. Ouvrez l'œil. Des véhicules sont peut-être garés pas loin.

— Je vois quelque chose, annonça Carmen en agrippant le poignet de Michael.

Il s'arrêta. Elle désignait les vestiges d'une cabane en rondins.

— Regardez, là. Une voiture…

Il plissa les yeux : en effet, il y avait la calandre d'un véhicule avec ses phares.

— On dirait une vieille jeep, commenta Randall.

— Allons y jeter un coup d'œil, décida Michael.

Il fit marche arrière et se gara dans l'ombre des rochers qu'ils venaient de passer, hors de vue de la jeep. Par un mince espace entre les pierres, il avisa ce qui avait dû être un logement d'ouvriers, ou une cabane de délimitation de terrain. Le toit était affaissé, et par les fenêtres sans vitres apparaissaient de l'herbe et des pins qui avaient pris racine dans le sol de terre battue. Le véhicule, une ancienne jeep Cherokee, était placé contre le reste d'un mur de rondins, presque invisible.

Michael se posta derrière le premier rocher à sa droite et sortit ses jumelles de son sac.

— Tu vois quelque chose ? demanda Randall.

— Seulement la jeep. Elle ne se trouvait pas au campement que nous avons découvert, Abby et moi. Elle est peut-être là depuis longtemps. Les coyotes doivent être les seuls êtres vivants à être venus ici depuis des années.

— Sur la carte, l'endroit est désigné comme structure historique, signala Randall. Il fait partie du ranch qui existait ici avant le parc du Gunnison.

— Il n'aurait pas été créé dans les années trente ? demanda Carmen.

— Quelque chose comme ça. Etonnant comme les choses se conservent bien en climat sec.

Il donna un petit coup de laisse sur la croupe de Lotte.

— Elle nous dira si des gens sont venus ici récemment. Et de quel côté ils sont partis.

Avec des gestes rapides et silencieux, ils chargèrent leur sac de jour à l'épaule, et Michael prit le fusil d'assaut dont il s'était muni au quartier général le matin. Le souvenir d'Abby y pénétrant après sa découverte du cadavre, puis celui des tirs du sniper, étaient encore frais dans sa mémoire. Il se rappela le contact de son corps sous le sien et le féroce instinct protecteur qu'il avait éprouvé, même à ce moment-là. Cette angoisse était désormais multipliée par dix.

Ils s'approchèrent de la jeep en diagonale, puis se déployèrent derrière Lotte. La chienne était parfaitement détendue, la queue dressée, les oreilles droites, le nez fureteur.

— Elle nous dira s'il y a eu ici une présence humaine, indiqua Randall. En tout cas, le chauffeur de cette jeep est parti depuis longtemps.

Michael posa la main sur le capot du véhicule.

— Il est encore chaud…

Carmen s'accroupit devant les roues.

— Le dessin des pneus est le même que celui des traces que nous avons suivies.

Michael fouilla des yeux les alentours, à l'affût de tout signe indiquant une quelconque présence. Mais il ne semblait y avoir personne. Un vent chaud soufflait, apportant des senteurs de sauge et de résineux. Les seuls bruits étaient les crissements de leurs chaussures sur les cailloux, le couinement occasionnel d'une sangle ou le frottement du corps du fusil contre son sac. Celui qui avait conduit cette jeep avait manifestement disparu.

Puisant des gants de latex dans sa poche, il les enfila, puis ouvrit avec précaution la portière côté chauffeur. Le tissu marron des sièges était tout élimé, et à l'arrière une déchirure était sommairement réparée avec de l'adhésif. Le porte-gobelet était vide, de même que la console centrale et la boîte à gants. Il n'y avait pas une poussière sur le tableau de bord.

— On dirait qu'on a tout nettoyé avec soin. Nous ferons quand même venir quelqu'un pour les empreintes.

Il passa à la banquette arrière. Même chose. Il aurait tout aussi bien pu examiner une voiture dans un magasin de modèles d'occasion. Il refermait la portière lorsque quelque chose sur le plancher accrocha son regard. Il se pencha pour voir ce que c'était, et son cœur s'arrêta de battre. Avec précaution, il ramassa la figurine en céramique d'un lapin marron et blanc.

— Qu'est-ce que c'est ? demanda Carmen dans son dos.

— Quelque chose qui appartient à Abby, répondit-il en se redressant. Elle était ici.

Refermant les doigts sur le lapin, il explora des yeux la steppe déserte autour d'eux. A quelques centaines de mètres, le sol laissait place à ce qui semblait être un nouveau canyon.

Abby avait été là peu de temps auparavant.

Mais maintenant ?

16

— Installez-vous à votre aise, dit Meredes en désignant le fauteuil placé face au canapé, dans la petite cabane.

— Je ne peux pas être à mon aise avec les mains ligotées, répondit Abby.

Elle ne le serait jamais tant qu'il la retiendrait prisonnière, mais quel intérêt de le dire à un homme dont l'existence tournait autour de la réclusion de gens contre leur gré ?

En guise de réponse, il sortit de la poche de son jean un couteau à cran d'arrêt. Il pressa le bouton, et la lame se déplia dans un claquement. Abby se ratatina sur elle-même. Il éclata d'un rire malsain, puis la saisit par l'épaule et la fit se retourner.

La sensation d'avoir de nouveau les mains libres fut merveilleuse, puis douloureuse tandis que le sang affluait dans ses veines comme des milliers d'aiguilles. Tout en se massant les poignets et les avant-bras, elle observa Mariposa. Celle-ci avait suivi l'échange sans dire un mot. Elle leur tourna le dos, s'occupant de la bouilloire qui frémissait sur le poêle.

— Asseyez-vous ! ordonna Meredes.

Abby s'exécuta, se perchant sur le bord du siège comme pour pouvoir fuir à la première occasion. Mais où irait-elle ? La corniche était en à-pic sur le canyon, et des gardiens surveillaient la cabane.

Que comptait faire d'elle Meredes ? Elle faillit le lui demander, mais elle n'était pas sûre de vouloir connaître la réponse, et Meredes pouvait lui mentir.

Elle tourna de nouveau les yeux vers Mariposa. Avec le poêle allumé, la température était excessive dans la pièce, même avec les fenêtres ouvertes. La jeune femme devait littéralement rôtir, mais elle ne montra aucun signe de malaise. Récupérant le mug de Meredes, elle y versa une nouvelle dose de café soluble, ajouta l'eau frémissante, sucra le tout et le lui apporta. Avec un sourire satisfait, il caressa sa hanche et lui pinça le derrière. Rien ne changea dans l'expression de Mariposa, mais, lorsqu'elle se retourna, du dégoût se lisait dans ses yeux, nota Abby.

Sur un signe de Meredes, elle prépara un second mug, pour elle.

— Merci, fit Abby.

Elle avala un peu du breuvage par politesse. Elle n'était déjà pas fan du café soluble, mais celui-ci était infect.

— Qu'est-il arrivé à votre joue ?

La question la fit presque sursauter. D'abord parce qu'elle ne s'attendait pas à ce qu'*El Jefe* lui reparle, et ensuite parce que la plupart des gens avaient assez de tact pour ne pas aborder ce sujet devant elle.

— Une blessure de guerre.

— Vous auriez dû faire appel à la chirurgie plastique, déclara-t-il. Sans cette balafre, vous seriez très belle.

Sa main se crispa sur l'anse de son mug. Elle avait envie de lui jeter le liquide brûlant au visage, mais elle avait encore plus envie de rester vivante et indemne.

— Certaines choses ne peuvent pas être réparées, répondit-elle, laconique.

— Voilà ce qui arrive quand les femmes se prennent pour des guerrières. Elles sont trop sentimentales pour ça, et amollissent les hommes autour d'elles.

Elle avait entendu les mêmes remarques de la part de quelques-uns des soldats avec qui elle avait servi. Mais la majorité d'entre eux avait fini par respecter ce qu'elle était, et reconnu ses compétences à leur juste valeur.

— Vous en avez d'autres ? De blessures, je veux dire.

Tous les combattants qu'elle avait connus en avaient plusieurs, même si elles n'étaient pas toujours visibles.

— Je ne vois pas en quoi ça vous intéresse, répliqua-t-elle.

— C'est juste pour faire la conversation, répondit-il, l'air faussement offensé. Pour passer le temps.

Elle se renversa contre son dossier, résolue à paraître détendue et maîtresse d'elle-même.

— Combien de temps avez-vous l'intention de rester ici ? demanda-t-elle.

— Ce qu'il faudra.

Ce n'était pas une réponse. Mais, puisqu'il ne faisait probablement cela que pour la contrarier, elle préféra garder le silence.

— Je proposerai un troc à vos amis, dit-il après un moment. Vous en échange d'Angelique.

— Si Mariposa veut récupérer son enfant, elle peut adresser une requête au tribunal.

Restait à savoir quelle considération accorderait un tribunal à une immigrée clandestine qui avait de son plein gré confié son bébé à une inconnue, fût-elle américaine.

— Et me faire perdre mon temps avec les juges et les procédures ? Ma solution est beaucoup plus rapide et efficace.

Il semblait si sûr de lui. Pour autant, les rangers, même Michael, ne lui livreraient certainement pas l'enfant contre elle.

— Pourquoi voulez-vous la petite ?

Meredes fronça les sourcils. A l'évidence, il n'aimait pas cette inversion du rapport de forces. Abby se prépara à essuyer une réplique agressive, mais au lieu de cela il sirota encore un peu de café, avant de lui répondre.

— Mariposa est triste sans elle. Et je n'aime pas la voir triste.

Penchée sur le petit évier, l'intéressée courba la tête.

Abby reporta les yeux sur lui.

— Vous êtes le père ?

Son visage tanné par le soleil se plissa étrangement, creusant un réseau de profondes rides.

— Ça vous étonne ? Vous croyez qu'un homme comme moi n'attache pas d'importance au fait d'avoir une fille ? L'un des facteurs qui donnent de la valeur à une chose, c'est la rareté. Avec ma femme de Tamaulipas, j'ai eu quatre fils. Mais je n'ai qu'une fille. Elle sera d'une grande beauté.

Bien sûr, songea Abby. Les belles filles sont celles qui comptent. Toute sa vie, elle avait entendu cela.

Elle se leva.

— Je vais aider Mariposa à la cuisine, proposa-t-elle.

El Jefe pensait à coup sûr que c'était la place qui convenait à une femme.

Il n'éleva aucune objection. Aussi se dirigea-t-elle vers l'évier et commença à essuyer la vaisselle lavée par Mariposa.

— *Gracias*, murmura celle-ci d'une voix ténue.

Abby avait tant de questions à lui poser. « Pourquoi êtes-vous avec cet homme ? » « Est-ce qu'il vous a brutalisée ? » « Pourquoi m'avez-vous donné votre bébé ? »

Mais la présence de Meredes dans leur dos, sans parler de l'obstacle de la langue, ne leur permettait de communiquer que par le regard.

Tout en rangeant verres et assiettes sur l'étagère au-dessus du comptoir, Abby chercha un couteau ou un ustensile pouvant servir d'arme. Mais, même si elle en trouvait un, qu'en ferait-elle ? Face à Meredes et ses gardiens, elle n'avait aucune chance.

Elle jeta un coup d'œil par la fenêtre : dehors, l'un des hommes marchait de long en large, le fusil en travers de la poitrine, une cigarette coincée entre les lèvres.

Michael et les autres devaient être à sa recherche. Les traces de la jeep ne devaient pas être trop difficiles à suivre dans la steppe, à condition qu'ils les aient découvertes et liées à sa disparition. Meredes n'avait pas cherché à les dissimuler, sans doute parce qu'il savait qu'une fois le canyon atteint, il fallait pratiquement avoir le nez dessus pour découvrir la cabane. Et que les gardiens repéreraient tout intrus bien avant que celui-ci ne se soit rendu compte de leur présence.

Si Meredes avait l'intention de l'échanger contre le bébé, il organiserait probablement une rencontre. Ce serait alors la meilleure occasion pour s'échapper. Jusque-là, elle demeurerait sur le qui-vive et prendrait son mal en patience.

La vaisselle terminée, Mariposa lui fit signe de se rasseoir. A contrecœur, Abby regagna son siège face à son geôlier. La jeune femme voulut s'asseoir près d'elle, mais *El Jefe* leva la main.

— *Sentarse conmigo*, dit-il en l'attirant sur ses genoux.

Abby détourna la tête tandis qu'il lui caressait la cuisse à travers sa jupe. Mariposa avait l'air misérable, mais elle se laissa faire. Peut-être avait-elle appris que tenter de s'opposer à lui était voué à l'échec. Et peut-être, songea Abby, que cet attouchement était destiné à la mettre mal à l'aise, *elle*.

Aussi, elle arbora une expression de totale indifférence, tout en cherchant un moyen de détourner l'attention de Meredes.

— C'est Richard Prentice qui vous a fourni cette cabane ?

Sa main s'immobilisa, et une lueur furtive traversa son regard. De la colère ? De la peur ?

— Je ne connais pas ce Richard Prentice.

— Vous ne connaissez pas le plus important propriétaire terrien du comté ?

— Peut-être que j'en ai entendu parler, mais je ne le connais pas.

— Vous êtes quasiment sur ses terres. Peut-être même que vous y êtes tout à fait.

Elle tâcha de se rappeler les grandes lignes de la carte que Michael lui avait montrée. La limite du parc devait se situer tout près.

— Je suis sur un territoire public. Il y en a beaucoup au Colorado, et chacun est libre d'y faire ce qu'il veut.

D'énormes surfaces sont désertes et inhabitées. Personne ne les visite. Elles servent nos buts à merveille.

— Quel est le vôtre ici ? demanda-t-elle.

Il esquissa un sourire méprisant, mais ne répondit pas.

— Qu'est-il arrivé à tous ces gens que nous avons vus au campement ? Qui étaient-ils ? Que faisaient-ils ?

— Quels gens ? Quel campement ? Il n'y a jamais eu de campement.

— Mais je les ai vus ! Quatre caravanes, avec leurs occupants. Vous les avez déplacées à l'aide de camions.

Pour les précipiter ensuite au fond d'un ravin…

Elle déglutit avec peine. Devait-elle de nouveau lui jeter à la figure ce qu'elle savait qu'il avait fait ?

Leurs regards se croisèrent, et ce qui se lisait au fond du sien la glaça en dépit de la chaleur ambiante.

— *Señorita*, si vous savez où est votre intérêt, je vous conseille de mettre dans votre joli crâne que vous n'avez jamais vu ce dont vous me parlez.

— Lotte a flairé la piste d'Abby jusqu'au bord de ce canyon, expliqua Michael.

Il désigna l'endroit sur la carte murale du quartier général.

— Elle est passée là. J'en suis convaincu.

D'avoir été si près d'elle sans pouvoir l'atteindre lui rongeait les tripes de frustration.

— Meredes doit avoir une planque quelque part, commenta Randall. Mais elle est bien protégée.

Il se massa l'épaule, là où un éclat de roche l'avait touché lorsque les gardiens avaient commencé à tirer. Ils se tenaient au bord du canyon, penchés sur le précipice, quand les coups de feu avaient éclaté, les forçant à se replier vers le Cruiser.

— Nous sommes presque sur la propriété de Prentice, fit remarquer Graham en suivant du doigt la ligne bleue qui délimitait la surface du parc.

— « Presque » ne vaut que pour les fers à cheval et les grenades à main, lâcha Randall, pince-sans-rire.

— Je ne peux pas croire qu'un type en cheville avec un cartel de la drogue mexicain se cache aussi près sans que Prentice n'en sache rien, ajouta Michael.

— C'est ce qu'il affirmera, soupira Simon. Et nous ne pouvons pas prouver le contraire.

— Dans ce cas, trouvez-moi quelque chose qui le lie de façon indubitable à Meredes, intima Graham. Que disent ces ouvriers que nous avons extraits du fond du ravin ?

Marco s'avança d'un pas.

— Simon et moi, nous avons interrogé deux des rescapés à l'hôpital, mais ils sont encore terrorisés. L'homme qu'ils connaissent sous le nom d'*El Jefe* leur avait promis un travail, avec une paye supérieure à ce qu'on leur a dit pouvoir gagner dans les fermes et les ranchs du pays. Dès qu'ils ont accepté, il les a amenés ici et les a faits prisonniers. Le jour, ils cultivaient la marijuana. Ils étaient conduits dans les champs et ramenés sous la surveillance de gardiens armés. Le soir, ils étaient enfermés dans les caravanes, gardés par d'autres hommes.

— Ils affirment être incapables de situer ces champs, ajouta Simon.

— Vous les croyez ? demanda Graham.

— Moi, oui, répondit Marco. Il est facile de désorienter quelqu'un dans cette région sauvage. Et les gardiens leur ont fait suivre des itinéraires non identifiables, changeant sans cesse de direction pour éviter d'être repérés.

— Et cette femme, Mariposa ? intervint Carmen. Où se place-t-elle dans le tableau ?

— Elle ne travaillait pas dans les champs avec les autres, expliqua Marco. Elle s'occupait de la cuisine et du ménage. Elle avait droit à un traitement spécial de la part d'*El Jefe*. Elle n'était pas à proprement parler sa petite amie, mais elle avait des privilèges.

— Il est donc possible qu'il soit le père de l'enfant, avança-t-elle.

— Nous n'avons pas posé la question, dit Simon. Nous nous sommes surtout concentrés sur l'organisation interne.

— Aucun des rescapés n'a vu d'homme correspondant à la description de Richard Prentice dans le campement, indiqua Marco. Mais, en dehors d'*El Jefe* et des gardiens, les visiteurs étaient quasi inexistants.

— Prentice ne se salirait pas les mains au contact des ouvriers, maugréa Michael.

Nerveux, il arpentait la salle de conférences, incapable de s'asseoir ni de s'arrêter. Abby s'était trouvée dans le canyon ou tout près, avec Meredes. Il en était certain. Et elle avait été dans cette jeep, son lapin porte-bonheur en attestait. L'avait-elle laissé tomber par mégarde, ou à dessein, pour qu'il le trouve ?

— Il faut retourner là-bas, mettre la main sur Meredes et sauver Abby, déclara-t-il. Avec tout ce dont nous disposons en hommes et en matériel.

— Nous ne ferons pas cela, dit Graham.

S'il partageait sa haine pour le Mexicain, songea Michael, il le dissimulait bien.

— Nous sommes dans une possible situation de prise d'otage. Nous devons procéder avec la plus grande prudence et minimiser les risques pour chacun.

— Mais ces gens sont des assassins ! protesta Michael.

De prononcer ce mot à voix haute le fit trembler.

— C'est justement pour cela que nous ne devons pas nous précipiter.

Le calme de Graham ne fit qu'augmenter l'agitation de Michael.

Ressaisis-toi, s'ordonna-t-il.

Et il s'éloigna, luttant pour recouvrer le contrôle de ses émotions. Ce que disait le capitaine était logique. Mais dès qu'il s'agissait d'Abby, ce qu'il ressentait se fichait de la logique.

Randall le rejoignit dans le coin de la pièce.

— Tu en as gros sur le cœur, hein ?

— Je tiens beaucoup à elle, reconnut-il.

— Ne laisse pas ça t'obscurcir l'esprit.

— Mon esprit est parfaitement clair.

Mais, tout en prononçant ces mots, il s'interrogea. En ne songeant qu'à Abby, ne perdait-il pas de vue l'enjeu essentiel ? La raison première pour laquelle il faisait ce job ? Il n'était pas là pour protéger seulement une femme, mais pour apporter la sécurité à de nombreuses autres personnes : les visiteurs du parc, les clandestins victimes des arnaques des trafiquants, les gens dont les vies risquaient d'être détruites par la drogue qu'ils importaient. Il y avait tellement plus en jeu que sa relation avec Abby.

Quand était-elle devenue aussi importante pour lui ? Il était incapable de dire à quel moment elle était passée de cette combattante qui l'impressionnait à la femme qu'il aimait. Lorsqu'elle était entrée dans sa vie, ce jour-là, au quartier général des rangers, il avait été fasciné par sa force et sa bravoure, touché par son esprit de compassion et, oui, physiquement attiré par elle. Durant les derniers jours, tout cela s'était fondu en une seule chose. Un déclic s'était produit, et dans sa caravane, la nuit précédente, elle avait assurément ressenti la même chose.

Et il avait tout fichu en l'air par son stupide complexe de mâle protecteur.

La sonnerie d'un téléphone brisa le silence de la pièce. Carmen décrocha.

— Force mixte des territoires publics du Colorado.

Son expression passa instantanément du calme à l'agitation.

— Un instant, dit-elle, avant de tendre l'appareil à Graham. C'est pour vous. Raul Meredes.

Graham s'en saisit et activa la fonction haut-parleur.

— J'ai quelque chose que vous voulez.

Dotée d'un léger accent, la voix de Meredes retentit avec clarté dans la pièce.

— Etant donné que vous avez aussi quelque chose que je veux, je crois que nous devrions faire un troc.

Graham ne dit rien, mais hocha la tête à l'adresse de Simon. Celui-ci regagna son ordinateur et tenta de localiser l'appel.

— Vous m'entendez, capitaine ?

— Oui, je vous entends.

— Vous apporterez le bébé au réservoir d'eau de l'ancien corral, à 20 heures ce soir. Nous vous y attendrons, les femmes et moi.

— C'est trop tôt, dit Graham. Le bébé se trouve loin d'ici, il faut aller le chercher. Reportons la rencontre à demain matin.

Michael fit un pas vers lui. Etait-il sérieux ? Il ne *pouvait pas* laisser Abby toute la nuit entre les mains d'un assassin. Randall lui saisit le bras. Michael le secoua pour se libérer, mais le jeune agent tint bon.

— Vous l'apporterez ce soir.

Les mots de Meredes claquèrent dans la pièce.

— C'est impossible, mentit Graham. La petite est à Denver. Même en louant un avion privé et en décollant maintenant, nous ne pourrions pas être de retour à 20 heures.

Le capitaine affronta le regard de Michael. Le sien disait : « Restez calme et faites-moi confiance. »

Michael demeura tendu, mais opina du chef. Message reçu.

— Alors demain matin, 6 heures, lâcha Meredes.

— Comment savoir si Abby va bien ? s'enquit Graham. Si vous l'avez touchée, le deal ne tient plus.

L'idée qu'Abby avait pu être blessée, voire pire, crispa le ventre de Michael. Il serra les poings et attendit la réponse de Meredes.

— Si vous voulez savoir si elle va bien, soyez là demain avec le bébé.

Avant que Graham ne puisse répondre, un hoquet de femme remplaça la voix sinistre du Mexicain.

— Capitaine, c'est vous ?

Le ton d'Abby était aigu, angoissé.

— Oui, c'est moi, Abby. Est-ce que ça va ?

— Faites ce qu'il dit, capitaine, supplia-t-elle, des larmes dans la voix. S'il vous plaît.

Un clic lointain signala la fin de l'entretien, et un silence de plomb tomba dans la pièce.

Randall gratifia Michael d'une tape amicale dans le dos.

— Nous nous occuperons de lui, je te le garantis, promit-il d'une voix douce mais ferme.

— Oh oui, nous nous en occuperons, acquiesça Michael.

Il cligna des yeux pour chasser le voile rouge sang de sa colère. Puis, redressant le dos, il adressa à Randall un hochement du menton comme pour lui signifier qu'il s'était calmé. Ce n'était pas la rage qui allait lui ramener Abby.

Il se tourna vers Graham.

— Quel est le plan ?

17

Meredes ôta la lame du couteau de la gorge de Mariposa, et Abby poussa un soupir de soulagement. Alors que la seconde précédente il parlait au téléphone avec Graham, il avait brusquement attiré Mariposa à lui et posé le couteau sur son cou.

— Dites-leur de faire ce que je dis ou je l'égorge, avait-il menacé.

Les yeux écarquillés de terreur, Mariposa avait gémi tandis qu'un filet de sang glissait sur le tranchant de la lame. Meredes avait plaqué le téléphone dans la main tremblante d'Abby.

— Dites-leur ! avait-il ordonné.

Elle avait forcé les mots à franchir ses lèvres, effrayée à l'idée que Meredes tue la jeune femme sous ses yeux.

Auparavant, il les avait fait sortir de la cabane et remonter le sentier jusqu'à la surface, refusant de dire où ils allaient. Mais, lorsqu'il s'était arrêté au bord du canyon et avait sorti son téléphone, elle avait compris qu'à cet endroit le réseau cellulaire était accessible.

Rangeant le couteau dans son étui, il lui reprit l'appareil.

— Il dit que le bébé est à Denver. C'est vrai ?

Aux dernières nouvelles, Angelique était chez une femme de Grand Junction. Mais peut-être l'avaient-ils déplacée pour l'éloigner davantage du danger. Ou alors Graham avait menti pour gagner du temps. Avait-il un plan pour la sauver ?

— Je ne sais pas où ils l'ont emmenée, répondit-elle.

Mais les bureaux du Service de protection de l'enfance sont à Denver. Il semble donc logique qu'elle soit là-bas.

Il afficha une mine contrariée, mais ne releva pas.

— Venez.

Il lui fit signe de passer devant lui, puis saisit le poignet de Mariposa et la tira derrière eux. Couvrant de son autre main la coupure sur son cou, la Mexicaine regardait le sol. Abby songea à ces chiens qui rampent sous les brutalités de leur maître, mais continuent de les suivre malgré tout. Mariposa éprouvait-elle quelque chose pour Meredes, ou pensait-elle simplement qu'elle n'avait d'autre choix que de tenter de rester dans ses bonnes grâces ?

De retour dans la cabane, Abby la suivit jusqu'à l'évier.

— Laissez-moi faire, dit-elle.

Elle prit un torchon propre, le passa sous le robinet, puis le pressa sur la coupure. Mariposa grimaça, puis ébaucha un timide sourire.

— *Gracias*, murmura-t-elle.

— Laissez-la ! ordonna Meredes.

Abby l'ignora. Il devait être à même de la présenter intacte aux rangers s'il voulait avoir une chance de récupérer le bébé. Tant qu'il gardait cela en tête, elle ne risquait rien.

— Vous voulez que je la coupe de nouveau ? grogna-t-il. Je vous ai demandé de la laisser.

Mariposa n'avait pas besoin de traduction. Le ton de Meredes était éloquent. Elle repoussa Abby, qui reprit place de mauvais gré dans le fauteuil, face à lui.

— En tant qu'ancien soldat, dit-il, vous devriez connaître l'importance d'obéir aux ordres.

— J'ai juré d'obéir à mes supérieurs dans l'armée, répliqua-t-elle. Mais je ne vous ai jamais fait ce genre de promesse.

— Je suis en position de force vis-à-vis de vous. C'est toute l'autorité dont j'ai besoin.

Certes, pour le moment il avait les cartes en main. Mais elle s'accrochait à l'espoir que la situation bascule. Michael et les autres allaient venir la sauver. D'ici là, elle devait se préparer à une longue nuit.

Il fit très vite sombre dans la cabane. Les parois du canyon bloquaient la lumière du soleil, créant une sorte de crépuscule alors que ce n'était que le début de l'après-midi. Les ombres s'allongèrent jusqu'à ce que l'obscurité envahisse l'endroit. Mariposa entra dans la cuisine et commença à sortir les ingrédients du repas.

— Je peux vous aider ? demanda Abby.

Mariposa la regarda, puis se tourna vers Meredes. Assis à proximité du poêle, celui-ci se curait les ongles à l'aide de son couteau. Abby quitta son siège et rejoignit la Mexicaine. Il leva les yeux, mais resta silencieux.

Mariposa lui tendit une boîte de haricots, un ouvre-boîte, puis lui indiqua par signes de verser le contenu dans la marmite posée sur le poêle.

Tout en s'activant, Abby jeta un coup d'œil à la fenêtre, par-dessus l'évier. Le seul paysage qui s'offrait à sa vue était l'intérieur du canyon. Si elle tentait une escalade, c'était la mort quasi assurée, des centaines de mètres plus bas. Les deux gardiens surveillaient la façade de la cabane. De temps en temps, ils parlaient en espagnol ou fumaient des cigarettes. L'arrière, lui, était collé à la roche. *El Jefe* avait bien choisi sa cachette. La position était imprenable.

Abby leva brièvement les yeux vers le plafond.

Plus tôt, elle avait entendu des coups de feu. Ce devait être les gardiens qui tiraient sur les rangers. Ceux-ci s'étaient repliés pour le moment, mais ils n'abandonneraient pas aussi facilement. Ils attendraient la nuit et reviendraient en nombre.

Avec des légumes en boîte et quelques épices, Mariposa avait fait une soupe plus délicieuse qu'Abby ne l'aurait cru possible. Son estomac était crispé par la tension nerveuse, mais elle se força à manger un peu. Elle devait prendre des forces pour ce qui allait inéluctablement arriver.

Lorsqu'elles eurent lavé et rangé la vaisselle, Mariposa s'allongea dans le lit placé dans le coin et leur tourna le dos.

Abby en fut aussitôt inquiète.

— Est-ce qu'elle va bien ? s'enquit-elle.

— Laissez-la, dit Meredes. Sa *niña* lui manque.

— Elle a dû se dire qu'elle serait plus en sécurité avec moi qu'ici avec vous.

— Pensez-vous. C'est Denver qui l'angoisse, pas moi. Elle a peur des grandes villes.

— Denver ?

— Je lui ai dit que je l'y emmènerais avec le bébé. Elle aurait dû être contente de quitter cet endroit perdu.

— Qu'aurait-elle fait là-bas ?

Il haussa les épaules.

— Rien de bien compliqué. Je l'aurais installée dans une maison. De temps en temps, elle aurait distrait certains de mes amis. Ce n'est pas le bout du monde.

Pendant qu'il parlait, Abby observa Mariposa du coin de l'œil. Son dos s'était raidi, et elle réprima un sanglot. La lumière se fit soudain dans l'esprit d'Abby, et une vague de nausée l'envahit tandis qu'elle se rappelait ce que lui avait dit Michael. Elle se força à affronter de nouveau Meredes.

— Vous vouliez en faire une prostituée !

— C'est un travail plus facile que celui qu'elle aurait trouvé en restant à Tampico. Et elle aurait pu garder Angelique avec elle.

Sauf que Mariposa voulait plus pour sa fille qu'une vie d'esclavage. Voilà pourquoi elle la lui avait donnée. En proie à un violent sentiment de dégoût, Abby déglutit pour chasser la boule qui s'était formée dans sa gorge.

— Maintenant, elle veut la reprendre, et je lui ai dit que je la récupérerais pour elle.

— Comme c'est gentil.

Le sarcasme dans sa voix ne pouvait lui échapper.

— Elle travaillera mieux si elle est heureuse, affirma-t-il.

Mais quel prisonnier pouvait être heureux ? Abby devait faire quelque chose pour aider Mariposa — et s'aider elle-même dans l'opération. Mais quoi ? Regagnant son fauteuil, elle tenta de réfléchir. Malheureusement, ses pensées tournaient en rond.

Au bout d'un moment, bercée par un silence cotonneux et fatiguée par le stress de la journée, elle se mit à somnoler.

— Le réservoir d'eau cité par Meredes est ici.

Graham indiqua sur la carte un point portant la mention « Structure historique ».

— La jeep était garée à peu près là, indiqua Randall en désignant un autre point, à plusieurs centaines de mètres du premier.

— Quant aux tirs que nous avons essuyés, ils venaient de là, ajouta Marco, pointant le doigt sur un endroit précis au bord du canyon. La planque doit être à côté. Moins Meredes aura de distance à parcourir pour accéder au lieu de l'échange, plus il nous sera difficile de l'intercepter, et pour Abby de lui fausser compagnie.

— Le fera-t-elle ? demanda Carmen. Je veux dire, tenter de s'échapper ?

La question s'adressait à Michael.

— Comment le saurais-je ? répondit-il.

Lui-même n'hésiterait pas, mais Abby était une femme, et il était tout sauf un spécialiste de la gent féminine.

— Comment ? répéta Carmen, étonnée. Tu as passé plus de temps avec elle que n'importe qui. Est-elle du genre à être paralysée par la trouille ou à tenter sa chance ?

Il repensa à son comportement le premier jour, quand ils avaient été piégés par ce sniper. Même sous l'assaut des souvenirs d'Afghanistan, elle n'avait pas craqué. Elle avait affronté sa peur. Et quand ils s'étaient retrouvés perdus dans l'arrière-pays, elle n'avait pas paniqué, ni passé ses nerfs sur lui, ni agi comme d'autres l'auraient fait à sa place en pareille circonstance. Elle avait veillé sur le bébé, leur avait trouvé de la nourriture et s'était installée pour attendre.

— Elle ne paniquera pas, reprit-il. Elle est du genre à analyser les problèmes et à chercher des solutions. Et puis, ses réflexes militaires lui sont revenus. A l'armée, on vous entraîne à vous focaliser sur un moyen d'évasion lorsque vous êtes capturé. Avec Meredes, elle sera donc à l'affût de la moindre occasion de lui filer entre les doigts. Et si sa vie est menacée, elle se battra par tous les moyens possibles.

— Bien, fit Graham. Nous pourrons donc compter sur son aide quand nous leur tomberons dessus.

— Mais comment la joindrons-nous ? demanda Randall. D'après les signaux de Lotte, elle est à l'intérieur du canyon.

— C'est pour ça que nous interviendrons à la nuit tombée, répondit l'officier. Je compte les prendre par surprise. Et je veux capturer Meredes vivant. Nous avons besoin qu'il nous dise tout ce qu'il sait des activités du réseau.

Les autres acquiescèrent.

Michael, lui, demeura muet. Meredes, il le comprenait, avait une importance capitale dans leur enquête. Mais dès lors qu'il était question du sort d'Abby, Dieu seul savait comment les choses tourneraient. Il ne l'avait pas arrachée une fois à la mort pour la perdre dans ce canyon.

Abby se réveilla en sursaut, ne sachant trop ce qui l'avait mise en alerte. Puis le bruit se répéta. Un coup sourd, comme celui de quelque chose — ou de quelqu'un — tombant sur le toit. Elle se leva, le cœur battant. Meredes posa sur ses genoux le livre qu'il lisait.

— Qu'y a-t-il ?

Etait-il possible qu'il n'ait rien entendu ? Elle plaqua les mains sur son ventre.

— Il faut que j'aille à la salle de bains, dit-elle. Quelque chose dans la soupe ne passe pas.

Plus tôt dans l'après-midi, elle avait fait une sortie jusqu'au cabinet de toilette, perché sur le bord du canyon. Un gardien avait attendu dehors, puis était revenu avec elle jusqu'à la cabane, devant laquelle l'attendait *El Jefe*.

Là, il la regardait en fronçant les sourcils. Elle se plia en deux et gémit assez fort pour couvrir ce qui était assurément un bruit de pas sur le toit.

Il alla jusqu'à la porte, l'ouvrit et appela quelqu'un en espagnol. Une soudaine fusillade interrompit ses paroles tandis que du plâtre tombait en pluie dans la cabane. Au moment où Abby levait les yeux, la tête d'une hache perça le plafond. L'acier frappa encore et encore, puis Michael tomba par le trou qui s'était formé et se reçut à deux pas d'elle sur le sol.

— Tu vas bien ? s'enquit-il.

— Très bien. Je savais que tu viendrais.

Le Mexicain tournoya sur lui-même, la main sur son revolver.

— Laissez tomber, Meredes ! ordonna Michael, son pistolet pointé vers lui. Vous êtes cerné. Nous avons déjà neutralisé vos gardiens.

— Vous ne m'aurez pas !

Sans que Michael n'ait le temps de réagir, il plongea sur Abby, l'attira brutalement contre lui et colla son arme sur sa tempe.

— Un seul geste, et je lui fais sauter la cervelle, gronda-t-il.

Il était aussi rigide qu'une statue. Sa main était une serre d'acier qui se plantait dans son bras. Il sentait la sueur, la peur et le désespoir, songea Abby avec effroi. Le canon du revolver se pressait sur son crâne comme s'il voulait y faire un trou. Elle serra les dents sous la douleur et, maîtrisant tant bien que mal sa panique, jeta un regard à Michael. Dans ses yeux brillait une flamme ardente, composée de colère, de détermination et d'amour.

— Lâchez-la, Meredes, ou vous ne vous en tirerez pas vivant.

— C'est elle qui mourra si vous vous approchez encore.

Il se dirigea vers la porte en l'emmenant.

— Appelez vos chefs. Dites-leur que je veux un hélicoptère ici dans une demi-heure.

— Il n'y a aucun moy…

— Dites-leur !

Sans la quitter du regard, Michael décrocha sa radio de sa ceinture.

— Il tient Abby, annonça-t-il. Il veut un hélico et la garantie de pouvoir partir d'ici sans problème, ou il la tuera.

Lorsqu'il aurait l'un et l'autre, pensa Abby, il la tuerait de toute façon. La pousserait-il de l'hélicoptère une fois dans le ciel ? Attendrait-il pour cela d'avoir franchi la frontière ? Elle devait tout faire pour ne pas monter dans l'appareil avec lui.

— Dites-leur de se tenir à distance et de me laisser le champ libre, ajouta Meredes.

Michael répéta ses instructions.

— Il sort, ajouta-t-il.

Auraient-ils le temps de poster un tireur dans les rochers le long du canyon ? se demanda Abby. Etaient-ils équipés de lunettes à vision nocturne ?

Meredes devait se poser les mêmes questions, car il la serra contre lui, un bras calé sous ses seins, la tête positionnée juste derrière la sienne. Dans ces conditions, même un expert aurait du mal à effectuer un tir propre.

Dehors, la lune était une lame d'argent sur fond d'étoiles scintillantes. Des silhouettes sombres se tenaient à distance. Celles d'autres agents de la force mixte.

La voix de Graham retentit dans la nuit.

— J'ai demandé un hélicoptère. Il sera là dans quarante-cinq minutes.

Trois quarts d'heure à endurer l'étreinte cruelle de cet homme, réalisa Abby. L'un ou l'autre flancherait-il à un moment donné ?

— N'allez pas plus loin, commanda *El Jefe* en s'éloignant des agents.

A quelle distance se trouvait le précipice ? Abby tenta de se le rappeler, mais l'obscurité rendait l'orientation difficile. En l'absence d'électricité dans la cabane, du halo lumineux d'une ville proche, sans parler de l'encaissement du canyon lui-même, la nuit était une chape presque organique, épaisse, enveloppante.

— Relâchez-la, dit Michael de quelque part à leur gauche. Prenez-moi à sa place.

Le rire de Meredes lui râpa les nerfs comme le crissement d'une craie sur un tableau noir.

— Comme c'est chevaleresque ! Mais vous n'avez aucune valeur pour moi.

Il fit un nouveau pas en arrière. Abby cria.

— Attention ! Nous devons être tout près du canyon.

Il se raidit et tâtonna du pied derrière lui. Abby pouvait-elle lui faucher les jambes et se jeter aussitôt à plat ventre sur le sol ? Non, il la tenait trop solidement. S'il basculait dans le vide, il l'entraînerait dans sa chute.

— Allons à la cabane, dit-il en désignant celle-ci du menton. Nous attendrons sur ces pierres.

Il la dirigea vers une pile de rochers à l'angle de la construction, puis s'y appuya tout en la gardant prisonnière entre ses jambes. Sa tête et son cœur battaient d'un même rythme lancinant, alimenté par la peur et l'adrénaline.

Une vive lumière blanche les aveugla soudain.

— Eteignez ça ! cria Meredes d'un ton rageur.

— Coupez-les, ordonna Graham.

Ils replongèrent aussitôt dans le noir. Mais Abby fut frappée de cécité passagère et des points lumineux dansèrent devant ses yeux.

— Il faudra les rallumer, annonça Graham. Ce sont les projecteurs de guidage pour l'hélicoptère.

— Dans ce cas, attendons qu'il arrive, grogna le Mexicain.

Mon revolver est toujours posé sur sa tête, même si vous ne le voyez pas.

Comme pour mettre l'accent sur ce point, il imprima une brutale pression de l'arme sur sa tempe. Un filet de sang coula le long de sa joue, et elle tressaillit. De sa main libre, il couvrit son sein gauche, enfonçant ses doigts dans la chair.

— Juste pour mieux vous tenir, marmonna-t-il.

Elle se força à ne pas réagir, à rester rigide sous son emprise. Elle ne lui donnerait pas la satisfaction de savoir combien elle avait peur. Elle ne montrerait aucune faiblesse. Il était habitué à ce que les gens le craignent, à se servir de femmes plus faibles comme Mariposa. Elle ne serait pas une autre victime dont il pourrait s'enorgueillir.

Mariposa. Elle songea tout à coup à la jeune mexicaine. Etait-elle toujours endormie sur le lit dans la cabane ? Non, avec cette agitation et ce bruit, elle ne le pouvait pas. Peut-être était-elle sortie derrière eux pour se réfugier auprès des rangers, invisibles dans le noir. Abby l'espérait. Elle pria pour qu'elle puisse retrouver son enfant et retourner chez elle en toute sécurité, où que ce soit.

Quelque chose gratta la roche derrière eux, sur le côté de la cabane. *El Jefe* dressa le cou.

— Si quelqu'un tente quelque chose..., lança-t-il d'une voix forte.

La suite mourut dans sa gorge tandis que Mariposa tombait sur eux. Meredes s'affaissa sur les genoux. Le rouant de coups de talons, Abby parvint à se dégager au moment même où un coup de feu éclatait, assourdissant. Elle hurla et s'écarta en roulant sur elle-même. Dans la seconde qui suivit, Michael la soulevait dans ses bras. La lumière explosa soudain autour d'eux. Elle cligna des yeux, éblouie.

— Tu n'as rien ? demanda-t-il en écartant ses cheveux de son visage.

— Non, je vais bien.

Il la reposa au sol. Elle avait toujours des élancements

dans la tête et aurait quelques hématomes le lendemain, mais elle était saine et sauve.

— Que s'est-il passé ?

— Mariposa s'est approchée de Meredes par-derrière et a tenté de le poignarder à l'aide d'un couteau de cuisine.

Elle se retourna.

— Est-il…

— Il est mort.

Michael serra Abby contre lui.

Juste à côté d'eux, Carmen aidait Mariposa à se relever et lui ôtait doucement le couteau de la main. La jeune Mexicaine sanglotait, les yeux fixés sur l'homme qui gisait par terre devant elle, dans une mare de sang.

— Ce n'est pas elle qui l'a tué.

Abby contempla le corps, hébétée.

— Je ne comprends pas.

— Un sniper l'a descendu, expliqua Randall en les rejoignant. Dès que vous vous êtes écartée de Meredes, il a fait feu. Il devait patienter, attendre le moment propice.

— Je me demandais justement si vous aviez posté un tireur.

— Ce n'était pas un des nôtres, précisa Randall.

Elle fronça les sourcils.

— Qui, alors ?

— D'autres personnes voulaient sa mort, déclara Michael. Avant que nous ne puissions l'interroger.

De nouveaux sanglots secouèrent la poitrine de Mariposa. Abby en était bouleversée.

— Que va-t-elle devenir ?

— Elle sera interrogée, répondit-il. Mais aucune charge ne sera retenue contre elle, à mon avis. Une fois qu'elle nous aura dit tout ce qu'elle sait sur l'activité de Meredes, nous tâcherons de joindre sa famille au Mexique et nous ferons le nécessaire pour qu'elle puisse y retourner avec son enfant.

— J'espère qu'elle trouvera un endroit où elles seront heureuses et en sécurité. N'est-ce pas ce qu'ils voulaient tous ?

Elle étudia de nouveau l'homme sur le sol. Dans la mort, il paraissait si frêle, si inoffensif. Et pourtant, il avait détruit tant de vies. Elle-même lui avait échappé de justesse.

— Je ne regrette pas sa mort, maugréa Michael. Ce que je regrette, c'est de n'avoir pas pu le questionner.

— Tu veux savoir de qui il tenait ses ordres, n'est-ce pas ?

— Meredes n'était qu'un petit élément des opérations qui se déroulent dans le secteur. Selon nous, il était chargé de la main-d'œuvre. D'autres personnes doivent superviser la production et la distribution de la drogue.

— Et les ouvriers rescapés que vous avez remontés du ravin aujourd'hui ?

Il couvrit son épaule d'une main douce.

— Trois sont morts. Pour les autres, quelques-uns souffrent de graves blessures, mais ils devraient s'en sortir. Nous les interrogerons, bien sûr, mais nous n'en attendons pas grand-chose. Ils n'ont probablement jamais vu personne en dehors d'*El Jefe* et des gardiens. Ils seront hospitalisés à Grand Junction, puis, dès qu'ils seront rétablis, renvoyés chez eux.

Elle jeta un dernier coup d'œil à Meredes.

— Il s'en est tiré trop facilement.

Michael la détourna gentiment du cadavre.

— Oublie-le. Au fait, j'ai quelque chose qui t'appartient.

Il ouvrit sa main, et elle découvrit le lapin en céramique. De retrouver cet objet qu'elle chérissait, elle crut revoir un vieil ami. Elle poussa un soupir de soulagement.

— Merci de me l'avoir sauvé. Je ne crois pas vraiment à la chance, mais j'aime l'avoir sur moi.

— J'ai pensé que tu l'avais peut-être laissé exprès pour que je le trouve.

— Ça ne m'est pas venu à l'idée, lui confia-t-elle.

Elle releva les yeux. Il émanait de Michael un mélange d'amour et d'anxiété, deux émotions qu'elle avait passé beaucoup de temps à rejeter, comme si, d'une certaine manière, le souci que les gens se faisaient pour elle l'affaiblissait. Michael l'avait aidée à voir les choses autrement. La compassion des autres pouvait, au contraire, lui donner de la force.

— Et puis, je savais que tu viendrais me chercher.

— Vraiment ?

— Tu ne m'as encore jamais laissée tomber.

Il lui enlaça les épaules.

— Viens. Je veux qu'un infirmier examine cette coupure à la tête.

— Oh ! Ce n'est rien.

Elle tâta l'endroit. Ses cheveux étaient poisseux de sang.

— Fais-moi plaisir, insista Michael.

— Très bien. Je laisserai quelqu'un nettoyer la plaie et y coller un pansement. Et ensuite ?

— Ensuite ? Eh bien, nous pourrions faire un saut à ta caravane pour que tu puisses y prendre quelques affaires.

— Pourquoi donc ?

Il la fit pivoter, la regarda dans les yeux et glissa une main sur sa joue.

— Parce que je veux que tu t'installes chez moi.

— Tu crois que je suis toujours sous la menace d'un danger ?

— Non. Je veux juste que nous soyons ensemble.

Le cœur d'Abby se remit à faire des cabrioles. Au temps pour se la jouer détachée et ne pas lui montrer l'effet que ces mots produisaient en elle !

— Combien de temps ?

— Comme tu voudras. Toujours ne serait pas pour me déplaire.

Elle couvrit sa main de la sienne et fit un pas en arrière pour mieux le détailler — admirer tout de lui, et pas seulement l'intensité de son regard rivé au sien.

— Je n'ai pas compris.

Il déglutit.

— Tu veux que je te le dise plus clairement, c'est ça ?

— Oui.

— Très bien. Je t'aime. Je veux vivre avec toi. Jusqu'à la fin de mes jours. Je veux t'épouser, mais si tu trouves que c'est trop tôt, je veux bien attendre.

— Il me semble que tu as déjà beaucoup attendu.

— Oui. Cinq ans. Mais la plupart du temps je ne savais pas ce que j'attendais.

— Moi non plus. Je…

Elle se glissa entre ses bras et leva la tête pour l'embrasser. C'était sans conteste l'endroit le plus sécurisant qu'elle aurait pu trouver de sa vie. Tant que rien ne venait le lui enlever, elle était capable de tout.

— Je ne veux pas attendre plus longtemps. Je ne veux pas perdre une minute de plus.

— Je ne comprends pas, la taquina-t-il.

— Tu veux que je te le dise plus clairement, c'est ça ?

— Oui.

Un large sourire illumina son visage.

— OK. Je veux t'épouser, dit-elle. Je t'aime et je veux être avec toi à jamais.

Cet homme qui la tenait enlacée, cet homme contre qui elle se sentait si merveilleusement bien, elle savait pouvoir compter sur son amour, un amour qui ne concernait pas son aspect physique, mais tout son être.

Quand une femme trouve ce genre de cadeau sur son chemin, songea-t-elle, elle doit avoir l'intelligence de le saisir et de ne jamais le perdre.

PAULA GRAVES

A l'épreuve de la vérité

Traduction française de
PASCALE DOMEJEAN

BLACK ROSE

HARLEQUIN

Titre original :
BLUE RIDGE RICOCHET

83-85, boulevard Vincent-Auriol, 75646 PARIS CEDEX 13.

Service Lectrices — Tél. : 01 45 82 47 47

www.harlequin.fr

1

La pluie crépitait sur le pare-brise, offrant un contrepoint rythmé au chuintement des essuie-glaces. Le paysage était plongé dans une obscurité profonde. Seuls les phares de la jeep la perçaient.

Nicki secoua la torpeur qui menaçait de s'emparer d'elle et se redressa derrière le volant. Elle se concentra sur les virages qui apparaissaient devant elle au fur et à mesure. Les petites routes des Appalaches pouvaient se révéler dangereuses pour un conducteur imprudent.

— Bon sang !

L'homme surgit dans le halo de ses phares comme s'il venait de se matérialiser à travers le brouillard, apparition fantomatique qui pivota lentement pour lui faire face. Elle écrasa la pédale de frein en priant pour ne pas sortir de la route et dévaler le flanc escarpé de la montagne.

Les roues de la jeep accrochèrent le macadam sans déraper, et le véhicule flotta un instant avant de s'immobiliser à moins d'un mètre de l'apparition, qui semblait dévisager Nicki à travers le pare-brise. Pendant une seconde, elle eut l'impression étrange de connaître cet homme, alors qu'elle était certaine de ne jamais l'avoir vu auparavant. Puis il ferma les yeux et disparut de son champ de vision.

Le cœur de Nicki battait follement dans sa poitrine.

Elle fixa le vide devant elle, là où la silhouette se tenait quelques secondes auparavant.

Non, ce ne pouvait être un fantôme.

Elle vérifia dans son rétroviseur que personne n'arrivait

et fit marche arrière, prudemment, jusqu'à ce qu'elle puisse distinguer ce que le devant de sa jeep cachait à sa vue : un homme étendu à terre, au milieu de la route étroite.

Elle gara son véhicule sur le bas-côté, mit ses feux de détresse et tenta de calmer la nervosité qui montait en elle. L'homme était probablement blessé…

Ou alors, il lui tendait un piège. Elle devrait peut-être appeler le shérif pour le laisser prendre en charge la situation.

Sauf que…

Reprends-toi, Nicki. C'est la vie que tu as choisie.

Jusque-là, elle s'était sortie de bien des situations difficiles, armée seulement d'une bombe lacrymogène et de son courage. Mais il y avait quelque chose dans le spectacle de cet homme affalé sur la route qui la faisait hésiter. Il lui semblait étrangement familier, comme si un souvenir essayait de revenir à sa mémoire.

Sa bombe lacrymogène à la main, elle s'approcha de lui et s'accroupit en restant à distance. Elle changea de position pour que les phares de sa voiture puissent éclairer son visage.

Il était plus jeune qu'elle ne l'avait cru, pas plus de trente-cinq ans. Sa pâleur, ses joues creuses et ses cernes lui donnaient l'air plus âgé. Heureusement, il respirait.

— Monsieur ?

Il bougea légèrement, soulevant un instant les paupières avant de les refermer. Il marmonna des paroles inintelligibles.

Prudemment, Nicki tendit la main pour vérifier son pouls. Celui-ci était rapide, mais plus fort qu'elle ne s'y attendait.

— Vous êtes blessé ?

Comme il ne répondait pas, elle sortit son téléphone de sa poche et essaya de composer le 911. Mais elle n'avait pas de réseau.

— Bon sang !

Elle rangea son téléphone et considéra l'homme. Que pouvait-elle faire ? Impossible de le laisser là. Et sans réseau, impossible aussi de demander de l'aide. La température était proche de zéro, et il avait la peau très froide. Il devait déjà souffrir d'hypothermie.

Toutefois, il respirait, et semblait à moitié conscient. Son cœur battait un peu vite mais régulièrement... Et il se tenait debout avant de s'effondrer sur la route, donc il n'était pas blessé à la moelle épinière.

Il fallait qu'elle le mette au chaud, et sa voiture était ce qu'il y avait de mieux pour cela. Elle n'était certes pas récente, mais avait du chauffage.

Sauf que... Comment allait-elle le traîner jusque-là ?

— Monsieur, vous pensez que, si je vous aide, vous pouvez marcher jusqu'à ma voiture ?

Il ouvrit les yeux, la regarda, et à nouveau, elle eut cette sensation étrange de le connaître.

— Je m'appelle Nicki. Et vous ?

— Dallas.

Avait-il mal compris sa question ? Dallas...

Puis le souvenir confus qui la tracassait lui revint clairement à l'esprit, et elle dut s'asseoir sur ses talons pour ne pas tomber à la renverse.

Dallas. Dallas Cole... L'homme que l'on recherchait depuis presque trois semaines et que l'on pensait mort et enterré quelque part dans les Appalaches, à moins qu'il ne soit sur une plage du Mexique, une bière à la main et une jolie fille à ses côtés.

Le dernier endroit où elle aurait pensé trouver ce membre du FBI était bien cette petite route de montagne qui traversait le massif des Appalaches, dans l'Etat de Virginie.

Soudain, elle réalisa parfaitement la ressemblance entre l'homme étendu sur la route et celui dont la disparition avait ému tout l'est des Etats-Unis, de Washington à Purgatory, la petite ville du Tennessee où un certain Alexander Quinn dirigeait une agence de sécurité nommée The Gates.

— Ça alors ! murmura-t-elle.

Il fronça les sourcils.

— Où suis-je ?

— Vous avez déjà entendu parler de River's End, en Virginie ?

Il répondit d'une voix rauque :

— Non.

— Ce n'est pas surprenant.

Il fit un effort pour s'asseoir et se redressa péniblement. Elle n'était pas encore sûre de pouvoir lui faire confiance. Aussi, elle ne lui proposa pas son aide. Elle préférait l'observer, cherchant des blessures. Il avait des contusions à la mâchoire et des taches de sang sur sa chemise d'un gris sale, mais aucun signe de blessure récente.

Il avait surtout l'air d'être épuisé et d'avoir froid.

Même si elle n'était pas médecin, elle devait le secourir.

— Vous pensez que vous pouvez vous mettre debout ?

Il étendit les jambes et essaya de s'asseoir, mais son bras gauche céda et il retomba sur le flanc.

— J'ai quelque chose à l'épaule…

C'était peut-être une ruse, songea Nicki avec angoisse. Mais elle décida de ne pas écouter la petite voix qui lui soufflait la prudence, et de suivre l'élan généreux de son cœur. Cet homme était visiblement très affaibli : il venait sans nul doute de vivre une épreuve difficile. Qu'il ait bien ou mal agi, elle ne pouvait faire moins que le mettre au chaud avant que les secours ne prennent le relais.

Elle tendit la main pour l'aider à se mettre debout, mais aussitôt une autre pensée lui traversa l'esprit.

Elle recula, le scrutant avec inquiétude.

— Qu'y a-t-il ? lui demanda-t-il d'un air méfiant.

— Rien, mentit-elle, tout en cherchant désespérément une solution à son dilemme.

Elle ne pouvait le laisser ainsi dans ce froid. On avait annoncé de la neige, et il allait geler durant la nuit. Vêtu comme il l'était, sans même un manteau pour se protéger, il n'y survivrait pas.

Mais si elle l'amenait à l'hôpital de Bristol…

Ce n'était pas possible. Ils appelleraient le FBI, qui demanderait à lui parler. Ils lui poseraient plein de questions gênantes, et tout le travail qu'elle avait accompli ces derniers mois serait réduit à néant.

Ou pire.

Mais comment expliquer cela à l'homme exténué, transi de froid, qui était devant elle ?

— Ecoutez, j'ai essayé d'appeler les urgences…

— Non ! fit-il en relevant brusquement la tête.

Son ton sec, son regard vif la prirent au dépourvu.

— Pourquoi ?

— Je n'ai pas besoin de soins.

Il parlait d'une voix tendue.

— Je vais bien. Il faut seulement que je me réchauffe.

Eh bien, pensa Nicki, ce n'était pas une réaction particulièrement rassurante.

— Vous en êtes sûr ?

Elle n'avait pas plus envie que lui de contacter les autorités, mais sa réticence était pour le moins suspecte, non ?

Ceci dit, elle préférait, vu le jeu dangereux qu'elle jouait. Elle avait appris qu'il était souvent moins compliqué d'avoir affaire à des malfrats qu'à des gens honnêtes. Leurs motivations étaient plus faciles à comprendre et tournaient en général autour des mêmes choses : l'appât du gain, du pouvoir, ou bien encore le sexe, la haine. Oui, elle savait comment faire avec ces gens-là.

Les individus honnêtes, eux, constituaient une énigme.

— Venez vous réchauffer, Dallas.

Elle décida de ne pas se poser trop de questions. Il serait temps de découvrir où Dallas souffrait lorsqu'ils seraient chez elle. Là, elle pourrait lui prodiguer les premiers soins dont avait besoin quelqu'un dans son état, qu'il soit un malfrat ou un honnête homme.

En évitant de toucher son épaule blessée, elle lui prit le

bras droit, le posa sur son épaule et l'aida à se mettre debout. Il trébucha un peu alors qu'ils avançaient vers la jeep sur la route glissante. Elle réussit finalement à l'installer sans trop de mal sur le siège passager. Puis il batailla pour mettre sa ceinture de sécurité. Malfrat ou honnête homme, il prenait visiblement cela au sérieux, se dit Nicki, un peu surprise.

Elle contourna le véhicule, se glissa derrière le volant de la jeep et mit le moteur en marche. La chaleur se répandit presque aussitôt dans la voiture et Dallas poussa un long soupir.

— Ça fait du bien ? s'enquit-elle en se remettant en route.

— C'est le paradis, murmura-t-il.

Il claquait un peu des dents, mais ses tremblements se calmèrent rapidement. Il ne devait pas être dehors depuis très longtemps, estima Nicki.

Mais alors, d'où venait-il ?

— Vous pensez qu'il est possible que je sois suivie ? demanda-t-elle.

Il la regarda avec surprise.

— Pardon ?

— Il y a quelqu'un après vous ?

Il ne répondit rien et elle n'insista pas, trop occupée à conduire sur la route glissante. Grâce à Dieu, son minuscule chalet était tout proche. Ils arriveraient avant que la neige ne se mette à tomber.

— C'est possible, lâcha-t-il finalement alors qu'elle s'engageait sur le chemin en gravier devant sa maison.

— Et dans ce cas, ils sont proches ?

— Probablement.

Bien !

— Qu'avez-vous fait ? demanda-t-elle en lui jetant un regard de côté.

Il eut un petit sourire.

— Parce qu'il faut toujours faire quelque chose pour avoir des ennuis ?

Elle haussa les épaules.

— En général.

— Je n'ai pas respecté une procédure. Je pensais que j'avais une bonne raison pour agir ainsi, mais les règles ont toujours une raison d'être.

Il commençait à ressembler plus à un honnête homme qu'à un malfrat.

— Quelle sorte de procédure ?

— J'ai brûlé des étapes, biaisa-t-il.

Mais elle connaissait assez sa situation pour savoir exactement ce dont il parlait, même si elle n'en laissa rien paraître.

— C'est bien mystérieux.

Il sourit.

— Oui.

Bon. Lui non plus ne lui faisait pas confiance. Cela dit, elle pouvait difficilement le lui reprocher.

— Et si nous oubliions les règles et les secrets ? On se contentera de vous mettre au chaud et au sec. Vous avez faim ? Vous voulez manger quelque chose ?

— Oui, répondit-il avec un tel empressement qu'elle lui jeta un autre coup d'œil.

Il croisa son regard et eut encore un sourire ironique.

— Je suis désolé : j'ai dû sauter un ou deux repas.

Lorsqu'il souriait, il était presque beau, malgré ses yeux cernés et ses joues creuses. Elle ne s'y attendait pas. Elle n'avait vu qu'une seule photo de lui : celle de son permis de conduire. Personne n'était à son avantage sur ce genre de clichés.

Elle serait certainement agréablement surprise par Dallas Cole lorsqu'il serait remis, pensa-t-elle.

Doucement, ma fille. Tu t'es promis de ne plus te laisser prendre, tu t'en souviens ?

Malfrats ou honnêtes hommes, de toute façon, ils n'amènent que des problèmes.

Elle gara sa jeep sous l'auvent attenant à son chalet, puis coupa le contact.

— Vous êtes certain que vous ne voulez pas aller aux urgences ?

Il avait les yeux fermés, et la tête renversée sur l'appui-tête. Il se tourna vers elle, lentement, et croisa son regard dans la pénombre.

— J'ai seulement besoin de repos. Ensuite, je m'en irai.

Elle ne comprit pleinement ce qu'elle s'apprêtait à faire que lorsqu'elle sortit de sa voiture et referma la portière derrière elle. Elle devait avoir perdu la raison pour accueillir chez elle un inconnu recherché par le FBI. Même Alexander Quinn, un homme qui se flattait de toujours savoir à qui il avait affaire, n'arrivait pas à déterminer de quel côté Dallas se trouvait. Après tout, cette rencontre fortuite était peut-être un coup monté par la milice des Appalaches pour tester sa loyauté.

Elle devait être prudente. Tout ce qu'elle avait mis en place au cours des derniers mois était en jeu.

Dallas trébucha en marchant vers la porte et, lorsqu'elle le rattrapa par le bras, il grimaça en guise de sourire.

— D'habitude, je tiens mieux debout.

— A quand remonte votre dernier repas ?

— Si l'on excepte les racines et les baies ? demanda-t-il avec un sourire en coin.

Il s'appuya contre le mur pendant qu'elle ouvrait la porte.

— Oui, sans les compter.

Elle poussa le battant et aida Dallas à monter les deux petites marches conduisant à la cuisine.

La chaleur et l'atmosphère familière du chalet la rassurèrent un peu. La faiblesse de Dallas Cole semblait bien réelle, et elle se trouvait de nouveau en terrain connu. Elle savait où les couteaux et son Remington 870 étaient rangés.

Et elle avait également ce téléphone satellite caché sous son matelas, qui lui permettait de joindre Alexander Quinn immédiatement. Il avait beau être à deux heures de route, à Purgatory, dans le Tennessee, il était au courant de tout. Elle le savait d'expérience.

Elle appuya sur l'interrupteur. Une lumière chaude éclaira la cuisine. Mais Dallas plissa les paupières, comme si ses yeux n'y étaient plus habitués.

— Vous croyez qu'il va beaucoup neiger ? demanda-t-il.

— Je suppose que cela fait un bout de temps que vous n'avez plus entendu les prévisions ?

Elle se dirigea vers la cuisinière et attrapa une des casseroles suspendues au-dessus.

— Ils annoncent cinq centimètres. Mais elle aura certainement fondu d'ici demain après-midi.

— Je suis heureux de ne plus être dehors ! Je peux m'asseoir ? s'enquit-il en désignant la petite table.

Il semblait bien poli. Mais Nicki avait déjà eu affaire à des monstres qui vous frappaient et vous remerciaient ensuite de les avoir laissés faire.

— Bien sûr. Je vais voir ce que j'ai à manger.

Il étouffa un grognement en s'asseyant. Ses vêtements crasseux devaient masquer quelques blessures.

— Merci. Je ne sais pas très bien comment je vous revaudrai ça.

Il avait un très léger accent des Appalaches, remarqua Nicki. Cela rappelait un peu le sien, du Tennessee. Elle avait lu distraitement les informations que le mystérieux messager de Quinn lui avait laissées dans la cachette habituelle quelques semaines auparavant, et les avait ensuite détruites, ne s'attendant pas à voir Dallas Cole débarquer à River's End. Mais elle se souvenait avoir lu qu'il venait de l'est du Kentucky.

— Je n'attends rien en retour.

Elle considéra les boîtes de conserve dans son placard.

— Soupe de légumes, ça vous dit ?

— Je ne pourrais pas rêver mieux.

Tout en versant la soupe dans la casserole, elle essaya de se rappeler ce qu'elle avait lu sur lui. Dallas Cole travaillait pour le FBI, mais n'y occupait pas les fonctions traditionnelles d'agent ou de scientifique.

Il était infographiste et faisait partie du service des relations publiques.

Comment un artiste pouvait-il avoir eu maille à partir avec la milice des Appalaches ?

Dallas ne savait pas ce qu'il devait faire, alors il ne fit rien. Rien, à part rester assis à savourer la chaleur de la petite cuisine, non loin d'une brune aux yeux bleus et au corps de rêve. Elle était en train de réchauffer une boîte de soupe sur une vieille cuisinière à gaz.

Un peu plus tôt, elle avait dit s'appeler Nicki. Le diminutif de Nicole ?

— C'est une maison agréable, lança-t-il, surtout pour rompre le silence.

Au cours des trois dernières semaines, le silence était devenu son ennemi, un vide dans lequel ses peurs les plus profondes avaient pris toute la place.

Elle le regarda.

— Comparée à quoi ?

Son ton brusque le fit sourire. Ces derniers jours, il avait oublié ce qu'était l'humour.

— J'ai vu pire, reprit-il.

— C'est malheureusement le cas de beaucoup d'entre nous !

Elle sortit deux bols en faïence d'une armoire et les posa sur le plan de travail à côté de la cuisinière.

— Vous en voulez un peu ou beaucoup ?

Son estomac lui criait une chose, mais son cerveau une autre : il ne voulait surtout pas se mettre à vomir devant elle !

— Commençons par un peu.

Elle lui jeta un regard curieux mais posa devant lui un bol à moitié plein.

— Faites attention. C'est chaud.

Elle prit ensuite une cuillère et la mit dans le bol de soupe fumante.

Il en goûta. Il était comme au paradis.

Nicki s'assit en face de lui et, sans le regarder, commença à manger son propre bol de soupe.

C'était étrange : pourquoi s'obstinait-elle à ne pas lever les yeux vers lui ?

— Vous êtes seule ici ? demanda-t-il.

Là, elle releva brusquement la tête. Sa question pouvait sembler inquiétante, réalisa-t-il.

Mais elle soutint son regard.

— Oui. Seule, avec mon Remington 870.

Il sourit.

— J'ai compris.

— Désolée. C'est un peu direct, non ? demanda-elle en esquissant un sourire.

— Je l'ai mérité.

Puis il se tut et essaya de manger sa soupe aussi lentement que le lui permettait la faim qui le tenaillait. Au moins, pour le moment, il arrivait à garder dans l'estomac tout ce qu'il ingurgitait.

Il avait besoin de manger et de dormir, dans cet ordre. Parce que, lorsqu'il quitterait cet endroit, il ne savait pas quand il pourrait le faire à nouveau.

— Que vous est-il arrivé ?

C'était la question qu'il attendait depuis qu'elle s'était arrêtée pour lui venir en aide.

— C'est une longue histoire.

— Et vous ne voulez pas me la raconter ?

Il y avait de la compassion dans sa voix et il en fut surpris. Il leva la tête : une certaine bienveillance brillait même dans ses yeux vifs.

— Pas pour le moment, reconnut-il.

— D'accord.

Elle regarda à nouveau son bol de soupe.

C'était facile.

Trop facile.

Il ne savait pas comment se comporter avec une personne qui ne semblait rien attendre de lui… Surtout après le calvaire de ces dernières semaines. Il ne savait plus se détendre, rester assis tranquillement et manger un bol de soupe sans se préparer à recevoir le coup suivant, à subir la prochaine brimade.

Comment avait-il pu en arriver là ?

Il ne le savait plus vraiment.

Il s'appelait Dallas Logan Cole. Il avait trente-trois ans et avait passé les dix-huit premières années de sa vie dans une région minière du Kentucky, à l'affût de la première occasion qui lui permettrait de quitter cet endroit avant d'y être enterré pour le restant de ses jours.

Il dessinait bien, avait des talents de graphiste et mis à profit ses années à l'université pour oublier d'où il venait, et commencer une nouvelle vie.

Et voilà qu'il se retrouvait dans les montagnes, à fuir pour sauver sa peau !

— J'imagine que vous n'avez pas d'autres vêtements ? reprit Nicki.

Il posa les yeux sur sa chemise crasseuse et son jean. Ce n'étaient pas les habits qu'il portait lorsqu'un groupe d'hommes voyageant dans un 4x4 l'avait fait sortir de la route. Il se trouvait alors à quelques kilomètres au nord de Ruckersville, en Virginie. Le choc l'avait laissé étourdi, et il n'avait pas pu se défendre lorsque quatre gaillards l'avaient fait monter de force dans leur voiture et l'avaient conduit en pleine montagne. Ils lui avaient ordonné d'enlever son costume et de mettre ces vêtements au milieu de la forêt, dans le froid, prêts à bondir sur lui au moindre signe de révolte.

La rébellion était d'ailleurs le moyen le plus sûr de souffrir encore plus, il l'avait appris ensuite à ses dépens.

— Oui, je n'ai que ça, répondit-il en reléguant au fond de sa mémoire ces souvenirs humiliants. Je suppose que vous n'avez rien à ma taille ?

Elle sourit à nouveau, et des fossettes se creusèrent sur ses joues.

— Je n'ai rien prévu. Mais je peux vous laver ces vêtements.

— Merci beaucoup.

Il n'avait plus froid, il ne tremblait plus... réalisa-t-il avec stupeur. Il avait craint un instant de ne jamais y arriver.

Nicki prit son bol vide et l'apporta vers l'évier.

— La salle de bains est dans le couloir à droite. Laissez vos vêtements devant la porte, et je les mettrai à laver.

— Et puis ?

Elle se tourna vers lui, comme si la question la surprenait.

— Et puis, nous irons dormir.

2

— Nous irons *dormir* ? répéta Dallas.

Nicki leva vivement les yeux, se rendit compte de ce qu'elle venait de dire et ne put retenir un sourire.

— Pas ensemble, don Juan !

Il lui sourit en retour.

— Oui, j'avais bien compris. Mais ce chalet est tout petit. Vous avez une deuxième chambre ?

— Non, reconnut-elle, mais j'ai un canapé. Et des couvertures. Alors, allez prendre une douche. Ou un bain, si vous préférez.

Toutefois, elle avait du mal à imaginer Dallas Cole se contorsionner pour réussir à faire entrer son long corps mince dans la petite baignoire.

— Il reste le problème des vêtements. Ou plutôt de l'absence de vêtements, souligna-t-il.

— Je dois avoir un pantalon de jogging quelque part. Je l'ai emprunté à mon cousin la dernière fois que je suis allée chez lui.

Anson était grand et mince comme Dallas, donc le pantalon devrait aller.

— Allez vous laver. Et dites-moi si vous avez des blessures qu'il faut que je soigne.

Il lui lança un regard soupçonneux qui la mit mal à l'aise. Lui non plus ne lui faisait pas confiance.

Et pourquoi réagirait-il autrement ? Elle lui mentait, comme à tous les habitants de River's End.

Il y avait quelque temps — pas si longtemps d'ailleurs —

elle était capable de raconter n'importe quoi à n'importe qui avec aisance. La vie n'était qu'une histoire que l'on pouvait modifier à volonté, et les vérités gênantes pouvaient être laissées derrière soi comme des reliques inutiles du passé.

Mais elle avait durement appris que la vérité finissait toujours par se savoir, et souvent au pire moment. Elle n'espérait plus qu'une chose : que ce qu'elle était venue faire à River's End n'éclate au grand jour que lorsqu'elle serait à l'abri, loin, très loin de là.

Dallas laissa l'eau chaude couler sur sa peau jusqu'à ce que ses jambes tremblantes ne le supportent plus.

Alors, il enroula une serviette autour de ses hanches, s'assit sur l'abattant des toilettes et essaya de reprendre des forces. Il ne voulait surtout pas s'effondrer à nouveau devant Nicki.

L'air de la salle de bains se refroidit, et il commença à avoir la chair de poule. Il attrapa une seconde serviette sur le portant et s'épongea avant de se mettre debout.

Il essuya la buée sur le miroir au-dessus du lavabo, puis se regarda pour la première fois après trois semaines de captivité.

Il avait perdu du poids. Au moins huit kilos. Peut-être plus. Ceux qui l'avaient emprisonné dans la cave de leur maison avaient tenté de le briser en le privant de sommeil, de nourriture, de lumière… de tout ce qu'ils pouvaient imaginer pour le forcer à leur dire ce qu'il savait sur un dénommé Cade Landry.

Il ne savait pas si Landry était toujours en vie. D'après ce qu'il avait pu comprendre, ses ravisseurs rêvaient de lui mettre la main dessus.

Pour autant, il n'avait rien lâché. Peut-être ces hommes s'étaient-ils imaginé qu'ils n'auraient aucun mal à le faire parler, puisqu'il n'était pas un agent du FBI mais seulement un administratif qui n'avait aucune expérience du terrain. Ils s'étaient trompés.

Non qu'il se sente très redoutable en ce moment ! Le miroir lui renvoyait une image sans concession, révélant non seulement ses côtes saillantes mais aussi les contusions et les cicatrices que lui avait values son séjour chez la milice des Appalaches.

Il se détourna et ouvrit la porte de la salle de bains. L'air froid l'assaillit, et il s'enveloppa dans la seconde serviette.

— Il y a des vêtements sur le lit. La porte en face ! lui cria Nicki depuis la pièce principale.

— Merci.

Il entra dans la chambre et y trouva quelques habits. Il y avait un pantalon de jogging noir qui ne lui aurait pas été trois semaines plus tôt, mais qui semblait désormais fait sur mesure. Nicki avait également déposé de larges maillots de football. Il prit le plus foncé des deux et l'enfila. Il lui allait à peu près.

Puis il se laissa tomber sur le lit.

Il aurait rêvé de s'allonger là et de s'endormir sans plus se soucier de rien. Mais il fallait qu'il pense à la jolie brune à côté.

Quelle chance inouïe d'être tombé sur une femme qui ne lui avait posé aucune question gênante, qui n'avait pas insisté pour appeler la police lorsqu'il lui avait demandé de ne pas le faire !

Une chance inouïe…

Sauf qu'il ne croyait pas à la chance.

Pourquoi n'avait-elle pas essayé d'en savoir plus sur lui, et de comprendre comment il avait atterri sur cette route de montagne ?

Il bougea un peu la tête et son regard se posa sur les chaussures élégantes, mais tout éraflées, qu'il portait lorsqu'il avait été enlevé. Elles sembleraient incongrues avec ce jogging, mais il se sentait trop vulnérable pieds nus.

Cela fait, il quitta la chambre pour le salon.

Nicki était assise devant la cheminée, la peau caressée par la lueur dansante des flammes. Elle avait l'air d'une déesse.

Elle lui sourit.

— Merci pour les vêtements, fit-il.

— Ils vous vont à peu près.

Elle se leva et s'essuya les mains sur son jean. Celui-ci épousait étroitement les courbes de son corps, et le désir gagna Dallas. Il préféra ignorer cette réaction malvenue, bien déterminé à demeurer concentré et sur ses gardes.

— Je crois que j'ai perdu du poids.

Elle se rapprocha de lui, plissant très légèrement les paupières.

— Vous aviez l'air affamé tout à l'heure.

Il plongea son regard dans le sien.

— Vous n'êtes pas curieuse. Vous ne voulez pas savoir ce qui m'est arrivé ?

Un instant, son léger sourire s'évanouit. Il avait touché juste, comprit-il. Mais le sourire de Nicki revint vite et elle haussa les épaules d'un air détaché.

— Je ne voulais pas vous embêter avant que vous ne soyez réchauffé et nourri. Et peut-être reposé. Visiblement, vous avez traversé une épreuve. Je me suis dit que vous voudriez attendre d'aller mieux pour en parler.

Il s'avança d'un pas, la dominant de sa taille. Ses jambes vacillaient sous lui.

— Je pourrais très bien être un tueur en série.

Elle ne cilla pas, et son sourire s'élargit.

— Je pense que si vous essayez de vous en prendre à moi, j'aurai le dessus. Du moins tant que vous êtes dans cet état !

Il se traîna jusqu'au fauteuil le plus proche et s'assit, les jambes tremblantes. La chaleur du feu était trop tentante. Il se tourna vers les flammes, tendant les mains devant lui tout en jetant un regard de côté à sa charmante hôtesse.

— Vous êtes une de ces femmes qui n'ont peur de rien.

— Oh ! Vous ne m'avez pas encore vue en présence

d'une araignée ! répliqua-t-elle d'un ton léger en approchant son fauteuil de lui.

A son tour, il plaisanta.

— Maintenant, je sais comment vous remercier pour votre hospitalité. Je suis un spécialiste de la chasse aux araignées. Vous n'avez qu'à me donner un morceau d'essuie-tout et rester en arrière.

Le sourire qu'elle lui lança eut un effet étonnant sur lui. Elle était vraiment très jolie ! Des cheveux bruns ondulés et des yeux de la couleur d'un ciel d'été. En outre, son jean et son T-shirt ajusté révélaient un corps mince mais aux courbes pleines qui, il l'espérait, viendrait hanter ses rêves durant la nuit.

Tout plutôt que les cauchemars qui le tourmentaient depuis que ce 4x4 l'avait percuté, trois semaines plus tôt.

— Il y a quelqu'un que je devrais appeler ? demanda-t-elle en tendant ses mains vers le feu.

Que pouvait-il répondre à cela ? En vérité, il ne savait pas ce qu'il devait faire. En tant que citoyen respectueux de la loi, il avait envie d'appeler la police et de leur raconter ce qui lui était arrivé… Ainsi, la lumière serait faite.

Mais la milice avait infiltré jusqu'aux plus hautes sphères du pouvoir. Sous l'apparence de la justice, c'était parfois la corruption que l'on trouvait…

— Je ne sais pas, finit-il par reconnaître. Je pense que c'est une bonne idée d'aller dormir, si vous voulez bien.

De nouveau, elle plissa légèrement les paupières, sans rien dire. Et elle se renfonça dans son fauteuil.

Ils restèrent assis en silence un moment. La tension qui régnait dans la pièce était presque palpable.

Pensait-elle que son hésitation signifiait qu'il avait quelque chose à cacher aux autorités ? Avait-elle l'intention d'appeler la police elle-même dès qu'il serait au lit ?

C'était un risque qu'il devait prendre, parce qu'il était déjà presque endormi. S'il restait un instant de plus dans ce fauteuil, il n'était pas certain de réussir à se lever. Et elle ne pourrait assurément pas le porter jusqu'à son lit.

— Je vais m'installer sur le canapé, dit-il. Je ne veux pas vous chasser de votre lit.

Elle secoua la tête.

— Prenez la chambre. Vous êtes celui qui a le plus besoin de sommeil. Je serai très bien, et, au moins, je n'aurai pas les pieds qui dépassent !

Elle désigna les couvertures et les oreillers empilés sur le canapé.

— J'ai tout ce qu'il me faut.

Il la dévisagea. Son visage affichait une expression particulièrement innocente. Il avait très envie de faire confiance à quelqu'un, surtout à une aussi jolie femme que Nicki. Mais il était de nature méfiante. Et ce qu'il venait de vivre n'avait rien fait pour arranger les choses.

— Vous êtes remarquablement décontractée pour quelqu'un qui vient de voir son quotidien bouleversé par un étranger, déclara-t-il en quittant son fauteuil.

Elle se leva aussi.

— Ça changera vraisemblablement lorsque vous aurez repris des forces.

— Je suis heureux de savoir que vous avez l'intention de me remettre sur pied !

Elle fit un signe de tête en direction du couloir.

— Allez vous coucher. Je vais fermer la maison, et demain, nous aviserons.

Le chemin jusqu'à la chambre lui parut aussi éprouvant qu'une longue ascension, mais il finit par arriver jusqu'au lit et piqua du nez sur le matelas moelleux. Il bougerait dans une minute. Il se mettrait entre les draps et s'installerait pour dormir.

Ce fut sa dernière pensée lucide avant un long moment.

***

Nicki jeta un coup d'œil dans la chambre : Dallas Cole était couché en travers du lit, face contre le matelas, comme s'il s'était endormi aussitôt allongé.

Bien. Elle avait besoin qu'il reste assoupi quelque temps. Elle avait quelque chose à faire.

Elle s'habilla pour se protéger du froid et sortit, se dirigeant vers l'est à travers le bois dans lequel était situé son chalet. Elle grimpa la pente escarpée sur plus d'un kilomètre, jusqu'à un petit ruisseau qui dévalait la montagne. Dans un méandre, il y avait une petite grotte naturelle qui était tout juste assez haute pour que Nicki puisse y pénétrer en se penchant.

A l'intérieur, une pierre cachait une anfractuosité dans la paroi. Elle était de la taille d'une boîte aux lettres et pouvait contenir une enveloppe comme celle qui se trouvait dans la poche de son jean.

Elle déposa la lettre dans la cavité et replaça la pierre devant.

Lorsqu'elle sortit de la grotte, elle inspecta les alentours pour s'assurer qu'elle était seule. Mais il n'y avait personne. Seuls les simples d'esprit et ceux qui avaient quelque chose à cacher pouvaient être dehors par ce temps.

Près de la grotte se trouvait un rondin de bois. Elle le retourna jusqu'à ce que la branche cassée qui avait poussé dessus soit dirigée vers le haut. Elle cala un caillou sous le morceau de bois pour éviter qu'il ne retombe, puis se remit en route vers son chalet.

Elle ne savait pas quand viendrait l'homme qu'elle avait surnommé agent X. Parfois, il se passait deux ou trois jours avant que le rondin de bois ne soit à nouveau retourné, lui indiquant ainsi qu'un message l'attendait dans l'anfractuosité de la grotte.

Mais, en général, il semblait faire des visites quotidiennes, juste au cas où elle aurait besoin d'aide. Du moins, elle se plaisait à le croire.

Les gens avec lesquels elle travaillait dans la petite cafétéria en ville la traitaient de *dinosaure* parce qu'elle se passait fort bien de la technologie moderne. Elle n'avait pas d'ordinateur, bien qu'elle soit beaucoup plus versée en informatique que ses collègues et les clients ne le pensaient. Mais elle n'avait aucune envie d'être constamment joignable, surtout en mission.

Comment en était-elle arrivée là ?

Il y avait un temps — pas si reculé que cela — où aucun de ceux qui la connaissaient n'aurait cru qu'elle puisse être en mission sous une identité d'emprunt pour le compte de la police.

Non, pas Nicolette Jamison, cette sauvageonne des Appalaches, qui flirtait toujours avec le danger et semblait parfaitement à son aise dans les situations troubles. Pourtant, par la grâce de Dieu, elle avait réussi à ne jamais dépasser le point de non-retour et à rester du bon côté de la loi.

Pour autant, elle ne prétendait pas être une sainte. Oh non, loin de là !

Mais elle savait reconnaître le mal, s'en protéger. Et les hommes qu'elle était obligée de fréquenter ces temps-ci étaient définitivement du côté du mal.

La neige se mit à tomber lorsqu'elle atteignit la clairière où se trouvait son chalet. De gros flocons s'accrochèrent sur ses épaules et son bonnet. Elle alla vite se mettre à l'abri sous le porche, évita la deuxième marche qui craquait à chaque fois que l'on marchait dessus, et vérifia machinalement que la porte d'entrée était toujours fermée à clé.

Tout était normal.

Elle glissa la clé dans la serrure et la tourna précautionneusement. La porte s'ouvrit avec un imperceptible grincement et se referma doucement derrière elle.

Nicki s'assit alors sur la chaise dans l'entrée pour ôter ses chaussures de marche, puis se dirigea sans bruit vers sa chambre.

La porte était toujours entrouverte, comme elle l'avait laissée. Elle distinguait seulement la silhouette de Dallas Cole, toujours couché en travers du lit.

Elle attendit un moment, l'oreille tendue : il respirait de façon régulière.

Aussi retourna-t-elle silencieusement dans le salon, où elle se déshabilla pour aller se coucher.

Elle enfila un pyjama en flanelle qu'elle avait trouvé au fond d'un tiroir, cadeau d'un cousin qui s'était moqué d'elle lorsqu'elle lui avait rendu visite et qu'il avait vu qu'elle dormait avec son T-shirt de l'équipe de football d'Atlanta.

Les pyjamas en flanelle n'étaient certainement pas ce qu'elle avait l'habitude de mettre pour dormir, mais elle s'était assagie. Il n'était plus question d'aller et venir en nuisette en présence d'hommes peu recommandables.

Il n'y avait d'ailleurs aucun homme peu recommandable qui restait chez elle la nuit. Certaines habitudes méritaient d'être abandonnées, notamment son attirance pour les mauvais garçons.

Mais Dallas Cole, qui était-il vraiment ? D'après le dossier du FBI auquel son patron, Alexander Quinn, avait eu accès, c'était quelqu'un d'honnête. Travailleur, apprécié par ses collègues, dynamique et ambitieux.

Alors que s'était-il passé trois semaines plus tôt, lorsqu'il était parti au sud de Washington et avait disparu sans laisser de traces ?

Avait-il un côté mauvais garçon qui ne s'était pas révélé plus tôt ?

Il fallait qu'elle le découvre avant qu'il n'ait repris assez de force pour lui causer des ennuis.

Dallas ouvrit les yeux lorsque les pas de Nicki s'éloignèrent. Bon sang ! C'était moins une !

Il avait à peine eu le temps de retourner dans la chambre

avant qu'elle n'ouvre la porte avec un petit cliquetis qu'il n'aurait certainement pas remarqué s'il n'avait pas été à l'affût.

Mais lorsqu'il l'avait entendue partir, il s'était éveillé en sursaut d'un lourd sommeil, le cœur battant, l'esprit troublé, et il s'était péniblement levé à temps pour la voir disparaître dans les bois.

Il avait attendu près de la fenêtre jusqu'à ce que ses jambes ne puissent plus le porter. Puis il s'était assis sur une chaise devant le feu pendant près d'une heure, à en croire l'horloge sur la cheminée.

Où était-elle partie ? Etait-elle allée retrouver quelqu'un ? Avait-elle parlé de lui ?

Cela avait peu d'importance : il était trop fatigué et trop faible pour s'enfuir. Il n'avait nulle part où aller.

Il s'était assoupi, mais le léger bruit qu'elle avait fait en montant sur la galerie l'avait réveillé.

Il était retourné dans sa chambre en vitesse, s'était allongé et s'était forcé à respirer régulièrement, lentement, alors que son cœur tambourinait dans sa poitrine.

Recouvrant son calme, il se mit sur le dos, ce qui fit grincer le lit.

Il pesta intérieurement et retint son souffle. Nicki allait-elle revenir ?

Quelques secondes passèrent.

Non, elle s'était certainement couchée.

Il ferma les yeux, le cœur toujours battant.

Où était-elle allée ? Qui avait-elle vu ? Qu'avait-elle dit ?

Allait-il regretter d'avoir croisé son chemin ?

3

Le givre dessinait de délicates nervures sur les fenêtres du chalet. Dehors, le soleil brillait. Une couche de neige recouvrait le sol et scintillait dans les arbres, captant les rayons du soleil et les réfléchissant en une myriade de diamants.

Nicki pressa son front contre la vitre froide. Ce geste la ramena bien longtemps en arrière. Elle avait six ans et admirait la neige tombée pendant la nuit sur les Appalaches. C'était avant que tout ne tourne mal.

Un bruit de pas derrière elle la ramena à la réalité, et elle se retourna : Dallas Cole entrait dans la cuisine. Il avait visiblement du mal à se déplacer, et cette nuit de sommeil n'avait pas suffi à redonner des couleurs à ses joues, ni de l'énergie à sa démarche.

Le cœur de Nicki se serra de compassion.

— J'ai l'impression qu'il faudrait que vous dormiez une semaine avant d'aller mieux ! déclara-t-elle en prenant la tasse vide qu'elle avait préparée pour lui. Vous voulez du café ?

— Avec plaisir.

Il agrippa le dossier de la chaise la plus proche et s'assit à la petite table, près de la fenêtre.

— Du lait ? Du sucre ?

— Rien, merci.

Il regarda au-dehors.

— Il a beaucoup neigé ?

— Quelques centimètres seulement.

Elle posa devant lui une tasse de café fumant et s'assit à la table.

Il plissa les paupières.

— Vous avez bien dormi, sur le canapé ?

Il avait un ton étrange qu'elle n'arrivait pas à interpréter.

— Oui, très bien.

— Merci de m'avoir laissé le lit. Il était très confortable.

Il prit une tasse de café et fit la grimace. Il était fort.

— Vous êtes certain de ne pas vouloir de lait ?

— C'est parfait.

Il leva soudain les yeux vers elle.

— Il s'est passé quelque chose pendant que je dormais ?

Encore cette voix bizarre.

— Il a neigé.

— D'accord.

Il baissa les yeux vers sa tasse de café.

— Quelque chose ne va pas ? demanda Nicki.

Dallas secoua la tête, sans la regarder.

— Non.

De toute évidence, si.

Mais, comme il n'avait visiblement pas l'intention de lui dire quoi, elle préféra ne pas insister.

— La bosse que vous aviez sur la mâchoire a désenflé pendant la nuit.

Il porta la main vers l'égratignure qu'il s'était faite au visage quand il était tombé sur la route, et grimaça de douleur.

Elle devinait pourquoi il s'était retrouvé à errer seul dans les bois, mais elle ne pouvait rien lui en dire, ni à personne d'autre, d'ailleurs.

Il était essentiel pour sa sécurité que tous les habitants de River's End continuent à penser qu'elle n'était qu'une cuisinière ayant également des connaissances médicales qui pourraient être utiles à des personnes ne voulant pas attirer l'attention des autorités sur elles.

Il prit une longue gorgée de café.

— Vous ne voulez toujours pas appeler la police ?

— Non, répondit-il en reposant la tasse. Je devrais vous

laisser tranquille maintenant. Il suffit que vous m'indiquiez la ville la plus proche…

— Au sud-est, indiqua-t-elle d'une voix légère. Mais vous pouvez à peine vous déplacer dans le chalet, alors j'ai du mal à imaginer ce que cinq kilomètres dans la montagne pourraient donner !

— Je suis plus fort que je n'en ai l'air.

Elle ne put s'empêcher de sourire.

— D'accord.

— Vous pourriez le dire avec un peu plus de conviction.

Il se leva en soupirant et regarda par la fenêtre.

Il avait une tache dans le dos, sur son maillot, remarqua Nicki.

— Mais vous saignez !

— Où ?

— Dans le dos.

Elle se leva et commença à remonter le maillot.

Il se retourna tout de suite, tendant les mains pour l'arrêter.

— Ce n'est rien.

— Laissez-moi voir !

Il lui prit les poignets dans les mains et les serra étonnamment fort. La tension monta entre eux.

Dallas Cole était un homme grand, avec beaucoup de prestance, des traits nets, et un regard intense qui touchait Nicki au plus profond d'elle-même.

Le désir la gagna.

Elle dégagea ses poignets et fit un pas en arrière, essayant de se ressaisir.

— Je sais donner les premiers soins.

Il passa précautionneusement une de ses mains dans le dos, puis regarda ses doigts. Ils étaient tachés de sang.

— Et zut !

— Je m'en occupe. Je ne vais pas vous laisser saigner comme ça !

— Vous avez raison, reconnut-il en s'appuyant sur le

dossier de la chaise, comme si ses jambes ne le soutenaient plus. Vous pouvez faire ça ici ?

— Bien sûr. Une seconde.

Lorsqu'elle revint avec la trousse de secours qu'elle gardait dans le placard de l'entrée, Dallas avait enlevé son maillot. Il avait également retourné sa chaise et s'était assis à califourchon, appuyé sur le dossier. Son dos était un patchwork inquiétant de croûtes et de bleus, agrémenté d'une balafre rouge d'où suintaient des gouttes de sang.

Nicki ne fit aucun commentaire et déballa ce dont elle avait besoin pour soigner la blessure.

— Vous allez avoir mal.

— Pour changer ? marmonna-t-il.

Elle tira une chaise et s'assit à côté de lui.

— D'abord, je vais tout nettoyer. Puis mettre un antiseptique sur les blessures ouvertes.

— Vous allez me détailler toutes les tortures que vous pensez m'infliger ?

— Seulement si vous continuez à être aussi grognon, répliqua-t-elle en pressant une compresse imbibée de désinfectant sur son dos.

Sans surprise, cela le piqua nettement et il retint son souffle.

— Pardon, murmura-t-elle.

Elle fit la grimace, comprenant sa souffrance.

Il y avait eu une période où elle avait envisagé une carrière médicale. Elle était secouriste diplômée lorsqu'elle vivait à Nashville, quelques années plus tôt. Mais elle s'était vite rendu compte qu'elle ne pourrait pas faire ce type de métier. La douleur des autres la touchait trop et l'empêchait de rester objective et concentrée.

Même en cet instant, alors que l'homme assis devant elle n'était peut-être pas quelqu'un de recommandable, elle ne pouvait s'empêcher de ressentir de la compassion pour lui.

Patiemment, elle nettoya les nombreuses blessures de son dos.

— Vous paraissez savoir ce que vous faites.

Il tourna la tête vers elle et la regarda en levant une paupière.

— Vous êtes infirmière ?

— Non, mais j'ai été secouriste.

— Vous ne l'êtes plus ?

— J'ai arrêté pour travailler dans la restauration.

Il prit un air interrogateur, auquel elle répondit par un sourire.

— Je suis cuisinière dans un restaurant qui s'appelle Dugan, en ville.

— Je vois.

— Non, vous ne voyez rien. Personne ne voit.

Elle tâta délicatement ses côtes pour s'assurer qu'elles n'étaient pas fracturées.

Il retint encore sa respiration.

— Vous n'aimiez pas la vue du sang ?

— Les patients étaient trop geignards, répliqua-t-elle avec légèreté. Ils me donnaient mal à la tête.

— Et les clients du restaurant sont plus faciles ?

— Je suis cuisinière, pas serveuse. J'ai seulement affaire aux serveurs geignards.

Elle tamponna la blessure qui saignait.

— Comment vous vous êtes fait ça ?

Il ne répondit pas, et mentalement, elle envisagea diverses possibilités auxquelles elle aurait préféré ne pas penser. Mais elle savait déjà combien les membres de la milice des Appalaches pouvaient se montrer brutaux.

— Vous avez dû mettre quelqu'un très en colère, murmura-t-elle en recouvrant la blessure d'une compresse et en la fixant avec du sparadrap.

Il se voûta sous le coup de la douleur, alors qu'elle pansait une autre blessure.

— Ça arrive souvent.

— Vous êtes inspecteur des impôts ? ironisa-t-elle.

Avant qu'il ne puisse réagir, la sonnerie du téléphone

retentit. Pendant un moment, elle eut envie de ne pas décrocher, mais c'était peut-être l'appel qu'elle attendait.

— Un instant, dit-elle en se dirigeant vers la chambre.

C'était Trevor Colley, le directeur de Dugan.

— Tu peux faire l'équipe du matin ? demanda-t-il. Bella est bloquée par la neige à Abingdon.

Nicki hésita, ne sachant que répondre. Normalement, elle saisissait toutes les occasions de faire des heures supplémentaires, tant pour gagner un peu plus d'argent que pour avoir l'occasion de rencontrer les membres de la milice, leurs femmes et leurs amies, qui fréquentaient l'établissement régulièrement. Elle s'était déjà liée d'amitié avec certaines de leurs compagnes, et un incident qui s'était déroulé quelques semaines plus tôt lui avait gagné le respect de pas mal d'hommes.

— Del McClintock est là, ajouta Trevor.

Elle se raidit.

— Ah bon ?

— Il a demandé si tu travaillais ce matin.

Trevor affectait l'indifférence, mais la désapprobation dans sa voix était nette. En tant que clients, les membres de la milice payaient bien. Cependant, le directeur n'avait jamais semblé très heureux de leur patronage. Il prenait leur argent, bien entendu. Il aurait été stupide de ne pas le faire, dans cette région où la plupart des gens avaient du mal à joindre les deux bouts.

Mais il n'était pas particulièrement heureux de voir que sa meilleure cuisinière fréquentait la milice des Appalaches.

Nicki faisait de son mieux pour ménager la susceptibilité de son patron tout en s'employant à remplir sa mission, qui consistait à infiltrer cette organisation mafieuse. L'exercice s'avérait pour le moins délicat.

Mais Trevor, s'il ne cachait pas son inimitié pour les malfrats qui venaient dans son établissement, n'hésitait pas à se servir de l'intérêt que Nicki leur portait pour obtenir ce qu'il voulait.

— Je dis à Del que tu vas venir ?

Elle réfléchit un instant. Del McClintock avait manifestement envie de sortir avec elle, et c'était une occasion très tentante de se rapprocher de son but.

Mais qu'allait-elle faire de Dallas Cole pendant qu'elle travaillerait à la cafétéria ? Il était totalement impossible qu'elle le laisse livré à lui-même pendant plusieurs heures.

Tant de choses pourraient arriver…

La voix de Nicki parvenait étouffée à Dallas. C'était comme un appât dansant devant une truite affamée. Il n'était pas plus capable de résister à la tentation que si on lui avait mis un steak saignant sous le nez après ces trois semaines de privation.

Malgré la douleur, il se leva et s'approcha aussi silencieusement que possible de la chambre, réussissant à surprendre la fin de la conversation.

— Davey ne peut pas venir ?

Il y eut un bref silence, puis Nicki poussa un soupir.

— Bon, j'ai compris : tout le monde a une famille qui a besoin d'eux, sauf moi. J'arrive.

Elle devait être en train de parler à l'un de ses collègues de travail. Dallas s'éloigna de la porte et pivota pour retourner dans la cuisine, mais son pied se prit dans le tapis du couloir, et il trébucha. Il se cogna contre le mur.

Le choc lui coupa le souffle. Avant qu'il ne puisse reprendre sa respiration, Nicki sortit de la chambre. Ses yeux bleus lançaient des éclairs.

— Que faisiez-vous ? Vous étiez en train de m'espionner ?

Il essaya péniblement de trouver une excuse.

— Je voulais aller aux toilettes…

Elle fronça les sourcils.

— Vous êtes passé devant.

Bon sang !

— Qu'espériez-vous entendre ? demanda-t-elle.

Bon, peut-être valait-il mieux lui dire la vérité.

— Par exemple, j'aurais pu apprendre pourquoi vous êtes partie dans les bois pendant plus d'une heure, au beau milieu de la nuit, alors qu'il neigeait.

Elle plissa les yeux et fit un pas en arrière, jusqu'à se trouver dos au mur.

— Que voulez-vous dire ?

— Vous êtes sortie juste avant minuit et vous avez disparu dans la forêt pendant plus d'une heure. Puis vous êtes revenue en essayant de ne pas faire de bruit, et vous êtes allée vous coucher.

— Vous étiez en train de dormir. J'ai regardé si vous alliez bien.

— Vous croyiez que je dormais. Mais j'étais réveillé.

Elle afficha un air mauvais.

— Vous me surveillez ?

— Vous m'avez réveillé en partant. Je me suis demandé ce qui se passait. Vous n'étiez pas la seule qui n'était pas tranquille à l'idée de passer la nuit avec un étranger !

— Vous êtes toujours en vie. Donc, selon toute probabilité, je ne suis pas une tueuse en série.

Elle croisa les bras, et le regarda en levant le menton, d'un air de défi. Ses yeux bleus étincelaient, et ses joues étaient rouges de colère. L'air semblait vibrer autour d'elle.

Le désir monta en Dallas, et il chancela. Il s'adossa contre le mur, s'efforçant de soutenir le regard de Nicki.

Elle était dangereuse.

De toutes sortes de manières…

Il se redressa, espérant que ses jambes supporteraient son poids.

— Vous savez, je crois que je devrais appeler quelqu'un.

Nicki plissa les yeux.

— Qui donc ?

— Il y a un poste de police par ici ?

Elle s'assombrit.

— Ils sont certainement très occupés en ce moment. Avec la neige…

— Ce n'était pas une tempête, quand même !

Ses jambes avaient du mal à le soutenir. Il se retenait pour ne pas glisser à terre.

— Non, mais par ici, les gens n'ont pas l'habitude de conduire quand les routes ne sont pas complètement dégagées.

— Pourtant, c'est ce que vous allez faire…

— Que voulez-vous dire ?

— Vous allez travailler, non ?

Il fit un signe de tête en direction de la chambre.

— C'est ce dont vous parliez au téléphone.

— Vous étiez en train de m'écouter !

Inutile de le nier, estima-t-il.

— Vous pouvez m'emmener en ville avec vous. Je me débrouillerai.

Elle eut soudain l'air anxieux.

— Impossible.

— Pourquoi ? demanda-t-il avec un frisson d'appréhension.

— Vous ne pouvez pas aller à River's End, Dallas.

Et voilà, encore ! Il avait déjà entendu ces accents la veille, quand elle avait prononcé son nom en essayant de le faire monter dans la jeep. Il n'y avait pas pris garde, tant il était fatigué et stressé, mais là, c'était clair : elle savait qui il était.

— Vous avez entendu parler de moi, lâcha-t-il.

Elle se ferma nettement.

En lui, la colère prit alors le pas sur la peur : Nicki lui mentait de manière éhontée. Elle n'avait cessé de le faire !

— Si vous savez qui je suis, alors vous savez aussi qu'il y a des gens qui me cherchent.

Elle cessa de faire semblant.

— Rien qu'en voyant les bleus et les cicatrices que vous avez sur le corps, je l'aurais compris ! Et c'est pour ça que je ne vois vraiment pas pourquoi vous voulez aller à River's End ce matin.

De nouveau, ses jambes se remirent à trembler.

— Ils sont en ville, c'est ça ?

Elle ne lui demanda même pas de qui il parlait.

— Oui. Et pas seulement en ville. Ils sont partout, Dallas. Partout où vous pourriez aller.

Bon sang ! L'angoisse l'assaillit à nouveau, par vagues, mais il fit de son mieux pour ne pas le montrer. Les ordures qui l'avaient enlevé avaient tout mis en œuvre pour le faire craquer, mais ils n'avaient pas réussi. Il s'était échappé avant. Alors il n'allait pas craquer devant cette femme.

— Laissez-moi appeler quelqu'un qui viendra me chercher.

Le regard qu'elle lui lança exprimait presque la pitié.

— Je ne peux pas vous laisser faire ça non plus.

Il se força à rire, affectant un détachement qu'il ne ressentait pas.

— Et vous allez m'en empêcher comment ?

— Ça ne serait pas bien difficile ! assura-t-elle avec un rire sans joie. Je vous l'ai dit la nuit dernière : vous êtes si faible que j'aurai le dessus.

Vu l'état d'épuisement dans lequel il se sentait, il ne voulait pas vérifier si elle avait raison.

— D'accord. Je vais rester tranquille.

Elle plissa les paupières.

— Je ne vous crois pas.

Avant qu'il ne puisse faire un geste, elle bondit sur lui, l'attrapa par les deux bras et le projeta tête la première contre le mur. Le coup qu'il prit sur sa mâchoire blessée fit surgir une douleur fulgurante.

Il se débattit, mais Nicki était en effet beaucoup plus forte que lui. Elle le poussa vers la cuisine.

Lorsqu'il essaya de se retourner pour se dégager, elle lui envoya un coup de genou dans les jambes, et il vacilla. Elle lui lâcha les bras juste à temps pour qu'il puisse se retenir avant de tomber face contre terre, mais le choc fut suffisamment violent pour lui couper le souffle.

Un instant, tout s'obscurcit autour de lui. Il reprit sa respiration alors qu'il commençait à voir plus clair, et qu'il prenait conscience d'une douleur intense.

Il était visage sur le sol, les mains derrière le dos. Son assaillante le maintenait en place en pesant sur ses cuisses. Il reconnut le bruit du scotch que l'on dévide. Elle lui en entoura les poignets, lui attachant les mains derrière le dos.

Puis elle se leva et l'attrapa par le bras, d'une poigne de fer. Elle était peut-être mince, mais beaucoup plus forte qu'elle ne le semblait.

— Je suis désolée d'avoir à faire ça, mais vous ne me laissez pas le choix.

La peur revint, lui serrant la gorge, mais il refusa d'y céder.

— Et vous venez de me dire que vous n'étiez pas une tueuse en série !

— Croyez-le ou non, mon seul but est de vous garder en vie.

Elle le mit debout et le poussa vers une porte qu'il n'avait pas remarquée auparavant.

— Attention en marchant.

Elle ouvrit la porte et tendit la main à l'intérieur, allumant un interrupteur. Ils se trouvaient en haut d'un escalier raide qui menait au sous-sol.

— Vous n'allez tout de même pas m'enfermer dans vos oubliettes, non ?

Il essayait de garder un ton léger. Tout plutôt que céder à la peur.

Elle l'aida à descendre les marches, attrapant la rampe quand il trébuchait et le tirant derrière elle.

Ils arrivèrent au bas de l'escalier et elle le poussa à nouveau. Il tomba en avant, se préparant à l'impact.

Mais il heurta quelque chose de doux.

Il rouvrit les yeux : il avait atterri sur un vieux canapé rembourré, placé contre le mur en parpaing du sous-sol.

De la cave, corrigea-t-il mentalement, lorsque ses yeux s'habituèrent à la semi-obscurité. Il y avait une étagère contre le mur opposé. Dessus s'alignaient des bocaux de fruits et de légumes.

— Restez tranquille. Je reviens dans quelques heures.

Nicki était déjà en haut de l'escalier. Il leva les yeux vers le rectangle lumineux contre lequel se dessinait sa silhouette.

— Ne partez pas ! la supplia-t-il, alors que la peur avait raison de ses dernières défenses.

Elle s'arrêta dans l'embrasure de la porte. Elle semblait sincèrement peinée.

— Je suis désolée. Mais je ne peux pas rester.

Une fois encore, il était pris au piège et sans défense, avec les ténèbres et la terreur pour seuls compagnons.

4

Qu'est-ce que j'ai fait ?

La question lui revenait sans cesse à l'esprit, ponctuée par les battements de son cœur, alors qu'elle parcourait les quelques kilomètres qui la séparaient de la ville.

Elle avait ligoté un homme et l'avait enfermé dans sa cave. Avait-elle perdu l'esprit ?

Le téléphone portable qui dépassait de son sac à main constituait une tentation à laquelle il était bien difficile de résister. Elle n'avait jamais eu autant besoin de parler à quelqu'un ! Mais il était hors de question qu'elle essaie de joindre Alexander Quinn : il ne répondrait pas à un appel passé depuis son portable, qui risquerait de compromettre sa couverture.

En revanche, son cousin Anson répondrait. Elle pourrait bavarder un peu avec lui, de tout et de rien. Le simple fait d'entendre une voix familière lui ferait du bien, non ?

Elle reporta son attention sur la route, alors que ses roues glissaient légèrement sur la chaussée verglacée. Non. Elle ne devait pas céder à son angoisse, même si un peu de réconfort aurait été bienvenu.

Elle avait accepté ce travail. Elle savait ce à quoi elle s'exposait.

Bon sang, c'était pour cela qu'elle venait d'enfermer un homme dans sa cave, non ?

Malgré le mauvais temps, le parking du restaurant était à moitié plein. Elle gara sa jeep sur un des emplacements réservés au personnel et entra par la porte de service.

Dans la cuisine, il n'y avait que Tollie Barber, une des commis qui aidaient à préparer les ingrédients et à cuisiner les plats les plus simples. La jeune femme s'affairait sur le plan de travail, réduisant des pommes de terre en purée pour en faire des galettes, ses boucles blondes ramassées sous un bonnet en non-tissé. Elle lança un coup d'œil à Nicki.

— Les gens sont venus malgré la neige. C'est étonnant, non ?

Nicki enfila une protection sur ses cheveux et alla se laver les mains. Elle s'efforça de parler d'une voix calme et gaie, espérant parvenir à cacher sa nervosité.

— Il en faudrait plus pour empêcher les gens de prendre le petit déjeuner ici !

Trevor Colley entra alors dans la pièce. Il marchait rapidement pour un homme de sa corpulence. Son torse imposant et ses larges épaules semblèrent occuper presque tout l'espace lorsqu'il s'arrêta à côté de Nicki, qui s'affairait près du gril.

— Merci d'être venue si vite, Nicki, déclara-t-il d'une voix rude qui résonna dans la cuisine.

Il n'en dirait pas plus, elle le savait. Trevor n'était pas homme à s'épancher.

— Il y a beaucoup de monde malgré la neige, remarqua-t-elle en cassant deux œufs pour effectuer la première commande : œufs au plat, galettes de pommes de terre et bacon. Du nouveau, sinon ?

Trevor lui jeta un regard étrange.

— Plutôt ! Del McClintock est venu avec quatre hommes de sa bande. Leurs petites amies sont là aussi. Tu penses que je devrais m'inquiéter ?

C'était certainement une bonne chose que Trevor pense qu'elle avait la réponse à cette question : cela voulait dire que les gens commençaient à penser qu'elle avait des liens avec la milice des Appalaches. Ce qui, elle l'espérait, signifiait également que les membres de l'organisation commençaient à penser à elle comme à l'une des leurs.

C'était ce qu'elle voulait, non ?

— Non, ne t'inquiète pas. Si tu as des problèmes avec eux, viens me chercher.

Trevor fronça les sourcils mais retourna dans la salle de restaurant, la laissant préparer les commandes avec Tollie.

Alors qu'elle déposait les lanières de bacon sur le gril, elle revit en pensée les multiples bleus et cicatrices qui recouvraient le dos de Dallas, et elle en eut la nausée.

Mon Dieu ! Elle avait ligoté un homme malade, blessé, et elle l'avait enfermé dans sa cave sans même lui donner quelque chose à manger pour le petit déjeuner.

A quoi pensait-elle donc ? Elle était devenue folle !

Mais qu'aurait-elle pu faire d'autre ? Dallas voulait prévenir la police. C'était peut-être un piège, un coup monté par la milice pour vérifier si elle était vraiment celle qu'elle prétendait… Dans ce cas, elle ne savait pas vraiment si elle l'avait réussi ou non.

Mais si Dallas n'avait rien à voir avec eux ? Elle ne pouvait pas le laisser appeler la police : ils arriveraient en force à River's End, et, même si cela ne compromettait pas sa couverture, tous les membres de la milice se terreraient pour un temps. Il faudrait des mois, des années peut-être, avant qu'elle ne puisse les approcher autant qu'en ce moment.

Elle faisait ce qu'elle avait à faire. Voilà tout. Elle allait travailler, puis rentrer chez elle s'assurer que tout allait toujours bien.

Mais était-ce seulement le cas ?

Son corps le faisait terriblement souffrir, à commencer par la nouvelle blessure qu'il s'était infligée malgré lui au poignet, sur le clou qui dépassait de l'étagère de la belle et traîtresse Nicki. Mais Dallas s'était juré que, lorsqu'elle reviendrait, il ne serait plus attaché ni enfermé.

Qui était-elle donc ? Etait-elle liée à la milice qui l'avait retenu captif ? Et, si oui, pourquoi lui avait-il fallu la nuit pour décider qu'il était préférable de l'enfermer ?

Tout avait changé quand il lui avait dit qu'il voulait appeler la police. Cela avait été le tournant. Il avait vu la peur dans ses yeux, la même peur qu'il avait ressentie lorsqu'elle l'avait maintenu à terre et lui avait attaché les mains. Elle avait dû se sentir prise au piège à l'idée qu'il alerte les autorités.

Mais pourquoi ? Que cachait-elle ?

Le clou finit par déchirer le scotch autour de ses poignets. Il étendit les bras, mais les muscles ankylosés de son torse et de ses épaules protestèrent. Il les fit bouger doucement pendant un moment, veillant à ne pas se faire plus mal encore.

Il fallait qu'il trouve la force d'ouvrir cette porte et de sortir du chalet de cette folle.

Il n'y avait aucune fenêtre dans la cave, et pas d'autre porte que celle qui se trouvait en haut de l'escalier. Même si ses jambes chancelantes le portaient à peine, il fallait qu'il monte les marches et essaie de trouver un moyen de sortir. Enfoncer la porte n'était pas envisageable, tant il se sentait faible.

Mais il pourrait peut-être crocheter la serrure…

Il avait déjà passé près d'une heure à fouiller la cave pour trouver quelque chose lui permettant de faire céder le scotch. Il avait remarqué un petit meuble dans le coin, sur lequel se trouvait une boîte à outils. Il n'avait pas réussi à se servir des pinces posées à côté parce que les lames n'étaient pas tournées à un angle qui lui aurait permis d'user le scotch. Mais il y avait certainement d'autres outils dans la boîte, non ?

Il en explora le contenu, cherchant quelque chose…

Ça ! Un ramassis de vieux trombones entremêlés, dont certains étaient tout tordus. S'il avait de la chance, la serrure ne serait pas très élaborée, et cela suffirait à l'ouvrir.

Sinon…

Il prit une pince et déforma l'un des gros trombones jusqu'à obtenir une sorte de tendeur, puis il plia le bout d'un plus petit pour avoir un crochet.

Cela pourrait probablement convenir.

« Crocheter une serrure est plus facile que la plupart des gens ne l'imaginent », lui avait dit un jour un agent du FBI « Tout est affaire de goupilles. C'est comme ça que marche une serrure. »

Puis il avait expliqué à Dallas comment s'y prendre.

Il porta ses outils en haut de l'escalier et glissa son tendeur de fortune dans la serrure, le bougeant légèrement d'un côté, puis de l'autre, jusqu'à déterminer dans quel sens le cylindre tournait pour s'ouvrir. Il inséra alors le second trombone dans la serrure.

Il avait mal aux mains, aux jambes, peinait à se tenir droit mais il poursuivit son travail. Une à une, avec le crochet, il poussa les goupilles vers le haut jusqu'à ce qu'elles soient alignées. Finalement, lorsque la dernière goupille fut en place, il utilisa l'autre trombone pour tourner le cylindre.

La serrure s'ouvrit avec un clic, et il poussa la porte.

Il pénétra dans la cuisine et regarda autour de lui, plissant les paupières pour s'habituer à la lumière du jour. Tout était tranquille.

Il parcourut rapidement la maison pour s'assurer qu'il était toujours seul, et vérifia que la jeep de Nicki n'était pas là. Puis il entra dans la chambre, où se trouvait le téléphone.

Mais celui-ci n'était plus sur la table de nuit.

Il jeta un coup d'œil par terre, de chaque côté du chevet, et même sous le lit. Pas de téléphone.

Il eut beau fouiller tout le chalet, il ne le trouva pas… Pas plus qu'un ordinateur, un modem ou un routeur avec lequel il aurait pu contacter les autorités.

Il se laissa tomber sur une des chaises de la cuisine et essaya de calmer le tremblement de ses jambes. Il était évident qu'il ne pourrait pas appeler la police. Il fallait donc qu'il s'en aille de là.

Mais d'abord, il devait manger. Sa faiblesse était certainement en partie liée à la faim. Il se leva et se dirigea vers le réfrigérateur, craignant de le trouver vide. Mais il y avait pas mal de nourriture dedans, et il prit des œufs pour son petit déjeuner.

Nicki avait beaucoup d'ustensiles de cuisine. C'était logique, puisqu'elle lui avait dit qu'elle était cuisinière, non ? Il fit fondre un peu de beurre dans une poêle, prit quelques tranches de pain et les mit dans le grille-pain. Ces odeurs appétissantes lui firent presque tourner la tête, mais lorsqu'il eut dévoré son petit déjeuner, il se sentit beaucoup mieux.

Pour autant, était-il assez en forme pour aller chercher de l'aide à travers bois ?

Il laissa les poêles sales dans l'évier. Nicki les laverait. Elle méritait bien ce léger désagrément, si l'on considérait qu'elle l'avait enfermé dans la cave.

Il fit ensuite un autre tour dans la maison, cette fois pour essayer de connaître un peu plus Nicki, et comprendre ce qui l'avait amenée à l'enfermer plutôt que de le laisser appeler la police.

Elle avait admis savoir qui il était. Ce qui signifiait qu'elle était également au courant qu'il avait disparu près de Washington, et qu'il s'agissait probablement d'un enlèvement.

A moins que la police ne pense qu'il avait disparu de lui-même ? Il était au téléphone avec un certain Cade Landry quand ces voyous de la milice l'avaient fait sortir de la route et l'avaient emmené dans leur 4x4 cabossé. Mais Landry était en fuite à l'époque. Et, à ce qu'en savait Dallas, il l'était toujours. Il n'avait peut-être pas eu la possibilité de dire à quiconque ce qu'il avait entendu au téléphone.

Donc, que savait vraiment Nicki ?

Il n'y avait aucun objet personnel dans le chalet. Nicki avait certainement emporté son permis de conduire et ses papiers d'identité avec elle, puisqu'elle était partie en voiture, mais la plupart des gens avaient d'autres documents chez eux, non ?

Dans son appartement de Georgetown, il avait tout un placard rempli de papiers administratifs, de bordereaux d'assurance et autres. Il avait même une boîte avec des objets qu'il avait gardés de son enfance et de ses années à l'université.

Mais Nicki n'avait rien de tel dans son chalet.

Il s'assit sur le lit et considéra la petite chambre : de simples rideaux gris aux fenêtres, une commode en pin assortie à la table de chevet, un lit qui n'était qu'un matelas posé sur un sommier, garni de draps gris unis et de couvertures en nid d'abeille…

Un tapis en laine recouvrait le plancher et apportait la seule note de couleur à la pièce.

C'était un environnement austère pour une femme d'une beauté aussi éclatante que son hôtesse, désormais geôlière.

Il se leva, essayant toujours de comprendre ce qui lui était arrivé au cours des dernières heures. Où qu'il pose les yeux, il en revenait à la même chose.

Nicki.

Qui était-elle ? Et qu'attendait-elle de lui ?

Vers 9 h 30, le restaurant commença à désemplir, mais Del McClintock et sa clique s'attardèrent, buvant des tasses de café et discutant calmement dans un coin de la salle. Nicki ne savait pas si Del attendait qu'elle ait fini son service, mais Trevor ne cessait de jeter des regards troublés entre elle et McClintock à chaque fois qu'il entrait dans la cuisine.

Nicki feignit l'indifférence et profita du calme relatif pour nettoyer le gril, en préparation de la prochaine vague d'affluence. Elle s'efforça aussi de ne pas penser à l'homme enfermé dans sa cave, sans trop y réussir.

On ne pouvait pas mourir de faim en deux heures. Et s'il

avait eu besoin d'aller aux toilettes, elle pourrait toujours aller lui acheter des vêtements propres.

Tout se passerait bien. Elle allait trouver une solution.

Trevor passa la tête par la porte de la cuisine.

— Bella vient d'arriver. La voisine de sa mère a proposé de s'occuper de celle-ci, pour que Bella puisse être là pour le service de midi. Tu peux partir si tu veux.

Trevor jeta un autre coup d'œil vers la salle de restaurant, où Del et ses amis s'attardaient encore à une des tables près de la fenêtre.

— Oui, je vais y aller. Je sais que Bella avait envie de faire des heures, et j'ai du travail chez moi.

Comme délivrer un homme qui était enfermé dans sa cave, et réussir à le convaincre qu'elle n'était pas une psychopathe.

Mais Del McClintock ? Qu'allait-elle en faire ? Elle n'avait accepté de venir travailler que parce que Trevor lui avait indiqué que Del et d'autres membres de la milice se trouvaient à la cafétéria.

Et elle repartirait par la porte de service sans même échanger un mot avec lui ?

Bon sang, Alexander Quinn, qu'est-ce que je ne fais pas pour vous !

Une minute.

Elle allait prendre une minute et dire bonjour à Del. Elle attrapa son sac et son manteau, et se dirigea vers la porte menant à la salle de restaurant, ignorant le regard réprobateur de Trevor. Plusieurs des compagnons de Del étaient partis pendant qu'elle nettoyait la cuisine, mais lui était toujours là, avec Ray Battle et sa compagne, Tonya.

— Bonjour Del ! Tu ne te lasses pas de ma cuisine ?

— Jamais, répondit-il en souriant de toutes ses dents blanches.

C'était un beau garçon grand et musclé, ce qui n'était pas le cas de tous les membres de la milice qu'elle avait rencontrés au cours de ces derniers mois. Il était également mieux éduqué que la plupart. Dès lors, pourquoi s'acoquiner avec un groupe aussi redoutable que la milice des Appalaches ?

Nicki n'avait toujours pas la réponse. Mais il y avait une multitude de personnes qui étaient gâtées par le sort et n'avaient pas le sens moral nécessaire pour faire fructifier ces dons.

Del avait servi un temps dans l'armée — ou du moins, il le prétendait, et Nicki n'avait pas la moindre raison d'en douter. Mais il l'avait quittée dès qu'il l'avait pu, et était allé rejoindre son père qui travaillait dans la scierie de Wayne Cortland, à quelques kilomètres à l'est de River's End.

Cortland était l'un des criminels les plus notoires de Virginie lorsqu'il était mort trois ans auparavant.

D'après les dossiers qu'Alexander Quinn avait communiqués à Nicki, Wayne Cortland avait formé une association disparate, réunissant parmi les employés de la scierie des hackers, des trafiquants de drogue et des membres de la milice.

Mais depuis la mort de Cortland — assassiné par son propre fils — ces trois groupes s'affrontaient pour le contrôle de l'organisation.

Nicki en était certaine : Del McClintock jouait un rôle clé dans la milice et faisait partie de ceux qui cherchaient à prendre le pouvoir sur les trafiquants de drogue et les hackers.

Mais elle ignorait toujours qui dirigeait la milice en Virginie. Quinn pensait que ce leader inconnu était le chef de l'organisation tout entière, qui avait également un bras armé dans le Tennessee.

Il fallait que quelqu'un infiltre le groupe, se rapproche de ce leader et fournisse des renseignements à Quinn — et, à travers lui, au FBI.

C'était le rôle de Nicki. Et, grâce à une question posée incidemment par Del une semaine plus tôt, elle avait une idée sur la manière de s'y prendre.

— C'était sérieux, ce que tu m'as proposé la semaine

dernière ? demanda-t-elle en baissant la voix, pour que seules les personnes assises à la table de Del puissent l'entendre. Tu sais, tu m'avais dit que tu connaissais quelqu'un qui avait besoin d'un garde-malade ?

Del plissa les paupières, et elle craignit un instant d'avoir été trop directe. Mais son visage s'éclaira.

— Si tu penses que tu es à la hauteur. Mais ce n'est pas tout à fait légal…

— Je serais seulement chargée de donner des soins à quelqu'un, c'est ça ?

Elle lui lança un sourire.

— Et si toi et tes amis vous avez envie de me récompenser en me donnant un peu d'argent, qu'y a-t-il d'illégal ?

— Exactement !

Le sourire de Del était dangereusement séduisant : il lui donnait l'air avenant et chaleureux, alors qu'il était tout sauf cela. Elle ne le savait que trop et réprima un frisson.

— Donc, tu me diras si tu as besoin de moi, d'accord ?

— Bien sûr, répondit-il avec un clin d'œil. Tu peux rester un instant ?

— J'aimerais bien, mentit-elle. Mais la nuit dernière, j'ai recueilli un chat abandonné, et j'ai peur qu'il ne fasse des bêtises chez moi.

— Chez nous, on les abat d'un coup de fusil, intervint Ray avec un sourire narquois.

Je m'en doute ! songea-t-elle. Elle se força à rire.

— Je dois être un peu folle ! A plus tard.

Elle fit un signe de la main et sortit, plaquant un sourire éclatant sur son visage jusqu'à être dehors.

Elle poussa alors un soupir et se mit à trembler. Il fallait qu'elle trouve un moyen de combattre l'aversion qu'elle avait pour eux, surtout si elle était obligée d'être un peu plus qu'amicale avec Del pour arriver à ses fins.

Mais cette pensée la révulsait. C'était étrange, d'ailleurs, puisqu'à une époque de sa vie elle avait été attirée par des garçons de la trempe de Del : des hommes au physique avantageux, et qui faisaient naître en elle le frisson du danger.

Un peu comme celui qui était dans sa cave à la maison.

Bon sang ! Elle avait perdu la tête ?

Le ronronnement d'un moteur sortit Dallas de sa torpeur. Il s'assit sur le canapé, soudain en état d'alerte, et essaya de reprendre ses esprits alors que le bruit s'amplifiait. La petite sieste qu'il venait de faire n'avait pas soulagé ses contusions et ses douleurs, mais il se sentait un peu plus fort que le matin même. Manger et faire quelques mouvements, après ces semaines de captivité et d'inactivité forcée, lui avait rendu un peu de sa vigueur passée.

Mais cela suffirait-il à lui donner l'avantage sur une femme déterminée ?

Il jeta un coup d'œil à travers les rideaux : la jeep de Nicki s'avançait sur l'allée. Elle s'immobilisa et le moteur se tut, mais Nicki ne sortit pas immédiatement.

Que faisait-elle ?

Une minute s'écoula. Puis deux. Les jambes de Dallas s'ankylosaient à force d'immobilité.

Enfin, la portière de la jeep s'ouvrit. Nicki en sortit et se tourna vers le chalet.

Aussitôt, Dallas s'éloigna de la fenêtre et se plaqua contre le mur, près de la porte. Lorsqu'elle entrerait, le battant le cacherait, et elle ne pourrait pas se préparer à son attaque.

Du moins l'espérait-il.

Elle monta lentement les marches du perron. Très lentement.

Le cœur de Dallas tapait dans sa poitrine. Il se prépara mentalement à l'assaut et prit une profonde inspiration. Il était encore beaucoup plus faible qu'il ne l'aurait souhaité, mais sa taille et la surprise lui donneraient un avantage.

La clé tourna dans la serrure. Dallas se pressa contre le mur.

L'instant d'après, la porte s'ouvrit avec un grincement, et Nicki pénétra dans le chalet.

Elle commençait à refermer la porte derrière elle lorsqu'il la frappa rapidement et fort, puis l'écrasa sur le sol.

Elle poussa un cri de surprise qui lui donna un bref sentiment de triomphe, avant qu'il n'atterrisse sur elle, la plaquant contre le plancher.

Elle se débattit et lui donna des coups de pied. Il se pressa plus fortement contre elle et, pendant un instant, il n'arriva plus à penser. Il ne faisait que sentir : la chaleur de son corps sous le sien, la douceur de ses courbes, combien elle semblait parfaitement s'adapter à son corps dur et mince jusqu'à ce qu'ils ne fassent plus qu'un…

Son cœur battit plus fort encore, son sexe se durcit. Il poussa un soupir. Elle arrêta de se débattre et le regarda, les yeux sombres, écarquillés.

Il lui serra les poignets, la maintenant sur le sol sous lui, immobile.

Lorsqu'elle parla, ce fut d'une voix rauque.

— Vous avez trouvé quelque chose à manger ?

5

Le sang de Nicki tambourinait à ses oreilles. C'était peut-être pour cela qu'elle avait cru s'entendre demander à Dallas s'il avait mangé.

Parce qu'elle n'avait pas pu dire une chose pareille à l'homme au regard fou qui la maintenait plaquée sur le sol.

Il relâcha la pression de ses mains, se releva, et l'air frais remplaça la chaleur de son corps.

Il glissa sur le dos à côté d'elle, et fixa le plafond du regard.

— Qui êtes-vous ?

Elle suivit son regard, mais il n'y avait rien d'autre que le plafond à la peinture légèrement défraîchie.

— C'est à moi que vous demandez ça, ou aux murs ?

Il tourna la tête vers elle.

— Je me suis fait des œufs au plat avec des toasts.

Donc, elle lui avait vraiment demandé s'il avait mangé.

— Comment vous êtes-vous libéré ?

Il ne répondit pas immédiatement, comme s'il ne savait pas s'il devait le lui dire. Finalement, il poussa un soupir.

— Il y avait un clou qui dépassait de l'étagère en bois. Je m'en suis servi pour déchirer le scotch.

Il respirait toujours fort : son attaque l'avait un peu essoufflé. Même s'il allait clairement mieux que la nuit précédente, il n'était pas encore au mieux de sa forme.

Elle s'assit.

Elle avait bien trop conscience de sa présence. C'était tout à fait inapproprié. Décidément, ses goûts en matière masculine étaient toujours aussi désastreux !

— Cela m'explique comment vous vous êtes détaché, mais pas comment vous êtes sorti de la cave. La serrure est solide.

— Même les serrures solides peuvent être crochetées.

— Par un infographiste ?

Il s'assit à son tour et la scruta.

— Vous savez donc vraiment qui je suis ?

— Vous pensiez que je bluffais ?

Il plissa les paupières.

— Non. Mais moi, j'ignore toujours qui vous êtes… Et pourquoi vous avez pensé qu'il était préférable de m'enfermer plutôt que de me laisser appeler la police. Que cachez-vous ?

Impossible de répondre à cette question. Elle commença à se lever, se préparant à contrer Dallas au cas où il essaierait de l'en empêcher. Mais il se contenta de se redresser et de la détailler encore, d'un air curieux.

— Qu'est-ce que je cache ? répéta-t-elle. C'est vous, la personne recherchée par le FBI, pas moi !

Il commença à se mettre debout et fit une grimace de douleur. Elle lui tendit la main pour l'aider.

Il considéra celle-ci.

— Oui, c'est moi… Et donc, je ne comprends pas pourquoi vous avez montré tant de réticence quand j'ai voulu appeler la police, et vous débarrasser de ma présence.

Elle se mordit la lèvre et retira sa main.

— Oui.

Il se leva, la mâchoire serrée.

— Oui ? Vous n'avez pas vraiment répondu à ma question.

— J'ai mes raisons pour ne pas vouloir que la police ou qui que ce soit vienne dans les parages. Vous pouvez vous contenter de cette explication ?

Le regard qu'il lui lança rendit sa réponse superflue.

Elle soupira, et dit la première chose qui lui passa par la tête.

— Je fais de l'alcool sans autorisation.

Son rire moqueur la prit au dépourvu.

— Non.

— Comment pouvez-vous savoir que je n'ai pas un alambic caché quelque part ?

— Parce que j'ai fouillé tout ce chalet en vous attendant, et que je n'ai rien vu de tel. Je n'ai pas trouvé le téléphone non plus, d'ailleurs, même s'il y en avait un dans ma chambre la nuit dernière.

— Il est cassé.

Il secoua la tête.

— Je ne vous crois pas.

Depuis quand était-elle devenue aussi mauvaise menteuse ? Avant, elle pouvait raconter n'importe quoi sans que l'on mette sa parole en doute.

Ce n'était pas le moment de perdre ses capacités d'affabulation en plein milieu d'une opération d'infiltration !

— Revenons à ma première question, reprit-il. Qui êtes-vous ?

— Nicki.

— Nicki comment ?

— Nicki North.

Il fronça un plus peu les sourcils.

— Nicki North. Bon, d'accord. Allons-y pour ça.

Elle se dirigea vers la porte et la ferma à clé.

— Vous avez crocheté la serrure de la cave ? Vraiment ?

— Je suis sorti, non ?

— Et qu'avez-vous utilisé ?

Il eut un très léger sourire, qui fit se creuser des fossettes inattendues dans ses joues maigres.

— C'est un secret.

— Je n'ai pas de tendeur, donc vous avez dû improviser.

Elle tenta de se souvenir des outils dans sa cave. Il y avait une boîte qui se trouvait là quand elle avait loué le chalet, certainement laissée par un précédent locataire. Dedans, il y avait un fatras de clous, de vis, une clé hexagonale, des attaches parisiennes et des trombones. Elle essaya de deviner…

— Vous avez pris des trombones ?

— J'aurais dû me douter que vous étiez du genre à savoir crocheter une serrure !

— Et moi qui aime croire que je suis inclassable !

Il eut un petit rire.

— C'est plutôt vrai…

Elle n'aimait pas que ce soit lui qui pose les questions, et elle tenta de reprendre l'avantage.

— Où avez-vous passé les dernières semaines ?

— Vous ne le savez pas ? demanda-t-il doucement en avançant vers elle. Vous semblez pourtant très au courant.

Bien qu'il soit encore trop maigre et pâle pour avoir l'air véritablement dangereux, elle frissonna. Il avait eu assez de force pour la mettre à terre par surprise, et elle n'aurait peut-être pas été capable de se dégager s'il ne l'avait laissée partir de lui-même.

Indéniablement, ce côté dangereux l'attirait. Mais jusque-là, elle avait tenu sa résolution d'éviter les mauvais garçons.

— Pourquoi ne pas reprendre les choses au début ? suggéra-t-elle, faisant un pas en arrière pour maintenir une certaine distance entre eux. J'ai lu un article sur votre disparition il y a environ une semaine. Apparemment, votre patron du FBI a lancé un avis de recherche.

— Ah bon ?

Il eut l'air surpris.

— Qui donc ?

— Quelqu'un avec un nom japonais, je crois.

— Michelle.

Elle n'aima pas la façon dont il prononça son nom, comme avec affection. Elle n'était que son chef, ou plus ?

Elle se ressaisit.

Bon sang, Nicki !

— Michelle n'est pas vraiment un nom japonais.

— Mais Matsumara, si.

Il avait un ton légèrement ironique.

— Et que disait l'article ?

— Probablement beaucoup moins que ce que vous pourriez me raconter, répliqua-t-elle, puisque c'est à vous que c'est arrivé.

Il la regarda, les sourcils froncés, comme s'il n'allait pas répondre à sa question. Mais au bout d'un instant, il prit un air résigné et se dirigea vers la cheminée.

Il avait fait du feu. Pourquoi ne l'avait-elle pas remarqué en entrant dans le chalet ?

Peut-être parce qu'elle était trop occupée à se demander ce qu'elle allait lui dire en le libérant.

— C'était un vendredi, commença-t-il. J'ai quitté le bureau, je suis rentré chez moi, j'ai fait ma valise, et je suis parti dans le Kentucky.

— Vous êtes de là-bas, c'est ça ?

Il fronça à nouveau les sourcils.

— L'article était si précis ?

— *Les* articles, corrigea-t-elle. Les journalistes se demandaient si vous étiez allé voir votre famille.

Il se rembrunit.

— Je n'ai plus de famille.

— Alors, vous n'alliez pas dans le Kentucky ?

— Ce n'est pas ce que j'ai dit. Je considère toujours cet endroit comme chez moi.

— Mais vous n'êtes pas arrivé là-bas.

— Non.

Il prit le tisonnier. Se raidit. Mais se contenta de bouger une des bûches et de remuer les braises avant de le replacer sur son support.

— Non. Je me suis rendu compte que j'étais suivi. Puis un 4x4 m'a fait sortir de la route.

Il haussa les épaules.

— Je ne me rappelle pas vraiment l'accident. J'ai dû me cogner la tête.

— De quoi vous souvenez-vous ?

— Il y avait des hommes. Six ou sept. Ils se comportaient de façon brutale, et n'ont pas essayé de m'épargner. En fait, j'ai compris ensuite que ça leur plaisait de me faire du mal.

Il se tourna vers elle.

— C'est du passé. Hier matin, ils m'ont laissé seul et ont oublié de fermer la porte à clé. Ils pensaient peut-être que j'étais trop faible pour me sauver. Je ne sais pas…

— Vous vous êtes enfui ?

Elle ne voulait pas avoir l'air sceptique, mais elle doutait.

— Oui.

Il semblait sur la défensive.

— J'ai marché vers l'ouest. Je me suis dit qu'en avançant toujours dans la même direction, je finirai par rejoindre la civilisation.

— Alors vous avez marché toute la journée ?

— Pas toute la journée. Parfois, je me suis caché.

Nicki réprima un frisson.

— Ils doivent encore être en train de vous chercher !

Il acquiesça.

— C'est pour ça que je suis toujours ici, et pas dans les bois.

— C'est le moindre de deux maux ?

— Entre être ligoté avec du scotch et recevoir des coups de talon dans les côtes ? Oui, c'est certain.

Elle secoua la tête. Elle avait la nausée.

— Je suis désolée. Je ne savais pas quoi faire d'autre. Si ça peut vous rassurer, je n'ai pas arrêté de penser à vous toute la matinée. J'aurais au moins dû vous laisser aller aux toilettes avant de vous enfermer.

Il eut un petit rire.

— Et me nourrir ?

— Vous devez penser que je ne suis pas quelqu'un de bien.

Il secoua la tête, toujours en souriant.

— D'où tirerais-je cette idée ?

C'en était trop pour elle. Elle avait déjà assez de mal à savoir comment se comporter avec Del McClintock, qui envisageait probablement de coucher avec elle. Mais être en présence de cet homme énigmatique qui l'attirait malgré elle la déstabilisait complètement.

Une question lui traversa soudain l'esprit : l'agent X avait-il laissé un message dans leur cachette ?

Elle n'avait même pas pensé à y aller, tant il lui tardait de retourner chez elle pour faire sortir son captif de la cave humide.

Comme espionne, elle n'était pas vraiment à la hauteur !

— Vous pouvez partir. Allez où vous voulez. La seule chose que je vous demande, c'est d'attendre d'être loin d'ici avant d'appeler vos amis du FBI, d'accord ?

Elle désigna la porte d'un geste de la main.

— Je vous prête ma jeep. Il y a une petite gare à River's End, et vous pouvez prendre un train jusqu'à Washington si vous voulez. Laissez la jeep là-bas. J'irai la récupérer avec le deuxième trousseau de clés.

— Et comment je paierai mon billet ?

Elle eut un moment de découragement.

— Je dois avoir cinquante dollars, mais je doute que ce soit assez…

Il se mordilla la lèvre inférieure.

Elle eut brusquement envie que ce soit le lobe de son oreille à elle qu'il mordille ainsi.

Voyons, Nicki !

— Vous savez, je préférerais rester ici un moment.

Il parlait d'une voix grave et pensive.

— Je ne suis pas vraiment en forme, et je doute d'arriver à faire face à un interrogatoire du FBI dans cet état.

Il la regarda, une lueur dangereuse dans ses yeux noirs.

— Et j'aime résoudre les énigmes.

Elle fit semblant de ne pas comprendre.

— Que voulez-vous dire ?

Il sourit.

— Ne jouez pas à l'idiote avec moi, Nicki North. Je ne sais peut-être pas qui vous êtes ni ce que vous faites, mais je ne suis pas aveugle. Je vois que vous êtes intelligente et pleine de ressources. Et peut-être que, si je reste ici assez longtemps, je vais comprendre à quoi vous jouez.

— Je ne joue à rien.

— Bien sûr que si. C'est le cas de tout le monde.

Il fit un pas vers elle, lentement, lui laissant le temps de reculer si elle le voulait.

Mais ses jambes refusèrent de bouger. Elle se contenta de soutenir son regard menaçant alors qu'il s'approchait d'elle.

— Et je joue pour gagner.

Il parlait d'une voix grave, basse.

Elle leva le menton. Le ton de défi qu'il avait employé avait provoqué chez elle une réaction épidermique.

— Moi aussi.

Il avait raison : tout le monde jouait un jeu.

Mais personne ne le faisait aussi bien qu'elle, Nicolette Jamison.

Il ne s'appelait pas agent X, bien entendu, mais, puisque c'était ainsi que Nicolette Jamison le désignait dans les rapports qu'elle envoyait à Alexander Quinn, il s'amusait à penser à lui-même en ces termes alors qu'il se dirigeait vers la cachette.

Ces temps-ci, il se faisait appeler John Bartholomew, et il n'était plus agent de la CIA. Sa carrière naissante s'était terminée très vite, il y avait plus de dix ans de cela, alors qu'il était en poste à Athènes pour une mission de surveillance. Il était sorti de l'hôtel où il séjournait et avait reçu une pierre en pleine tempe, lors d'émeutes opposant la police à des groupes de jeunes.

Du moins, c'était ce qu'on lui avait raconté lorsqu'il s'était réveillé trois semaines plus tard dans un hôpital d'Athènes, sans aucun souvenir des deux mois précédents.

Les notes qu'il avait prises sur son opération de surveillance avaient disparu. Sa chambre d'hôtel avait été fouillée de fond en comble après son accident. C'était ce que son chef de section à Athènes lui avait raconté. Sa mission avait été compromise et il importait peu à la CIA que ce ne soit pas par sa faute : ils n'avaient plus besoin de lui.

Il s'était rétabli et était retourné à la vie qu'il avait prévue avant que la CIA ne le recrute : il travaillait en tant que fiscaliste dans le cabinet de comptabilité de son père, à Johnson City, dans le Tennessee.

Il détestait ce métier.

Il devait une fière chandelle à Quinn. Cet ancien agent de la CIA avait besoin d'un homme en Virginie, tout près de Johnson City, pour une mission qui avait été confiée à son agence de sécurité.

Quinn l'avait recruté.

La température s'était radoucie depuis midi, et la neige fondait sous ses pas. Si les arbres n'avaient pas bloqué les rayons du soleil, il n'y en aurait déjà plus eu. Mais l'ombre allait préserver la mince couche qui recouvrait le sol un peu plus longtemps, et le forcer à marcher précautionneusement, en veillant à ne laisser qu'un minimum de traces.

Son regard se posa sur le rondin de bois près de la cachette. La branche qu'il portait était tournée vers le haut, signe que Nicki Jamison avait déposé un message pour Quinn.

Il commença à se diriger vers la grotte lorsque des bruits de voix lui parvinrent. Il s'immobilisa et scruta les lieux.

Là. Deux hommes habillés en kaki s'avançaient, et il eut à peine le temps de se dissimuler derrière un buisson. Du moment qu'il ne bougeait pas, ils ne le verraient pas.

Du moins l'espérait-il.

Les hommes avaient des fusils sur l'épaule. A leurs mains se balançaient les carcasses de deux écureuils gris.

Des chasseurs. La saison des écureuils allait se terminer en Virginie à la fin du mois, et ces hommes essayaient probablement de profiter des derniers jours de chasse.

Ils passèrent devant la grotte et le rondin sans leur accorder un regard, discutant tranquillement pour savoir dans quel endroit ils allaient continuer à chasser. Ils s'approchèrent dangereusement de lui, mais s'ils le remarquèrent, aucun d'entre eux ne le mentionna. Il attendit que le son de leurs voix s'estompe pour bouger, marchant aussi rapidement que possible vers la grotte pour aller vérifier la cavité où Nicki Jamison laissait ses messages à Quinn.

La lettre était là, comme il s'y attendait. Il glissa le papier dans sa chemise et se faufila à travers bois, revenant sur ses pas.

Ce ne fut que lorsqu'il entra dans sa voiture qu'il déplia le papier et lut le message.

Il leva les sourcils de surprise, puis démarra et partit en direction du sud-est.

Lorsqu'il eut rejoint Abingdon, il sortit son téléphone et composa le numéro de Quinn. Celui-ci répondit à la seconde sonnerie.

— Plomberie Miller.

— Dallas Cole est en vie. Et devine qui l'a recueilli dans son chalet de River's End ?

6

Dallas en était certain : elle ne s'appelait pas Nicki North. Mais elle semblait être réellement cuisinière dans une cafétéria du coin : tandis qu'elle se penchait vers son poignet, juste sous l'endroit où il s'était écorché en se libérant, une légère odeur de bacon grillé se mit à flotter dans l'air.

Elle leva les yeux vers lui.

— C'est nouveau ?

Il hocha la tête.

— Vous vous l'êtes fait en enlevant le scotch ?

— Oui.

Elle baissa le regard, l'air troublé.

— Je suis désolée, je n'aurais pas dû vous enfermer ! J'aurais dû trouver un autre moyen…

— Retenir des hommes captifs n'est pas votre hobby habituel ?

Elle redressa la tête.

— Non.

— Ce n'était pas une question sérieuse, souligna-t-il d'un ton plus doux.

— Etant donné les circonstances, je ne pourrais pas vous en vouloir si vous pensez que je suis folle…

Elle désinfecta sa nouvelle plaie.

De douleur, il retint son souffle.

— Je suis désolée. Vraiment.

— Vous avez peur de quelque chose ?

Alors qu'elle commençait à s'éloigner, il lui prit la main et la retint près de lui.

Elle croisa son regard, le soutint.

— J'ai peur pour vous. Il est évident que vous avez des problèmes, et River's End est plein de gens que vous devez absolument éviter.

— J'ai bien compris. Mais ce qui reste un mystère pour moi, c'est pourquoi vous continuez à vivre ici si vous avez peur d'eux.

— Ce n'est pas moi qui suis en danger.

Elle parlait d'une voix égale, mais il savait à quoi s'en tenir. Sous son calme et ses mouvements mesurés perçait la tension.

Peut-être disait-elle la vérité quand elle prétendait qu'elle n'avait peur que pour lui.

Mais il ne le pensait pas.

Elle finit de lui bander le poignet et s'assit au fond de sa chaise.

— Ça devrait aller jusqu'à ce que je revienne.

— Il faut que vous retourniez travailler ?

— Non. Je dois rendre visite à une amie qui ne peut pas quitter sa maison.

Elle détourna le regard. Elle ne disait pas la vérité, devina-t-il.

— Une amie ?

— Oui. C'est une longue histoire que je n'ai pas le temps de raconter.

Le visage fermé, elle remballa sa trousse de secours et se leva.

— Vous devriez en profiter pour dormir un peu.

— Bonne idée !

Elle lui lança un regard de côté en posant sa trousse sur la cheminée, mais si elle pensait qu'il lui mentait, elle n'en laissa rien paraître.

— J'en ai pour environ deux heures. Je ferai aussi les courses pour nous préparer un repas digne de ce nom.

Alors qu'elle s'apprêtait à sortir, elle se retourna.

— Vous êtes remarquablement accommodant.

— Il faut dire que je n'ai pas vraiment le choix !

Elle plissa les paupières.

— Effectivement…

Elle sortit et referma la porte à clé derrière elle.

Il attendit que le bruit du moteur de la jeep se soit éloigné, et il commença une lente inspection de la maison, comme celle qu'il avait faite auparavant, lorsqu'il était sorti de la cave. Mais cette fois, au lieu de chercher des preuves compromettantes, il essaya surtout de comprendre qui était la femme qui vivait là.

Tout comme la chambre, le reste du chalet était aménagé de façon très simple et impersonnelle. La plupart des meubles étaient vieux et désassortis, sans que l'effet obtenu soit charmant. L'ensemble donnait l'impression que Nicki était allée dans un dépôt-vente et avait choisi rapidement du mobilier pour son utilité plutôt que pour son style.

Il commença une deuxième fouille, cette fois plus méthodique, examinant tout en détail : le fond des tiroirs, les cagibis, les placards…

Puisqu'une inspection de surface ne lui avait rien révélé sur cette femme, peut-être faudrait-il un examen approfondi pour découvrir ses secrets ?

Mais cette seconde recherche ne donna rien.

Aussi, il s'arrêta au milieu de la chambre et, des yeux, fit le tour de la pièce, essayant de déterminer les cachettes possibles auxquelles il n'avait pas encore pensé : une alcôve, une trappe dissimulée qui aurait échappé à son attention…

Le problème, songea-t-il en allant de pièce en pièce, était qu'il ne se sentait pas dans son élément chez Nicki. Même si le poste qu'il occupait au FBI était plutôt de nature artistique, il aimait la technologie. Vivre dans ce petit chalet sans un ordinateur ou un téléphone semblait à peine concevable : il deviendrait fou.

Il avait toujours aimé l'informatique, même lorsqu'il était

adolescent. Il s'était lié d'amitié avec un camarade de lycée, David Price, dont le père était programmateur à l'université de Lexington.

David avait partagé toutes ses connaissances en informatique avec Dallas, mais elles étaient plutôt limitées, dans la mesure où il était plus intéressé par le sport et, plus tard, par les filles.

Dallas aussi aimait le sport et les filles, mais il avait été fasciné par le langage des codes, par la façon dont le plus petit changement — un symbole ici, un nombre là — pouvait entièrement modifier la façon dont fonctionnait un système.

Malheureusement, lorsque vint le moment d'aller à l'université, la bourse qu'il réussit à obtenir l'obligeait à suivre un cursus artistique, et non technique. Ensuite, une fois son diplôme en poche, il avait essayé de trouver un travail qui lui permettrait de quitter sa région natale pour de bon.

Il s'était agi d'un poste d'infographiste, d'abord dans une agence publicitaire de la ville de Virginie où il avait fait ses études, puis, quelques années plus tard, dans le service de communication du FBI.

Là, il s'était lié d'amitié avec les agents du département de cybercriminalité, qui l'avaient accepté comme un des leurs lorsqu'ils avaient compris que ce qui lui manquait en connaissances informatiques était largement compensé par le talent et la motivation. Ils l'avaient incité à suivre une formation interne qui pourrait donner un tour nouveau à sa carrière, avec peut-être un poste d'agent à la clé…

Désormais, à cause du directeur adjoint du FBI, Philip Crandall, il ne le serait jamais.

Il entra dans la petite cuisine et fureta de nouveau. Mais il commençait à perdre espoir. Si elle cachait quelque chose — et c'était certainement le cas, étant donné la façon dont elle avait réagi quand il avait parlé d'appeler la police — elle l'avait bien dissimulé. Si cela avait été un fichier caché dans son ordinateur, il l'aurait trouvé sans trop d'effort. Il comprenait les ordinateurs.

Mais les femmes vivant dans les bois sans connexion Internet étaient pour lui un mystère qu'il n'avait pas l'espoir de déchiffrer.

Son dos lui faisait de plus en plus mal, il avait les jambes comme en caoutchouc et un mal de tête naissant qui promettait de s'intensifier rapidement. Il s'affaissa là où il se trouvait, s'appuyant contre la cuisinière. Il commençait à fermer les yeux quand son attention fut attirée par quelque chose au sol, logé dans un interstice entre le réfrigérateur et le placard.

Il se remit péniblement debout, s'avança vers l'endroit et plissa les yeux. Il y avait tout juste assez de lumière pour éclairer un petit objet glissé dans cet espace.

Il n'arriverait jamais à le prendre avec ses mains mais il allait bien trouver un outil…

Il passa en revue les ustensiles suspendus au-dessus de la cuisinière et saisit une longue fourchette à barbecue, puis retourna vers le réfrigérateur.

Il dut s'y reprendre à plusieurs fois pour faire glisser l'objet, mais la fourchette finit par l'accrocher, et il le tira vers lui.

C'était une grande enveloppe en papier kraft avec une ficelle qui la maintenait fermée. Il n'y avait rien d'écrit sur aucun des côtés, mais elle semblait contenir une grosse liasse : des papiers peut-être, des documents…

Des secrets.

Il l'apporta vers la table de la cuisine, tira une chaise et posa l'enveloppe devant lui.

Bon, Nicki North. Voyons ce que vous cachez.

Il défit la ficelle et ouvrit l'enveloppe, faisant tomber son contenu sur la table. Il y avait là des notes, certaines écrites à la main, d'autres imprimées. Au moins une quarantaine.

Il en prit une et commença à lire, le souffle presque coupé d'impatience. Puis son impatience se transforma en confusion.

Si le contenu de l'enveloppe répondait à certaines de ses questions, il ne résolvait pas le mystère de Nicki North.

Bien au contraire…

Kaylie Pickett avait les yeux écarquillés par la peur lorsqu'elle ouvrit la porte du chalet et fit rapidement entrer Nicki.

— Keith va renter dans une heure. Je n'ai pas beaucoup de temps !

Nicki eut un frisson qu'elle réprima vite : être surprise avec Kaylie n'était pas ce qui pouvait lui arriver de pire. Elle arriverait à s'en sortir.

C'était surtout Kaylie qui souffrirait.

Kaylie et le bébé qu'elle portait.

Nicki sortit de son sac des flacons de vitamines pour femme enceinte et les posa sur la table.

— Tu es sûre que je peux prendre ça ? demanda Kaylie.

— Il le faut, répondit Nicki fermement. Et surtout, pas d'alcool ni de drogue !

— Jamais ! s'exclama Kaylie, qui considérait les flacons de vitamines en plissant le front.

Elle leva les yeux vers Nicki.

— Je te le jure !

— Je te crois, assura Nicki, même si, en réalité, elle en doutait.

— Je fumais parfois du cannabis, mais c'est fini.

— Il faut que tu arrêtes complètement toutes les drogues. Tu veux un bébé en bonne santé, non ?

— Bien sûr !

— Prends une gélule par jour. Et tu dois aussi avoir une alimentation saine. Mange des légumes verts, des carottes, de la viande maigre…

Kaylie serra impulsivement Nicki dans ses bras.

— Merci pour tout, Nicki ! Keith ne penserait jamais à m'apporter des choses comme ça. Il dit que c'est totalement inutile, et que c'est seulement un moyen de nous prendre un peu d'argent.

Je m'en doute ! songea Nicki. Ou, du moins, c'était l'excuse qu'il avait trouvée pour ne pas acheter ces vitamines à Kaylie.

— Je ferais mieux de partir avant que Keith ne rentre. Tu as un endroit où les cacher pour qu'il ne les trouve pas ?

— Oui, répondit Kaylie en la raccompagnant. Encore merci !

— Pas de problème. Tu peux m'appeler si tu as besoin de quoi que ce soit.

Sauf qu'elle n'avait toujours pas rebranché son téléphone… Elle l'avait emporté en partant travailler le matin, et il était toujours dans la jeep. Il faudrait qu'elle le rallume au cas où Kaylie ait besoin de la joindre.

— Essaie de ne pas t'inquiéter, d'accord ? Du moment que tu manges bien, que tu prends ces vitamines et que tu évites le stress, ton bébé et toi, vous irez bien.

Kaylie eut un petit rire désabusé.

— Pas de stress ? Je vais essayer.

Nicki remonta le col de sa veste pour se protéger du vent froid qui venait de la montagne. Il ne semblait pas devoir neiger de nouveau, mais elle n'avait pas vraiment écouté la météo depuis le matin.

Elle alluma la radio et essaya plusieurs stations avant de trouver un flash d'informations. Au bout de quelques minutes, il y eut un rapide bulletin météo. On attendait du grésil pour la nuit, mais pas de chutes de neige.

C'était un soulagement. Elle espérait retourner à la cachette durant la nuit pour voir si l'agent X avait trouvé son message. Ce serait plus rapide et plus facile sans la neige.

Voyons, Nicki, tu sais très bien que ce n'est pas la météo qui te met les nerfs à fleur de peau !

Non. Si elle était honnête avec elle-même, ce qui l'inquiétait, c'était ce qu'elle trouverait en arrivant chez elle.

Dallas Cole serait-il toujours là ? La peur de ses anciens

geôliers serait-elle assez forte pour le forcer à rester caché jusqu'à ce qu'elle ait des nouvelles d'Alexander Quinn ?

La porte d'entrée de son chalet était toujours fermée lorsqu'elle introduisit sa clé dans la serrure. Elle entra, s'arrêta sur le seuil et considéra le salon vide.

Elle referma la porte derrière elle et commença à avancer dans le couloir.

Il y avait de la lumière dans la cuisine. Elle prit une inspiration et entra.

Dallas était assis à la table, tenant une tasse de café dans les mains. Il leva les yeux. Il avait le regard grave.

Une seconde plus tard, elle remarqua l'enveloppe en papier kraft posée à côté de son coude.

Ses oreilles se mirent à siffler. Puis elle eut l'impression que son corps se vidait de tout son sang. Et, pendant un instant, elle crut vaciller.

Elle combattit cette faiblesse soudaine et se força à aller s'asseoir à la table en face de Dallas, fixant l'enveloppe du regard. Elle était fermée, comme elle l'avait laissée avant de la ranger dans l'espace entre le réfrigérateur et le placard.

Elle s'éclaircit la voix. Elle avait la nausée.

— Je vois que vous avez été occupé.

Il tournait et retournait la tasse dans ses mains.

— Oisiveté est mère de tous les vices…

— Vous l'avez ouverte ? demanda-t-elle, levant les yeux vers lui.

Il la regarda comme si elle avait dit quelque chose de stupide. C'était certainement le cas.

Elle se mordilla la lèvre.

— Ecoutez, quoi que vous ayez lu, ce n'est probablement pas ce que vous pensez…

Un coin de ses lèvres se souleva, creusa une fossette dans sa joue.

— Ce n'était pourtant pas codé.

Elle soupira.

— Et que pensez-vous savoir ?

Il repoussa sa tasse de café et la dévisagea.

— Vous travaillez avec Alexander Quinn, certainement pour son organisation The Gates. C'est ça ?

Elle ne répondit pas. C'était inutile.

— C'est pour ça que vous savez qui je suis ? lança-t-il.

— Votre disparition n'est pas un mystère : on en a parlé aux infos.

— Mais vous n'avez pas de télé.

Elle baissa le regard sur ses mains.

Il soupira.

— Il n'y a pas de photo de moi dans cette enveloppe.

— Non.

— Mais vous avez vu une photo de moi.

Ce n'était pas une question.

— Il y a des journaux en ville…

Elle en était certaine : l'expression de son visage ne trahissait pas grand-chose. Elle avait peut-être perdu l'habitude de mentir, mais elle savait toujours garder l'air imperturbable.

— D'accord, fit-il.

Puis il poussa l'enveloppe vers elle.

— La plupart des documents sont des messages de Quinn. Du moins, ils sont signés AQ. J'imagine que ce n'est pas Al Qaida.

Elle le toisa, bien déterminée à ne rien laisser paraître.

— Ces messages ne sont pas codés, mais ils ne sont pas explicites… Au cas où ils tomberaient dans de mauvaises mains ?

Elle haussa les épaules.

— C'est vous qui le dites.

Il secoua la tête.

— Quinn pense que je suis passé du mauvais côté ? C'est ce que Cade Landry lui a dit ?

— Qui ?

Dallas pinça les lèvres.

— Dites-moi la vérité, Nicki… Si d'ailleurs vous vous appelez Nicki.

— Oui.

— Nicki North ?

Elle ne répondit pas.

— Je ne crois pas que ce soit votre véritable nom, mais si vous êtes en mission d'infiltration, c'est normal. Je dois seulement savoir ce que vous avez l'intention de faire, et si oui ou non je peux vous aider.

— M'aider ?

— Où êtes-vous allée la nuit dernière ?

Une fois encore, elle garda le silence.

— Relever un autre message de Quinn ? Ou lui en laisser un ?

Il était trop près de la vérité. Tout ce qu'elle avait péniblement réussi à mettre en place au cours de ces semaines pouvait être réduit à néant par un simple mot à la mauvaise personne.

— Je peux vous aider à partir d'ici. Ce n'est pas ce que vous voulez ? demanda-t-elle.

Il l'observa un moment, une étincelle de surprise dans ses yeux sombres.

— Vous êtes prête à me laisser partir maintenant ?

— Je n'ai jamais eu l'intention de vous retenir prisonnier. Mais je ne voulais pas…

— Vous ne vouliez pas attirer l'attention sur vous, et que votre mission d'infiltration soit compromise.

Il tendit le bras et posa sa main sur les siennes. Le contact de ses doigts chauds, un peu calleux, lui envoya un frisson inattendu dans le dos.

— Je ne le veux pas non plus. Mais je peux vous aider.

— Je ne vois pas ce dont vous voulez parler.

— Si. Vous essayez de recueillir des informations sur la milice des Appalaches. Quinn veut que vous vous rapprochiez de son chef.

Elle essaya de demeurer impassible, mais ses paroles la surprirent. Les messages de Quinn concernant le mystérieux leader de la milice avaient été aussi évasifs que possible.

Comment Dallas Cole avait-il réussi à deviner tout ceci ?

— Je vois que j'ai touché juste, murmura-t-il.

Elle leva brusquement les yeux vers lui et retira ses mains.

— Que voulez-vous ?

— Rien de plus que ce que je vous ai dit.

Il y avait une chaleur inattendue dans son sourire, comme s'il se réveillait après un long sommeil.

— Je peux vous aider, Nicki. Je veux faire partie de la mission. Je veux travailler avec vous.

7

— Vous voulez travailler avec moi ?

Il y a du progrès, songea Dallas.

Nicki s'était tue dès qu'elle avait remarqué l'enveloppe sur la table, et il s'était demandé un instant si elle avait décidé de se murer dans le silence. Mais apparemment, sa proposition d'aide l'avait assez surprise pour qu'elle sorte de sa réserve.

— Ces gens-là m'ont enfermé pendant trois semaines. Ils m'ont torturé pour essayer de me soutirer des informations que je n'avais pas… Et je pense qu'ils ont réussi à infiltrer le FBI, et qu'ils vont tout faire pour que je ne revienne jamais à Washington raconter ce qui m'est arrivé. C'est pour ça que je veux travailler avec vous. Je peux vous aider.

— Je n'ai jamais dit que j'avais besoin d'aide !

— Vous n'avez rien dit du tout, fit-il remarquer. J'aimerais bien vous entendre.

— Vous êtes fou ! Vous ne savez absolument rien de moi. Vous avez lu des lettres personnelles qu'un ami m'a envoyées, et vous inventez une histoire à dormir debout selon laquelle je serais une espionne !

— Non. En mission d'infiltration, corrigea-t-il.

— Comme vous voudrez.

Il se leva et la domina de toute sa hauteur. Allait-il réussir à l'intimider ? Il avait le sentiment que non.

— Alors, si les initiales AQ ne font pas référence à Alexander Quinn, de qui s'agit-il ?

— Alan Quincy, répondit-elle sans la moindre hésitation.

Il devait le reconnaître : elle mentait bien. Elle avait l'esprit vif et ne se laissait pas dominer par la peur.

— Votre petit ami ?

— Un camarade d'école.

— Ah bon ? Quelle école ?

— Le lycée du comté de Ridge, dans le Tennessee.

Elle leva les yeux vers lui, le visage calme.

— Il a deux ans de plus que moi. Nous faisions tous les deux partie du ciné-club.

— Le ciné-club…

— Nous écrivions des critiques de film.

Elle lui lança un sourire.

— Vous auriez dû lire celle que j'ai faite sur le symbolisme dans *Lolita malgré moi*. C'est mon chef-d'œuvre !

Il ne put s'empêcher de sourire à son tour. Elle lui mentait sans vergogne — même si elle avait très certainement écrit une excellente critique sur *Lolita malgré moi*.

Elle mentait si bien qu'il n'arrivait pas à lui en vouloir. Pour autant, il était sûr de ne pas se tromper : elle travaillait pour Alexander Quinn. C'était la seule chose évidente.

Si elle avait été de mèche avec la milice des Appalaches, elle l'aurait livré aux hommes auxquels il venait d'échapper. Elle ne l'avait pas fait.

Et clairement, elle n'était pas une personne comme une autre qui aurait choisi de vivre au fond des bois. Ne l'avait-elle pas emprisonné dans sa cave ?

— Pourquoi vous m'avez enfermé ?

— Je vous l'ai dit.

— Pour me protéger ?

Elle le regarda pendant un long moment. Puis elle se cacha le visage dans les mains.

— Bon sang ! murmura-t-elle d'une voix étouffée.

Il se rassit en face d'elle et demeura silencieux. Finalement, elle releva la tête vers lui. Dans ses yeux se lisait clairement de la peur. Une peur contagieuse, qui l'envahit lui aussi. Nicki semblait prise au piège.

Il lui avait dit qu'il voulait travailler avec elle, et c'était vrai.

Mais, vu l'expression de son regard, les choses étaient sans doute beaucoup plus dangereuses qu'il ne l'avait pensé.

— Vous avez raison, d'accord ? dit-elle d'une voix tremblante. Vous avez raison.

— Vous pourriez être un peu plus précise ?

Elle se cacha le visage dans les mains.

— Je suis en mission. J'essaie de découvrir l'identité du nouveau chef de la milice des Appalaches en Virginie.

— Vous travaillez pour Alexander Quinn ?

Elle leva la tête.

— Pour Quinn. Pour The Gates. Et pour moi-même.

— Pour vous-même ?

— Ecoutez, Quinn n'est pas au courant, et je ne veux pas qu'il le sache. Vous comprenez ? Je ne veux pas qu'il apprenne ce que je vais vous dire.

Elle parlait d'une voix étranglée qui le remplit d'angoisse.

— Il y a deux ans, je travaillais comme informatrice pour la police de Nashville.

Il leva les sourcils.

— C'est une longue histoire. Je me trouvais là où il ne fallait pas…

Elle secoua la tête.

— D'ailleurs, cette phrase pourrait résumer ma vie ! Je sortais avec un garçon qui, je l'ai appris plus tard, était un truand notoire. Il s'appelait Blake. Blake Ridenour. La police savait qu'il avait un laboratoire de drogue quelque part, mais ils n'avaient pas réussi à le localiser. Quand ils nous ont vus ensemble, un des policiers m'a approchée. Il m'a menacée de me mettre en prison moi aussi. A l'époque, je ne savais pas vraiment ce que faisait Blake. Je voyais seulement qu'il était beau, et qu'il me traitait comme une reine.

— Hum…

— Quand j'ai découvert qui il était vraiment, j'ai compris beaucoup de choses… Des choses que j'aurais dû remarquer avant. Je pense que je n'avais pas voulu voir la vérité.

Elle poussa un soupir.

— Ça a toujours été comme ça !

— Vous avez aidé la police à le pincer ?

— Oui. Il n'a jamais su que c'était moi.

Il y avait un soupçon de fierté dans sa voix. Mais de suite, elle se rembrunit et écarta ses longs cheveux bruns de son visage, révélant la courbe douce de son cou.

L'envie de l'embrasser à cet endroit prit Dallas avec une violence qui le surprit. Le désir monta en lui, et il serra les poings pour ne pas toucher Nicki.

— Quel est le rapport avec la milice des Appalaches ?

— Comme j'avais fait du bon travail, la police du Tennessee m'a contactée. Ils avaient entendu parler de moi par leurs collègues de Nashville, et ils pensaient que j'étais la personne idéale pour la mission qu'ils avaient en tête.

— Quelle mission ?

Elle croisa son regard.

— Vous êtes au FBI. Vous savez qu'ils essaient parfois d'arriver à leurs fins par la séduction, non ?

Il hocha la tête, un peu mal à l'aise.

— La police du Tennessee enquêtait sur une milice fondée en Virginie, mais qui commençait à avoir des ramifications dans le Tennessee.

— La milice des Appalaches.

— Oui.

Elle se leva et alla vers la cafetière. Elle appuya ses deux mains sur le plan de travail, considéra le pot à moitié plein. Après un moment, elle ouvrit un placard et en sortit une tasse. Elle resta silencieuse en se versant du café, additionné de lait et de sucre.

Dallas ne dit rien non plus, lui laissant le temps de rassembler ses idées, mais l'anxiété commençait à avoir raison de sa patience. Ce qu'elle avait vécu semblait l'avoir profondément marquée. Dallas n'était pas sûr de vouloir apprendre ce qui avait pu déstabiliser une femme comme Nicki.

Elle porta sa tasse de café à table et se rassit, la tenant entre ses mains.

— La mission semblait facile à première vue. Ils n'avaient pas réussi à infiltrer la milice, mais il y avait des personnes à la marge qu'ils pensaient pouvoir utiliser. L'une d'entre elles était un paysan qui vivait dans un petit village du nom de Thurlow Gap. Il n'était pas membre de la milice, mais il avait deux frères qui — d'après la police — en faisaient partie, et ce fermier était connu comme sympathisant.

— On vous a demandé de vous rapprocher de lui.

Elle acquiesça.

— Il était veuf depuis peu. Sa femme était morte d'un cancer du sein l'hiver précédent, et il était seul pour élever leurs trois enfants. Il avait besoin de quelqu'un pour s'occuper des tâches ménagères. La police avait fait de nombreuses recherches sur cet homme, jusqu'à enquêter sur sa femme défunte... Et ils m'ont entraînée à lui ressembler autant que possible.

— Oh...

Dallas commençait à comprendre où cette histoire allait mener. Pas étonnant que Nicki en soit malade !

— Il n'était pas question que les choses deviennent personnelles. Pas vraiment. On ne m'avait pas demandé de le séduire...

— Mais c'est ce qui s'est passé.

— On peut dire ça...

Elle serra sa tasse un peu plus fort, même si elle n'avait toujours pas bu.

— Il n'était pas ce à quoi je m'attendais. C'était quelqu'un de bien. Il souffrait toujours de la mort de sa femme. Et ses enfants...

Nicki semblait au bord des larmes.

— Que s'est-il passé ?

— Il ne soutenait pas la milice autant que le pensait la police. Il aimait seulement ses frères. Alors, il a essayé de les protéger. Et il a payé le prix fort.

— Comment ?

— J'ai découvert que ses frères et leurs amis avaient planifié une attaque contre des fonctionnaires chargés de contrôler un réservoir. Il avait cherché à les en dissuader, à leur faire comprendre que ça ne menait à rien…

Elle secoua la tête.

— Il pensait seulement que le gouvernement prenait trop de place dans la vie des gens. Qui peut dire le contraire ? Pas moi. Mais de là à blesser, ou tuer des gens qui ne font que leur travail…

— Vous avez mis la police au courant de leur projet ?

— Oui.

Elle ferma les yeux, et cette fois les larmes coulèrent le long de ses joues.

— Ses frères ont cru que l'information venait de lui. Alors, ils le lui ont fait payer.

— Comment ?

— Ils ont brûlé ses champs. Il a perdu une année de travail et s'est retrouvé endetté jusqu'au cou. Mais ses frères ne se sont pas arrêtés là.

Elle essuya ses larmes d'un geste rageur.

— Ils ont brûlé sa maison. Ses enfants ont failli y rester !

Il lui prit les mains.

— Ce n'était pas votre faute !

— Je sais… Mais je ne peux pas m'empêcher de me sentir coupable.

— Ce n'est pas vous qui avez allumé le feu. Ce n'est pas vous qui avez failli les tuer !

— J'ai dit à la police que j'arrêtais la mission. Il n'y avait aucune autre information à glaner, puisque la vie de ce pauvre homme était détruite. Cela ne leur aurait rien apporté si j'étais restée et si j'avais continué à mentir. Alors, j'ai dit au revoir et je suis partie.

Elle retourna la paume de ses mains vers le haut.

— Je suis retournée chez moi.

— Comme moi.

Elle leva les yeux vers lui.

— Oui. Comme vous…

Elle lui serra les mains un peu plus fort.

— Mais je n'ai pas été enlevée en chemin.

— Vous me croyez enfin ?

— Vous ne vous êtes pas fait toutes ces blessures vous-même.

Elle baissa les yeux vers leurs doigts entrecroisés.

— Quinn s'est toujours demandé si vous faisiez partie de la milice ou non.

— Il faudrait que vous en parliez à Cade Landry.

Il essaya de dégager ses mains, mais Nicki l'en empêcha.

— S'il est toujours en vie, ajouta-t-il.

— Il l'est. Et en bonne santé.

Un grand soulagement envahit Dallas. Il s'était souvent demandé si Landry n'était pas mort par sa faute.

— Crandall ne l'a pas trouvé ?

— Crandall ? demanda-t-elle en fronçant les sourcils. Qui est Crandall ?

Manifestement, elle l'ignorait. Mais juste avant que ces voyous ne l'enlèvent, il avait parlé à Cade Landry au téléphone, et l'avait mis en garde contre Crandall.

Peut-être que Landry ne l'avait pas cru.

— Vous êtes en contact avec Quinn, n'est-ce pas ? Alors demandez-le-lui. Landry lui a certainement répété ce que je lui avais dit sur Philip Crandall.

— Peut-être… Mais pourquoi vous ne me dites pas vous-même ce que vous avez raconté à Landry ?

— Philip Crandall est le directeur adjoint du FBI. Et je

suis presque certain que c'est lui qui a commandité mon enlèvement par la milice.

Nicki écarquilla les yeux d'un air apeuré.

— Directeur adjoint ? La milice a infiltré le FBI jusque-là ?

— Je n'en suis pas certain, reconnut-il. Je sais seulement que lorsque j'ai délivré à Crandall le message que Cade Landry m'avait demandé de lui faire passer, j'ai eu l'impression d'avoir fait une grosse bêtise.

— Et que vous avait-il demandé de dire à Crandall ?

— Je pense maintenant que c'était probablement un piège… Le seul problème, c'est que c'est moi qui me suis fait prendre. Et si je veux retourner au FBI, je dois prouver que Crandall est impliqué.

— Comment allez-vous faire ?

Il croisa son regard anxieux.

— J'ai quelques idées. Mais d'abord, je vais avoir besoin d'une ou deux choses. Et je crois que vous pouvez m'aider.

La neige avait presque entièrement fondu dans l'après-midi, mais le tapis de feuilles mortes était encore humide et gelait car les températures étaient tombées au-dessous de zéro. Il crissait bien trop fort au goût de Nicki, alors qu'elle escaladait la montagne à la nuit tombante.

Il n'y a personne, se dit-elle, sans pour autant cesser de jeter des regards alentour. Elle avait pris un autre chemin cette fois-ci, celui qui partait de la ville. Elle avait garé sa jeep derrière la quincaillerie, en espérant n'être remarquée de personne.

Elle avait laissé Dallas dans le chalet, en lui demandant instamment de la laisser gérer les choses toute seule, mais il ne lui avait pas vraiment obéi jusque-là, non ? Et s'il avait changé d'avis et décidé de faire cavalier seul ?

Dallas était différent de ce à quoi elle s'attendait. Quinn l'avait décrit comme un des nombreux employés du FBI, un de ces administratifs anonymes qui faisaient fonctionner la machine, un infographiste qui travaillait dans le service communication, à concevoir des dépliants et des brochures vantant les carrières du FBI et les succès récents de l'organisation.

Mais le Dallas Cole qui avait crocheté la serrure de sa cave et découvert ses secrets était tout sauf un simple administratif.

Et, même si elle n'était pas particulièrement versée dans les technologies modernes, elle en savait assez pour se rendre compte que la liste du matériel qu'il demandait à Quinn impliquait une surprenante compétence en la matière.

Lorsqu'elle atteignit la grotte, elle tremblait dans sa parka, mais ce n'était pas en réaction au froid. Sa vie était déjà assez compliquée comme cela avant que Dallas Cole ne surgisse devant sa jeep, au beau milieu d'une nuit d'hiver.

Désormais, son existence était carrément dangereuse.

L'agent X avait retourné la bûche. Un message de Quinn l'attendait déjà.

Qu'allait-elle faire si Quinn lui demandait d'abandonner sa mission ? Une partie d'elle était malade de peur alors qu'elle était si proche de son objectif. Si elle continuait à bien jouer son jeu, Del allait la présenter au chef de la milice, l'homme qui cherchait quelqu'un pour lui prodiguer des soins médicaux. Et Nicki était bien placée pour devenir cette personne.

Alors le FBI connaîtrait l'identité de cet homme… Et Nicki serait là pour leur donner toutes les informations qu'elle pourrait voir ou entendre. Dans le monde de la milice des Appalaches, les femmes ne valaient que comme objet sexuel, comme ménagère ou exutoire à la colère d'un homme. Nicki serait à peine plus qu'un meuble, ignorée et oubliée la plupart du temps, une situation qu'elle avait l'intention de mettre à profit.

Mais les choses pouvaient facilement déraper. Un faux pas pourrait lui coûter tout ce pour quoi elle avait travaillé.

Et Dallas Cole était un faux pas en puissance.

Nicki trouva une liasse de documents cachée dans la petite alcôve, à l'intérieur de la grotte. D'habitude, elle attendait d'être rentrée chez elle pour lire les messages que Quinn lui laissait, mais cette fois la curiosité l'emporta. Elle sortit une petite lampe de sa poche et parcourut les notes.

Les deux premières feuilles consistaient en un résumé de ce que The Gates savait sur Dallas Cole. Au grand soulagement de Nicki, ces informations coïncidaient parfaitement avec ce que Dallas lui avait dit.

Avant qu'elle ne puisse vérifier le reste des notes, des voix hors de la grotte lui firent relever la tête.

Les nerfs à fleur de peau, elle éteignit la lampe et se pressa contre la paroi, retenant son souffle pour mieux entendre.

C'était des voix d'hommes, mais elle ne parvenait pas à distinguer leurs paroles. Ils semblaient se rapprocher. Elle avait peut-être le temps de quitter la grotte et de disparaître avant qu'ils ne la remarquent.

Mais si elle se trompait ? Si on la voyait rôder, cela exciterait la curiosité. Et si cela venait aux oreilles de la mauvaise personne…

Elle s'approcha de l'entrée de la grotte, mais resta à l'intérieur, s'efforçant de comprendre ce que disaient les hommes.

Ils étaient apparemment deux et chassaient l'opossum. Surtout, l'une des deux voix était celle de Del McClintock.

— Je ne sais pas pourquoi il veut des opossums, mais j'ai appris à ne pas poser de questions.

C'était bien Del, avec son accent traînant.

— Il ne va toujours pas mieux ? s'enquit l'autre homme.

Nicki essaya d'identifier sa voix sans y parvenir. Elle ne connaissait pas tous les membres de la milice.

— Non, mais on s'en occupe. Apparemment, ce dont il a besoin, c'est que quelqu'un le surveille et l'oblige à prendre ses médicaments. Tu sais qu'il ne veut surtout pas faire appel à un médecin, alors on essaie de trouver une autre solution.

— Tu parles de cette fille, c'est ça ? La cuisinière ?

Nicki retint son souffle.

— Oui. Apparemment, elle a été secouriste, mais je crois qu'il est intéressé par autre chose que ça ! confia Del en riant. Enfin, je comprends qu'il ait envie de se rapprocher de quelqu'un d'aussi décoratif que Nicki : ça ne me déplairait pas non plus !

Nicki fit la grimace. Il fallait qu'elle se serve de ses charmes pour attirer Del, mais elle n'était pas obligée d'aimer cela. La seule chose plaisante dans cette conversation, c'était que le mystérieux chef de la milice semblait intéressé par ses services. Jusque-là, Del était resté très évasif, alors c'était une bonne nouvelle, non ?

Elle attendit que les deux hommes s'éloignent, mais ils s'arrêtèrent à seulement quelques mètres de la grotte. Elle eut du mal à résister à la tentation de jeter un coup d'œil à l'extérieur, mais elle recula et essaya de calmer sa respiration.

— C'est une grotte ?

La voix de Del ! Effroyablement proche. Nicki ravala un gémissement.

— On ne dirait pas, répliqua l'autre homme.

Les feuilles mortes craquèrent sous leurs pas alors qu'ils s'approchaient.

— Il y a peut-être un opossum qui niche ici. On devrait regarder, suggéra Del.

Le cœur de Nicki s'arrêta.

8

Cela faisait longtemps que Nicki était partie, non ?

Dallas jeta un coup d'œil à la pendule au-dessus de la cheminée. Il n'était que 21 h 30. Nicki lui avait dit qu'après son service à la cafétéria elle passerait voir si elle n'avait pas de message et qu'elle ne rentrerait pas avant 22 heures.

Ce qui signifiait qu'il devait encore attendre une demi-heure avant de se mettre à paniquer.

Il fallait qu'il fasse quelque chose pour ne pas penser constamment au danger qu'elle courait dans les bois : ce n'était pas une occupation particulièrement constructive ! Un peu de sommeil lui aurait été bénéfique, mais il n'arriverait certainement pas à dormir. Il avait déjà fait trois fois le tour du chalet, essayant de gagner en endurance, mais cette impression de tourner en rond ne faisait qu'ajouter à sa nervosité.

Il pouvait toujours relire les notes de Quinn. Il avait eu le temps de les parcourir avant que Nicki ne revienne, mais elle les avait remises dans l'espace entre le réfrigérateur et le placard juste après.

Elle ne lui avait pas dit de ne plus y toucher, n'est-ce pas ?

Non. Un regard courroucé ne valait assurément pas un avertissement explicite.

Il sortit l'enveloppe de sa cachette et s'apprêtait à en relire le contenu, lorsque la porte d'entrée se mit à grincer. Elle s'ouvrit lentement, et Dallas retint son souffle, attendant le signal que Nicki avait promis de faire à son retour.

Rien.

Les bruits de pas sur le plancher du salon étaient lourds, masculins. La porte se referma avec un petit déclic, et une voix d'homme résonna :

— La lumière est allumée. Tu es sûr qu'elle n'est pas chez elle ?

Le cœur battant, Dallas rassembla les papiers et se tourna vers la porte arrière.

Pourvu que le verrou ne fasse pas de bruit en s'ouvrant !

Il se dirigea vers la porte et le tourna lentement. Le verrou glissa silencieusement.

— Elle est encore à la cafétéria. Tu sais que Trevor fait travailler ses employés comme des malades ! Il faut se dépêcher un peu, mais normalement nous avons le temps.

Dallas attendit, l'oreille aux aguets. Il faisait confiance à son intuition.

« Ecoute la petite voix dans ta tête », lui disait sa grand-mère « Elle a toujours raison. »

Un grattement venant du salon lui fournit l'occasion qu'il attendait. Il tourna la poignée et ouvrit la porte. Le léger grincement fut couvert par le bruit des chaises que l'on tirait sur le plancher. Il se glissa par la petite ouverture, referma la porte et courut se cacher dans les bois derrière le chalet.

Il ne s'arrêta que lorsqu'il se fut enfoncé sous le couvert des arbres. L'air froid lui brûlait les poumons. Il n'avait pas eu le temps d'attraper sa veste, et il n'était pas habillé pour rester longtemps dans le froid.

Il serra les papiers contre lui et chercha un endroit pour s'abriter. En vain.

Aussi, il s'intima de ne pas céder à la panique et de respirer posément, emplissant ses poumons de l'air des montagnes jusqu'à ce qu'il réussisse à calmer son souffle.

Réfléchis, Dallas. Avant, tu étais dans ton élément, en forêt.

Il scruta les lieux, cette fois plus lentement. Il y avait plein de branches sur le sol, victimes des dernières tempêtes. Il pouvait s'en servir pour construire un abri de fortune qui le protègerait au moins du vent.

Il remit les papiers dans l'enveloppe en papier kraft et la glissa sous son sweat-shirt, pour la protéger pendant qu'il érigerait son abri.

Quelques minutes plus tard, il était tapi dans son refuge et prenait enfin le temps de penser aux intrus et à ce qu'ils cherchaient. Nicki lui avait dit qu'elle essayait d'infiltrer la milice, et il était logique qu'ils veuillent en savoir plus sur elle. Mais fouiller sa maison alors qu'elle devait revenir dans moins d'une heure impliquait un aplomb qui laissait penser que la mission de Nicki était particulièrement risquée.

A quoi pensait donc Alexander Quinn lorsqu'il l'avait mise dans une situation si dangereuse ? pesta Dallas.

Le froid s'insinuait en lui, lentement, sûrement. Il se ramassa en boule, regrettant amèrement de ne pas avoir eu le temps de prendre une veste. S'il devait rester là un moment, il ne pourrait pas se protéger.

Il essaya de calculer le temps qui s'était écoulé depuis qu'il avait vérifié l'heure sur la pendule de Nicki.

Dix minutes ? Vingt ?

Il avait perdu sa montre dans l'enlèvement trois semaines plus tôt, ses ravisseurs l'ayant dépouillé de tout ce qui pouvait le rattacher au monde. Il avait perdu la notion du temps, du jour et de la nuit, et parfois même de qui il était.

Mais en cet instant, il le savait. Il faisait nuit, très froid, et si Nicki rentrait chez elle plus tôt que prévu, elle tomberait dans un piège.

Il ne pouvait pas laisser cela arriver.

Il écarta les branches de son abri, se leva et retourna vers le chalet.

Il ne savait pas bien ce qu'il allait faire, mais il ne voulait pas rester là à attendre, même si cela devait lui coûter la vie.

Il avait eu assez d'inactivité pour toute une existence.

*
* *

— Je ne crois pas que les opossums habitent dans des grottes.

Nicki se plaqua contre la paroi et essaya de respirer silencieusement, même si cela semblait impossible. Elle ne devait surtout pas attirer l'attention des hommes dehors. Elle n'avait nulle part où se cacher, où s'enfuir.

Et si Del McClintock la surprenait là et comprenait ce qu'elle faisait à River's End, elle n'en sortirait pas vivante.

— Je me demande si Craig et Ray ont fini dans le chalet.

Del semblait curieux, mais pas inquiet.

Quel chalet ? se demanda Nicki.

— Tu es certain qu'elle n'est pas chez elle ? demanda l'autre homme.

— Elle termine son service à 21 heures, et tu sais que Trevor garde ses employés beaucoup plus longtemps, pour qu'ils nettoient tout en vue du lendemain. Ils ont tout le temps qu'il leur faut.

Oh non, non, non !

Deux hommes de Del étaient en train de fouiller son chalet ?

C'était l'arrêt de mort de Dallas.

— Il y a un endroit pas très loin d'ici où j'avais vu un nid d'opossums au printemps dernier. On va voir ? proposa Del.

— Pourquoi pas ?

Nicki resta immobile jusqu'à ce que le bruit de leurs pas ait complètement disparu. Puis elle s'accroupit et inspira de longues bouffées d'air pour calmer les battements de son cœur.

Mon Dieu ! C'était moins une.

Elle se ressaisit rapidement. Il fallait qu'elle retourne chez elle voir ce qui se passait.

Elle redescendit la montagne pour reprendre sa jeep, regrettant de ne pas avoir rebranché le téléphone dans sa chambre. Elle n'avait pas eu assez confiance en Dallas pour le faire, et cela se retournait contre elle.

Sur le chemin du retour, elle essaya de ne pas rouler trop vite : dans une aussi petite ville que River's End, même une amende pour excès de vitesse ne passerait pas inaperçue. On pourrait se demander ce qu'elle faisait sur cette route, alors que ce n'était pas le chemin le plus direct pour rentrer chez elle… Ou pourquoi elle était si nerveuse quand on l'avait arrêtée.

Elle ralentit, prit son temps, se concentrant sur ce qu'elle avait appris de positif au cours de la conversation qu'elle avait surprise. Le chef de la milice en Virginie envisageait sérieusement de recourir à ses services en tant que garde-malade. Cela signifiait qu'elle allait découvrir sous peu son identité et qu'elle serait dans une position de choix pour être informée des méfaits qu'ils projetaient.

A moins que Ray et Craig ne trouvent des éléments compromettants dans son chalet… Comme Dallas, ou cette enveloppe où elle gardait les messages de Quinn.

Quelle idiote !

Pourquoi ne les avait-elle pas jetés ?

Parce qu'ils la faisaient se sentir moins seule.

Ce n'était pas une assez bonne raison !

Lorsqu'elle arriva, la place de parking devant son chalet était vide. Mais cela ne signifiait rien, se dit-elle en garant la jeep. Ray et Craig ne vivaient pas très loin. Ils avaient facilement pu venir à pied pour fouiller l'endroit.

Elle aurait dû s'y attendre. Elle s'était comportée comme une débutante !

Elle tourna la poignée de la porte d'entrée, mais celle-ci était fermée à clé. Ce qui signifiait qu'ils avaient le double de ses clés. Cette pensée lui donna la chair de poule, et elle se promit de changer le verrou dès qu'elle le pourrait… Et ensuite, de toujours garder la clé sur elle.

Elle ouvrit la porte et entra précautionneusement. Peut-être étaient-ils toujours à l'intérieur. Il y avait de la lumière dans le salon et dans la cuisine. Son chalet était isolé, et elle n'avait pas jugé utile de recommander à Dallas de ne pas l'allumer. Qui passerait par là ?

Craig Lafferty et Ray Battle ! songea-t-elle avec dépit. Et la peur fit place à la colère : dire qu'ils étaient entrés chez elle et avaient fouillé dans ses affaires ! Ils se croyaient vraiment tout permis !

Ce sont des truands, Nicki. Tu t'attendais à quoi ?

Elle appuya sur le bouton d'une petite télécommande sur son porte-clés. La plupart des gens pensaient qu'elle permettait de déverrouiller la jeep. Pas du tout. Il s'agissait d'un dispositif fabriqué par les techniciens de The Gates, qui détectait les dispositifs d'écoute. S'il y avait un micro dans son chalet, elle le saurait.

Rien. Quoi qu'aient fait Craig et Ray, ils n'avaient pas installé de matériel de surveillance chez elle.

Elle remit ses clés dans sa poche et commença une lente exploration du chalet, de pièce en pièce, s'efforçant de réprimer la panique qui montait en elle. Elle devait garder les idées claires, réfléchir plutôt que réagir.

Ces bandits n'avaient laissé aucune trace, mais elle pouvait deviner leur intrusion à quelques indices subtils : sa brosse à cheveux n'était pas replacée du bon côté du lavabo… Dans sa chambre, la porte du placard était complètement fermée, alors qu'elle la laissait entrebâillée en hiver pour que ses vêtements soient chauds lorsqu'elle les enfilait le matin.

Mais surtout, il n'y avait pas le moindre signe de Dallas.

L'avaient-ils trouvé ? L'avaient-ils capturé à nouveau ? Pour le torturer, le tuer ?

Arrête. Arrête de penser au pire. Cherche.

Elle entra dans la cuisine. Une des chaises était déplacée, mais il n'y avait pas plus de traces de lutte que dans le reste de la maison. C'était bon signe, non ? Dallas n'était pas en grande forme, mais il n'aurait pas laissé ces hommes l'attraper sans se défendre.

Alors, peut-être n'avaient-ils pas trouvé Dallas. Mais avaient-ils mis la main sur les messages de Quinn ?

Retenant son souffle, elle vérifia l'espace entre le réfrigérateur et le placard.

Son sang se glaça.

L'enveloppe n'était plus là.

Et voilà ! Qu'elle ait été proche de réussir ou non, il était temps de plier bagage et de retourner dans le Tennessee avant de mourir à River's End.

Elle savait voyager léger, et c'était clairement l'un de ces moments où la rapidité de réaction était essentielle. Elle attrapa un sac à dos et jeta dedans quelques vêtements de rechange et des chaussures solides. Les sandales à talons hauts qu'elle avait achetées le mois précédent à Abingdon resteraient dans le placard, ainsi que la robe qui allait bien avec et qui lui avait coûté une fortune.

Il y avait une trousse de secours dans le coffre de la jeep, et un canif dans la boîte à gants.

Elle prit quelques barres chocolatées dans le placard et un pack de petites bouteilles d'eau dans le réfrigérateur.

Cela devrait suffire pour arriver à Purgatory, dans le Tennessee, à l'aube.

Le bruit de la porte arrière qui s'ouvrait la fit sursauter, et elle pivota, prête à se servir du pack de bouteilles comme d'un projectile.

Dallas se tenait dans l'encadrement de la porte, blanc comme un linge. Il frissonnait, mais un lent sourire vint éclairer son visage, creusant des fossettes dans ses joues maigres.

— On dirait que tu as vu un fantôme, lança-t-il à Nicki.

— Tu vas bien ?

L'envie de se jeter dans ses bras faillit avoir raison de son bon sens.

— Je meurs de froid, et je viens de passer une heure à me demander comment je pourrais m'attaquer à deux gaillards, armé de mon seul humour et de ma personnalité attachante. Mais à part ça, tout va bien.

Il s'approcha d'elle et lui prit le visage dans les mains. Il avait les doigts gelés et elle frissonna mais quand il commença à retirer ses mains, elle posa le pack d'eau sur la table à côté d'elle, et les retint contre son visage pour les réchauffer.

— Tu es sorti à temps ?

— Oui.

Il fronça les sourcils.

— Tu le savais, non ?

— Que quelqu'un était venu là pendant que j'étais partie ? Oui.

Etait-ce son imagination, ou avait-il avancé son visage tout près d'elle ?

— Parce que je n'étais plus là ?

Son souffle courait sur ses lèvres.

— C'était une des raisons.

Bon sang ! Elle venait tout juste d'arriver à maîtriser sa peur, et voilà qu'il lui faisait perdre son calme à nouveau ! Il fallait qu'elle rassemble ses idées. Elle était en train d'oublier quelque chose d'important…

— Heureusement, reprit Dallas, j'étais dans la cuisine quand ils sont entrés. Mais j'ai à peine eu le temps de partir.

Il était sorti à temps, mais où étaient les messages de Quinn ? C'était cela qu'elle avait oublié !

— Je t'en prie, dis-moi que c'est toi qui as les messages de Quinn ! Ils ne sont plus là où je les avais laissés.

Il dégagea ses mains et sortit l'enveloppe en kraft de sous son sweat-shirt.

— C'est bien moi. Mais tu n'aurais pas dû les garder, Nicki.

Il avait raison. Ne s'était-elle pas dit la même chose sur le chemin du retour ?

— Je sais.

Elle prit l'enveloppe en kraft et se dirigea vers le salon. Dallas la suivait d'assez près, un peu trop même.

Elle se baissa pour prendre le briquet.

— Tu vas les brûler ? demanda-t-il tranquillement.

— J'aurais dû le faire il y a bien longtemps.

Elle posa l'enveloppe sur les bûches dans le foyer et en enflamma un coin. Les documents prirent feu aussitôt, et Nicki reposa le briquet sur la cheminée.

Elle se retourna. Dallas l'observait, le regard grave et sérieux.

— Tu vas bien ? s'enquit-il. Tu frissonnes. Viens t'asseoir devant le feu, et raconte-moi ce qui s'est passé.

Il prit une des chaises et s'assit devant la cheminée. Les bûches sous l'enveloppe s'étaient embrasées, dégageant une chaleur supplémentaire. Nicki vint s'asseoir près de lui et tendit ses mains devant les flammes.

Quelque chose avait changé en Dallas pendant qu'elle était partie. Ce n'était rien d'évident, juste une infime différence dans la façon dont il se tenait, dont il parlait.

Dont il la regardait…

Reprends-toi, Nicki.

Elle s'éclaircit la voix.

— Les hommes qui sont venus ont utilisé une clé pour entrer, non ?

— Je crois. Il m'a semblé l'entendre tourner dans la serrure. Pendant un instant, j'ai cru que c'était toi, mais c'était trop tôt.

— Alors, ils ont un double !

— Apparemment.

Elle poussa un soupir.

— Quelles ordures !

— Tu devais savoir que c'était une possibilité. Tu es en mission, et tu essaies d'infiltrer leur organisation. Ils vont enquêter sur toi, c'est normal. C'est peut-être bon signe même.

La chaleur du feu semblait faire effet sur Dallas. Il ne

tremblait plus, et son visage commençait à reprendre des couleurs.

— Oui, c'est bon signe, acquiesça-t-elle, se souvenant de la peur qu'elle avait eue dans la grotte. En fait, je crois savoir pourquoi ils sont venus ici.

— Pour voir s'ils pouvaient te faire confiance ?

— Oui, ça, c'est sûr. Ce que je veux dire, c'est qu'il y a une raison pour qu'ils le fassent maintenant.

— Quelque chose a changé, c'est ça ?

Il plissa les yeux en la dévisageant.

— Oui. Il y a une autre raison pour laquelle je savais que quelqu'un était entré chez moi : pendant que je relevais mon message, j'ai entendu des gens arriver, et je me suis cachée. Heureusement !

— C'était quelqu'un que tu connaissais ?

— Oui, la personne qui va peut-être me faire entrer en contact avec le chef de la milice.

Elle prit le tisonnier et bougea les bûches, faisant jaillir une gerbe d'étincelles.

— Il s'appelle Del McClintock. Il est peut-être mon passeport.

— Ton passeport ?

Le regard que Dallas lui lança était presque vulnérable, comme si la réponse qu'elle allait faire avait beaucoup d'importance.

— Je n'ai pas couché avec lui, si c'est ce que tu veux dire.

— Mais tu sors avec lui ?

Elle soupira, se laissant aller contre le dossier de sa chaise.

— C'est compliqué ! Nous sommes sortis deux ou trois fois ensemble, oui. Nous nous sommes embrassés. Je lui ai dit que je venais tout juste de mettre un terme à une histoire douloureuse, et que je voulais prendre mon temps.

— Vous vous êtes embrassés ?

Faites confiance à un homme pour retenir ce genre de détails !

— Oui. Je pense que ça l'intrigue : une femme qui ne tombe pas dans son lit dès qu'il la regarde.

— Ça peut être le cas, reconnut Dallas. Mais tu penses qu'il va être patient ?

Elle soupira.

— Ça va être dur. Mais je suis une grande fille. Je sais me débrouiller. Et apparemment, je suis sur la bonne voie.

Il se tourna vers elle.

— Pourquoi tu dis ça ?

— Parce que, quand j'étais cachée, j'ai entendu Del parler à un autre type. Et il lui disait que j'intéressais beaucoup son patron.

Dallas plissa le front.

— C'est-à-dire ?

— Je crois que je vais enfin obtenir ce que je suis venue chercher : si j'ai passé le test — je crois que la fouille du chalet était un test — ils vont m'engager pour être la garde-malade de cet homme.

Elle sourit, déchirée entre une immense satisfaction et la terreur.

— Je vais bientôt savoir qui est à la tête de la milice en Virginie.

9

Dallas se leva, réfléchissant à ce que Nicki venait de lui apprendre. L'anxiété le gagnait. Bien sûr, cela représentait un énorme progrès pour elle. Il n'était pas très informé sur la lutte que menait le FBI contre la milice des Appalaches, mais il voyait bien quelle avancée c'était d'infiltrer le groupe et de recueillir des informations d'importance vitale par l'intermédiaire de l'organisation d'Alexander Quinn. Cet homme, même s'il ne faisait plus partie du FBI, avait des liens très étroits avec tout le système de police et de justice des Etats-Unis.

Nicki pouvait être un atout de taille dans l'enquête en cours. Elle pouvait aussi y laisser la vie.

— Tu risques de t'embarquer dans quelque chose que tu ne pourras pas contrôler.

Elle soupira.

— Je sais. Mais c'est pour ça que je suis ici. J'avais bien conscience que ça ne serait pas une partie de plaisir.

— Tu n'imagines pas ce dont ils sont capables ! Moi non plus d'ailleurs, et pourtant j'ai été leur hôte malgré moi pendant plusieurs semaines.

Elle posa la main sur son bras. Celle-ci était chaude.

— C'est vrai. Mais je ne peux plus reculer.

Il aurait voulu dégager son bras, mettre de la distance entre eux… Comme si cela pouvait faire baisser l'angoisse qui montait en lui.

Malgré tous ses discours sur le patriotisme et la liberté des citoyens, la milice n'était au fond qu'une organisation criminelle, qui avait étendu son empire sur des trafiquants de drogue et de petits voyous. Toute sa rhétorique n'y changeait rien.

— A quoi penses-tu ?

La voix de Nicki était aussi chaleureuse que ses mains, séduisante sans même essayer de l'être.

Le désir tenaillait Dallas.

Il n'osa pas lui avouer ce qu'il avait véritablement à l'esprit. Il préféra lui dire ce à quoi il pensait avant que le contact de ses doigts n'enflamme tout son corps.

— Je me disais que la milice des Appalaches n'était pas vraiment différente des groupes de voyous qu'il y avait chez moi, dans le Kentucky.

Nicki plissa le front.

— Je suppose que non. J'ai connu la même chose, moi aussi, dans le Tennessee.

— Ce sont des hors-la-loi. Mais ils ne sont pas aussi malins qu'ils le pensent. Nous pouvons utiliser ça contre eux.

Elle laissa tomber sa main, et une désagréable sensation de froid le saisit.

— J'ai réussi à laisser le message pour Quinn, déclara-t-elle.

— Tu penses qu'il va répondre rapidement ?

— Je ne sais pas.

Soudain, elle écarquilla les yeux.

— Oh ! J'ai oublié !

Elle sortit de la poche de son jean une liasse de papiers.

— Quinn avait laissé un message, mais lorsque j'ai failli tomber nez à nez avec Del, je n'y ai plus pensé.

Elle déplia les feuilles et les lut rapidement, le front plissé.

— De quoi s'agit-il ? demanda Dallas.

— Hum, seulement des notes.

Elle lui jeta un coup d'œil.

— Sur moi ?

Elle acquiesça.

— Quinn ne sait pas trop de quel côté tu es.

— Et tu me le dis ?

Elle le regarda fermement.

— Je suis convaincue que tu es avec moi. Si ce n'était pas le cas, j'aurais dit à ces types de la milice où te trouver.

— Tu es sans pitié, murmura-t-il.

Etrangement, il n'était pas le moins du monde offensé.

— Ça m'aurait fait gagner des points, non ? répliqua-t-elle avec un sourire qui lui serra le ventre.

Peut-être était-elle plus prête à remplir sa mission qu'il ne le pensait.

— Autre chose de Quinn ?

— Il dit qu'il fait confiance à mon jugement.

— Il a l'air de t'estimer !

Elle haussa les épaules.

— Il connaît mon histoire. Je sais prendre soin de moi. Je retombe sur mes pieds.

— Ton histoire ?

— Oh ! C'est long !

— Tu as le temps de me la raconter, puisque nous n'avons toujours pas le matériel informatique.

Il se rassit sur sa chaise et posa la main sur le siège vide à côté de lui.

— Allez, viens. Je suis trop énervé pour dormir.

Elle sourit légèrement et le rejoignit.

— Bon, d'accord ! Mais je veux que tu me racontes ton histoire, toi aussi.

Il fit un geste de la main.

— Elle n'est vraiment pas intéressante. Tu t'endormirais de suite. Allons-y : il était une fois une petite fille qui s'appelait Nicki North.

— Jamison.

Il lui jeta un regard de côté.

— Jamison North ?

Elle sourit.

— Nicki Jamison. Nicolette, à vrai dire.

— C'est joli !

— Merci. Je n'y suis pour rien.

— Qui a choisi ?

Elle appuya la tête sur le dossier de sa chaise.

— Ma mère, Andrea Jamison. Elle avait seulement dix-sept ans quand je suis née. Je n'ai jamais connu mon père, et, pour être honnête, je n'ai jamais cru aucune des histoires qu'elle m'a racontées sur lui.

— Pourquoi pas ?

Elle ferma les yeux.

— Parce qu'un jeune garçon du comté de Ridge, dans le Tennessee, ne peut pas être astronaute, joueur de guitare dans un groupe de rock, et le prochain Bill Gates tout à la fois.

— Ta mère rêve en grand !

— Oui.

Nicki tourna la tête et ouvrit les yeux.

— Trop grand, parfois.

— Que pense-t-elle de ta mission ?

Le léger sourire de Nicki s'évanouit.

— Elle est morte quand j'avais seize ans. Elle conduisait en état d'ivresse. Elle s'est tuée, après une sortie de trop au bar du coin.

Dallas grimaça.

— Je suis désolé.

— Ma mère n'arrivait pas à faire face à la réalité, soupira Nicki. D'ailleurs, la plupart du temps, elle n'essayait même pas.

— Que t'est-il arrivé après ça ?

— Rien. Je me suis arrangée pour avoir le statut de mineur émancipé. Je travaillais déjà les après-midi dans une cafétéria de Bitterwood, et la propriétaire, Maisey, m'a laissée vivre dans une chambre au-dessus jusqu'à ce que je passe le bac.

Nicki sourit avec nostalgie, comme si le souvenir était agréable.

— Maisey m'a proposé de rester ensuite, mais je voulais vivre ailleurs. Je l'ai fait dès que j'ai pu.

— Où es-tu allée ?

— Droit en enfer.

Elle rit sans joie.

— Et toi ? Comment es-tu allé du Kentucky jusqu'au siège du FBI ?

— A la force du poignet.

Elle lui donna un coup de coude.

— Vous essayez d'éluder la question, monsieur Cole ?

Elle n'avait pas tort. Il y avait beaucoup de choses qu'il préférait oublier.

— Tu ne veux pas me répondre, c'est ça ?

— Je n'aime pas parler du passé.

Son regard direct le mettait mal à l'aise. Il se leva et alla vers la fenêtre. Il écarta un peu les rideaux, juste assez pour scruter les abords du chalet sous les rayons de la lune. Il n'y avait aucun mouvement dehors, mais après l'intrusion des hommes de la milice il restait sur le qui-vive.

— Que s'est-il passé là-bas ? demanda Nicki.

Sa voix était plus proche qu'il ne s'y attendait.

Il se retourna vers elle. Elle était debout près de lui et le regardait avec curiosité. La lueur des flammes allumait des reflets roux dans ses cheveux bruns et donnait une tonalité dorée à sa peau.

— Là-bas ? répéta-t-il.

Elle s'approcha encore de lui. Assez pour qu'il découvre le parfum de son shampoing.

— Tu as l'air… différent, murmura-t-elle. Dangereux.

Il sourit presque. Mais d'un sourire sans joie, car elle n'avait pas tout à fait tort. A une période de sa vie, il avait presque franchi le pas. Un peu plus, et il aurait terminé comme ses frères, des hommes durs et intéressés qui menaient une existence trop rude.

Il lui avait menti quand il avait prétendu qu'il n'avait plus de famille dans le Kentucky. Ses frères y vivaient. Mais il ne les avait pas vus depuis des années.

A dessein.

— Dangereux ? reprit-il. Je suis un enfant de chœur !

Elle rit.

— Oh non !

Elle posa la main sur son torse, comme pour sentir les battements de son cœur. Celui-ci s'accéléra, et il ne put s'empêcher de se pencher vers elle.

— Tu as raison. Je peux être très dangereux si je veux.

Il posa sa main sur la sienne, la maintenant contre son cœur.

— Mais cela fait des années que j'essaie vraiment de ne pas l'être.

— Et tu es en train de le redevenir ?

Elle avait la voix plus grave. Plus douce.

Le sang battait à ses oreilles.

— Non. Mais je le pourrais si j'y étais obligé. C'est ce dont je me suis souvenu aujourd'hui, quand j'attendais dehors.

Il avait encore un peu de la rudesse du Kentucky en lui. Et c'était peut-être ce qui allait lui permettre de sortir vivant de River's End.

Nicki lui caressa le visage, la barbe…

— Je t'ai déjà dit que j'avais un faible pour les hommes dangereux ?

— Non, répondit-il en se penchant vers elle. Mais ça ne me surprend pas.

Elle se mit sur la pointe des pieds et posa ses lèvres pleines sur sa bouche. Elles avaient la douceur du miel, le mordant du désir. Il l'enlaça, l'attira tout contre lui, jusqu'à être complètement enveloppé par sa chaleur.

Il caressa les courbes douces de son corps, imaginant tout le plaisir qu'ils pourraient se donner l'un à l'autre.

De la main, il dessina la ligne de sa taille, de ses hanches… Et elle poussa un gémissement de plaisir.

Il l'embrassa sur la gorge, puis dans le cou, s'enivrant de son parfum, de la douceur de sa peau.

Elle passa les doigts dans ses cheveux et lui tira le visage en arrière, le fixant avec des yeux assombris par le plaisir.

— Même si j'en meurs d'envie — et crois-moi, c'est le cas —, je pense que nous ne devrions pas.

Il voulait la contredire, lui montrer qu'elle se trompait. Mais le craquement d'une bûche qui tombait dans les braises le fit sursauter et le rappela à la réalité : ils n'étaient pas en sécurité, et ce moment était au mieux un bref répit dans un combat où ils jouaient leur vie.

Laisser la passion prendre le pas sur la raison, si tentant que ce fût, était de la folie.

Ils ne pouvaient se le permettre.

— Je te laisse le lit ce soir, suggéra-t-il, s'éloignant d'elle.

Elle était la tentation incarnée, avec ses yeux emplis de désir, ses lèvres gonflées par leur baiser. Tout en elle promettait des plaisirs au-delà de ce qu'il pouvait imaginer.

— Tu n'es pas encore remis.

— Si, ça va, lui assura-t-il d'une voix bien trop rauque.

Elle en cligna des yeux.

— D'accord. Essaie de dormir.

Elle pivota sur ses talons et disparut dans le couloir.

Il faillit la suivre. A vrai dire, il fit quelques pas vers la porte avant de s'arrêter et de retourner vers le sofa. Mais il eut beau chercher, il ne trouva pas l'oreiller et les couvertures qu'elle avait utilisés la nuit précédente. Elle devait les avoir rangés.

Finalement, il mit la main dessus dans le placard de l'entrée.

Tout près de sa chambre…

Il resta un moment devant la porte fermée. Il y eut un

léger bruit de l'autre côté, comme un frôlement de tissus, et Dallas l'imagina en train de se préparer à aller se coucher, ôtant son pull et son jean, dégrafant son soutien-gorge et libérant ses seins arrondis. Ses tétons devaient être roses et ronds, aussi doux et beaux que ses lèvres.

Il se força à faire le chemin inverse et, dans sa hâte, faillit tomber.

Il fit son lit, enleva son sweat-shirt et se coucha sur le dos, se plongeant dans la contemplation du jeu d'ombre et de lumière sur les poutres du plafond.

Elle a besoin de ton aide, se souvint-il.

Et tu as besoin de la sienne.

Dallas l'évitait. Certes, il ne pouvait jamais être très loin d'elle vu la petitesse du chalet, mais il s'arrangeait pour se trouver dans une autre pièce aussi souvent que possible.

Elle l'y aida en prenant des heures supplémentaires à la cafétéria les jours suivants. Elle le fit pour rendre service à Trevor qui le lui avait demandé, mais également dans l'espoir de croiser Del McClintock.

Si le chef de la milice avait vraiment décidé de la prendre comme garde-malade, ne l'aurait-on pas déjà approchée ?

Lorsque le deuxième jour de travail se termina sans que Del ou d'autres membres de la milice ne soient venus à la cafétéria, elle commença à s'inquiéter. Peut-être avaient-ils trouvé quelque chose dans son chalet qui les faisait hésiter, même si elle n'arrivait pas à imaginer quoi. Elle avait rassemblé tous les vêtements sales de Dallas et les avait jetés dans une benne le lendemain de son arrivée, quand elle était allée au travail. Les seuls autres éléments compromettants que Ray et Craig auraient pu trouver étaient les notes de Quinn, et Dallas Cole lui-même.

Alors, pourquoi ne se passait-il rien ?

Elle se gara à nouveau derrière la quincaillerie après son service de nuit, puis escalada la montagne à travers bois jusqu'à la cachette. Elle n'espérait pas trouver un message si rapidement. Pourtant, le signal était là. L'agent X était passé.

Elle prit la liasse de papier dans la niche et parcourut le message de Quinn avec la petite lampe sur son porte-clés. Il s'agissait d'instructions pour se rendre à un endroit : un arbre tombé à une cinquantaine de mètres au nord de la grotte. Sous des branches de sapins, elle trouva un grand sac caché.

Dedans, il y avait un ordinateur portable et plusieurs choses qu'elle ne parvint pas vraiment à identifier.

Mais Dallas Cole saurait de quoi il s'agissait, elle en était sûre. C'était lui qui les avait demandées.

Elle descendit de la montagne avec le sac sur le dos et, lorsqu'elle arriva près de l'endroit où elle avait garé sa voiture, s'assura que personne ne l'avait vue. Elle posa le matériel sur le plancher de la jeep, devant le siège du passager, et démarra pour rentrer chez elle.

Alors qu'elle ralentissait à un stop, un coup de klaxon retentit derrière elle. Elle jeta un œil dans son rétroviseur : le Silverado de Del McClintock était derrière elle.

Bon sang ! S'il voyait le sac et lui posait des questions…

La portière du pick-up s'ouvrit et Del en sortit, se dirigeant vers elle.

Elle gara la jeep et alla à sa rencontre.

— Tu m'as fait peur !

Elle adoucit cette entrée en matière d'un sourire.

— J'aime te surprendre, ma belle ! dit-il en riant.

— Je ne t'ai pas vu ces jours-ci à la cafétéria. Tu étais où ?

Elle s'avança vers lui, essayant de l'empêcher de s'approcher de la jeep, et joua avec la fermeture Eclair de son blouson.

— Tu n'aimes pas ma cuisine ?

— Bien sûr que si, ma belle. Tu le sais bien !

— Tu étais parti ?

— J'avais quelqu'un à voir.

Elle prit un air boudeur.

— Une fille ?

— Non. Pour affaires.

Le cœur de Nicki se mit à battre plus vite.

— Ça s'est bien passé ?

— Plutôt.

Il prit une boucle de ses cheveux entre ses doigts.

— Tu voudrais partir de cette cafétéria pendant un temps ? Travailler autre part ?

— Ça dépend où.

Elle posa les mains sur ses épaules d'un air engageant, essayant de contrôler son aversion.

— Je t'ai parlé d'un ami qui a du mal à contrôler son diabète, non ?

— Oui. Tu m'as dit qu'il devrait peut-être aller à l'hôpital s'il n'arrivait pas à réguler son taux de sucre dans le sang.

— Il ne veut pas. Il y a quelques années, son père a été hospitalisé pour une fracture au bras, et il est mort deux jours plus tard. Il refuse obstinément d'y aller.

— S'il n'arrive pas à réguler son diabète, c'est ce qui va lui arriver, qu'il le veuille ou non, l'avertit-elle, essayant de masquer son impatience.

Il allait lui proposer ce travail ou non ?

— C'est là que tu interviens, ma beauté.

Du dos de la main, il lui caressa la joue. Elle essaya de rester souriante, mais elle frissonnait intérieurement. Elle était devenue mauvaise à ce jeu-là. A une époque, elle pouvait jouer le rôle de la petite amie sans le moindre problème.

Cependant, beaucoup de choses avaient changé au cours de ces dernières années. Elle-même avait changé.

— Il a besoin d'une infirmière personnelle, en quelque sorte.

— Je ne suis pas infirmière, rappela-t-elle en espérant toutefois que cela ne le ferait pas changer d'avis.

— Oui, mais tu t'y connais très bien. Tu saurais quand

lui donner ses médicaments, surveiller son taux de sucre, cuisiner ce qui est bon pour lui, non ?

— Oui. Ça, je sais faire.

L'excitation et la peur se mêlaient en elle.

— Il voudrait te rencontrer. S'il t'apprécie, tu es embauchée, annonça Del avec un sourire. Il paie bien, ma belle. Et si tu fais du bon travail, il se souviendra que c'est moi qui t'ai recommandée.

— C'est important ?

— Oui.

Il la prit dans ses bras et l'embrassa derrière l'oreille.

— Très important.

Cela résonnait presque comme une menace.

Elle se recula pour l'observer.

— Alors, je ferai du bon travail.

Il déposa un léger baiser sur ses lèvres.

— J'en suis certain, ma belle.

D'un coup de menton, il désigna sa jeep.

— Tu es pressée de rentrer chez toi ?

— Demain, je fais l'équipe du matin, et j'ai travaillé toute la journée. Je suis crevée. Une autre fois ?

— Je n'oublierai pas !

— Quand aura lieu l'entretien d'embauche ?

Il rit doucement.

— Un entretien d'embauche ?

— C'est bien un travail, non ?

— Oui, c'est un travail.

Il redevint sérieux.

— Tu es à la cafétéria toute la journée, demain ?

— Non, je finis à midi.

— Je vais voir si je peux organiser quelque chose dans l'après-midi.

Il l'embrassa encore, cette fois plus longtemps, et elle en eut la nausée.

— A demain !

— D'accord !

Elle recula, lui fit un sourire pour masquer son dégoût et retourna rapidement vers sa jeep.

Elle tremblait encore lorsqu'elle arriva au chalet, mais elle allait faire de son mieux pour offrir une apparence de calme à Dallas.

Elle entra avec le sac empli de matériel. Il faisait les cent pas devant la cheminée.

Sourcils froncés, il se tourna vers elle.

— Tu as près d'une heure de retard !

Elle posa le sac sur la table basse et lui fit face.

— Je ne savais pas que j'avais des comptes à rendre !

Il la regarda d'un air incrédule.

— Tu ne crois pas que j'ai le droit de m'inquiéter quand tu ne rentres pas à l'heure, vu les gens que tu côtoies en ce moment ?

Elle aurait bien aimé ne pas devoir fréquenter Del McClintock. Elle avait encore l'odieuse sensation de ses mains sur son dos, de sa bouche sur ses lèvres…

Elle se sentait sale.

L'irritation sur le visage de Dallas fit place à l'inquiétude. Il se dirigea vers elle et posa sa main sur sa joue.

— Ça va ?

Lorsqu'il la toucha, quelque chose en elle céda, et elle se jeta dans ses bras, enfouissant son visage au creux de son cou. Il la serra contre lui et murmura des paroles de réconfort.

Au bout d'un moment, il lui prit le visage entre les mains et la força à le regarder.

— Il s'est passé quelque chose ?

Pour toute réponse, elle se mit sur la pointe des pieds et pressa ses lèvres contre les siennes, le réduisant au silence.

10

Elle avait le goût de la peur.

Cette pensée s'imposa à Dallas, alors même que son corps répondait sauvagement à la présence de Nicki contre lui.

Il l'embrassait, et oui, elle avait le goût de la peur.

Elle lui souleva son sweat-shirt et lui caressa le ventre, mais ses doigts tremblaient.

A son tour, il lui prit les mains et plongea le regard dans ses yeux trop brillants.

— Que s'est-il passé ?

Elle baissa légèrement la tête.

— Tant de choses !

Il la conduisit vers la cheminée, la fit asseoir sur une des chaises et s'accroupit devant elle.

— Commence par le début. Pourquoi arrives-tu si tard ?

— Je suis allée à la grotte, et j'ai vu que l'agent X avait laissé des instructions pour que je trouve ça.

Elle désigna le sac posé sur la table basse.

— L'agent X ? demanda-t-il en allant vers le sac.

Elle eut un sourire gêné.

— C'est comme ça que je l'appelle. Je ne connais pas son vrai nom. Je ne sais même pas de quoi il a l'air.

Il ouvrit le sac. Dedans, il trouva un ordinateur portable et les accessoires qu'il avait demandés.

— Quinn a été très rapide !

— C'est tout Quinn, répondit-elle simplement.

Il laissa le matériel sur la table, malgré son envie de l'installer et de se mettre au travail. Ce n'était pas cela qui avait pu provoquer l'angoisse d'une femme aussi solide que Nicki. Il s'accroupit à nouveau devant elle, malgré la douleur dans ses genoux et son dos.

— Pourquoi j'ai le sentiment qu'il y a autre chose ?

— Parce qu'il y *a* autre chose, reconnut-elle. Sur le chemin du retour, j'ai vu la voiture de Del McClintock et j'ai dû m'arrêter.

Le malaise de Dallas s'intensifia.

— Il a vu le sac ?

Elle secoua la tête.

— Je suis sortie et je suis allée à sa rencontre, pour qu'il ne le remarque pas.

— Et que s'est-il passé ?

— J'ai un entretien demain.

— Un entretien ?

— Pour un nouveau travail : garde-malade pour un homme qui ne sait pas contrôler son diabète.

Elle lui lança un sourire sans joie.

— C'est ce que j'attendais.

Il posa les mains sur ses genoux.

— Alors, pourquoi tu as l'air terrifiée ?

— Parce que je le suis.

Elle repoussa ses mains, se leva et se mit à aller et venir dans la pièce.

— Je ne sais pas pourquoi Quinn pensait que j'étais la personne qu'il fallait pour cette mission. Ou peut-être que si : quand on a été une menteuse hors pair, on le reste.

Dallas lui prit les mains et la força à rester en place.

— Si tu ne veux pas le faire, dis à Quinn de trouver quelqu'un d'autre.

— Et jeter aux orties trois mois de travail alors que je suis si près du but ?

Elle secoua la tête fermement.

— C'est juste un mauvais moment à passer. Tout est

venu par surprise ce soir, et je n'étais pas préparée. Il faut seulement que je digère la nouvelle.

Elle leva le menton et maîtrisa ses tremblements. Une lueur déterminée brilla dans ses yeux. Le cœur de Dallas se serra.

Mon Dieu, qu'elle était belle !

Elle donna un coup de menton en direction du sac.

— Tu en as pour longtemps à installer tout ça ?

— Une demi-heure.

Elle venait de lui donner son feu vert. Il renonça à la dissuader de poursuivre sa mission, prit le matériel que Quinn lui avait fourni et se mit au travail.

En trente minutes, grâce à la multitude de gadgets et de câbles placés dans les poches du sac, il réussit à transformer le smartphone très performant fourni par Quinn en un serveur Internet. Il montra à Nicki la page d'un moteur de recherche avec un sourire triomphant.

— Nous allons pouvoir nous mettre au travail !

— Ah bon ?

— Technophobe ! murmura-t-il en riant. Je n'arrive pas à comprendre comment tu peux vivre ici sans Internet.

— Tu as conscience que Quinn a probablement mis un logiciel qui va contrôler tout ce que tu fais sur cette machine ?

La question le prit un peu au dépourvu.

— C'est comme ça qu'il travaille ?

— C'est un ancien de la CIA, précisa-t-elle, comme si cela expliquait tout.

C'était certainement le cas.

— Je vais vérifier.

Il y avait plusieurs méthodes que Quinn pouvait avoir utilisées pour installer un logiciel espion, ou d'autres systèmes dont un utilisateur moyen n'avait jamais entendu parler.

Sauf que Dallas n'était pas un utilisateur moyen.

— J'irai me coucher plus tard, annonça Nicki.

Elle avait d'énormes cernes sous les yeux.

— Va dormir. Tu fais bien l'équipe du matin ?

— Oui, répondit-elle avec un petit sourire. Tu es sûr que tu ne veux pas attendre demain pour faire ça ?

— Certain. Prends le lit. Je dormirai sur le canapé quand j'aurai fini.

Elle ne partit pas tout de suite et soutint son regard pendant un long moment.

— Merci.

— De quoi ?

— De m'aider à me sentir moins seule.

Elle lui lança un sourire hésitant, puis se retourna et quitta la pièce rapidement.

Il poussa un soupir, résistant à l'envie furieuse de mettre l'ordinateur de côté et de la suivre dans la chambre.

Reste concentré, Cole.

Il passa en revue les méthodes les plus communes que Quinn et ses informaticiens pouvaient avoir employées pour cacher un logiciel espion dans le système, et ne trouva rien. Toutefois, en cherchant plus attentivement, il finit par découvrir un programme qui — il en était certain — avait été installé pour garder une trace de tout ce qu'il faisait.

Il serait facile de le supprimer, mais Dallas n'avait jamais choisi la facilité.

Il préféra ré-encoder le programme en le modifiant légèrement, s'assurant que tout ce qui serait envoyé à Quinn s'avérerait inexploitable.

Autant leur montrer à qui ils avaient affaire !

Après une heure supplémentaire passée à examiner le système, il ne découvrit aucun autre logiciel espion et se mit au travail.

Avant de partir à la cafétéria dans l'après-midi, Nicki lui avait donné une liste de personnes susceptibles de faire partie de la milice. Del McClintock y figurait en premier. Dallas commença donc par lui.

Une recherche ordinaire ne donna rien d'intéressant. Mais

avec un simple moteur de recherche, c'était prévisible. Tout le monde laissait des traces. Il suffisait de savoir où chercher. Et l'une des choses les plus utiles qu'il avait apprises lors de sa formation en cybersécurité au FBI, c'était précisément cela.

La culpabilité avait le goût amer de la cendre et de la fumée. Elle lui brûlait le nez et faisait perler à ses yeux des larmes chaudes et piquantes qui ruisselaient le long de ses joues.

Elle avait fait son travail. La police avait agi à partir du tuyau qu'elle leur avait fourni, l'information qu'elle avait obtenue de Jeff Burwell.

Maintenant, il fallait qu'elle trouve comment dire au revoir à Jeff et aux enfants sans leur avouer la vérité : qu'elle n'était pas qu'une employée de maison.

Elle était en mission pour la police et avait profité de la vulnérabilité de cette famille pour découvrir ce que la milice des Appalaches projetait de faire dans la petite ville de Thurlow Gap, Tennessee.

— Ils ne sauront jamais qui nous a donné l'information, lui avait assuré son contact, Martin Friedman, lorsqu'elle l'avait rencontré plus tôt dans l'après-midi sur un parking de la ville. Tu peux rester un jour ou deux de plus à la ferme, pour que personne n'ait de soupçons, et ensuite donner ta démission.

— Et puis quoi ? avait-elle demandé.

Elle se sentait étrangement vide.

— Après, nous te trouverons une autre mission. Tu as fait du beau travail. Nous ne l'oublierons pas.

Elle aurait dû être fière d'elle. La police était très satisfaite.

Mais elle se sentait seulement malade.

La ferme était silencieuse. Jeff était en ville, pour rendre visite à sa mère qui avait des problèmes de santé. Les enfants dormaient dans leur chambre. Nicki essayait de lire, mais elle ne cessait de repenser aux choix qu'elle avait faits ces derniers mois.

Le regret laissait presque un goût dans sa bouche. Celui de la cendre.

Elle se redressa, écarquillant les yeux.

Ce n'était pas le regret.

C'était le feu.

Dehors, la nuit avait un éclat étrange. Elle courut vers la fenêtre et écarta les rideaux. Bon sang, les flammes s'approchaient de la maison, précédées d'un épais nuage de fumée !

L'hiver avait été sec. Trop sec.

Alors qu'elle se dirigeait vers l'escalier, la porte d'entrée s'ouvrit et Jeff Burwell apparut, hagard, le visage et les vêtements maculés de suie.

— Il y a le feu ! cria-t-il.

Il passa devant elle en courant et se mit à monter les marches.

Ses jambes se dérobèrent sous elle, et elle se rattrapa à la rampe. Son cœur tambourinait dans sa poitrine.

— Nicki ! l'appela Jeff du haut de l'escalier.

Mais les flammes s'élevaient autour d'elle, la consumaient.

Il lui fallut un moment pour comprendre : le feu venait de son propre corps.

— Nicki ?

Elle se réveilla en criant et s'assit brusquement dans son lit, le cœur battant.

Le matelas s'enfonça auprès d'elle. Des bras forts l'enlacèrent.

— Tout va bien.

C'était la voix de Dallas.

— Ce n'est qu'un rêve.

Elle posa le front contre son cou, le souffle court, jusqu'à ce que les battements de son cœur se calment un peu.

— Ce n'était pas qu'un rêve !

— Si. Tout va bien.

Il la força à le regarder. Par la porte ouverte, la lumière du salon entrait, mais le visage de Dallas était dans l'ombre. Malgré cela, la détermination de son regard était manifeste.

Il était son chevalier blanc, pensa-t-elle, en ravalant un sourire. Son sauveur.

— Je vais bien, assura-t-elle.

Mais il ne la lâcha pas et continua à lui caresser le menton pour la réconforter.

— Tu gémissais. Je t'ai entendue depuis le salon.

Le contact de sa main la brûlait jusqu'au plus profond d'elle-même, et l'intensité de la sensation lui rappelait étrangement le rêve, cette sensation que le feu qui avait failli détruire la famille de Jeff Burwell venait d'elle.

Elle se dégagea, se leva et alla à la fenêtre. Pendant un instant, le monde à l'extérieur parut lui aussi en feu, comme si les images de son rêve étaient encore présentes à sa mémoire. Puis elles disparurent pour laisser place à la forêt sous la lumière laiteuse de la lune.

— Tu disais que ce n'était pas un rêve. Pourquoi ?

Elle soupira.

— Rien, rien… Je ne devais pas encore être réveillée.

— Voyons, Nicki, il y a autre chose…

— J'ai déjà vécu tout cela, dit-elle en se retournant vers lui. Tu sais, le feu dans le Tennessee…

— Quand tu étais en mission pour la police ?

Elle hocha la tête.

— Je venais de rencontrer mon contact, et il m'avait dit que ma mission était terminée. Grâce à moi, ils avaient réussi à déjouer un attentat contre des fonctionnaires.

— Tu as sauvé des vies !

— J'ai trahi des personnes qui me faisaient confiance.

Elle se retourna vers la fenêtre, se souvenant de sa rencontre avec Del McClintock.

— Il semblerait que je sois douée pour ça.

— Tu regrettes d'être venue ici ?

Elle secoua la tête.

— Non, Del McClintock n'est pas comme Jeff Burwell. C'est quelqu'un de foncièrement mauvais. Tous les hommes auxquels j'ai affaire ici méritent d'être arrêtés.

— Mais il y a quelque chose qui te trouble.

Elle pressa le front contre la vitre froide.

— Ils ont des familles. Des épouses, des compagnes… Des enfants. La plupart de ces femmes dépendent entièrement d'eux pour leur subsistance. Certaines savent à peine lire et écrire. Elles n'ont en général pas les compétences qui leur permettraient de partir d'ici et de construire une vie meilleure pour elles et leurs enfants.

— Alors, tu dois laisser ces hommes continuer à voler et tuer ?

— Bien sûr que non !

Sa respiration formait un nuage de condensation sur la vitre. Elle l'essuya d'un geste de la main.

Il s'approcha d'elle, et elle savoura la chaleur réconfortante de son corps.

Il l'entoura de ses bras. Elle se laissa aller contre lui. L'impression de vulnérabilité qui la gagnait aurait dû lui faire peur, mais ce n'était pas le cas. Au contraire…

Et *cela* lui fit peur. Toutefois pas assez pour qu'elle se dégage.

— Comment se passe l'opération, geek ?

— Parfaitement bien !

Elle consulta sa montre. Il était un peu plus de minuit seulement. Et elle qui pensait qu'il faudrait des heures à Dallas pour faire fonctionner le tout !

— C'est rapide.

— Pas particulièrement. Tu veux voir comment ça marche ?

Elle en avait envie. Mais elle préférait rester là où elle était, protégée par la chaleur de ses bras.

— Demain matin.

— Pour information, j'ai installé le matériel de sorte qu'on puisse le remballer et le cacher en quelques secondes. Je te montrerai demain, au cas où tu aies à le ranger en vitesse.

C'était une bonne idée, jugea-t-elle, si l'on pensait à l'intrusion récente.

— Tu es sûr qu'une néophyte comme moi peut le faire ?

Il rit doucement.

— Oui.

Ils restèrent face à la fenêtre, sans parler, respirant en harmonie, jusqu'à ce qu'elle ait le sentiment étrange de ne plus savoir où était la limite entre son corps et celui de Dallas.

Soudain, des coups violents frappés à la porte brisèrent le silence, et son sang ne fit qu'un tour.

Le cœur battant, elle se dégagea brusquement et se retourna vers Dallas.

— Quelqu'un est là ! Il faut que tu te caches ! Tout de suite !

— Il y a le matériel informatique…

Bon sang !

— Eh bien, range-le !

Les coups continuèrent alors qu'ils se dirigeaient vers le salon.

— Vite ! murmura-t-elle.

Mais il était déjà en train de débrancher les fils et de remettre le matériel dans le sac.

— Va dans la cave !

Il lui jeta un regard étrange, et elle rougit en se souvenant de sa dernière visite au sous-sol. Mais il mit le sac sur son épaule et disparut dans le vestibule.

Les coups sur la porte devinrent plus forts.

— Nicki !

C'était la voix de Keith Pickett. Il avait l'air soûl et apeuré.

— J'arrive ! cria-t-elle, guettant le bruit de la porte de la cave.

Lorsqu'il y eut le petit déclic, elle courut vers la porte d'entrée et tourna la clé.

Keith se tenait sur le perron. Il était pâle et avait l'air mal en point. Il y avait du sang sur son jean.

Beaucoup de sang.

— Je crois que je l'ai tuée, gémit-il d'une voix inarticulée.

Nicki eut un choc.

— Kaylie ?

— Il y a du sang partout. Je ne l'ai même pas frappée fort !

— Où est-elle ?

Nicki essayait de comprendre ce qui se passait, de voir comment réagir. Elle avait besoin de sa trousse de secours, pour commencer.

— Dans le camion !

Elle considéra Keith avec horreur.

— Tu l'as amenée ici ?

— Elle est en train de mourir, et elle n'arrêtait pas de dire que tu saurais quoi faire.

Keith semblait à ce point ivre que c'était un miracle qu'ils soient arrivés jusqu'à son chalet, songea Nicki.

— Reste là. Je vais prendre ma trousse de secours.

Elle alla à la salle de bains, jetant des coups d'œil en tous sens pour vérifier que Dallas et elle n'avaient rien laissé de compromettant dans la maison.

Malheureusement, l'oreiller et les couvertures étaient sur le canapé.

Elle paniqua un instant, puis se rassura : Keith était tellement soûl qu'il ne se souviendrait certainement de rien le lendemain.

Elle prit sa trousse et suivit Keith jusqu'à son vieux camion. La portière du passager était ouverte. Kaylie était penchée au-dehors et vomissait sur l'allée.

Keith n'avait pas menti. Il y avait beaucoup de sang. Il tachait la robe de Kaylie et coulait entre ses jambes sur le plancher du camion.

Elle avait des contusions sur le visage, les lèvres fendues. Cette ordure l'avait battue.

— Tu l'as frappée au ventre ? demanda Nicki d'un air menaçant à Keith.

— Non, je te jure que non !

— C'est vrai, murmura Kaylie.

Elle continuait à avoir des haut-le-cœur, même si elle ne vomissait plus.

Il n'y avait pas le choix. Nicki sortit son téléphone et composa le numéro des urgences.

Keith l'attrapa par le bras, tentant de l'en empêcher.

— Tu fais quoi ?

Elle se dégagea.

— Je lui sauve la vie. Et je t'épargne la prison.

La standardiste répondit, et Nicki donna son adresse, tout en prenant des gants dans sa trousse.

— Il y a une femme enceinte qui a été blessée et qui perd beaucoup de sang ! cria-t-elle.

La mare rouge s'agrandissait au pied de Kaylie.

— Envoyez une ambulance. Tout de suite ! ordonna Nicki.

11

Depuis qu'il s'était caché dans la cave, Dallas avait entendu un véhicule avec une sirène arriver et repartir.

Mais, ces dernières minutes, tout était redevenu silencieux.

Il ne savait absolument pas combien de temps il avait passé là, et l'inquiétude commençait à monter en lui.

Il y avait d'abord eu les cris frénétiques d'un homme, mais ils s'étaient vite tus. Un long silence avait suivi.

Puis les sirènes avaient résonné. Elles s'étaient interrompues un moment avant de reprendre, et de s'éloigner dans le lointain.

Mais il attendait encore.

Il s'était probablement écoulé plus d'une heure lorsqu'il y eut des pas sur le plancher au-dessus de lui. Des pas lents, délibérés, qui s'approchaient… Puis la porte de la cave s'ouvrit.

— Tu peux revenir.

La voix de Nicki était rauque, fatiguée.

Il monta les marches et la rejoignit. Elle était adossée au mur en face de lui, des cernes violets sous les yeux. Son jean et son sweater étaient tachés de sang, tout comme ses bras à partir des poignets.

Il la détailla, cherchant d'où venait ce sang, mais elle n'avait pas l'air blessée.

— Tu vas bien ? s'enquit-il, le cœur battant.

Elle considéra les traînées rouges sur ses bras.

— J'ai besoin d'une douche.

— C'est quoi, ce sang ?

— Une femme que je connais… Elle attendait un bébé.

— Attendait ?

— Je ne suis pas sûre que ce soit toujours le cas. Je ne vois pas comment elle pourrait l'avoir gardé.

Elle entra dans la salle de bains, laissant la porte ouverte. Il la suivit, restant dans l'embrasure, alors qu'elle ouvrait le robinet et se lavait les bras dans le lavabo.

— Tu penses qu'elle a fait une fausse couche ?

— D'une certaine manière…

— Que veux-tu dire ?

Elle se savonna les mains et les bras, et la mousse devint rose.

— Son compagnon la bat. Il ne veut pas le reconnaître, mais je pense qu'il lui a donné un coup dans le ventre.

— Quelle ordure !

Elle hocha solennellement la tête.

— C'est le problème du shérif maintenant.

— J'ai entendu des sirènes.

— C'était l'ambulance. La police est venue elle aussi, mais sans sirène.

Elle se rinça les bras et les examina en fronçant les sourcils. Puis elle reprit le savon et se lava une deuxième fois.

— Tu n'as pas envie de ça, j'imagine ? Que la police mette son nez dans tes affaires…

Elle rinça le savon à nouveau.

— J'espère qu'ils vont me laisser en dehors de tout ça. Après tout, je n'y suis pour rien.

— Pourquoi ils sont venus ici, et pas chez un médecin ?

— Je te l'ai dit : j'ai fait en sorte qu'on me considère comme la personne de référence dès que quelqu'un de la milice a un problème médical.

Elle avait la voix triste et fatiguée.

— Tu as pu faire quelque chose pour cette femme ?

— Je l'ai aidée à garder connaissance, à rester calme. Mais arrêter une hémorragie utérine est au-delà de mes compétences. Il fallait qu'elle aille à l'hôpital, et j'ai appelé les urgences.

Elle examina à nouveau ses bras et fut apparemment satisfaite. Elle les essuya avec une serviette, puis se retourna vers lui.

— Quelle ordure ! Elle est enceinte de lui, et il lui fait perdre son bébé !

Ses lèvres tremblaient, son visage était contracté par la colère.

— Je suppose que ce n'est pas la première fois que tu as affaire à eux, remarqua Dallas.

— J'ai essayé d'aider quelques femmes…

Elle passa devant lui dans le couloir et alla dans sa chambre.

— Mais parfois j'ai l'impression que c'est une cause perdue. Personne ne les considère comme des êtres humains, à commencer par elles-mêmes !

Elle ouvrit un des tiroirs de sa commode et en sortit des vêtements de rechange.

— Certaines savent à peine lire ou écrire. D'autres sont accros aux drogues dures. Et leurs bébés naissent avec des signes d'accoutumance…

— La pauvreté est cruelle.

— Ce n'est pas seulement la pauvreté : c'est cette milice, ces ordures avides de pouvoir !

Elle referma violemment le tiroir de la commode, et le miroir contre le mur trembla.

— J'ai connu d'autres milices avant, mais jamais comme celle-là : ce sont des criminels qui cherchent à excuser leurs méfaits en leur donnant l'apparence du patriotisme. Ils me rendent malade !

— Dis-moi ce que je peux faire, demanda calmement Dallas.

Elle s'immobilisa et le regarda, comme si elle avait été surprise par le ton de sa voix.

— Tu ne peux rien faire !

— Je ne parle pas de la milice. Je parle de toi. Dis-moi ce que je peux faire pour toi.

Ses lèvres tremblèrent à nouveau, et elle secoua la tête.

— Je vais bien.

Il ne la croyait pas.

Lorsqu'elle passa devant lui, il la prit par la main et l'attira à lui, l'entourant de ses bras.

Elle résista un moment.

— Je vais te mettre du sang sur tes vêtements…

Il ne la lâcha pas.

— Ça partira.

Elle se laissa aller contre lui. Son souffle chaud le caressait dans le cou.

— Je ne sais pas si ce qui vient de se passer va changer leurs plans pour moi, reprit-elle. J'espère que non, mais j'aurai peut-être besoin de regagner leur confiance.

— Parce que tu as essayé d'aider une de leurs compagnes ?

— Parce que j'ai appelé les urgences. La milice ne veut surtout pas avoir affaire aux autorités, quelles qu'elles soient. Et les urgences ont appelé la police.

— Ce qui veut dire que le type va devoir leur rendre des comptes ?

— Oui. Et ce n'est pas bon pour moi.

— Tu as menti à la police ?

Elle répondit d'une voix tendue :

— Non. Je leur ai raconté tout ce que j'ai vu Kaylie endurer de la part de ce sale type. Je n'aurais peut-être pas dû le faire, mais…

— C'est bien. Ce n'est pas parce que tu es en mission que tu dois vendre ton âme au diable.

Il lui prit le visage entre les mains.

— Tu as besoin d'une bonne douche. Moi, je vais m'assurer que tout est en ordre pour la nuit.

Il vérifia que le chalet était fermé à clé pendant qu'elle se douchait et enlevait le sang qui était encore sur elle.

Puis il chercha un autre endroit pour installer l'équipement informatique : cette visite-surprise en pleine nuit leur avait clairement montré que le salon était un endroit trop exposé.

A part le salon, donc, il y avait la salle de bains, la cuisine, la chambre à coucher et une toute petite pièce que Nicki utilisait comme débarras. Dallas était encore en train de l'examiner, essayant de déterminer comment installer son matériel, quand Nicki sortit de la douche et le trouva là.

Elle avait enfilé un legging, un T-shirt à manches longues et des chaussettes, et avait enroulé une serviette autour de ses cheveux.

— Tu cherches quoi ?

Il le lui expliqua, puis proposa :

— On pourrait empiler quelques cartons là-bas dans le coin, et faire de la place près de la fenêtre pour y installer un bureau. Ici, le réseau doit bien passer, et j'en ai besoin pour Internet.

— Del a dit qu'il allait essayer de programmer une rencontre avec mon prochain employeur demain après-midi. Il m'appellera pour me dire quand. Mais j'aurai certainement le temps d'acheter un bureau au dépôt-vente d'Abingdon avant l'entretien.

Elle regarda Dallas avec un sourire amusé.

— Je pourrai également te prendre quelques habits.

Il considéra ses vêtements désassortis.

— Bonne idée, reconnut-il. Mais tu penses que tu auras le temps ?

— Je le trouverai, répondit-elle fermement. J'aurai besoin que tu me transmettes des informations quand je serai avec la milice, alors j'ai tout intérêt à ce que cet ordinateur marche bien !

— Tu crois qu'ils s'attendent à ce que tu arrêtes de louer le chalet ?

— Je suis certaine qu'ils me demanderont d'habiter avec

le patient pour que je veille sur lui vingt-quatre heures sur vingt-quatre.

— Alors, il serait logique que le chalet soit vide, conclut Dallas en fronçant les sourcils.

— Il est si isolé que personne ne remarquera que tu es là. D'ailleurs, ça n'a pas beaucoup d'importance : je suis locataire. Alors, si je pars, les gens se diront que quelqu'un d'autre a pris la suite.

— Et ton propriétaire ? Il ne va pas poser de questions ?

Elle sourit.

— Mon propriétaire est Alexander Quinn. Même s'il est très difficile de l'associer directement à cet endroit… Alors tu peux rester là à faire tes tours de passe-passe sur l'ordinateur quand je serai partie.

Le cœur de Dallas se serra. Le mot « partie » semblait si définitif…

— Tu es sûre que c'est une bonne idée ?

Elle plissa le front.

— Que tu restes ici ?

— Non, que tu ailles là-bas.

— Oh…

Son sourire s'évanouit.

— Je ne dirais pas que c'est une bonne idée, non. Mais c'est nécessaire… Et je suis la mieux placée pour le faire.

— En admettant que ce qui s'est passé ce soir ne va pas changer leurs plans.

Elle hocha la tête.

— Oui, en l'admettant.

— Tu as l'air fatiguée. Tu devrais te coucher. Je vais aller chercher le matériel informatique que j'ai laissé dans la cave. Je crois qu'il y a un vieil établi en bas que je pourrai utiliser jusqu'à ce que tu trouves un bureau au dépôt-vente.

Il commença à avancer, puis s'arrêta et lui caressa la joue.

— J'espère que ton amie va bien. Quand auras-tu de ses nouvelles ?

— Certainement en allant au travail demain matin. C'est une petite ville : tout se sait très vite.

Elle posa la main sur la sienne et la serra doucement.

— Merci. Je me demande ce que j'aurais fait si tu n'avais pas été là ce soir.

— Exactement la même chose.

Il y avait une raison pour laquelle un homme comme Alexander Quinn avait confié à Nicki Jamison cette mission, qu'aucun homme avant elle n'avait réussi à remplir.

Et ce n'était pas uniquement parce qu'elle était très belle.

Impulsivement, il lui embrassa le front, caressant les plis que l'inquiétude y avait creusés.

— Bonne nuit.

Il quitta la pièce pendant qu'il le pouvait encore et descendit à la cave prendre ses affaires.

Lorsqu'il eut fini d'apporter le matériel et le vieil établi dans le débarras, Nicki avait disparu dans sa chambre et refermé la porte. Tout en veillant à ne pas faire de bruit pour ne pas la réveiller, Dallas installa l'équipement et se mit au travail, dressant la liste de ce qu'il voulait trouver sur Internet.

Il avait commencé par une recherche rapide sur Del McClintock lorsqu'il avait été interrompu par le cauchemar de Nicki. Il n'était pas allé très loin, même s'il avait trouvé son nom dans une liste des membres de la Garde nationale de Virginie engagés dans un programme de lutte contre la drogue. Un certain Delbert McClintock y figurait.

Il se promit de regarder cela le lendemain. Il avait une autre priorité pour le moment.

Son accès au réseau du FBI avait dû être bloqué, mais il y avait d'autres manières d'entrer dans le système. S'il jouait finement et faisait attention à ne pas laisser de traces, il pourrait peut-être remonter la chaîne jusqu'au sommet.

Enfin, presque jusqu'au sommet. Le directeur adjoint Philip Crandall n'était pas encore le chef de l'organisation.

Mais, pour le faire tomber, il faudrait plus que la parole d'un infographiste du FBI désormais en disgrâce.

Dallas avait besoin de preuves… Des preuves solides montrant que Crandall n'avait pas la moindre intention de mettre la milice des Appalaches hors d'état de nuire.

Et le temps manquait.

Nicki terminait son service à la cafétéria. Malheureusement, Del McClintock n'avait toujours pas appelé. Aucun des membres de la milice n'était même passé boire un café durant la matinée, et cela rendait Nicki nerveuse.

Tout River's End savait déjà ce qui était arrivé à Kaylie Pickett. Son état était décrit par certains comme critique, par d'autres comme stable, mais tous s'accordaient à dire que Nicki lui avait sauvé la vie.

— Tu es vraiment courageuse ! murmura Bella, les yeux emplis d'une admiration qui mit Nicki mal à l'aise. J'ai entendu dire qu'elle était en train de perdre tout son sang quand tu as arrêté l'hémorragie.

— J'ai juste appelé une ambulance, et j'ai essayé de la mettre au chaud et de la calmer en attendant, répondit Nicki, essayant de couper court à la discussion.

S'il y avait bien une chose qu'elle voulait éviter, c'était d'être au centre de l'attention. Cela pouvait lui nuire.

— C'est très triste pour le bébé, poursuivit-elle.

— Oh ! Tu ne sais pas ? fit Bella d'un air surpris. Elle n'a pas perdu son bébé.

Nicki la fixa du regard.

— C'est impossible !

— Apparemment, c'est ce que le docteur a dit lui aussi. Mais aux dernières nouvelles, il tenait toujours bon.

Nicki n'en revenait pas. Il faudrait qu'elle s'informe sur ce point.

En attendant, elle acheva de nettoyer la cuisine avec Bella et Trevor pour accueillir la vague des clients de midi.

La sonnerie du téléphone les interrompit.

Trevor alla répondre et revint, l'air réprobateur.

— C'est Del McClintock. Il veut te parler, annonça-t-il à Nicki.

Son cœur se mit à battre très fort, et elle dut se forcer à avancer pour aller répondre au téléphone.

— Bonjour, Del.

— Tout le monde ne parle que de toi aujourd'hui !

Elle jeta un coup d'œil à Trevor : il l'avait suivie dans le couloir et se tenait dans l'embrasure de la porte, la regardant avec une expression troublée. Elle lui tourna le dos et baissa la voix.

— Il n'y a pas de quoi !

— Tu as sauvé Kaylie Pickett et son bébé. C'est beaucoup, il me semble.

— Alors le bébé est vraiment sauvé ?

— Oui. Le petit gars a tenu le coup !

— C'est un garçon ?

— D'après Kaylie, oui. C'est ce que le docteur a annoncé. Elle veut l'appeler Nick. En ton honneur.

Nicki en eut les larmes aux yeux. Elle les essuya d'un revers de la main.

— Il est sacrément solide ! Je n'aurais jamais cru qu'il puisse survivre !

— Kaylie va devoir faire attention pour la fin de sa grossesse. Mais le docteur pense que, normalement, tout devrait bien se passer.

— C'est incroyable !

— C'est ce que j'ai dit à mon ami quand je lui ai raconté ce que tu as fait, renchérit Del d'un ton satisfait. Il était très impressionné. Il a dit que tu avais du cran.

— A vrai dire, je suis surprise que tes amis et toi vous ne soyez pas furieux que j'aie raconté aux urgences ce que Keith faisait subir à Kaylie.

— Keith est un idiot ! commenta Del avec mépris. Un

idiot et une brute. Tout le monde ne pense pas que les femmes sont des punching-balls, tu sais.

— Peut-être pas tout le monde, mais beaucoup d'hommes !

— Il faut que ça change, assura Del.

Nicki savait malheureusement à quoi s'en tenir : elle avait remarqué la façon dont Del parlait *aux* femmes et *des* femmes quand il croyait qu'elle ne l'entendait pas. En ce moment, il jouait un rôle parce qu'il avait autant besoin d'elle qu'elle de lui.

Elle était son ticket d'entrée auprès du chef de la milice, tout comme il était le sien.

— Il veut te rencontrer, mais ce n'est pas possible aujourd'hui. Demain, ça irait ?

Elle réprima un soupir de frustration. Attendre un jour de plus ne la tuerait pas, mais la patience n'était pas une de ses vertus premières.

— D'accord, c'est parfait pour demain. A quelle heure ?

— Tu fais le service du matin ou du soir ?

— Je ne travaille pas le vendredi.

— Je passerai te prendre vers 11 heures et nous irons rencontrer ton nouvel employeur.

— Pas si vite ! s'exclama-t-elle en essayant de ne pas avoir l'air aussi nerveuse qu'elle l'était. Il ne voudra peut-être pas m'embaucher !

— C'est impossible, ma belle.

— Ecoute, le mieux serait de se retrouver à la cafétéria : comme ça, tu n'auras pas besoin de venir chez moi.

Il ne fallait surtout pas que Del trouve Dallas Cole dans son chalet.

— Comme tu veux…

Del baissa la voix, comme s'il ne voulait pas être entendu.

— Je suis libre ce soir. Tu aimerais qu'on aille manger ensemble à Abingdon ?

Nicki fronça les sourcils. Del ne lui avait jamais proposé un dîner en tête à tête.

— Je n'ai pas eu beaucoup de temps cette semaine, et mon chalet est dans un état lamentable. Il faut que je fasse du ménage. Peut-être demain lorsque nous aurons vu ton ami ? Nous fêterons ça ensemble.

— Bon, d'accord.

— Alors à demain ! dit-elle avec autant de chaleur que possible.

Elle raccrocha et se retourna. Trevor était toujours à la scruter.

— Quoi ? fit-elle.

— Del McClintock n'est pas quelqu'un de bien.

— Peut-être que je ne cherche pas quelqu'un de bien.

— Nicki…

— Je sais ce que je fais, Trevor.

Elle soutint son regard sans ciller.

— Et je n'ai pas besoin qu'on s'occupe de moi.

Elle dénoua les liens de son tablier et le jeta dans la corbeille à linge, près de la porte.

— Je viendrai tôt samedi, mais j'ai fini pour aujourd'hui.

Elle passa devant lui, la tête haute.

Dehors, il faisait doux, et le soleil commençait à réchauffer l'air frais du matin. Le printemps allait arriver. C'était une très belle saison dans cette partie des Appalaches. Déjà, dans le Tennessee, c'était l'un des moments préférés de Nicki.

Elle se glissa derrière le volant de la jeep et sortit son téléphone. Elle chercha le numéro de l'hôpital d'Abingdon, puis essaya d'appeler Kaylie. A sa grande surprise, la jeune femme était déjà rentrée chez elle.

Nicki décida de passer la voir sur le chemin du retour. Mais d'abord, il fallait qu'elle aille au dépôt-vente.

Une heure plus tard, elle avait un sac plein d'habits de deuxième main pour Dallas, mais elle n'avait pas trouvé de bureau. Il devrait se contenter un peu plus longtemps de l'établi.

Avant son départ le matin même, Dallas et elle avaient

mis au point un signal : trois coups frappés à la porte avant d'entrer signifiaient que tout allait bien. Si elle entrait sans frapper, il devait se cacher aussi vite que possible.

Elle se gara devant le chalet, monta les marches, frappa trois coups et entra. Elle s'attendait presque à entendre le bruit des touches du clavier. Le silence qui l'accueillit la déstabilisa.

Le débarras était vide, même si l'équipement de Dallas était toujours là, bien en vue.

Elle se rendit dans la cuisine.

Dallas était assis à la table, en train de lire ce qui ressemblait à une lettre.

Il leva les yeux lorsqu'elle entra, et lui fit signe de s'asseoir avec lui.

Elle posa le sac de vêtements sur une chaise vide.

— J'ai trouvé quelques habits, mais pas encore de bureau.

— Merci.

Il lui lança un sourire forcé, qui disparut vite.

— Comment s'est passé ton service ?

— Comme d'habitude. Et sinon, Del a appelé avant que je parte.

— La rencontre avec ton employeur potentiel est toujours prévue ?

— Demain après-midi.

Elle désigna la lettre.

— Un message de ton patron, expliqua Dallas. Je l'ai trouvé sur le disque dur quand j'ai commencé à vérifier le système. Il a eu la gentillesse d'inclure une petite imprimante dans le matériel qu'il m'a fourni, alors j'en ai profité.

Dallas tendit la feuille de papier à Nicki.

Elle parcourut la note rapidement, reconnaissant le style concis de Quinn. Lorsqu'elle fut arrivée au bout, elle la relut, le ventre serré.

— C'est de la folie !

Dallas acquiesça.

— Je sais.

— Cette Michelle Matsumara… C'était bien ton chef au FBI ?

— Oui.

Il parlait d'une voix basse et étranglée.

— Et maintenant, ils pensent que tu l'as tuée…

Il leva vers elle des yeux pleins de larmes.

— Et c'est peut-être vrai !

12

— Non, tu ne l'as pas tuée !

Dallas leva les yeux vers Nicki, surpris par la véhémence de son ton. Elle s'était levée et, les mains posées à plat sur la table, se penchait vers lui, l'air farouche. Elle lui évoquait — et ce n'était pas la première fois — une guerrière d'un monde de légende, avec ses yeux bleus qui lançaient des éclairs et son expression implacable.

Il avait de la chance qu'elle soit son alliée, pas son ennemie.

— Je ne parlais pas littéralement.

Il se laissa aller sur le dossier de sa chaise et détailla Nicki. En trouvant refuge dans son chalet, il avait fait d'elle une autre cible potentielle de Philip Crandall.

— Mais Michelle a été tuée à cause de moi, à cause des choix que j'ai faits.

— Tu ne peux pas dire ça : tu n'en sais rien ! protesta Nicki.

— Ah bon ?

— Tu as fait des recherches sur Internet pour savoir comment elle est morte ? Ou alors tu as lu le message de Quinn et tu t'es de suite mis à culpabiliser ?

Il lui opposa un air sombre.

— J'ai regardé sur Internet.

— Et que lui est-il arrivé ?

— La police n'a pas dit grand-chose, mais apparemment, elle aurait surpris un cambrioleur qui l'a tuée.

— C'est peut-être vraiment ce qui s'est passé.

— Il y a bien une raison pour que la police me suspecte, non ?

Il se leva et alla vers la fenêtre. Le soleil qui filtrait à travers les mélèzes projetait des taches dansantes sur le sol. Il semblait faire bon dehors, pour la première fois depuis bien longtemps.

Soudain, il se sentit prisonnier, pris au piège de ses propres choix.

— Je devrais me rendre à la police, dit-il tout haut.

Derrière lui, Nicki demeura silencieuse, mais tendue. Il le sentait.

— Je te mets en danger si je reste ici, ajouta-t-il, se retournant vers elle. Le moins qu'on puisse dire, c'est que je ne te facilite pas le travail !

— Si tu te rends, tu seras une proie facile. Un homme comme Philip Crandall peut te faire disparaître, même en prison.

— Au moins, il n'essaierait pas de m'atteindre à travers d'autres…

— Alors tu le laisses gagner ?

Elle secoua la tête.

— C'est de la lâcheté ! Et je ne pense pas que tu sois un lâche.

La colère monta en lui. La colère et une douleur sourde, qui semblaient le ronger lentement.

— Je ne comprends pas pourquoi il s'en est pris à Michelle. Pourquoi elle ? Elle était amusante, gaie, honnête… C'était vraiment quelqu'un de bien !

Les larmes lui brûlaient les yeux, mais il les ravala.

Il pleurerait plus tard. Pour le moment, il fallait punir celui qui avait fait cela.

Nicki s'assit à côté de lui et lui prit les mains.

— Parle-moi d'elle.

Il poussa un lourd soupir.

— Je ne vois pas quoi dire.

— Parle-moi d'elle. Je voudrais la connaître un peu mieux.

Il leva les yeux vers Nicki : elle le regardait avec toujours cette même intensité.

— Pourquoi ?

Elle lui serra les mains.

— Parce que je veux pouvoir penser à elle quand je serai avec ces sales types et que j'aurai besoin de courage.

Il leva ses mains à ses lèvres et les embrassa.

— Tu l'aurais aimée.

— Alors, parle-moi d'elle…, répéta-t-elle. Elle était mariée ?

— Divorcée. Elle s'était mariée très jeune, juste après ses études. Elle ne disait jamais de mal de son ancien mari, mais j'ai cru comprendre qu'il n'était pas très fidèle.

— Elle avait des enfants ?

— Non. Elle avait deux chats pour lesquels elle était aux petits soins.

Il fronça les sourcils.

— Je me demande qui s'en occupe maintenant…

— Je suis sûre que quelqu'un prend soin d'eux. Elle avait de la famille près de chez elle ?

— Non. Ils vivaient à San Francisco, à l'autre bout du pays.

C'était stupide, songea-t-il, d'être tracassé par ces deux chats alors qu'il avait tellement d'ennuis ces temps-ci !

— Tu ne penses pas qu'ils vont les envoyer à la fourrière, quand même ?

— Je ne sais pas. Je peux en parler à Quinn dans mon prochain message. Il pourra certainement trouver une famille pour s'en occuper.

Il lui serra les mains.

— Tu dois me trouver ridicule !

— Pas du tout.

— J'aimerais…

Il s'interrompit, ne sachant pas vraiment ce qu'il allait dire. Que Michelle soit toujours en vie ? Bien entendu. Il aimerait ne jamais avoir reçu ce second coup de fil de Cade Landry. En ce moment, il serait à Washington, dans son bureau, à concevoir une nouvelle brochure ou une nouvelle mise en page pour un formulaire de recrutement.

Il ne serait pas dans un chalet des Appalaches, en train de tenir les mains d'une femme qui était en mission d'infiltration, et de pleurer une amie qui n'avait pas mérité de mourir si jeune.

Nicki reprit la parole :

— Michelle avait-elle une raison de suspecter que Philip Crandall t'ait fait disparaître ?

— Je ne sais pas. Elle était intelligente. Mais elle ne savait pas que j'étais allé parler de Cade Landry à Crandall. Moi-même, je n'avais pas la moindre raison de soupçonner Crandall jusqu'à ce tête-à-tête avec lui.

— Il a dit quelque chose qui t'a paru bizarre ?

— Seulement qu'il voulait que je ne répète à personne que Cade Landry m'avait appelé.

Nicki plissa les paupières.

— Ça ne semble pas anormal en soi…

— J'imagine que ça ne l'est pas.

— Mais cela a éveillé tes soupçons…

— Tu as déjà entendu cette petite voix dans ta tête qui te dit que quelque chose ne va pas ?

Nicki acquiesça.

— C'est ce qui m'est arrivé, enchaîna Dallas. Quelque chose n'allait pas.

Il lui caressa la main avec son pouce.

Mieux valait certainement mettre un peu de distance entre eux plutôt que s'accrocher à elle comme si elle était sa bouée de sauvetage.

Malheureusement, il n'y arrivait pas. Comme si une partie de lui allait sombrer s'il la laissait partir…

Cela aurait dû l'effrayer. Mais ce n'était pas le cas. Il se sentait même plus solide : avoir besoin de quelqu'un d'autre

— de Nicki — n'était pas un signe de faiblesse, bien au contraire.

— Tu es certain que c'est Crandall qui a commandité ton enlèvement ? Quelqu'un d'autre que lui aurait pu intercepter l'appel de Landry, non ?

— Peut-être. Mais je ne vois vraiment pas pourquoi ils m'auraient mis sous surveillance, surtout après la première fois.

— La première fois ?

Il baissa les yeux sur leurs doigts entrecroisés.

— Tu sais que Cade Landry a disparu il y a près d'un an, plusieurs mois avant qu'il me recontacte cette année.

— Oui. Le FBI l'a soupçonné d'être impliqué dans un complot dans lequel plusieurs de leurs agents ont été tués.

— Il savait qu'il était soupçonné, et il avait des informations à fournir au directeur adjoint, Philip Crandall, mais il n'a pas voulu passer par les canaux officiels. Alors il m'a appelé.

— Pourquoi toi ? Tu n'es pas un agent.

— Précisément, répondit Dallas avec un sourire. Je ne suis personne. Qui soupçonnerait qu'un agent tombé en disgrâce essaie de me contacter ?

Nicki hocha la tête.

— Comment connaissais-tu Landry ?

— Il avait suivi la même formation en informatique que moi il y a plus d'un an. Il allait être affecté dans le Tennessee, et le FBI voulait qu'il soit leur référent pour la cybersécurité. Je pense qu'il s'est souvenu de moi quand il a eu besoin d'aide.

— Tu n'as pas suspecté Crandall la première fois que tu es allé le voir ?

— Je ne suis pas allé le voir, répondit Dallas tranquillement.

Il lâcha les mains de Nicki et s'appuya contre le dossier de sa chaise.

— Mais tu dis que Landry t'a demandé de court-circuiter

la chaîne de commandement et de lui faire passer directement des informations !

— Je ne lui ai pas obéi. Je croyais qu'il était paranoïaque. Les règles ont des raisons d'être.

— Et c'est là que les choses se sont gâtées pour Landry, supposa Nicki.

— D'après ce que j'ai entendu, il a disparu immédiatement. Son appartement a été entièrement vidé et beaucoup de gens pensaient qu'il s'était enfui.

— Mais ce n'était pas le cas.

— Non. Je ne l'ai jamais cru. Selon la rumeur, Landry avait été corrompu par la milice des Appalaches. Tu te souviens de ces deux hommes qui ont fait exploser un entrepôt en Virginie il y a quelques années ?

Nicki acquiesça.

— Oui. Je travaillais pour la police de Nashville à l'époque. Tout le monde était sur les nerfs, parce que nous craignions d'être touchés nous aussi par ces attaques. L'alerte était au maximum.

— Landry faisait partie de l'équipe du FBI qui a poursuivi ces hommes. Ils ont eu un tuyau et ils sont arrivés avant l'attaque. Landry a toujours juré qu'il avait reçu l'ordre d'intervenir, même si sa hiérarchie a toujours prétendu le contraire. Deux de ses hommes ont été tués. Ça a presque mis un terme à sa carrière.

— Le FBI a pensé qu'il avait fait exprès de faire louper le raid ? demanda Nicki.

— Ils ne savaient pas trop. Visiblement, ils ne pouvaient rien prouver. Sinon, ils l'auraient tout de suite poursuivi.

— Alors, quand il a soudainement disparu au beau milieu de l'enquête sur la milice des Appalaches…

Il termina sa phrase pour elle.

— Beaucoup de gens se sont dit qu'il était leur complice.

— Et toi ? Tu as pensé quoi ?

— J'ai cru qu'il était mort.

Il se leva.

— Mais ce n'était pas le cas. Et quand il m'a contacté à nouveau, j'ai décidé de faire les choses qu'il me demandait.

— Et ça n'a pas marché comme il l'espérait, remarqua Nicki en se levant elle aussi.

— C'est certain ! J'ai vraiment cru que, cette fois, il avait été tué, jusqu'à ce que tu m'apprennes qu'il était toujours en vie.

Dallas donna un coup de menton en direction du couloir.

— Rester ici à remâcher les choses ne sert à rien. Il faut que je comprenne ce qui se passe avec cette milice, surtout si tu vas rencontrer leur leader.

Elle le suivit jusqu'à la porte du petit débarras et le regarda s'asseoir devant l'ordinateur.

— Tu penses vraiment que tu peux obtenir ces informations sur Internet ? A mon avis, il y a une multitude de personnes qui ont déjà essayé de le faire, et personne n'y est arrivé.

— C'est parce qu'ils ne savent pas où chercher.

— Et toi, tu sais ?

Elle semblait sceptique.

Il lui adressa un clin d'œil qui la fit délicieusement rougir.

— Je crois que nous allons bientôt avoir la réponse.

— Monsieur, vous m'aviez recommandé de vous tenir au courant de la moindre tentative d'intrusion dans le système.

Le directeur adjoint Philip Crandall leva les yeux du rapport qu'il lisait. Jessica Hopkins, de la section de cybercriminalité, se tenait sur le seuil de la porte. Crandall lui fit signe d'entrer.

— Vous avez trouvé quelque chose ?

— Je crois, répondit la jeune femme en fronçant les sourcils.

Elle avait une trentaine d'années et en paraissait dix de moins, grâce à un teint impeccable et à un mépris apparent pour le maquillage. Elle portait des vêtements stricts, mais son tailleur ajusté lui donnait l'air d'une adolescente qui aurait emprunté les vêtements de sa mère. Elle semblait mal à l'aise dans son corps, un fait que ses chaussures plates destinées à dissimuler sa haute taille symbolisaient parfaitement.

Toutefois, les yeux verts qui fixaient Crandall à travers des lunettes brillaient d'intelligence.

— Dites-moi ce que vous avez découvert, Hopkins.

— Eh bien, il y a eu une recherche. Dans le système. C'est compliqué…

Elle secoua la main d'un air évasif comme si le pourquoi et le comment importaient peu. C'était certainement le cas, du moment qu'elle pouvait expliquer ce que ces choses compliquées signifiaient.

— C'était une intrusion ou pas ?

— Je crois que oui.

— Vous pouvez me dire d'où elle venait ?

— C'est ça qui est étrange. C'était très bien dissimulé, comme si celui qui faisait des recherches dans le système savait cacher ses traces. Mais, avant qu'il n'arrive à les effacer, j'ai découvert comment il — ou elle — était entré dans le système.

Elle se pencha vers lui, baissant la voix. Elle avait l'air troublé.

— Je pense… Je suis certaine que l'intrus a utilisé les identifiants de Michelle Matsumara.

Crandall s'immobilisa un moment, essayant de rester impassible.

Mais il devait réagir. C'était sûrement ce que Hopkins attendait de lui, alors qu'elle venait de lui apprendre que quelqu'un s'était servi des identifiants d'un agent du FBI décédé deux jours plus tôt.

— Vous avez réussi à découvrir l'adresse IP ? demanda-t-il, en regrettant de ne pas avoir de connaissances informatiques plus poussées.

Il s'était dit qu'il avait atteint un niveau hiérarchique où les compétences technologiques pouvaient être laissées aux subalternes. Son travail consistait à mettre les éléments en relation, pas à les découvrir.

Il se promit de trouver un moyen de remédier à ses lacunes en la matière. L'informatique allait prendre une place de plus en plus importante dans son métier, et comme il n'avait pas encore l'intention de partir à la retraite dans sa ferme de Virginie, c'était une étape nécessaire.

Surtout s'il voulait éviter de trop en dire à ses agents.

Il détailla Jessica Hopkins. Peut-être devrait-il la faire disparaître. Mais il espérait que non, qu'elle ne poserait pas les mauvaises questions — ou, plutôt, les bonnes.

Il ne faisait pas partie de ceux qui aimaient le pouvoir pour le pouvoir. Il ne prenait aucun plaisir à ce qu'il devait parfois faire pour arriver à ses fins.

Mais le pays qu'il s'était juré de protéger semblait incapable de préserver la liberté de ses citoyens. Tôt ou tard, sans l'intervention de gens comme lui, la nation allait s'effondrer sous le poids de ses excès.

Et, malheureusement, sauver un pays nécessitait des alliances avec des gens fort peu recommandables.

Il renvoya Hopkins, lui demandant de le tenir au courant de tout ce qu'elle pourrait découvrir, et la raccompagna jusqu'à l'ascenseur. Mais, lorsque les portes se refermèrent sur elle, il poursuivit jusqu'à la cage d'escalier.

Sur le trajet allant du siège du FBI à la station de métro Federal Triangle, il longea d'imposants bâtiments en marbre qui rappelaient à tous qu'ils se trouvaient dans la plus majestueuse des villes de la plus puissante nation du monde.

Du moins, c'était ce que symbolisaient ces façades magnifiques. La réalité, comme toujours dans cet univers changeant, était plus contestable.

Dans le métro, il prit la Silver Line pour se rendre dans un petit café d'Arlington.

Là, il s'assit au comptoir et demanda un expresso et un crumble aux pommes.

Sa commande arriva vite, apportée par un jeune homme calme, rasé de près. Il considéra Crandall de ses yeux noirs pendant un moment.

— Ça fait longtemps que nous ne vous avons pas vu ici.

— Je n'ai pas eu l'occasion de passer dernièrement, répondit Crandall avec un bref sourire.

Il sortit son portefeuille de sa poche et tendit un billet de vingt dollars au serveur. A l'intérieur était glissée une note qu'il avait rédigée dans le métro.

— J'espère revenir bientôt.

— J'aurai une part de crumble prête pour vous, monsieur !

Le jeune homme prit l'argent et l'apporta vers la caisse enregistreuse. Il ouvrit le tiroir, déplia le billet et le posa d'une main. De l'autre, il glissa la note dans sa poche.

Il fit un signe de tête à Crandall et disparut à l'arrière de la salle.

Crandall se laissa aller contre le dossier du tabouret et savoura son café. Il n'avait peut-être pas les compétences nécessaires pour exploiter l'information fournie par Jessica Hopkins, mais il connaissait beaucoup de personnes qui pourraient le faire pour lui.

Il n'avait qu'à attendre.

Lorsque Nicki était enfant et son univers aussi instable que le temps du Tennessee, elle avait toujours trouvé du réconfort dans la cuisine. Ce n'était pas la nourriture elle-même qui lui donnait une impression de normalité, même si elle appréciait les résultats de ses efforts culinaires tout autant qu'un autre. C'était l'acte même de cuisiner, l'alchimie qui se faisait entre tous les ingrédients, qui lui apportait le calme quand tout autour d'elle se disloquait.

Les sautes d'humeur de sa mère rendaient la vie imprévisible, mais du moment que Nicki avait un fourneau et des casseroles, elle pouvait au moins contrôler une partie de son monde. Elle avait appris à cuisiner toute seule, en se servant d'un vieux livre aux pages déchirées qui avait appartenu à sa grand-mère, et les résultats n'avaient pas toujours été concluants. Mais, petit à petit, les désastres étaient devenus moins fréquents, et le premier travail qu'elle avait trouvé alors qu'elle faisait ses études était un emploi de cuisinière chez Maisey Ledbetter, qui possédait un petit restaurant. Là, elle avait appris que la cuisine n'était pas seulement une technique, mais un art.

C'était amusant de constater que tôt ou tard, dans la vie, on en revenait toujours à la nourriture.

En ce début de soirée, ses casseroles lui apportaient une distraction bienvenue pour ne pas trop penser à Dallas, concentré sur son clavier et les mystères d'Internet. Elle n'avait pas préparé quoi que ce soit d'ambitieux depuis qu'elle était à River's End, mais elle avait trouvé des filets de truite à Abingdon quelques semaines plus tôt, et elle attendait une occasion de les sortir du congélateur pour en faire quelque chose d'intéressant.

Tout en fredonnant, elle émulsionna une sauce au beurre assaisonnée de citron, et fit un méli-mélo de salade avec de jeunes pousses d'épinard. La tension qu'elle avait accumulée au cours de la journée semblait se dissiper, et lorsque Dallas arriva, certainement attiré par les odeurs appétissantes qui lui étaient parvenues, elle se sentait relaxée et presque optimiste à nouveau, malgré la triste nouvelle qu'ils avaient apprise quelques heures plus tôt.

— Qu'est-ce qui sent aussi bon ? murmura-t-il, en se penchant sur son épaule pour regarder le poisson qui dorait dans la poêle.

— Filets de truite, sauce beurre blanc citronnée, et salade assaisonnée au vinaigre de miel.

Elle résista à l'envie de se laisser aller contre Dallas, de savourer la chaleur de son corps, même si trouver une raison pour laquelle elle ne devait pas le faire devenait de plus en plus difficile.

Cela faisait longtemps qu'elle était seule. Par choix.

Alors, pourquoi ne pas se laisser aller ? Ce qui se passait entre elle et Dallas semblait simple et profond, même s'ils venaient tout juste de se rencontrer. D'une certaine manière, elle n'avait jamais connu quelqu'un aussi bien.

Et surtout, elle n'avait jamais révélé autant d'elle-même — de ce qu'elle était vraiment — à quiconque.

Elle lui avait laissé voir qui elle était, et il était resté.

Mais il ne pouvait pas vraiment s'enfuir, n'est-ce pas ?

— J'ai l'impression que la truite va brûler, lui susurra-t-il à l'oreille.

Elle éloigna la poêle de la flamme.

— Pardon, je n'ai pas l'habitude qu'on me distraie quand je cuisine.

Il lui caressa la joue ; elle frissonna.

— Je suis une distraction ?

Elle se tourna vers lui et lui posa une main sur le torse.

— Tu dois bien le savoir, maintenant…

Il la regarda, et le temps fut comme suspendu. Puis il se pencha pour l'embrasser.

Le cœur battant, elle vint à sa rencontre.

13

Dallas résista à l'envie de prendre Nicki dans ses bras et de l'emporter dans la chambre, même s'il ne rêvait que de cela. Elle était chaude et douce, et sa peau exhalait un parfum si sensuel qu'il éveilla en lui un désir qui faillit le submerger par son intensité.

Et peut-être que, si le sexe avait été la seule chose qu'il attendait d'elle, il n'aurait pas résisté.

Mais il avait besoin de bien plus que de deux corps unis dans la jouissance. Nicki semblait l'essence même de sa vie : de plein de manières différentes, il lui appartenait. Avoir une telle confiance, un tel besoin de quelqu'un d'autre était une chose infiniment fragile, infiniment précieuse.

Il ne voulait pas la briser, si fort que soit son désir pour elle.

Mais quand elle se mit sur la pointe des pieds et lui enlaça le cou, le forçant à se pencher vers elle, il n'y tint plus et l'embrassa. Il savoura la pression de ses lèvres, tout d'abord légère, puis plus forte, et quand elle commença à le taquiner de la langue, sa tête se mit à tourner.

Elle le força à ouvrir la bouche, et il approfondit leur baiser, se délectant de la douceur chaude de sa langue, du contact de ses mains qui lui caressaient le torse.

Ce ne fut que lorsqu'elle glissa les mains sous sa chemise et qu'elle commença à la relever qu'il lui saisit les poignets et l'interrompit. Il prit de longues inspirations pour essayer de retrouver le contrôle de lui-même.

Elle le regarda avec des yeux assombris par le désir.

— Vous n'êtes pas comme les autres hommes que j'ai essayé de séduire, Dallas Cole !

— C'est bien ou mal ? demanda-t-il.

Elle pencha la tête sur le côté, un sourire aux lèvres.

— Les deux…

— Au cas où ça ne serait pas clair, j'ai très envie de faire l'amour avec toi.

Elle s'approcha jusqu'à ce que la courbe douce de son ventre appuie sur son sexe.

— Je sais.

Il était presque impossible de lui résister, mais il recula.

— Je viens d'apprendre que quelqu'un avec qui j'ai travaillé pendant des années est mort, et que, indirectement, j'ai peut-être une part de responsabilité. Alors…

Il recula encore, et détourna les yeux avant de perdre tout bon sens.

— Ce serait facile de me laisser emporter, pour oublier tout ça… Mais je voudrais que la première fois soit différente, que rien d'autre ne vienne s'y mêler.

— Je comprends.

En souriant, elle retourna vers la cuisinière et prit une spatule.

— Prêt pour le dîner ?

— Oui. Je peux t'aider ?

— Il y a des verres dans le placard au-dessus de l'évier, et une carafe de thé glacé au réfrigérateur.

Elle haussa les épaules, comme pour s'excuser.

— Je n'ai ni vin ni alcool ici. J'en ai tellement vu les ravages quand j'étais jeune que je préfère m'en passer.

— Le thé ira très bien. C'est sucré ?

Elle lui jeta un regard perplexe.

— Bien sûr !

Il trouva les verres et les remplit de glaçons avant d'y verser du thé.

— J'ajoute du citron ?

— S'il te plaît.

Elle désigna un demi-citron qui était sur une planche à découper.

Il le coupa en rondelles et en ajouta une dans chacun de leurs verres.

Lorsqu'il mit les couverts, elle avait déjà apporté les filets de truite et la salade verte à table.

Ils commencèrent à manger dans un silence confortable. La truite était délicieuse et, d'après l'expérience de Dallas, digne des meilleurs restaurants de Washington.

— Depuis quand tu cuisines ?

— Depuis mon enfance.

Elle sourit.

— Quand j'étais plus jeune, j'avais une vie très chaotique, et la cuisine représentait un univers que je pouvais contrôler. Si nous avions des ingrédients à la maison, je pouvais me préparer un repas. Ça me rassurait de voir que j'arrivais à prendre soin de moi toute seule : je me sentais moins vulnérable, moins dépendante de ma mère. Parce que, quand elle était ivre ou sous l'influence de la drogue, elle oubliait de manger pendant des jours, et elle ne se souciait pas de moi.

— Je suis désolé.

— Ce n'était pas une vie facile pour un enfant, mais cela m'a rendue forte. J'ai appris à survivre.

Il lui prit la main par-dessus la table.

— Il ne suffit pas de survivre !

— Parfois si…

— Je veux plus que ça.

Il lui tenait toujours la main, la lui caressait de son pouce.

— Je veux plus que ça pour toi.

Elle leva les yeux vers lui, ils étaient embués.

— Merci.

Il aurait dû s'arrêter, mais l'angoisse qui le rongeait le poussa à parler.

— Nicki, je sais que tu as travaillé dur pour infiltrer cette milice, mais ce que tu t'apprêtes à faire est très dangereux. Tu peux y laisser la vie.

Elle posa sa fourchette et mit son autre main sur la sienne.

— Conduire est dangereux. Vivre est dangereux.

— Ne prends pas ça à la légère !

— Non, je suis seulement réaliste. Le simple fait de vivre est risqué ! Je pourrais choisir la sécurité et mourir dans un accident stupide. Et à quoi mon existence aurait servi ?

— Alors, c'est ta façon de donner un sens à ta vie ?

— Je suppose que oui.

Il comprenait sa façon de voir les choses. S'il aspirait à un poste dans le service de cybersécurité, c'était pour être plus utile à la communauté qu'en concevant des formulaires et des brochures promotionnelles.

— Je suis tout à fait consciente des risques, reprit Nicki. Je sais que cette mission est dangereuse. Mais je suis la personne qu'il faut pour ça. Tu le sais.

Il aurait aimé pouvoir la contredire, mais elle avait raison : elle avait réussi à être au bon endroit au bon moment, et était sur le point d'approcher le leader de la milice des Appalaches de plus près que personne ne l'avait jamais fait.

— Comment Quinn a compris que tu serais la bonne personne ?

— Je l'ignore, reconnut-elle. Je pense que le fait que je vienne d'une région très rurale, comme tous ces gens, est un atout. Je sais le genre de vie qu'ils ont, et les frustrations qui sont les leurs. Ils se sentent tellement impuissants qu'ils en viennent à penser que le seul moyen d'avoir un contrôle sur leur vie est de rejoindre une milice. Je les comprends beaucoup plus que je ne le voudrais.

Elle baissa la voix et ajouta :

— J'étais comme eux, d'une certaine manière, pendant ma jeunesse.

Dallas, lui, était parti de sa région natale assez vite pour échapper à ce désespoir, grâce à un professeur de lycée qui avait vu son potentiel. Il avait eu beaucoup de chance.

Cela lui faisait mal que Nicki ait dû se battre pour échapper à la pauvreté et au désespoir. Mais qu'elle ait réussi à s'en sortir toute seule témoignait de sa force et de son courage.

Même si cela risquait désormais de mettre sa vie en danger.

— Tu as informé Quinn de tes avancées ? s'enquit-il en tripotant sa truite du bout de sa fourchette.

Il avait perdu l'appétit.

— Oui. J'espère avoir une réponse avant mon rendez-vous de demain.

Du menton, elle désigna son assiette.

— Tu n'aimes pas ?

— C'est délicieux. Mais je n'ai pas aussi faim que je croyais.

Elle sourit, l'air compatissant.

— Tu te fais du souci pour moi ?

— Oui. J'ai le droit ?

— Ça me touche.

Elle lui prit la main par-dessus la table.

— Tu veux que nous sortions ce soir ?

— Dehors ?

— Dans la montagne. Il faudrait que j'aille vérifier la cachette avant d'aller me coucher. Je sais que c'est un peu tôt, mais j'ai besoin de grand air. Et toi ?

Il se rendit compte de ce qu'elle lui proposait, et de la confiance en lui que cela impliquait.

— Tu vas me laisser voir l'endroit où tu caches tes messages ?

— Oui. Maintenant, tu fais partie de cette mission, toi aussi.

Elle retira la main, se leva et commença à débarrasser la table.

— Je vais mettre les restes au réfrigérateur pour que tu

aies quelque chose à manger demain quand je rencontrerai le chef de la milice.

— Tu penses qu'ils vont te demander de commencer immédiatement ?

— Je reviendrai quand même prendre quelques affaires.

Dallas eut un moment de soulagement : il aurait une autre occasion de dissuader Nicki d'y aller. Non qu'il pense réussir…

Elle était volontaire, c'était l'un de ses charmes.

— Et que donnent tes recherches sur Internet ? demanda-t-elle en mettant les restes au réfrigérateur.

— C'est lent, avoua-t-il. J'essaie de ne pas laisser de traces.

— Tu as réussi ?

— Je ne sais pas. Il me semble que oui, mais il n'est jamais possible d'entrer dans un système sécurisé sans en laisser. Il faut seulement essayer que ça soit là où personne ne va penser à regarder… Et d'ailleurs, les systèmes dans lesquels j'entre ne sont pas tous contrôlés très sérieusement.

— Mais s'ils le sont ?

— Avec de la chance, personne ne remarquera rien.

Il ne lui dit pas où il cherchait des informations : pénétrer dans le système du FBI était extrêmement risqué, et il ne voulait pas l'inquiéter.

Mais il fallait qu'il en sache plus sur les personnes avec lesquelles Crandall était en lien. Il fallait qu'il prouve que le directeur adjoint était corrompu, s'il voulait sortir blanchi de cette affaire. Et si cela le contraignait à prendre des risques, eh bien, Nicki n'était pas la seule personne prête à le faire pour donner un sens à sa vie.

Depuis quelques mois, John Bartholomew vivait dans un appartement petit mais confortable d'Abingdon, en Virginie. Il était consultant en systèmes de sécurité le jour, et messager pour The Gates le soir.

Il voulait un métier avec du sens : le genre de métier qu'il avait auparavant, et qu'il avait dû quitter.

Lorsqu'il était agent de la CIA, il travaillait bien. Il avait un visage que les gens oubliaient immédiatement : il n'était ni grand ni petit, avait une corpulence moyenne, des cheveux ni blonds ni bruns mais d'une teinte intermédiaire, plus foncés en hiver et plus dorés en été. Il n'avait le teint ni clair ni mat, les yeux ni bleus ni noirs mais d'une couleur noisette qui changeait avec son humeur. S'il avait eu des instincts criminels, il aurait certainement pu échapper à la justice, car personne n'aurait réussi à donner de lui une description exploitable une fois son forfait terminé.

Seule sa façon de parler attirait l'attention : il n'avait jamais réussi à perdre complètement son accent légèrement nasillard du Tennessee.

Là, aux confins des Appalaches, il était dans son élément. Et n'avoir rien de remarquable constituait un atout de taille dans sa profession.

Personne ne sembla le voir lorsqu'il quitta son appartement peu de temps après le coucher du soleil et qu'il prit son 4x4. Il le laissa au bord d'une petite route, puis commença à gravir la montagne jusqu'à la grotte où il cachait les messages.

Il laissa la note d'Alexander Quinn sans perdre de temps et retourna immédiatement vers son véhicule.

En arrivant à Abingdon, il s'arrêta dans un petit supermarché pour y acheter un pack de bières, et à 21 heures, il était chez lui, assis dans son canapé, les pieds posés sur sa table basse. Si quelqu'un l'avait vu partir ou revenir, il y avait peu de chances qu'il se pose des questions : c'était normal d'aller acheter de la bière, non ?

Nicki Jamison avait enfin réussi à obtenir un rendez-vous avec leur cible, ce qui voulait dire qu'elle avait réussi à infiltrer une organisation aussi secrète que la milice des Appalaches, là où des dizaines d'hommes avant elle avaient échoué.

A moins que cette rencontre ne soit qu'un test supplémentaire de Del McClintock et son patron pour vérifier qu'ils pouvaient lui faire confiance ?

Elle allait se rendre à la grotte plus tard dans la soirée. Elle trouverait donc les instructions d'Alexander Quinn avant son rendez-vous, songea John.

Tout comme lui, Quinn ne voulait pas se réjouir trop tôt.

Il ouvrit une des bouteilles de bière et en prit une gorgée.

Il ne pouvait pas contrôler grand-chose dans cette opération. C'était une situation qu'il avait parfois du mal à supporter. Pour un homme qui aimait l'action, la partie la plus difficile de son métier était de rester assis à attendre. Exactement ce qu'il était en train de faire…

L'air de la nuit était froid et sec. Dallas l'inspirait avec un plaisir incroyable. Il se sentait fatigué et essoufflé par la montée, mais il avait réussi à la faire sans s'effondrer, chose dont il aurait été incapable seulement quelques jours plus tôt. Les marques physiques du calvaire qu'il avait enduré pendant sa captivité avaient plus ou moins disparu. Seules demeuraient les blessures psychologiques.

Celles-là seraient plus longues à guérir…

Mais atteindre la petite grotte près du sommet de la montagne avait un goût de victoire, et il la savoura tant qu'il put, tout en tâchant de reprendre son souffle.

— Tu restes ici ? lui demanda Nicki alors qu'il s'appuyait contre la roche, à l'extérieur de la grotte.

Il hocha la tête, trop essoufflé pour répondre.

Elle lui caressa le bras en passant devant lui et entra dans la grotte, disparaissant de sa vue.

Elle en ressortit quelques instants plus tard et lui fit un signe de la tête.

— Tu as besoin de te reposer encore un peu ?

Il aurait aimé dire non, mais en vérité, il fallait qu'il s'assoie un instant, pour mettre son corps fatigué au diapason de sa volonté. Du menton, il désigna la bûche que Nicki avait retournée avant d'entrer dans la grotte.

— J'imagine que ça a une signification ?

— C'est notre signal. Il le fait pointer vers le haut quand il est passé, et moi vers le bas.

Dallas s'assit sur le tronc d'un arbre abattu.

— Tu as lu le message ?

Tout en hochant la tête, elle s'assit à côté de lui et parla à voix basse.

— Quinn craint qu'il ne s'agisse d'un autre test. D'après lui, pour le moment, rien n'est fait.

— Il a raison.

— Je le sais.

Elle se rapprocha de Dallas jusqu'à ce que leurs corps se touchent, et posa la tête contre son épaule. Il lui enlaça la taille, la tint tout près de lui.

— Il n'est pas trop tard pour reculer, si tu veux.

Elle soupira, et son souffle forma un petit nuage de buée dans l'air froid de la nuit.

— Je ne peux pas reculer. Plus maintenant.

— Cet homme va exiger que tu ailles vivre chez lui ?

— J'imagine que oui.

Elle se redressa et le regarda.

— Et c'est ce que nous voulons, aussi : se rapprocher de lui, être à l'intérieur du groupe, rassembler des informations. C'est pour ça que je suis venue ici.

— Et comment je saurai si tu vas bien ?

— Tu ne le sauras pas. Pas tout de suite en tout cas.

Il lui prit la main. Elle avait les doigts froids, mais il était comme enveloppé, réconforté par sa chaleur.

— Nous devrions peut-être demander à Quinn de te faire partir d'ici, déclara-t-elle. Il peut t'installer dans une de nos planques du Tennessee.

— Je ne connais pas Quinn. Je n'ai pas confiance en lui.

Il croisa son regard et, le cœur battant, il ajouta :

— J'ai confiance en toi.

— Alors reste dans mon chalet, comme nous l'avions prévu.

Elle se mit debout et le tira.

— Prêt à rentrer à la maison ?

La maison ? releva-t-il sombrement en la suivant. Il n'aurait plus l'impression que le chalet était sa maison quand Nicki serait partie.

On frappa à la porte tard dans la soirée, alors que Philip Crandall se préparait à aller se coucher. Sa femme, Melinda, préférait vivre sur leur élevage de chevaux du comté de Fairfax, et il avait loué un appartement où il vivait seul pendant la semaine à Washington.

Il avait rarement de la visite, et jamais de ses collègues du FBI, ce qui ne laissait que deux possibilités : soit la personne qui frappait s'était trompée d'appartement, soit sa visite à Arlington avait produit des résultats plus rapidement qu'il ne le pensait.

Il ouvrit la porte sur un jeune homme vêtu d'un polo rouge vif, décoré du logo d'une chaîne de pizzerias.

Philip n'avait commandé aucune pizza mais, à mieux y regarder, le jeune homme en question était le serveur qui avait pris son billet de vingt dollars dans l'après-midi…

— Voici la pizza que vous avez commandée. Ça fera quinze dollars.

— Je n'ai qu'un billet de vingt, répondit Crandall.

Le jeune homme sourit.

— J'ai de la monnaie.

Crandall prit son portefeuille et en sortit un billet de vingt dollars. Le jeune homme lui rendit un billet de cinq soigneusement plié et lui tendit la boîte.

— Bon appétit, monsieur.

Crandall referma la porte à clé, puis posa la boîte sur la table basse. Il s'assit et la considéra, le cœur battant.

Ce jeune homme ne pouvait avoir fait tout ce trajet s'il n'avait pas eu des nouvelles importantes à lui apporter, n'est-ce pas ?

Se souvenant de la façon dont il avait fait passer sa requête à Arlington plus tôt dans la journée, Crandall déplia le billet de cinq dollars. Dedans, il trouva un bout de papier sur lequel étaient inscrits trois mots :

« Sous la pizza. »

Il détailla la boîte, soudain crispé.

Jusqu'alors, il n'avait jamais eu de problèmes avec les hommes peu recommandables qu'il avait choisis comme partenaires. Mais travailler avec eux présentait des risques : ils pouvaient décider du jour au lendemain qu'il ne leur était plus utile.

Et ce serait si facile de le faire disparaître avec une bombe cachée dans une boîte à pizza, non ?

« La vie est un pari, Phil. »

La voix rocailleuse de son père résonna dans sa tête.

« Tu ne peux pas gagner si tu ne joues pas. Alors, n'y pense plus et lance les dés. »

Crandall prit une longue inspiration et souleva le couvercle.

Rien n'explosa. Dedans se trouvaient huit parts de pizza au pepperoni et aux champignons. Il poussa un soupir et souleva une des parts.

Un sac en plastique transparent était posé sous la pizza. Crandall le tira vers lui, essuya la farine qui était restée dessus et lut ce qui était écrit.

« L'intrusion vient d'un téléphone portable qui a utilisé le relais du comté de Dudley, en Virginie. »

Sous cette phrase lapidaire figuraient quelques détails, dont les coordonnées du relais en question.

Le comté de Dudley, en Virginie, songea Crandall. Pourquoi cela semblait-il familier ?

Il prit dans sa poche un téléphone prépayé qu'il utilisait pour ses appels les plus secrets, et composa un numéro.

On répondit à la deuxième sonnerie.

— C'est pour quoi ?

— Une information, répondit-il.

Puis il expliqua ce dont il avait besoin.

— Pour demain matin ? conclut-il.

— Ça sera cher.

— Ça l'est toujours.

Il raccrocha et, soudain affamé, se servit une part de pizza.

14

En ce vendredi matin, le temps était doux et ensoleillé. Cela semblait de bon augure, voulut croire Nicki. Cette entrevue — qui lui permettrait d'entrer enfin dans la phase active de sa mission — se déroulerait bien.

Il n'y avait qu'un problème : elle ne croyait pas aux présages. Et lorsque cette opération commencerait, elle serait en danger, loin de ceux qui se souciaient d'elle et de sa sécurité.

— Tu peux encore dire non, lui répéta Dallas en venant la rejoindre à la fenêtre de la cuisine.

— Je sais.

Sans même y réfléchir, elle se laissa aller en arrière contre lui.

Il l'entoura de ses bras et la serra.

— Non, tu ne sais pas. Quinn n'aurait pas dû te demander ça, pour commencer. Tu n'as jamais eu d'entraînement, n'est-ce pas ?

— J'ai travaillé pour la police…

— Tu n'étais pas en mission d'infiltration : tu te contentais de leur fournir des informations.

— C'est essentiellement ce que je vais faire là aussi. D'ailleurs, c'était déjà le même type de mission quand j'étais à la ferme.

Étant donné la façon catastrophique dont les choses s'étaient terminées pour Jeff Burwell, ce n'était peut-être pas un bon exemple…

Dallas se tenait derrière elle, fort, solide, et elle aurait voulu qu'il puisse l'accompagner, pour l'aider dans ses moments de solitude et d'angoisse. Il suffisait qu'elle soit dans ses bras pour se sentir réconfortée, en sécurité.

— Ce n'est pas pareil, répliqua-t-il en la serrant un peu plus fort contre lui, et en pressant la joue contre sa tempe.

Il ne s'était pas encore rasé, et les poils durs de sa barbe lui éraflèrent la peau, lui envoyant un frisson de plaisir dans le dos.

— J'ai encore trois heures de liberté avant d'aller retrouver Del. Nous pouvons parler d'autre chose ?

Elle se retourna pour lui faire face et posa les mains sur son torse.

— Parle-moi de toi. Raconte-moi des choses que je ne sais pas.

Il eut un bref sourire.

— Ça va te faire mourir d'ennui.

— C'est moi qui peux le dire, pas toi !

Elle tira le col de sa chemise.

— Je ne t'ai pas trouvé ce bureau. Il faut que je le fasse après mon rendez-vous.

— Et si tu dois commencer immédiatement ?

— Je dirai qu'il faut que j'aille donner ma démission à mon employeur, et que je dois parler à mon propriétaire. Ils ne peuvent tout de même pas s'attendre à ce que je laisse tout tomber du jour au lendemain.

Elle secoua la tête.

— Si j'étais d'accord pour le faire, j'aurais l'air trop pressée d'accepter, et ça paraîtrait suspect. Il faut que je pose certaines conditions, moi aussi.

Il l'attira à lui.

— Tu es dure en négociation, non ?

— Je peux l'être.

— C'est bon à savoir…

Elle posa sa joue sur son épaule.

— J'aimerais trouver un moyen d'être en contact avec toi pendant ma mission, dit-elle en soupirant.

— Comment vas-tu communiquer avec Quinn ?

— Il y a un dispositif de pistage sur mon porte-clés. Quinn saura à tout instant où je me trouve.

Dallas se raidit nettement. Manifestement, il n'aimait pas cette solution.

— Je dois faire confiance à Quinn, insista Nicki. Il s'est bien occupé de moi jusque-là.

— Tu connais le code du dispositif ? Je pourrais peut-être te suivre moi aussi…

Elle leva les yeux vers lui.

— Je te l'ai dit : c'est seulement une rencontre. Je ne vais nulle part aujourd'hui.

Il fronça les sourcils.

— Je me sentirais mieux si je pouvais savoir où tu es.

Et il accompagna ces mots d'un sourire timide.

— Je suis pathétique, je sais…

— Au contraire, je trouve ça très agréable à entendre.

Elle leva la tête et posa ses lèvres sur les siennes. Elle se força à garder ce baiser léger, même si l'envie de l'attirer à elle et de l'embrasser profondément montait en elle comme les eaux d'une rivière en crue.

Il passa les doigts dans ses cheveux et lui rendit son baiser d'une manière presque désespérée, jusqu'à ce qu'elle se laisse aller contre lui et prenne toute la passion qu'il lui offrait.

La sonnerie du téléphone les interrompit.

Dallas maugréa :

— C'est certainement Del, non ?

Elle hocha la tête.

— Ne réponds pas, murmura-t-il en se penchant pour l'embrasser à nouveau.

Elle fut tentée de céder, mais elle se dégagea et alla décrocher le téléphone sur sa table de nuit.

— Salut Nicki ! Je voulais seulement m'assurer que tu n'avais pas oublié notre rendez-vous.

— Bien sûr que non !

Elle s'assit sur le lit et leva les yeux vers Dallas, qui la regardait depuis l'embrasure de la porte.

— Il y a des choses que je dois savoir avant l'entretien avec cette personne ?

— Je lui ai parlé de toi, alors je pense qu'il voudra seulement t'expliquer en quoi ton travail va consister. Il veut réussir à stabiliser son diabète sans passer par les médecins ou un hôpital.

— Il va bien falloir qu'un médecin lui prescrive ses médicaments, l'avertit-elle. Il y a une limite à ce que je peux faire pour lui !

— Il le sait bien. Crois-moi, ma belle, je suis sûr qu'il va t'adorer !

C'était peut-être ses nerfs, mais il y avait quelque chose dans le ton joyeux de Del qui commençait à lui faire regretter d'avoir accepté que ce soit lui qui la conduise au rendez-vous.

— Ecoute, je sais que nous avions prévu de nous retrouver à la cafétéria et de prendre ta voiture, mais ça serait plus simple que je vienne te rejoindre chez ton ami, non ? Si je dois travailler pour lui, il faudra bien que je sache où il habite !

Il y eut un silence tendu à l'autre bout de la ligne.

— Tout se fera en temps voulu, finit-il par répondre d'un ton plus sec que précédemment. Il a dit très clairement comment il voulait que les choses se passent, et je crois qu'il vaut mieux ne pas les changer au dernier moment.

— Bien sûr que non, répondit rapidement Nicki.

Elle ne voulait surtout pas donner à Del une raison de reculer.

— Je te retrouverai à la cafétéria, comme prévu.

— Tout se passera très bien, conclut-il. Crois-moi.

— J'en suis certaine, mentit-elle. Merci beaucoup d'avoir organisé tout ça. Je te retrouve à 11 heures ?

— A tout à l'heure, ma belle.

Elle raccrocha le téléphone et se tourna vers Dallas.

— Je suis folle de faire ça ?

— Oui, répondit-il simplement.

— Je ne peux plus reculer maintenant.

Il serra les mâchoires et ses yeux lancèrent des éclairs, mais il ne dit rien. C'était inutile : elle savait déjà ce qu'il en pensait. Mais elle était trop près du but pour s'arrêter…

En théorie, John Bartholomew ne travaillait pas pour Alexander Quinn, mais pour Citadel Properties, une entreprise spécialisée dans les systèmes de sécurité avec laquelle Quinn avait signé un contrat. Mais à la vérité, Citadel n'avait qu'un seul employé, et Quinn lui donnait beaucoup de travail.

Sur le bureau était posé un dossier contenant plusieurs lettres de candidatures que Quinn lui avait faxées plus tôt dans la semaine. Ayant connu quelques déboires avec les procédures d'enquêtes internes de The Gates, Quinn avait décidé de les sous-traiter.

Avant la fin de la semaine, il fallait que John ait étudié tous ces CV et qu'il s'assure que les personnes que Quinn envisageait d'embaucher étaient fiables.

Mais d'abord, il avait quelque chose à faire.

Le trajet d'Abingdon à River's End prenait près d'une demi-heure sur des petites routes de montagne qui traversaient les bois des Appalaches.

La cafétéria où travaillait Nicki ne payait pas de mine : c'était un long établissement situé sur l'artère principale de la ville. A 10 h 45, le parking commençait tout juste à se remplir pour le rush de midi. John se gara, de manière à voir toutes les voitures qui y entreraient ou en sortiraient.

Quinn ne lui avait pas demandé explicitement de suivre Nicki et Del McClintock sur le lieu de leur second rendez-vous, mais il ne lui avait pas non plus interdit de le faire. John n'avait toujours pas décidé quelle serait sa ligne de conduite lorsque la jeep de Nicki apparut sur le parking et se gara.

Il prit la petite paire de jumelles posée sur le siège à côté de lui, puis l'observa. Elle semblait tendue. C'était compréhensible : il l'était lui-même pour elle. Mais elle réussirait peut-être à retrouver son calme avant que McClintock n'arrive. Le succès de cette opération dépendait largement de sa capacité à garder les idées claires.

Son portable vibra dans sa poche, et il sursauta.

Quinn était le seul à avoir ce numéro. Son patron ne s'embarrassa pas d'entrée en matière.

— Tu la vois ?

John baissa ses jumelles.

— Oui.

— N'interviens pas. Je ne sais pas si McClintock est bien entraîné, mais je ne voudrais surtout pas qu'il te surprenne à le suivre.

John retint un soupir.

— C'est compris ? insista Quinn sur un ton qui n'admettait pas de réplique.

— Parfaitement.

— Le dispositif de repérage marche ?

John prit la tablette qui se trouvait sur le siège passager et passa le doigt sur l'écran. La page de l'application GPS s'ouvrit : une petite lumière verte clignotante indiquait la position de Nicki sur la carte.

— C'est bon.

— Espérons qu'elle pourra garder ses clés sur elle.

John remarqua un Silverado bleu qui entrait sur le parking. Il s'arrêta derrière la jeep de Nicki en faisant vrombir son moteur.

— McClintock est là.

— Il est seul ?

— On dirait.

John prit les jumelles pour vérifier.

— Oui, il est seul.

Nicki sortit de la jeep et se dirigea vers la portière passager du Silverado. Elle ouvrit la porte, puis monta dans le pick-up, avec un sourire crispé à l'adresse de McClintock.

La portière se referma. Le Silverado sortit du parking et disparut dans un virage.

— Elle est partie avec McClintock, annonça John à Quinn.

— Le GPS marche bien ?

John vérifia.

— Oui.

— Continue à regarder où il l'emmène. Je reste joignable.

Sur ce, Quinn raccrocha.

John mit son téléphone dans sa poche et démarra. L'envie de désobéir à Quinn et de suivre le Silverado lui mettait les nerfs en pelote, mais il se força à tourner le volant dans la direction opposée. Nicki Jamison était une jeune femme tout à fait capable de se débrouiller seule, et qui avait réussi là où des agents expérimentés avaient échoué.

Il devait avoir confiance en elle : elle ferait bien son travail, et il devait faire le sien.

Il était presque arrivé à Abingdon quand son téléphone se mit à sonner. Il décrocha.

— Oui ?

— Nous avons un problème, déclara Quinn.

Il n'y eut aucun coup à la porte, seulement le cliquetis de la clé dans la serrure et le grincement de la porte qui s'ouvrait. Dallas referma rapidement l'ordinateur et saisit la batte de base-ball que Nicki lui avait donnée le matin avant de partir.

Il se leva et alla jeta un coup d'œil dans le couloir.

Il se trouva face à face avec un homme.

— Sortez immédiatement ou j'appelle la police ! gronda-t-il en brandissant la batte devant lui.

L'individu leva les sourcils, mais n'eut pas l'air particulièrement inquiet.

— Vous n'allez pas appeler la police, monsieur Cole, parce qu'ils sont à votre recherche.

L'homme tendit les mains devant lui et montra qu'elles étaient vides. Il ne semblait pas porter une arme, remarqua Dallas.

— Je m'appelle John Bartholomew. Je travaille avec Alexander Quinn. Il faut que je vous fasse partir d'ici au plus vite.

Surpris par l'assurance de l'intrus, Dallas serra un peu plus fort la batte.

— Alexander qui ?

— Ne jouez pas avec moi, Cole. Je suis celui qui fait passer les messages de Nicki Jamison à Quinn, dont par exemple celui qui annonçait que vous aviez fait irruption dans son opération. Elle m'appelle l'agent X.

Seuls Quinn et son messager pouvaient savoir cela. A moins que…

Peut-être cet homme avait-il intercepté quelque chose… Ou pire : il pouvait avoir obtenu l'information de Nicki elle-même.

— Je ne vous mens pas, déclara-t-il brusquement. Mais je n'ai pas le temps de prouver quoi que ce soit. Alors j'ai besoin que vous me fassiez confiance, c'est tout.

— Et pourquoi vous n'avez pas le temps ? demanda Dallas.

Il tenait la batte si fermement que ses doigts commençaient à être gourds.

— Parce que des agents du FBI se dirigent en ce moment-même vers ce chalet pour venir vous arrêter. Ils peuvent arriver d'un instant à l'autre. Alors je pense qu'il est dans votre intérêt de partir d'ici tant que c'est encore possible.

— Et je devrais vous croire ?

John poussa un long soupir, comme s'il commençait à s'impatienter.

— Vous croiriez Cade Landry ?

Il mit la main dans une de ses poches.

Dallas recula instinctivement.

— Mains en l'air !

L'homme sortit la main de sa poche, tenant un téléphone portable.

— Quinn m'a envoyé une vidéo. Il pensait que vous seriez difficile à persuader.

Il tourna le téléphone vers Dallas.

— Il va falloir que vous approchiez.

Dallas secoua la tête.

— Mettez le téléphone par terre et faites-le glisser vers moi.

L'homme souleva un sourcil, mais il fit ce que Dallas lui avait demandé.

Dallas stoppa le portable avec son pied.

— Tournez-vous vers le mur, mains en l'air.

John pivota, leva les mains et posa les paumes contre le mur.

Dallas s'agenouilla et se saisit du téléphone, tout en gardant un œil sur John. Il y avait une vidéo à l'écran. En serrant les lèvres, il appuya sur le bouton « play ».

Un visage familier apparut :

« Cole, c'est Landry. Quinn pense que tu ne vas pas croire John Bartholomew. Alors, écoute : il te dit la vérité. Tu dois partir d'ici immédiatement. »

— Et comment je peux être sûr que cette vidéo n'a pas été tournée sous la contrainte ? demanda Dallas.

« J'ajoute que personne ne m'oblige à dire cela », poursuivit Landry sur la vidéo, comme s'il s'attendait à la question.

D'ailleurs, il sourit légèrement, manifestement certain d'avoir anticipé la réaction de Dallas.

« Et maintenant, pars ! »

La vidéo se termina, et Dallas releva la tête vers John. Avant qu'il ne puisse parler, le téléphone sonna, faisant sursauter Dallas.

John le regarda par-dessus son épaule.

— C'est Quinn : il est le seul à avoir ce numéro. Il faut que je réponde. Il a peut-être d'autres informations.

Dallas décrocha.

— Quinn ?

Il y eut un silence à l'autre bout de la ligne avant qu'une voix d'homme ne déclare :

— Dallas Cole, je suppose ?

— Pourquoi vous m'avez envoyé votre sbire ?

— Il ne vous l'a pas dit ?

— J'aimerais que vous me le répétiez, répondit Dallas sèchement.

— Nous n'avons plus le temps !

— Prenez-le.

— J'ai des contacts au FBI, expliqua Quinn. Certains indices les portent à croire que vous avez tenté de pénétrer dans leur système.

L'irritation dans la voix de Quinn était nette.

— Ils ont suivi la trace de cette intrusion jusqu'à un téléphone portable, qui était passé par un relais du comté de Dudley, en Virginie. Des agents sont en route pour venir vous arrêter. Ils devraient être là dans moins d'un quart d'heure. Je vous suggère de quitter cet endroit au plus vite.

Quinn se fit encore plus sec :

— D'ailleurs, lorsque vous serez partis, demandez à John de vous montrer le système GPS qu'il utilise pour localiser Nicki.

Dallas demanda, inquiet :

— Pourquoi donc ?

Quinn répondit d'une voix coupante :

— Parce que, sans que je sache comment, la milice des Appalaches a découvert que Nicki leur a menti.

15

La radio de Del hurlait dans l'habitacle. Il écoutait une station qui diffusait du hard rock, et Nicki n'arrivait plus à aligner deux idées.

Elle jeta un coup d'œil à Del : il tapotait son volant en rythme tout en conduisant très largement au-dessus de la vitesse autorisée.

Mais lorsqu'un homme décidait que les actes terroristes étaient parfaitement justifiés, les limitations de vitesse n'étaient certainement plus un problème pour lui.

— On arrive bientôt ? demanda-t-elle en criant presque.

Cela faisait vingt minutes qu'ils étaient partis et qu'ils s'enfonçaient dans la montagne. Elle n'était jamais allée aussi loin dans cette direction depuis qu'elle était à River's End, et ne savait pas trop où ils se trouvaient.

— Non, répondit-il en lui décochant un sourire qui lui fit froid dans le dos.

Quelque chose n'allait pas. Elle était incapable de dire quoi, mais son instinct lui soufflait d'agir avec la plus grande prudence.

Elle ne pouvait demander à Del de faire demi-tour et de retourner à River's End, sous peine de gâcher tout ce pour quoi elle avait travaillé. Mais elle devait rester sur le qui-vive. Si les choses commençaient à aller de travers, il lui fallait un plan pour s'échapper.

Elle n'avait pas d'arme sur elle. Elle les détestait depuis le temps où sa mère ramenait à la maison des voyous. Alexander

Quinn avait insisté pour qu'elle suive un entraînement au tir, mais elle espérait bien ne jamais avoir à le mettre à profit.

Toutefois, plus Del s'enfonçait dans la forêt, plus elle regrettait de ne pas avoir combattu sa répulsion.

— C'est là que ton ami habite ? questionna-t-elle en observant l'épaisse forêt.

Les sapins avaient peu à peu remplacé les feuillus, et il n'y avait pratiquement aucune habitation sur la route.

Il serait facile de se perdre à jamais dans ces bois, songea-t-elle la gorge serrée.

La route croisait un chemin de terre, et finalement le Silverado ralentit, se préparant à tourner.

Nicki considéra la piste avec appréhension : s'enfonçait-elle encore loin dans la forêt ?

Ils s'engagèrent sur le chemin, et Del fut obligé de conduire beaucoup plus lentement, car les ornières rendaient leur progression très inconfortable. Les cahots du véhicule ne contribuaient pas à calmer sa nervosité, mais Nicki réussit à garder au moins une apparence de calme.

Del l'emmenait voir l'homme qu'elle essayait de rencontrer depuis qu'elle était arrivée à River's End. Cette entrevue arrivait beaucoup plus tôt qu'ils n'auraient pu s'y attendre. Tout allait bien, non ?

Alors pourquoi avait-elle ce mauvais pressentiment ?

— Nous y sommes presque, déclara Del avec un large sourire.

Quelque chose dans ce sourire lui mit les nerfs à vif. Peut-être parce qu'il semblait sauvage et cruel.

Del avait l'air d'un prédateur guettant sa proie.

— Ils se sont arrêtés, annonça Dallas.

Il jeta un coup d'œil à John Bartholomew. Celui-ci avait une conduite souple et rapide, et grignotait la distance qui les séparait du point clignotant sur la carte.

— Vous avez une adresse ? demanda-t-il.

— Pas vraiment. J'ai l'impression qu'ils ne sont même pas sur une route.

Dallas avait les yeux fixés sur la tablette et essayait de zoomer pour mieux voir.

— Ils viennent de quitter la route de Partlow et se dirigent à l'est, vers Saltville.

John poussa un soupir.

— J'aurais dû m'y attendre…

— Oui, gronda Dallas, vous auriez dû.

— Nicki voulait faire cette mission, répliqua John. C'est elle qui a demandé à Quinn de l'embaucher. Vous le saviez ?

— Elle m'a dit que la milice s'en était prise à une famille chez laquelle elle travaillait…

— Une famille dans laquelle elle était infiltrée pour recueillir des informations, corrigea John. L'homme a tout perdu dans un incendie, et ses enfants ont failli y rester.

— Il paraît que ce type ne soutenait pas vraiment la milice…

— C'est vrai. Mais elle l'ignorait quand elle a accepté de donner des informations sur lui.

Dallas se tourna vers Bartholomew sans masquer sa colère.

— Où voulez-vous en venir ?

— Nicki sait parfaitement à qui elle a affaire et les risques qu'elle court. Ça ne sert à rien de se demander si oui ou non elle devait y aller : elle a choisi de le faire, et maintenant, elle a des ennuis. Quinn ne peut nous envoyer personne avant plusieurs heures, alors c'est à nous deux de la garder en vie. Vous êtes avec moi ou pas ?

— Bien sûr que oui.

Dallas se concentra de nouveau sur la tablette.

— Je suppose qu'ils se sont engagés sur un chemin qui n'est pas indiqué sur cette carte.

John désigna le GPS intégré dans son tableau de bord.

— Vous pouvez mettre leurs dernières coordonnées dans le système ?

— Bien sûr.

Dallas s'exécuta.

— Quand nous y serons arrivés, il faudra commencer à chercher un chemin sur la gauche, poursuivit-il.

Après un instant, John demanda :

— Vous êtes en forme ?

Dallas leva la tête, surpris.

— Pas en pleine forme, mais beaucoup mieux qu'il y a quelques jours.

— Ils vous ont retenu prisonnier.

Ce n'était pas une question.

— Pendant trois semaines.

— Vous savez où ?

Dallas réfléchit un instant.

— Ça ne devait pas être loin d'ici, en fait. Dès que je me suis échappé, j'ai marché vers l'ouest. Et j'ai fini par me retrouver face contre terre, sur une route de montagne.

— Sur la route de Bellwether, murmura John d'un air pensif.

Dallas reporta son attention sur la tablette et finit par localiser la route de Bellwether. Elle se trouvait à l'ouest du point clignotant qui indiquait la position de Nicki.

L'angoisse lui noua le ventre.

— Vous pensez qu'ils l'emmènent là où j'étais enfermé ?

— Je n'en suis pas sûr, reconnut John. Mais c'est intéressant, vous ne trouvez pas ?

Ce n'était pas tout à fait le mot que Dallas aurait employé. Il aurait plutôt dit *terrifiant*.

— Nous ne pourrons pas aller jusque-là en voiture, vous savez : si c'est vraiment l'endroit où ils me retenaient, il y a des hommes armés partout !

— Nous allons devoir marcher. J'aviserai quand nous serons plus près et que nous verrons un peu mieux de quoi il retourne.

Dallas s'apprêtait à répondre lorsque le GPS leur annonça

qu'ils allaient arriver là où le véhicule de Del avait quitté la route.

— Vous pouvez me décrire l'endroit où vous avez été retenu captif ? reprit John.

— C'était dans la forêt, sur une montagne. Il y avait une maison en bois, mais ce n'est pas là que j'étais enfermé. Pas loin, ils avaient une cave creusée dans le sol. Ils m'ont collé dedans. J'étais attaché avec des chaînes fixées au mur. Comme dans un donjon…

A ce souvenir, il frissonna.

— Je me demande combien d'hommes ils ont retenu là.

— Ils ont d'autres endroits comme ça, ailleurs qu'en Virginie.

— Je sais. Nicki m'a raconté que Cade Landry avait passé quelque temps enfermé dans le sous-sol d'une maison dans le Tennessee.

John acquiesça.

— C'est ce que j'ai entendu dire. Supposons qu'en arrivant là-bas, vous vous rendiez compte que c'est l'endroit où on vous a retenu prisonnier. Vous arriverez à le supporter ?

Question légitime, reconnut Dallas. Mais il avait le ventre qui se tordait d'appréhension à l'idée de retourner là-bas. Il pouvait encore sentir le froid humide, l'odeur de moisi, de sueur et de peur. L'obscurité, parfois, y était presque vivante et aussi terrifiante que les brutes qui le retenaient captif.

Non, il ne voulait pas y retourner. Il ne voulait pas revivre un seul de ces instants.

Mais s'ils y avaient emmené Nicki, il irait. Parce que la seule chose qui lui faisait encore plus peur que l'épreuve qu'il avait traversée, c'était de ne jamais la revoir.

Il était une fois, mais cela faisait bien longtemps, Nicolette Destiny Jamison pensait que le monde offrait des possibilités infinies. Elle avait toujours eu une imagination fertile et, à l'âge de sept ans, elle arrivait à voir dans l'immaturité de sa mère alcoolique et droguée et dans l'absence de son père les éléments d'un destin romantique.

Elle allait être quelqu'un… Quelqu'un d'important, de beau, d'élégant, comme un papillon qui sortirait de sa chrysalide — un mot qu'elle venait d'apprendre à l'école. Elle impressionnerait le monde entier avec ses ailes multicolores… Elle deviendrait une princesse et aurait le monde à ses pieds.

Puis elle avait peu à peu compris que, là où elle vivait, elle avait infiniment plus de chances de finir alcoolique ou droguée. Rien de ce qu'elle pouvait faire, imaginer ou comploter n'y changerait rien.

Elle avait donc abandonné ses rêves… jusqu'à ce qu'elle rencontre Jeff Burwell et ses trois jeunes enfants.

Elle n'était pas tombée amoureuse de lui. Mais en Jeff, elle avait trouvé quelqu'un qui, comme elle, venait d'une région rurale. Quelqu'un qui s'était construit une vie qu'il aimait, qui cultivait la terre et la traitait avec le même amour et la même patience qu'il avait pour ses trois enfants. Il n'était pas un prince de conte de fées, mais il vivait une existence simple et belle, malgré son chagrin.

Nicki avait recommencé à croire qu'elle pourrait un jour vivre ainsi. Peut-être ne serait-elle jamais un papillon aux ailes irisées, une princesse à laquelle un prince charmant jurerait amour et fidélité…

Mais sa vie pourrait avoir un sens. Elle n'était pas condamnée à enchaîner les erreurs et les échecs. Elle pourrait être heureuse si elle trouvait quelque chose qu'elle aimait autant que Jeff aimait sa famille et sa ferme.

Lorsque la milice des Appalaches avait réduit en cendres tout ce que Jeff Burwell avait construit, elle avait été bouleversée : ce n'était pas seulement le monde de Jeff qu'ils avaient détruit, mais aussi tout ce à quoi elle rêvait…

L'espoir d'être heureuse un jour.

Elle n'avait plus entendu parler de Jeff depuis que la police l'avait exfiltrée, la conduisant loin de Thurlow Gap et des hommes qui s'étaient cruellement vengés de celui qu'ils considéraient comme un traître. La police avait refusé de lui donner la moindre information, même lorsqu'elle avait insisté. Ils avaient cessé de répondre à ses coups de fil et lui avaient recommandé de passer à autre chose.

Mais elle n'y était pas parvenue. Pas jusqu'à ce qu'elle rencontre Alexander Quinn et qu'elle le convainque de lui donner du travail.

Un but.

A côté d'elle dans le Silverado, Del McClintock s'était mis à fredonner un air qui passait à la radio. Il avait toujours aux lèvres ce demi-sourire qui la faisait frémir.

Calme-toi, s'intima-t-elle, tout en commençant à lancer des coups d'œil furtifs dans l'habitacle : y avait-il un objet qui pourrait lui servir d'arme, au cas où elle perde le contrôle de la situation ?

Mais non, il n'y avait absolument rien. Pas même un racloir pour le pare-brise.

A travers les arbres se profila une maison en bois. Une trentaine de mètres plus loin, la façade apparut entièrement.

Quatre hommes se tenaient devant, armés de fusils. Au moins, ils ne visaient pas le Silverado, se dit Nicki en réprimant un rire nerveux. C'était bon signe, non ?

— Il y a un problème ? demanda-t-elle à Del, en se retournant vers lui.

Elle se retrouva nez à nez avec le canon d'un pistolet pointé sur elle.

— Je crois que oui, ma belle.

— Je ne comprends pas.

Nicki fixait le pistolet et essayait de ne pas se laisser dominer par la peur.

Peine perdue.

— Tu imaginais que tu pourrais nous rouler, Nicki ?

Le sourire prédateur de Del s'élargit.

— Tu penses vraiment que tu as affaire à un groupe d'attardés ?

Elle ne pouvait même pas s'enfuir, avec tous ces hommes armés. Et d'ailleurs, Del l'aurait tuée avant. Il était trop près d'elle pour la louper.

— Tu travailles pour la police, c'est ça ?

Elle le toisa sans répondre.

— Un de nos hommes est venu à la cafétéria l'autre jour pendant ton service. Il avait l'impression de t'avoir déjà vue, et il s'est rappelé où : tu te faisais appeler Nicki Geralds, et tu travaillais pour son cousin à Thurlow Gap, dans le Tennessee.

C'était le pseudonyme qu'elle avait utilisé lorsqu'elle était chez Jeff Burwell.

— Tu veux parler de Jeff ?

Del eut l'air surpris.

— Tu ne nies pas ?

— J'ai travaillé chez Jeff Burwell après la mort de sa femme. Je ne suis pas restée longtemps là-bas. Il y a eu un incendie…

— Nicki *Geralds* ?

— C'est le nom de mon ex-mari, mentit-elle. Je l'utilisais encore à l'époque, même si j'étais déjà divorcée.

Del sembla perplexe.

— Tu as été mariée ?

— Oui.

— Tu ne m'en as jamais parlé avant.

Elle fronça les sourcils.

— Ce ne sont pas de bons souvenirs. Il me traitait comme une moins que rien. Il me trompait sans arrêt.

Du menton, elle désigna le pistolet toujours pointé sur sa poitrine.

— Je t'en prie, arrête : tu commences vraiment à me faire peur.

Il ne baissa pas son arme, mais la tourna vers le tableau de bord.

— Darby dit que, dans le groupe du Tennessee, la plupart des hommes pensaient que tu te servais de Jeff : tu voulais l'éloigner des siens et donner des informations à la police.

Elle essaya de ne pas réagir, mais c'était la première fois qu'elle apprenait qu'on l'avait soupçonnée.

— C'est fou ! Mon Dieu, Del, la police ? Tu sais bien ce que j'en pense, non ?

— Ce n'étaient peut-être que des mots…

D'indécise, l'expression de Del redevint brusquement hostile.

— Toi et tes copains de la police, vous avez fait mon profil, c'est ça ? Et vous vous êtes dit que j'étais un imbécile, et qu'il te suffirait de dire du mal du gouvernement, de me faire un beau sourire, de porter un décolleté et un jean serré pour que je tombe dans le panneau ? C'est ça ?

Il s'était mis à crier et braqua à nouveau le canon du pistolet sur elle.

— Non, Del, non !

Elle se recroquevilla, ne feignant pas la terreur qui la gagnait. Del paraissait fou de colère contre elle. Sa rage se lisait dans ses yeux et lui rappelait le feu dévorant la ferme de Jeff Burwell.

La portière s'ouvrit derrière elle, et elle serait tombée à la renverse si une paire de bras solides ne l'avaient pas rattrapée.

Del écarquilla les yeux et baissa son arme.

Celui ou celle qui la retenait sentait… le bacon et les toasts.

Elle se dégagea et se retourna.

Trevor Colley était debout devant elle, un léger sourire aux lèvres.

Elle le dévisagea, la tête tourbillonnante. Que faisait là le propriétaire de la cafétéria ?

— Je ne comprends pas.

Il secoua la tête.

— Ton problème, Nicki, c'est que tu te fais des opinions fausses sur les gens. Bon, pas toujours : il ne t'a pas fallu longtemps pour comprendre Del. Tu as vite vu que c'était à lui qu'il fallait t'attaquer si tu voulais arriver à quelque chose, non ? Parce qu'il est un peu plus malin, qu'il a un peu plus de pouvoir que les autres. C'est un leader-né, c'est ça ?

Elle avait la tête qui tournait en observant l'homme avec lequel elle avait travaillé pendant plusieurs mois, sans rien soupçonner.

— Mais tu hais la milice ! bredouilla-t-elle.

— Ah bon ?

Son sourire s'élargit.

— Et si c'était seulement ce que je voulais te faire croire ?

— Pourquoi ? demanda-t-elle. Tu essayais de me piéger ? Tu attends quoi de moi ?

Son regard alla de Trevor à Del.

— Il existe vraiment, l'homme qui a besoin de soins médicaux ?

— Oui, assura Trevor. Mais ce n'est pas le leader de la milice.

— Alors c'est qui ?

Trevor fit un signe de tête en direction de la maison. Nicki suivit son regard : la porte d'entrée s'ouvrit. Une femme sortit, tenant par la main un petit garçon de quatre ou cinq ans. L'enfant était pâle et maigre, trop maigre pour sa taille. Il avait de grands cernes sous les yeux.

La femme regarda les hommes avec les fusils et guida l'enfant au-dehors. Elle était grande, mince, la petite trentaine, mais elle semblait aussi exténuée que son garçon. Ses yeux rougis croisèrent ceux de Nicki. Ils avaient une expression désespérée.

— Oh ! Trevor, murmura Nicki, le cœur serré. C'est ton fils ?

— Oui, répondit-il tranquillement. Alors tu vois, je me moque de savoir qui tu es vraiment ou pourquoi tu fais ça… Parce que, maintenant, tu travailles pour moi. Tu vas rester ici et faire tout ce que tu peux pour que mon petit aille mieux.

16

Il faisait étonnamment doux pour un mois de février dans les Appalaches. Seule une petite brise atténuait l'impression de chaleur donnée par le soleil. Mais sous le couvert des arbres, Dallas frissonnait un peu dans la veste de camouflage que John Bartholomew lui avait prêtée.

Il avait eu de la chance que Bartholomew ait une autre parka dans son véhicule, et plus encore que tous deux fassent presque la même taille. Il avait enfilé une paire de chaussettes supplémentaire pour que les chaussures de marche de John lui aillent à peu près. Et en cet instant, ils s'approchaient le plus silencieusement possible de l'endroit où — si l'on en croyait la lumière clignotante du GPS — Nicki se trouvait.

Dans son dos pesait l'étui contenant le Smith et Wesson confié par Bartholomew : il n'allait pas au combat sans défense.

John s'arrêta, et tendit le bras pour que Dallas fasse de même. Il se retourna vers lui, se fondant parfaitement dans le décor avec ses yeux noisette et la peinture verte dont il s'était badigeonné le visage avant de partir. Il désigna quelque chose du menton avant de se retourner à nouveau.

Dallas sonda la zone que John lui signalait : l'orée d'une clairière située à environ soixante-dix mètres à l'est.

John porta une paire de jumelles à ses yeux. Puis il leva trois doigts.

Trois quoi ? Que voulait-il dire avec ses trois doigts ?

John devait avoir remarqué sa perplexité, car il murmura :

— Trois hommes. Près d'une maison. Il faut que nous approchions, mais très lentement et silencieusement. Compris ?

Dallas hocha la tête.

John se mit en marche, avançant souplement, à pas furtifs et précis. Dallas le suivit, et des sensations enfouies profondément dans sa mémoire lui revinrent. Il avait appris à chasser à un très jeune âge : son père les envoyait dans les bois, son frère Cannon et lui, pour qu'ils améliorent des repas souvent très frugaux. Les deux garçons se voyaient comme des explorateurs ouvrant de nouveaux chemins dans les montagnes du comté d'Harlan, Kentucky.

Bien entendu, ces chemins avaient été tracés depuis fort longtemps, et ces rêves d'enfance, pleins d'aventures et de découvertes, avaient dû laisser la place à une réalité bien morose.

Toutefois, Dallas avait réussi à quitter cet endroit, se servant de son intelligence pour se construire une nouvelle vie.

Tout cela pour se retrouver de nouveau à avancer sans bruit dans les bois, à la recherche d'une proie…

Une proie humaine, cette fois.

Ils poursuivirent leur progression jusqu'à se trouver à une vingtaine de mètres du chalet. Celui-ci se dessinait nettement à travers les arbres.

John s'arrêta et s'accroupit derrière un buisson.

Dallas se tapit à côté de lui, observant la scène. Les trois hommes que John avait repérés étaient toujours visibles et se tenaient sur la galerie.

Un quatrième apparut, appuyé à la balustrade de l'escalier qui y menait.

Les rayons du soleil faisaient briller les canons de leurs fusils.

John s'approcha de quelques mètres et se cacha derrière un autre buisson. De nouveau, Dallas lui emboîta le pas, mais son pied heurta une branche sèche et la fit craquer.

Pendant un instant, l'homme le plus proche se tourna

vers eux, les sourcils froncés. Il regarda dans leur direction. Dallas et John s'immobilisèrent. Ils avaient des tenues de camouflage, et c'était le mouvement qui pouvait les trahir. Dallas l'observait, les yeux mi-clos, le souffle court. Puis l'homme finit par se retourner et monter sur la galerie.

Après une longue pause, John progressa de quelques mètres encore, posant un genou au sol. Dallas le suivit. De leur nouvelle cachette, ils pouvaient scruter tout le terre-plein devant la maison.

Il y avait un gros pick-up bleu garé sur le côté.

John se tourna vers Dallas, un sombre sourire aux lèvres.

— Del McClintock, dit-il tranquillement.

Dallas observa le véhicule. Il était vide. Donc Del et Nicki devaient se trouver à l'intérieur de la maison.

Cette maison si bien gardée.

Qu'allaient-ils faire pour en sortir Nicki ?

— J'essaie tout ce que je peux, mais je n'arrive pas à soigner Jason.

Lynette Colley considérait Nicki avec une méfiance teintée d'espoir.

— Trevor dit que vous pouvez nous aider.

— Je peux faire une ou deux choses pour lui, répondit Nicki aussi doucement que possible.

Quoi qu'elle puisse penser de Trevor et de sa bande de criminels, l'amour de Lynette Colley pour son fils et l'inquiétude que son état de santé lui inspirait étaient manifestes.

— Je sais qu'il a besoin d'insuline, et Trevor s'en occupe, mais je me demande s'il ne lui faut pas autre chose…

Lynette caressa la joue pâle de Jason, et l'air inquiet du petit garçon serra le cœur de Nicki.

— Jason a besoin d'un docteur, déclara-t-elle calmement mais fermement.

Lynette lui jeta un regard de côté.

— Trevor s'y oppose catégoriquement ! Vous le savez bien. C'est pour ça que vous êtes là.

— Il aime son fils ?

— Evidemment !

Lynette pointa le menton d'un air plein de colère.

— Je ne vous laisserai jamais dire le contraire !

— Bien sûr que non, répondit rapidement Nicki.

Et elle ne suggérait rien de tel. Clairement, Trevor Colley aimait assez son fils pour prendre une femme en otage afin qu'il reçoive des soins.

Mais Nicki n'était pas médecin, et si elle avait déjà aidé des diabétiques, il s'agissait surtout d'adultes qui souffraient de diabète de type 2. Le diabète de type 1, celui qu'on appelait autrefois le diabète de l'enfance, était tout à fait différent.

Mais Jason Colley était manifestement malade, et elle avait quelques connaissances qui pourraient permettre de maintenir son taux de sucre dans le sang à un niveau plus acceptable.

— Il me faudrait son lecteur de glycémie.

Lynette poussa un soupir.

— Vous voulez le tester maintenant ?

En entendant la voix étranglée de sa mère, Jason leva les yeux avec désarroi.

— Non, maman, pas de test !

Le petit garçon était assis sur le canapé. Nicki s'accroupit près de lui.

— Jason, ta maman t'a expliqué ce qu'est le diabète ?

— C'est ce qui me rend malade.

Il avait l'air plus irrité qu'apeuré.

— Je ne peux pas manger de bonbons. Que de temps en temps…

— C'est parce que des aliments comme les bonbons, la purée et les gâteaux sont pleins de glucides. Tu sais ce que sont les glucides ?

Il secoua la tête.

— C'est quelque chose qu'il y a dans la nourriture. C'est une bonne chose, mais dans ton cas, si tu en prends trop, ça te fait du mal.

Il la regarda. De toute évidence, il n'avait rien compris.

— Tu as déjà été piqué par une abeille ? demanda Nicki.

Ses yeux s'élargirent.

— Je n'aime pas les abeilles !

— Moi non plus, répondit-elle en regardant Lynette avec un sourire. Mais tu sais que les abeilles font aussi des choses bien ?

Il eut l'air sceptique.

— Elles permettent aux plantes de grandir, souligna-t-elle, voulant garder les choses simples. Quand elles font ça, elles font du bien.

— Oui, mais pas quand elles piquent, insista le petit garçon.

— Pas quand elles piquent, c'est certain !

Elle se tourna vers Lynette avec un hochement de tête. Lynette se leva et quitta la pièce.

Jason suivit sa mère des yeux, mais il regarda à nouveau Nicki lorsqu'elle se mit à parler.

— Les glucides sont comme des abeilles : quand tout se passe bien, ils aident ton corps à grandir, comme les abeilles aident les plantes à grandir.

— Jusqu'à ce qu'ils piquent, dit-il d'un air mécontent.

— Oui, c'est ça.

— Mais les tests piquent aussi !

— C'est vrai. Mais ils nous aident à savoir si tu as besoin ou non de médicaments pour te sentir mieux.

Lynette revint dans la pièce avec un petit étui. Elle le posa sur la table basse devant le canapé où était assis Jason, et regarda Nicki.

Celle-ci sortit le lecteur de glycémie de la trousse. Il semblait un peu obsolète.

— Où avez-vous eu ça ? demanda-t-elle en levant les yeux vers Lynette.

La femme eut l'air paniquée.

— Ça ne va pas ?

— Si si, la rassura Nicki, ça peut faire l'affaire. C'est un médecin qui vous l'a prescrit ?

Lynette secoua la tête.

— Je vous ai expliqué que Trevor…

— Comment avez-vous eu le diagnostic ? l'interrompit Nicki.

— Une amie nous a emmenés à Bristol il y a plusieurs mois. Je voyais bien que quelque chose n'allait pas.

Nicki pinça les lèvres.

— Et Trevor ne veut pas que vous alliez chez le médecin ?

Lynette répondit, sur la défensive :

— Il a ses raisons.

La peur et l'ignorance, apparemment.

— Et le médecin a diagnostiqué un diabète…

— Oui. Il voulait que je revienne, que je lui montre Jason à nouveau quelques jours plus tard, mais…

— Mais Trevor a refusé.

Nicki se tourna vers Jason, qui regardait avec appréhension la lancette posée à côté du lecteur de glycémie. Nicki chercha dans l'étui et y trouva un petit paquet contenant des compresses d'alcool. Elle s'était déjà lavé les mains mais, pour bien faire, elle prit une compresse et s'essuya les mains avec avant de saisir la lancette.

En face d'elle, Jason poussa un gémissement.

— Il déteste ça. J'essaie de ne pas le faire plus de deux fois par jour.

— Ce n'est pas assez fréquent.

Nicki jeta à Lynette un regard d'excuse.

— Je sais bien qu'aucun de vous deux n'a envie d'entendre ça, mais il est indispensable de le tester régulièrement pour éviter que le taux de sucre n'atteigne des niveaux inquiétants.

Les larmes perlèrent aux yeux de Lynette, alors qu'elle observait son fils.

— Il déteste tellement ça…

— J'imagine que tu aimes encore moins te sentir malade, n'est-ce pas, Jason ?

Il quitta la lancette du regard et implora Nicki.

— Je veux seulement jouer avec les autres enfants.

Son ton malheureux lui fit mal au cœur. Quelles que soient les conditions dans lesquelles elle était venue là ou les risques qu'elle courait, elle allait faire tout son possible pour aider cet enfant.

Peut-être était-ce sa manière à elle d'être un papillon aux ailes multicolores, ou une princesse ?

— Nous allons voir ce que nous pouvons faire, déclara-t-elle en tendant la main vers Jason.

Il posa sa main dans la sienne, paume vers le haut.

Elle mania la lancette aussi doucement que possible, mais la piqûre ne pouvait être indolore. Jason gémit un peu. Toutefois, il ne pleura pas. Il était courageux.

Nicki déposa la goutte de sang sur la bandelette du glucomètre. Quelques secondes plus tard, un chiffre apparut sur l'appareil.

— C'est trop haut, indiqua-t-elle à Lynette. Quand a-t-il mangé pour la dernière fois ?

— Il y a quelques heures.

— Et quand lui avez-vous donné de l'insuline pour la dernière fois ?

Une expression de détresse se peignit sur le visage de Lynette.

— Il faut lui faire une autre injection. Maintenant.

Lynette sortit de la pièce, et Nicki prit Jason dans ses bras. Il résista d'abord, puis il posa sa tête contre son épaule et commença à se détendre.

La porte de la pièce s'ouvrit alors. Trevor entra. Son visage d'ordinaire jovial était sombre et fermé.

— Qu'est-ce que tu lui fais ?

Elle croisa son regard sans ciller.

— Ce pour quoi tu m'as fait venir : j'essaie de l'aider.

— Parce que tu crois que je n'essaie pas ?

Elle commençait à en avoir par-dessus la tête de ces hommes agressifs et butés, de leurs réprimandes constantes.

— Je crois que tu as trop peur des hôpitaux et des docteurs pour procurer à ton fils les soins dont il a besoin. Donc, je suis la seule qui peut l'aider. Tu as plus besoin de moi que moi de toi. Alors, arrête de me parler comme ça !

Ses yeux brillèrent de colère, mais il ne répondit pas.

Elle prit cela comme une victoire.

Trevor sortit de la pièce en claquant la porte. Un moment plus tard, elle s'ouvrit à nouveau, et Lynette entra avec le matériel nécessaire à l'injection.

— Trevor était en colère ? demanda-t-elle en tendant le sac à Nicki.

— Pas trop, assura-t-elle avec un sourire réconfortant.

Elle sortit l'insuline et les seringues du sac.

— Le docteur que vous avez vu à Bristol vous a prescrit la dose qui est écrite sur l'emballage ?

— Oui, mais il n'en reste presque plus.

Bien entendu… Nicki préféra ne rien dire et déballa une des seringues, ce qui fit pousser un autre gémissement à Jason. Elle réprima un élan de compassion, car le petit garçon avait besoin de sa compétence, pas de sa sensiblerie.

— Vous lui faites les injections dans l'abdomen, c'est ça ?

— Oui.

— Tu penses que tu peux m'aider, Jason ? demanda-t-elle en se retournant vers le garçon.

Il écarquilla les yeux.

— Tu sais pincer ? questionna Nicki.

— Maman dit que je n'ai pas le droit.

— Parfois si. Comme maintenant.

Elle lui tendit le bras.

— Pince-moi. Là. Sur le bras.

Il hésita un moment, en lançant un regard à sa mère. Lynette hocha la tête et Jason se retourna vers Nicki, tendit la main et lui pinça le bras.

— Aïe ! cria-t-elle, le faisant sursauter.

Puis elle eut un large sourire.

— Je plaisante ! Je n'ai pas eu mal du tout.

Lentement, il se mit à sourire, montrant ses dents pour la première fois.

— Tu m'as fait une blague !

— Oui. Maintenant, tu peux te pincer le ventre comme tu m'as pincé le bras ?

En fronçant les sourcils, il considéra son T-shirt.

— Pourquoi ?

— Parce que si tu pinces ton ventre quand je fais la piqûre, tu ne la sentiras même pas. Tu veux essayer ?

Il hésita de nouveau, puis souleva son T-shirt, montrant son ventre. Quelques bleus se dessinaient dessus, probablement les traces d'injections précédentes. Il pinça un peu de chair sous le nombril.

— Tu sens le pincement ? demanda Nicki.

Il hocha la tête et pinça plus fort.

— Maintenant, ferme les yeux et continue à pincer.

Il fit ce qu'elle lui demandait, et elle pratiqua rapidement l'injection.

— C'est fait.

Il rouvrit les yeux.

— C'est encore une blague !

— Non. C'est fait.

Derrière elle, Lynette se mit à pleurer.

Les hommes armés s'en allèrent un à un avant la tombée de la nuit. Seul le Silverado restait garé devant la maison. Après ces longues heures d'immobilité, Dallas avait mal aux jambes et aux bras. Même s'il allait infiniment mieux que depuis son évasion, il n'était pas encore complètement rétabli.

En tout cas, ce n'était pas l'endroit où il avait été emprisonné, cela ne faisait aucun doute. Mais il n'en était pas loin : il y avait trop de similitudes dans le paysage. Et après quelques minutes de surveillance, il avait reconnu l'un des hommes armés comme l'un de ses anciens geôliers.

Qu'il ait réussi à se rendre compte de cela sans être submergé par ses émotions était une petite victoire. Il faisait toujours plein de cauchemars, et cela durerait probablement encore un temps. Mais, sous la lumière du jour, il n'était plus otage de ses souvenirs.

— Fenêtre sur le côté, la plus proche, murmura John.

C'étaient les premiers mots qu'il prononçait depuis des heures.

Dallas suivit son regard : les rideaux bougeaient. Un visage apparut brièvement, éclairé par les rayons du soleil couchant.

Celui de Nicki.

Elle était bien là ! Le signal GPS le leur disait, mais ils en avaient la confirmation.

Etait-elle prisonnière ? Ou jouait-elle normalement son rôle ?

— Quinn est certain qu'ils savent qui est vraiment Nicki ?

— Il ne nous aurait pas demandé de la suivre si ce n'était pas le cas.

Dallas se tourna de nouveau vers la fenêtre. Nicki avait disparu. Un homme grand, large d'épaules, lui avait succédé : il regardait les bois avec les sourcils froncés.

— Del McClintock, chuchota John.

Dallas observa l'homme avant que — comme Nicki — il ne s'éloigne de la fenêtre et ne disparaisse.

— S'ils savent qui elle est, pourquoi ils ne l'ont pas tuée ?

Le simple fait de prononcer ces mots lui faisait mal.

— Ils ne semblent même pas l'avoir fait prisonnière, non ?

— Si vous voulez dire qu'elle n'est pas enchaînée dans une cave, c'est vrai. Mais, ajouta John d'une voix plus douce, on peut emprisonner quelqu'un de beaucoup de manières différentes.

Dallas gardait le regard fixé sur la fenêtre où était apparu le visage de Nicki.

— Je sais, répondit-il.

C'était ce qui lui faisait peur.

17

— Je ne savais pas qu'ils vous retenaient prisonnière.

La voix douce de Lynette Colley tira Nicki d'un demi-sommeil. Elle se redressa. La jeune femme était assise dans le rocking-chair en face d'elle, tenant Jason endormi dans ses bras.

Le taux de sucre du petit garçon avait finalement atteint un niveau normal et s'y était maintenu même après un dîner léger. Il s'était endormi juste après, fatigué par sa maladie et les événements de la journée.

— Vous êtes là depuis longtemps ? demanda Nicki en étouffant un bâillement.

— Quelques minutes seulement. Les hommes viennent tout juste de terminer leur repas.

Nicki balaya la pièce du regard, s'assurant qu'elles étaient seules. Puis elle demanda à voix basse :

— Qui est là, maintenant ?

— Del et Trevor. Les autres sont partis. Je ne pense pas qu'ils reviendront avant demain.

Nicki se leva et s'approcha de la fenêtre. Dehors, la nuit était tombée, mais les derniers rayons du soleil laissaient encore à l'ouest quelques traînées bleutées dans le ciel noir.

— Ce chalet est toujours aussi bien gardé ?

— De plus en plus souvent…, répondit Lynette d'une voix usée. Quand j'ai épousé Trevor, il n'était qu'un simple cuisinier. Nous étions pauvres, mais heureux. Puis j'ai découvert que j'étais enceinte. Et les choses sont devenues compliquées.

— Trevor ne s'est plus contenté de cette vie-là.

— Je suppose que non…

Elle poussa un soupir.

— Vous trouvez des combines… Puis elles marchent et vous commencez à posséder des choses dont vous n'aviez jamais rêvé, et vous finissez par en vouloir toujours plus. Quoi que vous ayez, ce n'est jamais assez. C'est sans fin…

Lynette leva les yeux vers Nicki.

— Vous pensez que je suis une mauvaise mère, non ?

— Je pense que vous aimez votre fils, que vous avez peur, et que vous ne savez pas comment lui donner ce dont il a besoin.

Nicki se dirigea vers le rocking-chair et s'accroupit.

Ce qu'elle s'apprêtait à dire allait peut-être signer son arrêt de mort… Mais cela pouvait aussi sauver trois vies.

— Lynette, si vous partiez d'ici avec Jason, je ferais en sorte que vous ayez tout ce dont vous avez besoin pour qu'il mène une vie aussi normale que possible. Je vois bien que c'est ce que vous voulez pour lui !

Les larmes vinrent aux yeux de Lynette.

— Trevor ne nous laissera jamais faire.

— Si c'est vrai, alors nous devons emmener Jason sans mettre Trevor au courant.

Cette idée était visiblement très pénible pour Lynette.

Quels que soient les défauts et les erreurs de Trevor, elle lui était manifestement très attachée.

Mais si elle restait là, elle allait peut-être perdre Jason.

Cette pauvre femme était obligée de choisir entre son mari et son fils. Trevor n'aurait jamais dû la mettre dans une telle position !

— Vous venez de faire beaucoup de bien à Jason. Vous ne pouvez pas continuer à l'aider ? demanda Lynette.

Elle regarda son fils endormi. Une larme roula sur ses joues et tomba sur celle de Jason. Dans son sommeil, il l'essuya de la main.

— Pas à long terme, répondit Nicki. Il faudrait qu'il soit surveillé et qu'il aille voir le médecin régulièrement.

— C'est impossible. Vous savez que c'est impossible !

— Il y a des gens qui peuvent vous aider.

Lynette leva les yeux vers elle.

— Vous, par exemple ?

— Oui, je vous aiderai.

Lynette secoua la tête.

— Si nous sortons d'ici, il va falloir que vous portiez plainte contre Trevor.

— Si nous nous échappons, je pense que Trevor n'attendra pas la police et qu'il va disparaître pendant très longtemps, répliqua Nicki.

Trevor ne courrait certainement pas le risque d'être arrêté : les membres de la milice étaient passés maîtres dans l'art de s'éclipser quand la situation devenait tendue.

Le visage de Lynette se décomposa.

— Je sais que vous ne pouvez pas comprendre ça, mais je l'aime.

Nicki posa sa main sur celle de Lynette.

— Je comprends. Aimer quelqu'un de difficile, je sais ce que c'est.

— Vous aimez Del ? demanda Lynette.

Nicki répondit d'un ton sec :

— Non.

— Mais vous avez quelqu'un…

Lynette sourit, et soudain Nicki entrevit la jolie jeune femme qu'elle avait dû être lorsque Trevor l'avait épousée.

— Une femme aussi belle que vous n'est pas seule, poursuivit Lynette. Il est difficile, lui aussi ?

En esprit, Nicki revit le visage de Dallas. Aussitôt, la douleur du manque la saisit. Que faisait-il en ce moment ? Elle aurait dû revenir chez elle depuis des heures. Commençait-il à paniquer ? Avait-il déjà utilisé son téléphone pour demander de l'aide ?

Et s'il essayait de la retrouver ? Cela lui ressemblerait bien, non ?

Mais il ne ferait pas le poids. Il était encore trop faible. Et il serait seul, face à deux hommes armés.

— Il est très difficile, admit-elle tout haut. Têtu et compliqué.

Mais elle l'aimait…

Oh ! Mon Dieu, songea-t-elle. *Je l'aime ?*

Elle éclata presque de rire devant l'absurdité de la situation : c'était bien le moment de s'en rendre compte !

— Vous pourriez le quitter ? s'enquit Lynette.

— Je l'ai quitté pour venir ici.

Nicki posa les yeux sur Jason qui dormait et son cœur se serra.

— Je savais que je ne le reverrais peut-être jamais si j'acceptais ce travail. Mais j'ai fait ce que j'avais à faire.

Elle leva les yeux vers Lynette.

— Jason ne pourra jamais mener une vie normale, ici. Vous en avez conscience, non ?

Les lèvres de Lynette se mirent à trembler, mais elle finit par hocher la tête.

— Il y a un moyen de sortir d'ici sans passer devant Del et Trevor ? questionna Nicki.

Lynette la dévisagea pendant un long moment.

— Nous n'avons pas à nous soucier de Del et Trevor.

Nicki leva les sourcils.

Lynette embrassa les cheveux de son fils et eut un pâle sourire.

— Parce que j'ai mis assez de somnifère dans le plat que je leur ai servi pour qu'ils dorment pendant au moins deux heures.

Il n'y avait aucune manière de savoir combien de personnes se trouvaient à l'intérieur du chalet, même si, au cours de l'heure qui venait de s'écouler, Dallas avait vu un deuxième homme regarder par une autre fenêtre, et aperçu ce qui semblait être la silhouette d'une femme à la même fenêtre que celle où était apparue Nicki.

— Ce n'est pas elle, avait-il affirmé à John.

Nicki était plus grande et plus pulpeuse que la silhouette maigre qu'il avait entrevue.

— Il me semble que l'autre homme est Trevor Colley, murmura John. Le patron de la cafétéria où travaille Nicki.

Dallas fronça les sourcils.

— Elle ne m'a jamais dit qu'il avait des liens avec la milice !

— Peut-être qu'elle ne le savait pas…

— Et Quinn ?

John se retourna vers lui. Ses yeux brillaient dans le noir.

— Si Quinn l'avait su, il le lui aurait dit.

— Quinn est un ancien de la CIA. Vous pensez qu'un ex-espion a l'habitude de tout dire ?

Pendant une seconde, les dents de John brillèrent dans la nuit.

Bon sang ! songea Dallas.

— Vous étiez espion vous aussi, c'est ça ?

— Je ne le suis pas resté aussi longtemps que Quinn, répondit John, toujours en souriant.

C'était probablement une bonne chose que John soit si bien entraîné, songea Dallas. Mais, à choisir, il aurait préféré qu'ils soient un peu plus nombreux. Ils avaient besoin d'hommes bien armés qui sachent occuper et tenir le terrain dans un combat.

Dallas retint un soupir.

Nicki allait toujours bien. Il fallait qu'il se le dise. Sinon, il deviendrait fou.

Elle était la femme la plus remarquable qu'il ait jamais rencontrée, l'alliance du feu et de la douceur, de la force et de la délicatesse, de la compassion et de l'énergie. Il ne savait pas s'il était digne d'elle et si elle voudrait de lui, mais il avait bien l'intention de le découvrir. Ce qui signifiait qu'il n'avait pas le choix : il fallait qu'il la fasse sortir de ce chalet et l'emmène en lieu sûr.

— Je pense qu'il n'y a que deux hommes, une femme et Nicki, déclara-t-il tranquillement. Ils sont armés, mais nous aussi.

— Ils ont certainement plusieurs armes à leur disposition, l'avertit John.

Dallas acquiesça.

— Mais nous avons l'effet de surprise pour nous.

John lui jeta un regard curieux.

— Vous avez une idée, non ?

— Ce n'est pas l'endroit où ils m'ont emprisonné, mais ça y ressemble beaucoup…

— Alors ?

— Alors il y a peut-être une cave où ils gardent des prisonniers, de temps en temps.

— Et vous pensez que c'est là que Nicki est enfermée ?

— Peut-être… Mais surtout, si les lieux ont la même configuration, la cave a deux accès : un par la maison, un autre par l'extérieur…

— Et vous voulez dire que si nous trouvions l'accès extérieur, cela pourrait nous mener à l'intérieur de la maison.

Dallas hocha la tête.

— Exactement.

— Ils vont entendre la porte s'ouvrir !

— A moins qu'ils ne soient occupés ailleurs… Si, par exemple, quelque chose a attiré leur attention à l'extérieur.

John plissa les paupières.

— Et je suppose que c'est moi qui attirerai l'attention.

Dallas haussa les épaules.

— Nicki ne vous a jamais vu. Elle pourrait ne pas vous faire confiance, et cela ralentirait trop les choses.

Bartholomew pinça les lèvres, mais il fit signe à Dallas de le suivre vers l'arrière du chalet.

— Allons voir si cette cave existe.

L'herbe était sèche et très haute derrière la maison, comme si personne ne s'était soucié de la tondre après l'été. Le printemps arrivait, et alors qu'ils progressaient, cherchant une trappe qui pourrait signaler l'entrée d'une cave, Dallas se mit à craindre les serpents : ils risquaient d'en réveiller qui terminaient leur hibernation.

Près de l'orée de la clairière, il faillit trébucher sur la trappe au ras du sol. Des feuilles mortes recouvraient le panneau, le dissimulant, mais un cadenas brillait sous les rayons de la lune.

Il n'était pas fermé. Dallas l'enleva aussi silencieusement que possible et le posa sur le côté.

Puis il leva les yeux : John l'observait, caché à quelques mètres de là, ses yeux à peine visibles au-dessus de l'herbe très haute. Dallas lui fit un signe de tête, accompagné d'un petit sourire de triomphe.

John s'approcha de Dallas.

— Entrez là-dedans, vérifiez qu'il n'y a personne, et regardez s'il y a une porte qui mène au chalet. Puis revenez me dire ce que vous aurez vu.

Dallas détailla l'autre homme pendant un long moment. Il serait facile pour John de l'enfermer là si c'était son intention : une fois que Dallas serait dans la cave, John n'aurait qu'à fermer la trappe et la cadenasser.

Dallas se ressaisit : c'était ridicule !

Il devait faire confiance à John. La vie de Nicki était en jeu, et il ne pouvait la faire sortir de là sans aide.

Il inspira profondément, puis ouvrit la porte. Les gonds grincèrent un peu. Heureusement, le bruit ne parvint pas jusqu'au chalet.

— Couvrez-moi, murmura-t-il.

Et il commença à s'engager dans l'escalier sombre.

— Prenez ça, chuchota John en lui tendant quelque chose.

C'était un porte-clés avec une petite lampe-torche. Dallas

referma la main sur les clés pour les empêcher de cliqueter, fit un signe de tête pour remercier John, puis descendit l'escalier.

Il faisait un noir d'encre dans la cave, et l'odeur de moisi était très présente. Dallas tendit l'oreille. Il y eut le bruissement d'un animal qui courait, probablement un rongeur. Dallas alluma la lampe-torche, espérant le faire fuir.

La cave était plus petite qu'il ne s'y attendait. Il eut tout d'abord une sensation d'étouffement, qui s'intensifia encore lorsque le rayon de lumière balaya des chaînes fixées au mur.

Un flot de souvenirs sombres lui revint à la mémoire, et il fut soudain incapable du moindre mouvement. Il se força à respirer lentement, essayant de ralentir les battements de son cœur.

Après un moment, les images terrifiantes qui se succédaient dans son esprit disparurent, et il avança.

Il y avait un escalier raide à l'autre bout de la pièce, et une porte en haut. Il testa la première marche précautionneusement. Elle était plus solide qu'il ne l'aurait cru, et ne grinça même pas sous son poids.

Il monta jusqu'au haut de l'escalier. Il essaya la poignée de la porte. Elle tourna sans résistance : elle n'était pas fermée.

D'accord. Donc...

Il redescendit l'escalier et retourna vers la trappe extérieure. Le visage de John se dessinait au-dessus de lui.

— La porte qui mène à la maison n'est pas fermée. Faites diversion dans deux minutes. Je vais entrer, et faire sortir Nicki de là.

John hocha la tête et disparut.

Dallas revint sur ses pas et remonta au haut de l'escalier. Il fallait qu'il reste calme.

Lynette entra dans la pièce, les yeux brillants de peur et d'excitation à la fois.

— Ils sont tous les deux endormis ! Mais il ne faut pas

que nous fassions de bruit. Ils ne sont pas inconscients, seulement un peu groggy.

Nicki hocha la tête et prit Jason dans ses bras.

— Il y a une porte arrière ?

— Oui, mais elle grince beaucoup quand on l'ouvre. Ça pourrait les réveiller.

Bon sang !

— Il va falloir passer devant eux, alors ?

— Il y a la cave, suggéra Lynette, en faisant signe à Nicki de la suivre. Une trappe donne sur l'extérieur.

Priant pour que le mouvement ne réveille pas le petit garçon, Nicki l'installa sur sa hanche et suivit Lynette dans le couloir sombre.

Sur sa gauche, de la lumière provenait de la pièce où Del et Trevor dormaient.

A sa droite se trouvait une porte fermée.

Elles arrivèrent devant celle-ci et Lynette commençait à tendre la main vers la poignée lorsque deux claquements retentirent au-dehors. Lynette sursauta, heurta Nicki et réveilla Jason.

— Maman ? cria-t-il.

Dans le couloir, il y eut un bruit de pas hésitants.

— Partons ! chuchota Nicki en poussant Lynette vers la porte.

Mais, avant qu'elles ne puissent tourner la poignée, la porte s'ouvrit, manquant de les bousculer. Lynette tomba en arrière, entraînant Nicki contre le mur, et les larges épaules d'un homme apparurent dans l'encadrement de la porte.

Nicki croisa un regard familier, en resta bouchée bée.

Puis Dallas lui saisit la main.

— Filons !

Il n'y avait que deux hommes armés qui défendaient le chalet, compta John.

Ils se déplaçaient très lentement, leurs réactions et leurs mouvements semblaient bizarrement manquer de précision.

Mais même les mauvais tireurs ont parfois de la chance. Une balle perdue rebondit sur le Silverado garé dans la cour et creusa un profond sillon sur le haut de l'épaule de John. Une douleur fulgurante le saisit, rapidement suivie d'un engourdissement étrange dans tout le bras.

Ce n'était pas la main avec laquelle il tirait, fort heureusement, mais il ne pouvait plus se servir de son bras gauche.

Il changea de position, essayant de rejoindre l'issue extérieure de la cave, où devaient apparaître Dallas et Nicki d'un instant à l'autre.

Mais des coups de feu tirés depuis la forêt l'obligèrent à changer ses plans.

— Qui êtes-vous ?

Dallas hésita à répondre. La femme mince qui se trouvait entre lui et Nicki le regardait d'un air hébété, et sursautait à chaque fois qu'un tir retentissait derrière eux.

— C'est un ami, indiqua finalement Nicki. Lynette, prenez Jason, ajouta-t-elle en lui mettant dans les bras l'enfant qui se débattait.

Puis elle se tourna vers Dallas.

— Ça va ?

Il lui saisit la main. La chaleur de sa peau lui redonna vie.

Il ne savait pas qui étaient cette femme et cet enfant, mais puisque Nicki voulait apparemment les aider, il s'en sentait responsable.

Alors que Lynette semblait plus angoissée à chaque détonation, Dallas s'en félicitait plutôt : cela voulait dire que John gardait les autres hommes occupés, au moins pour le moment.

Dallas monta l'escalier le premier, puis aida Lynette et le petit garçon à sortir de la cave. Nicki fermait la marche.

— Qui a tiré les coups de feu ? demanda-t-elle à voix basse.

— L'agent X.

Un froissement dans l'herbe sèche fit sursauter Dallas. Il s'accroupit, sortit le pistolet de son étui et chercha d'où venait le bruit.

Soudain, le visage de John Bartholomew apparut au-dessus des herbes, et il croisa le regard de Dallas.

— D'autres hommes arrivent. Je vais tâcher de les éloigner. Partez d'ici. Prenez la voiture. Ne m'attendez pas.

Il y avait quelque chose d'étrange dans la façon dont John se tenait, comme si l'une de ses épaules était plus basse que l'autre, mais Dallas n'eut pas le temps de le détailler : John se retourna et partit du côté opposé.

Il y eut un échange de tirs. Il fallait y aller, décida Dallas. Sans attendre.

Il prit Nicki par le coude et la poussa vers la forêt, dans la direction opposée de celle où John semblait mener leurs poursuivants.

Devant eux, Lynette avançait beaucoup plus vite qu'il ne s'y serait attendu de la part d'une femme mince, d'aspect fragile, et portant un enfant. Dallas et Nicki couraient derrière elle.

— Restons ensemble, dit-il en accélérant pour rattraper Lynette.

— Toujours, répondit Nicki derrière lui, ses mots portés par le souffle du vent.

Dallas passa devant Lynette.

— Suivez-moi…

Il les guida à travers bois jusqu'à l'endroit où John avait garé son 4x4.

John n'arriverait jamais à les rejoindre à temps et, même s'il répugnait à le laisser derrière, Dallas n'avait pas le choix : il devait faire ce que John lui avait dit, et partir sans lui.

Le véhicule était là où ils l'avaient laissé, juste assez loin de la route pour qu'on ne le voie pas.

Dallas ouvrit la porte arrière et aida Lynette et l'enfant à s'asseoir.

— Mettez-lui la ceinture de sécurité, et penchez-vous.

Il contourna le 4x4 pour aller se mettre au volant. Nicki avait déjà ouvert sa portière et lui tendait la main pour l'aider à monter. Il démarra et s'engagea sur la route, s'attendant au pire.

Mais il n'y eut pas le moindre coup de feu. Personne ne les suivit pour les forcer à s'arrêter, comme lorsque Dallas avait été kidnappé par la milice.

En fait, pendant près de dix kilomètres, ils ne croisèrent aucune autre voiture. La route paraissait désolée, seulement éclairée par les phares du 4x4. Comme s'ils venaient d'échapper à une catastrophe dont ils auraient été les seuls survivants.

Lorsque le bruit d'un moteur se fit entendre, ce fut presque un soulagement… Sauf que le bruit s'amplifiait de manière inaccoutumée. Le véhicule se rapprochait à une vitesse exceptionnelle.

Ce n'était pas une voiture, mais un hélicoptère !

Le bruit devint assourdissant et l'appareil fut enfin en vue. Il se posa sur la route à cent mètres d'eux seulement.

Dallas eut tout juste le temps de freiner. Il se retourna vers Nicki et croisa son regard. Elle semblait terrifiée.

L'apparition soudaine de l'hélicoptère avait au moins fait cesser les pleurs de l'enfant. Lui et sa mère observaient le spectacle, bouche bée.

Sur le côté, dans le faisceau des phares de la voiture, apparut la silhouette d'un homme. Il était penché, luttant contre le souffle du rotor pour avancer, mais Dallas distingua des cheveux châtain clair et l'ombre d'une petite barbe.

A côté de lui, Nicki se mit à rire. Il se tourna vers elle. Le stress de la journée avait-il fini par avoir raison d'elle ?

Elle lui sourit, et fit un signe de tête vers l'homme qui approchait.

— Voilà une entrée digne d'Alexander Quinn !

Epilogue

— Nous n'avons toujours pas réussi à localiser John Bartholomew.

Nicki ouvrit les yeux : Alexander Quinn se tenait debout devant elle, une tasse de café fumant à la main.

— Ce qui veut dire qu'on n'a pas retrouvé son corps non plus, répliqua-t-elle.

Elle aurait bien aimé se sentir aussi optimiste que ses paroles le laissaient entendre. Malheureusement, elle avait vu trop de luttes entre la milice et ses ennemis : l'absence de corps ne signifiait pas que la personne n'était pas morte.

— S'il est en vie, il va trouver un moyen de me contacter.

Quinn était assis sur le bord de son bureau en face d'elle, et fit un signe de tête en direction du couloir.

— Je crois qu'ils ont presque terminé avec Cole.

« Ils » désignait un petit groupe de parlementaires qui avaient accepté de rencontrer Dallas en terrain neutre — en l'occurrence, la salle de conférences de The Gates.

Le siège de l'entreprise — un vieil immeuble victorien quelque peu délabré du centre de Purgatory, dans le Tennessee — était, de l'avis de Nicki, l'endroit le plus improbable pour une compagnie de sécurité d'une telle envergure.

Nicki elle-même avait été interrogée par le FBI peu de temps après son arrivée à Purgatory, mais Quinn avait réussi à garder Dallas à l'écart jusqu'à cette rencontre avec les parlementaires, qui enquêtaient sur le suicide troublant d'un directeur adjoint du FBI nommé Philip Crandall.

— Ils ne sont pas certains qu'il s'agisse d'un suicide, avait expliqué Quinn à Nicki en lui apprenant le décès de Crandall.

— Et qu'en pensez-vous ?

Il avait haussé les épaules.

— Impossible à dire.

Nicki se leva et s'étira. Elle avait dormi là les deux nuits précédentes, dans l'un des six dortoirs situés au rez-de-chaussée de la maison. Elle n'avait pas la moindre idée de l'endroit où Dallas avait séjourné, car Quinn les avait séparés dès que l'hélicoptère avait touché terre.

Il lui tardait de le revoir.

— Je sais que tu ne peux pas me dire où se trouvent Lynette et Jason, mais tu as de leurs nouvelles ? Comment va Jason ?

Les traits de Quinn s'adoucirent de manière à peine perceptible.

— Ils vont bien tous les deux. Les médecins pensent que Jason répondra aux traitements habituels, et ils sont en train d'expliquer à Lynette comment les administrer.

— Et Trevor ne pourra rien contre eux ?

Quinn eut une expression étrange.

— Qu'y a-t-il ? demanda Nicki.

— Trevor est mort.

Nicki se rassit, choquée par l'annonce de ce décès.

— Comment ?

— Les enquêteurs pensent que Del McClintock l'a tué avant de s'enfuir.

Elle pressa la main sur ses lèvres, se souvenant de l'homme pour lequel elle avait travaillé... L'homme dont la vie secrète l'avait complètement prise au dépourvu.

— Lynette est au courant ?

— Oui.

La porte du bureau s'ouvrit. Nicki releva la tête. Dallas

était debout dans l'embrasure de la porte. Il semblait plus mince que dans son souvenir.

Mais vivant, magnifiquement vivant ! Il la regardait avec du feu dans ses yeux sombres.

— Il faut que j'aille voir les parlementaires, déclara Quinn alors que Nicki se levait, sans quitter Dallas des yeux.

Quinn hocha la tête et quitta son bureau, fermant la porte derrière lui.

Pendant un moment, Dallas se contenta de la regarder. Il semblait la manger des yeux. Elle l'observa elle aussi, remarquant les petits changements intervenus pendant ces deux jours de séparation. Il ne s'était pas rasé, et une légère barbe avait poussé sur ses joues et son menton. Sa première impression était juste : il avait un peu maigri, ce qui lui donnait l'air plus dur, plus mystérieux.

Mais il avait le regard clair et lumineux, plein d'une émotion à laquelle elle osait à peine croire.

— Comment vas-tu ? s'enquit-il.

Elle éclata presque de rire.

— Bien. Et toi ?

— Je suis fatigué, reconnut-il. Très fatigué.

Elle ne put s'empêcher de tendre la main et de lui caresser la joue. Les poils de sa barbe lui picotaient le bout des doigts.

— Et maintenant ?

Devant son air surpris, elle ajouta :

— Après les parlementaires… Le FBI va t'interroger, maintenant ?

— Non. Le FBI est satisfait. Apparemment, ton patron a beaucoup d'influence sur certaines agences du gouvernement. Mais je ne vais pas pouvoir retourner travailler là-bas.

C'était bien ce qu'elle pensait.

— Quinn est toujours prêt à recruter des personnes compétentes. Tu l'es.

— Je suis infographiste.

— Un infographiste qui s'est formé pour devenir expert en cybersécurité.

— Et qui n'a pas encore terminé sa formation.

— Nous pouvons arranger ça.

Il sourit.

— Nous ?

Elle s'approcha de lui.

Il lui posa les mains sur les hanches, ce qui la fit frissonner.

— Je pensais que nous formions une bonne équipe tous les deux, pas toi ?

Il baissa la tête, jusqu'à ce que leurs fronts se touchent.

— Si.

— Et on ne change pas une équipe qui gagne…

Il frotta doucement son nez contre le sien, et elle en eut la chair de poule.

— Non, c'est vrai.

— Alors, nous sommes d'accord ? demanda-t-elle.

Il releva la tête, et la regarda, les paupières légèrement plissées.

— D'accord ? Comment ça, d'accord ?

Une odieuse appréhension la gagna.

— Que nous formons une équipe.

— Ça dépend.

— Ça dépend ?

Il se pencha plus près, et lui caressa le lobe de l'oreille avec ses lèvres.

— Les équipiers ont le droit de s'embrasser ? murmura-t-il.

Elle tourna la tête vers lui et répondit, en chuchotant elle aussi :

— Entre autres choses.

Il se redressa juste assez pour lui offrir un sourire éclatant.

— Alors, on ne pourra pas dire que je n'aime pas le travail en équipe !

Et il se pencha pour l'embrasser.

Elle le serra plus fort, savourant la sensation des battements de son cœur contre sa poitrine, alors que leur baiser s'approfondissait, que la langue de Dallas glissait entre ses lèvres, la caressait…

Et, soudain, elle aurait juré être une princesse…

Ou un papillon aux ailes multicolores.

Retrouvez en décembre,
dans votre collection

BLACK ROSE

Une enfant en danger, de Beverly Long - N°410

SÉRIE LE DÉFI DES HOLLISTER - TOME 3/4

Le cœur battant, Bray regarde Summer, la femme qui lui a brisé le cœur quinze ans plus tôt. Avec ses yeux verts et sa chevelure rousse, elle est toujours aussi belle, et Bray comprend qu'il n'a jamais cessé de l'aimer. Pourtant, bien des choses ont changé depuis leur rupture. Summer est divorcée, elle a deux enfants — un grand garçon et une fillette de cinq ans —, et un passé dont elle se refuse à parler. Jusqu'au jour où le danger que Bray sentait planer autour de Summer se précise : Adie, sa fille, vient d'être enlevée, et c'est vers lui qu'elle se tourne pour qu'il la retrouve...

Rendez-vous avec le passé, de Julie Miller

Je suis là, je te vois et, un de ces jours, je me vengerai... Depuis des années, Rosemary reçoit des menaces de ce genre par téléphone ou par mail. Et elle sait que, le jour où celui qui la guette dans l'ombre frappera, personne ne viendra la secourir. Car depuis la mort de son fiancé, mystérieusement empoisonné six ans plus tôt, la police, qui la considère comme suspecte, ne prend pas ses plaintes au sérieux. Son seul espoir : l'arrivée à Kansas City de Max Krolikowski, un flic aussi intègre que sexy, qui, elle l'espère, saura la blanchir définitivement et la protéger du maniaque qui la harcèle.

Secrète attirance, de Carla Cassidy - N°411

Partagée entre étonnement et exaspération, Patience ne peut se retenir de soupirer. Décidément, si Forest, le séduisant cow-boy qui travaille sur le ranch, persiste à l'observer ainsi, jamais elle n'arrivera à se concentrer sur son travail d'anthropologue judiciaire et à déterminer l'origine des ossements retrouvés sur cette terre de l'Oklahoma... Pourtant, malgré l'attitude distante qu'elle se force à adopter vis-à-vis de Forest, Patience sent peu à peu ses défenses tomber. Et bientôt, se rendant compte que la découverte qu'elle est sur le point de faire risque de la mettre en danger, elle sort de sa réserve et accepte qu'il la protège...

Rencontre à Cancún, d'Elle James

Avec ses tatouages et ses allures de baroudeur, Sawyer Houston n'a rien d'un gentil fiancé... Pourtant, lorsqu'elle fait sa connaissance à Cancún où elle est venue passer deux semaines de vacances, Jenna tombe aussitôt amoureuse de cet agent des forces spéciales au regard sombre. Un coup de foudre aussi brutal qu'inattendu, qui va bientôt transformer son séjour en une aventure aux mille rebondissements. Car Sawyer n'est pas venu au Mexique pour passer des vacances : son univers est celui de la drogue, des agents secrets et des mercenaires, un monde dangereux dans lequel Jenna va le suivre, emportée par la passion.

Retrouvez en decembre,
dans votre collection

BLACK ROSE

Un garde du corps à l'épreuve, de Carol Ericson - N°412

En acceptant de se faire passer pour le fiancé de Claire Chadwick, Mike n'a qu'une idée en tête : la protéger des menaces qui pèsent sur elle depuis la mort tragique de son mari. Très vite, pourtant, Mike se rend compte que sa tâche va être plus compliquée que prévu. En effet, dès le premier regard, il tombe sous le charme de Claire. Une attirance qui risque de le distraire de sa mission de garde du corps, et contre laquelle il doit lutter à tout prix car il sait qu'il n'y a pas de place pour lui dans le monde où vit la belle héritière.

Une cible à protéger, de Delores Fossen

Alors qu'elle s'apprête à témoigner au procès d'un dangereux criminel, Alexa, qui a abandonné pour un temps son métier de détective, bénéficie d'une protection policière et d'un faux nom. Mais bientôt elle apprend que sa couverture a volé en éclats et que sa fausse identité a été découverte. Craignant pour sa vie et soupçonnant des fuites au sein de la police, elle n'a d'autre choix que de faire appel à Levi Crockett, le seul policier en qui elle ait confiance. Le seul homme, aussi, qui sache faire battre son cœur plus vite. Le seul, enfin, qui va refuser de l'aider car il la croit responsable de la mort de sa sœur…

Un piège dans la ville, de Nora Roberts - N°413

SÉRIE ENQUÊTE À DENVER - TOME 5/5

Jonah Blackhawk : un ancien délinquant, qui a gardé de son passé une méfiance tenace envers les uniformes. Alors l'idée qu'un policier enquête incognito dans son établissement le plus prestigieux lui est tout simplement insupportable. Pourtant, cette fois, il va devoir faire une entorse à ses principes… D'abord parce qu'une bande de malfaiteurs se rend dans ses clubs pour y plumer sa clientèle. Ensuite, parce que le flic qui va enquêter auprès de lui n'est autre qu'Ally Fletcher, la fille de l'homme qui l'a autrefois sauvé de la délinquance. Ally qui, loin de la petite fille que Jonah a connue autrefois, est devenue une femme au charisme déroutant et d'une beauté à couper le souffle…

Dangereuses fiançailles, de Suzanne Brockmann

Servir d'appât, en se faisant passer pour la fiancée du lieutenant Luke O'Donlon ? Sydney est déconcertée. Certes, elle est la seule à avoir vu le tueur qui s'en prend depuis quelques semaines à des femmes et à pouvoir l'identifier. Mais accepter, n'est-ce pas s'exposer à un trop grand danger ? A cause de l'assassin, d'abord. Mais aussi à cause de Luke. Luke, cet homme séduisant et insaisissable qui fait naître en elle des sentiments neufs, et bien trop troublants…

HARLEQUIN

OFFRE DÉCOUVERTE !

Vous souhaitez découvrir nos collections ? Recevez **votre 1er colis gratuit* avec 2 cadeaux surprise !** Une fois votre colis de bienvenue reçu, si vous souhaitez continuer à recevoir nos livres, cela se fera automatiquement. Vous recevrez alors chaque mois vos livres inédits en avant première.

Vous n'avez aucune obligation d'achat et cette offre est sans engagement de durée !

*1 livre offert + 2 cadeaux / 2 livres offerts pour la collection Azur + 2 cadeaux.

☛ COCHEZ la collection choisie et renvoyez cette page au
Service Lectrices Harlequin – BP 20008 – 59718 Lille Cedex 9 – France

Collections	Références	Prix colis France* / Belgique*
❑ **AZUR**	ZZ6F56/ZZ6FB2	6 livres par mois 27,59€ / 29,59€
❑ **BLANCHE**	BZ6F53/BZ6FB2	3 livres par mois 22,90€ / 24,90€
❑ **LES HISTORIQUES**	HZ6F52/HZ6FB2	2 livres par mois 16,29€ / 18,29€
❑ **ISPAHAN***	YZ6F53/YZ6FB2	3 livres tous les deux mois 22,96€ / 24,97€
❑ **HORS-SÉRIE**	CZ6F54/CZ6FB2	4 livres tous les deux mois 32,35€ / 34,35€
❑ **PASSIONS**	RZ6F53/RZ6FB2	3 livres par mois 24,19€ / 26,19€
❑ **NOCTURNE**	TZ6F52/TZ6FB2	2 livres tous les deux mois 16,29€ / 18,29€
❑ **BLACK ROSE**	IZ6F53/IZ6FB2	3 livres par mois 24,34€ / 26,34€
❑ **VICTORIA****	VZ6F53/VZ6FB2	3 livres tous les deux mois 25,95€ / 27,95€

*Frais d'envoi inclus, pour ISPAHAN : 1er colis payant à 22,96€ + 1 cadeau surprise. (24,97€ pour la Belgique).

**Pour Victoria : 1er colis payant à 25,95€ + 1 cadeau surprise. (27,95€ pour la Belgique)

N° d'abonnée Harlequin (si vous en avez un) ⌴⌴⌴⌴⌴⌴⌴⌴

Mme ❒ Mlle ❒ Nom : ____________________

Prénom : ____________________ Adresse : ____________________

____

Code Postal : ⌴⌴⌴⌴⌴ Ville : ____________________

Pays : ____________________ Tél. : ⌴⌴ ⌴⌴ ⌴⌴ ⌴⌴ ⌴⌴

E-mail : ____________________

Date de naissance : ____________________

❒ Oui, je souhaite recevoir par e-mail les offres promotionnelles des éditions Harlequin.
❒ Oui, je souhaite recevoir par e-mail les offres promotionnelles des partenaires des éditions Harlequin.

Date limite : 31 décembre 2016. Vous recevrez votre colis environ 20 jours après réception de ce bon. Offre soumise à acceptation et réservée aux personnes majeures, résidant en France métropolitaine et Belgique, dans la limite des stocks disponibles. Prix susceptibles de modification en cours d'année.Conformément à la loi Informatique et libertés du 6 janvier 1978, vous disposez d'un droit d'accès et de rectification aux données personnelles vous concernant. Par notre intermédiaire, vous pouvez être amenée à recevoir des propositions d'autres entreprises. Si vous ne le souhaitez pas, il vous suffit de nous écrire en nous indiquant vos nom, prénom et adresse à : Service Lectrices Harlequin BP 20008 59718 LILLE Cedex 9.
Service Lectrices disponible du lundi au vendredi de 8h à 17h : 01 45 82 47 47 ou 33 1 45 82 47 47 pour la Belgique.

Composé et édité par HarperCollins France.

Achevé d'imprimer en octobre 2016.

CPI
BLACK PRINT

Barcelone

Dépôt légal : novembre 2016.

Pour limiter l'empreinte environnementale de ses livres, HarperCollins France s'engage à n'utiliser que du papier fabriqué à partir de bois provenant de forêts gérées durablement et de manière responsable.

Imprimé en Espagne.